O Evangelho segundo Madalena

CB012632

O Evangelho segundo Madalena

MARCELO PAGLIOSA

Copyright © 2020 Marcelo Pagliosa
O Evangelho segundo Madalena © Editora Reformatório

Editor
Marcelo Nocelli

Revisão
Marília Washington
Eliéser Baco (EM Comunicação)

Imagem de capa
Três Madalenas, 2021 (Óleo, giz pastel oleoso, pasta metálica)
Brendon Reis (www.instagram.com/brednatella)

Design e editoração eletrônica
Negrito Produção Editorial

Dados Internacionais de Catalogação na Publicação (CIP)
Bibliotecária Juliana Farias Motta (CRB 7-5880)

Pagliosa, Marcelo
O Evangelho segundo Madalena / Marcelo Pagliosa. – São Paulo: Reformatório, 2021.
328 p.; 14 x 21 cm.

ISBN 978-85-66887-72-3

1. Romance brasileiro. I. Carvalho, Marcelo Pagliosa. II. Título
P138e CDD B869.3

Índice para catálogo sistemático:
1. Romance brasileiro

Todos os direitos desta edição reservados à:

EDITORA REFORMATÓRIO
www.reformatorio.com.br

A Aldenor Carvalho,
sempre na memória

Esta é uma obra de ficção, apenas uma obra de ficção.
Qualquer fato citado que remeta a algo não-ficcional
é somente fruto (proibido) de reincidência.
Digo, de coincidência.

Dizem que somos o nosso nome. Isso é de certa forma cruel; afinal, não fomos nós que o escolhemos. Dado nos foi, mesmo que não nos reconheçamos nele. O nome pode ser uma marca, um destino. Ou apenas um nome. Com o tempo, podemos nos identificar, pegar gosto ou nada disso. O nome é fruto do acaso. Na maioria dos casos nos é imposto antes mesmo de nascermos. Nem nos olham na cara e já nos nomeiam. Em poucas regiões nos esperam vir ao mundo para assim nos nomear. À medida em que vamos crescendo, procuramos uma relação com o próprio nome, mas não só com ele, também com o signo, conforme o mês em que nascemos. Nada mais aleatório. "Você é a Maria? Não diga, a minha tia também se chama Maria." Há milhões de Marias no planeta. "Você é sagitariana? Nossa, o mesmo signo do meu irmão e do meu ex-namorado." A vaga e falsa ideia de coincidência.

Segundo o Livro das Evidências de José

Conheces o nome que te deram, não conheces o nome que tens.

O nome é um signo, uma marca, uma cicatriz.

Prazer, meu nome é Maria.

Mas podes me chamar pela forma que achares mais conveniente ou conivente.

A população em geral não sabe o que está acontecendo,
e eles nem sequer sabem que não sabem.
NOAM CHOMSKY

"Jesus ou Barrabás?" – consegui ouvir um dos policiais falando ao outro mais novo, que parecia iniciante. A arma continuou apontando em direção a dois estudantes barbudos, cabelos longos, manifestantes contra o golpe de Estado que estava em desenvolvimento no país. Os garotos estavam em frente ao Trianon e carregavam a faixa "Não vai ter golpe." Antes que o jovem policial conseguisse responder algo, o mais velho, sarcástico, soltou "Nos dois" e começou a apertar o gatilho. Uma bala de borracha atrás da outra em direção aos estudantes. O Marcelinho, o Pedrão e eu corremos na direção contrária, no sentido da rua que fica ao lado do Masp e desce para a Avenida Nove de Julho.

Paramos em frente ao recém-inaugurado Mirante da Nove de Julho. O Marcelinho tinha dificuldades para respirar devido ao gás lacrimogênio que se espalhou ao redor do Masp e atacou sua bronquite. Sorte que ele estava com a bombinha na mochila. O Pedrão, inconformado: "Vocês ouviram aquele policial? Ele tirou uma antes de meter bala na molecada que estava do outro lado da rua. Meu, estava tudo tranquilo. Todo mundo de boa."

"Ouvi, Pedrão. É foda, parece que eles têm prazer em machucar as pessoas", respondi. O Marcelinho continuava mal, não dava nem pra pensar em subir novamente a rua em direção à Paulista. Demos um tempo dentro do bar do Mirante. Um cheiro gostoso de café no ar. "Caralho, olha o preço desse *cappuccino*. Dá pra comprar uns dez cafés na padoca da quebrada", falou o Pedrão. "Café de *playboy*, café *gourmet*", satirizou o Marcelinho.

Ficamos só na vista, muito bonita, por sinal. Porque comer ou beber algo ali era impossível para uma cruspiana. Optamos por dividir um sanduíche de pernil no bote da Augusta, perto do cinema do banco.

Falei pra usarmos ao menos o banheiro pra lavarmos o rosto, tirarmos aquele cheiro de gás das nossas mãos e o Marcelinho poder tomar um pouco de ar. Mas, que merda, nem em um bar de *playboy*, em que um café é mais de dez reais, tem papel higiênico.

Resolvemos sair pela rua do outro lado do Masp. A manifestação havia se dispersado, sobraram apenas uns *blocs* segurando a onda pro resto da molecada poder se proteger. Esses máscaras faziam presepadas em alguns momentos, davam motivos pra polícia sentar o sarrafo, porém, tenho que admitir: se não fossem eles em algumas manifestações, nós estaríamos perdidas. Na hora em que o bicho pega, eles começam a fazer atos pra polícia ir atrás deles e deixar o resto da galera se organizar ou sair com mais proteção.

Na última eleição presidencial, os ânimos ficaram acirrados no país. Até o dia da votação do segundo turno, ninguém sabia no que daria. O país todo ficou sem respirar até que saísse o resultado final. As pesquisas de boca de urna apontavam empate técnico. No Crusp, aquela aflição. Nos reunimos no 403 do A, em que o Batista e a Ida moravam, para acompanharmos o resultado. Quando o Tribunal Superior Eleitoral começou a soltar os resultados, a disputa estava quase voto a voto. Dilma na frente, mas por uma pequena margem. Tínhamos informações, pelas redes sociais, de que aqui, no diretório tucano de São Paulo, havia festa: eles talvez tivessem acesso aos resultados de maneira informal e ilegal. Porém, os votos que faltavam eram, na maioria, das regiões Norte e Nordeste, locais em que a Dilma tivera uma votação significativa no primeiro turno. Ainda demorou cerca de uma hora para o veredito final: Dilma havia sido reeleita. Todos que estavam no apartamento gritaram, ouvia-se a comemoração em quase toda a moradia estudantil, as pessoas se abraçavam nos corredores. Eu mesma saí pelo corredor do quarto andar berrando igual a uma maluca, fui descendo pelas escadas, abraçando quem via pela frente.

Eu e a galera mais próxima da USP sabíamos de muitos dos problemas do PT, de sua direção, das alianças com o PMDB e adjacências. Porém, tínhamos consciência dos avanços sociais que o país teve nas administrações petistas, apesar de distantes do que almejávamos. Perder a eleição presidencial para os tucanos, naquele momento, seria quase o fim do mundo.

O Marcelinho me deu um toque: "Madá, estou melhor. Vamos continuar." Decidimos ir em direção à Augusta. A manifestação havia sido dispersada, o que deu muita raiva.

Imagine se isso
um dia isso
um belo dia
imagine
se um dia
um belo dia isso
cessasse
imagine
SAMUEL BECKETT

Talvez, eu fosse a única pessoa do mundo sem história. Na Colônia, parecia existir um pacto para que o deserto da memória fosse congelado. Lembrava-me de quase nada. Faziam questão de só me ater ao presente, faziam de tudo pro meu passado sumir. Eu também fazia um belo esforço para fatos do passado não se fazerem presentes na minha mente. Não suportaria recordá-los.

As recordações da infância foram mesmo apagadas, por eles, por mim. A única imagem era a presença constante da Sra. Immacolata. Engraçado, não rememorava os outros, sentia apenas a pestilência da desgraça. A velha enfermeira vinha na lembrança como um bálsamo inseguro, mas a me proteger, quando era possível. O que seria de mim sem a Sra. Immacolata? Ela era quem tratava o sangue que escorria pelas minhas entranhas.

Para tanto, só me exigia que guardasse segredo das aulas de alemão que me ensinava. E que não falasse com ninguém nessa língua. Sempre achei estranho. Por que ela me ensinava o alemão se era italiana? Eu tinha que aprender escondido o idioma de um tal de Goethe, era o que ela dizia. E daquele tal de Adolf. Em nenhuma situação eu poderia falar alemão, em nenhuma. Mais ainda, exigia-me que nunca olhasse para quem estivesse falando na língua germânica, nunca. Teria sempre de continuar a fazer o que me era destinado, sem olhar de lado. Segredo de nós duas. O segredo sagrado, ela dizia. A Sra. Immacolata costumava dizer que eu era um ser divino, a única que fazia a ligação entre o céu e a terra, mas quem realmente parecia santa era ela.

Sei que ela queria o meu bem, ao contrário dos outros. As exceções eram alguns dos passageiros: pessoas que chegavam do nada e do nada também desapareciam. Ah! Se não fosse essa enfermeira, o mais próximo que tive de uma mãe, de uma deusa, caso mulheres como nós pudéssemos ser referências, dar conselhos ou mandar, algo impensável nessa Colônia.

Não sei como é lá fora, nunca me deixaram sair. Na realidade, entendia muito pouco da vida. Os outros davam a entender que não devia saber. A Sra. Immacolata falava que era melhor eu não saber, pelo menos naquele instante: "*Un giorno te lo diró, figlia mia*" – o carinho sempre em italiano, o alemão era a língua para as preocupações; o italiano, para o afeto.

Mas o idioma mais falado na Colônia era o castelhano, afinal estávamos no Chile. Somente os homens com algum comando comunicavam-se em alemão. E só entre eles, exceção feita a quando dirigiam a palavra à Sra. Immacolata. Estávamos no Chile, mas quem mandava eram os alemães.

"Maria, creia no que e como quiser, só não fale isso a ninguém" – respondeu com toda delicadeza a Sra. Immacolata quando perguntei em qual Cristo acreditar. Ela costumava me contar dos sacrifícios dele, das moléstias, da via-crúcis, do oferecer a outra face do rosto para alguém bater. Um Jesus incapaz de revidar qualquer agressão. Ela me contava isso apenas quando estávamos a sós. Na Igreja da Colônia, porém, o padre narrava um filho de Deus diferente, mais altivo, que não se curvava aos inimigos. "Hoje, na missa, o Professor fez questão de tomar a palavra do Padre Paulo e ressaltar que Jesus enfrentou os judeus e só não os massacrou porque não tinha uma comunidade unida e preparada militarmente para enfrentá-los. Alguns de seus seguidores ficaram com dúvidas, e Jesus pagou por todos." A minha protetora contemporizava: "As histórias são complexas e escritas pelos homens. Deus pode estar metido nisso ou não." Por ter minhas razões para não confiar no Professor, optei pelo Cristo da Sra. Immacolata que pregava perdoar a todas as pessoas e não atirar pedras em ninguém, ainda que eu mesma nunca perdoaria e, com certeza, apedrejaria até a morte o Professor e seus *kapitäne*.

O Professor Schäfer era o que eu mais temia. Todos os dias, no banho, eu me esfregava com as escovas mais duras, para ver se conseguia tirar o cheiro dele do meu corpo. Ele chefiava a Colônia *Dignidad*. Com exceção do Conselheiro, ninguém se atrevia a olhar diretamente nos seus olhos azuis, que marcavam as trevas a reinar nesse local. Vivia recluso, é verdade. Só saía do *bünker* para fazer seus discursos no pátio uma vez por semana, ir à missa semanal ou para receber alguma autoridade na Colônia. Isso durante o dia. À noite, suas sombras costumavam atravessar os dormitórios infantis.

Diziam ser aquele um lugar bonito, que éramos dignos e honrados por viver ali. *Der* Lehrer Schäfer citava isso nos discursos. Ele também tinha uma frase que deveria ser repetida por todos ao final de cada fala sua: "Silêncio é fortaleza." Todos tinham que esticar o braço e gritá-la, não importa se criança ou adulto. Havia outra marcante nas missas: "Deus, esforço e disciplina." Os passageiros que acabavam de chegar falavam que existia vida depois da muralha da *Dignidad*. A partir de certo tempo, paravam de dizer essas coisas ou sumiam dali. Ninguém sabia para onde tinham ido. Ou não queriam saber. Ou preferiam não dizer. Até a Sra. Immacolata era vaga quando eu lhe perguntava sobre o repentino desaparecimento deles: "Eles estão agora em um lugar melhor, mais perto de Deus, *figlia mia*." Com o tempo fui imaginando, entendendo o "lugar melhor".

Às sombras do Professor, somavam-se outras durante a noite. Nos quartos das crianças e dos adultos. Também, era grande a movimentação de carros no pátio e gritos de desespero após às dezenove horas, momento em que todos os servos eram obrigados a se recolherem aos dormitórios. Nada eu via, as janelas ficavam a uns três metros de altura. Apenas ouvia e tomava um calmante que a Sra. Immacolata me fornecia e que eu deixava junto a um copo de água na mesa de cabeceira. Os urros eram infernais. Ainda assim, sentia-me de certa forma aliviada com os berros vindos do galpão: sabia que naquela noite não receberia as visitas das sombras, que já estavam ocupadas. Nós os chamamos de sombras, no entanto sabemos muito bem quem são. Com ou sem visita, o melhor é ficarmos calados. As sombras eram o ponto final nos diálogos infantis. Afinal, silêncio é fortaleza.

A crueldade é um dos prazeres
mais antigos da humanidade.
FRIEDRICH NIETSCHE

O que vemos é o sentido do que fomos. Ou do que supomos que fomos. Tinha nitidez do não-papel a mim oferecido na história.

Não adiantava pensar muito. A vida petrifica a vontade de romper. A vida seguia. Seguia-se cada vez mais o sinal da cruz. A história, será que seguiria? Não há sacramentos que me livrem de tais tormentos. Reclusa, contida. A fazer o possível. A tentar. Tentação de Cristo.

Nossa, como Ele pensou em enfrentar esse Templo o tempo todo? Ele era de dentro. E ainda tinha os romanos. Para que sair a pregar? Pregar: as batidas não saem da minha cabeça. Que mal Ele fez? Que mal eu fiz? Que mal farei ao mostrar a caminhada que fizemos juntos? Que mal nos fizeram! Só eu teria de ficar isolada. Nada a declarar ao livro consagrado. Por tudo quanto era mais sagrado. Evangelho perdido, evangelho roubado.

Seguia os dez mandamentos, mas me abrigava no décimo primeiro.

O pão tinha de ser pago, as moedas eram poucas. Poucas e boas nessa vida eu passei. A vida passa. Passado, passada para trás.

Homem é que pode ser filho de Deus. E chefe. Mulher, não. Sobram os sacrifícios da vida. Deus me livre, sei o quanto Ele foi sacrificado. Meu amor. Amor da vida, Joshua. Faz muita falta. Por mim, estaria ao meu lado. Seria carpinteiro, igual a um dos pais, ou aos dois. Carpinteiro foi o criador. Mas era o Filho. E eu, a mulher. Uma mulher. A mulher. Abandonada e descrente. Igual a tantas. Igual às santas?

Quem crê em destino? Eu até tentava responder, mas não me atentava para a verdade. Outros homens se aproximavam, seria mais fácil. Mas não dava. Eles não deixariam. Pedro, Tomé, Mateus, João. A sina era ficar sozinha. Virar-me sozinha. Esse é o início, nenhum verbo. O resto se vê depois.

De certo, não sei se estava certa ou errada. Mas muitos continuaram a sua jornada, disseram a sua palavra, mesmo com a perseguição. Pedro e Marcos saíram. Faz muito, ninguém a vê-los, alguém a velá-los? Santo Deus, os romanos continuavam a perseguir. O Templo aplaudia. Por que tanta maldade na humanidade? Joshua estava certo. Nem assim mudou. Diziam que muitos eram jogados aos leões. Crucificados, enforcados, esquartejados, tal qual faziam com os bichos no Templo. Onde Ele estará? Saudades, meu bem. A palavra cada dia mais forte. É pedra, mas não só de Pedro. Mesmo eu, a mulher, continuei como outras, na mesma, eu mesma. Sei que queriam me apedrejar, como outras. E sem Ele pra me ajudar. Tinha que ser assim.

Assim? Assim.

O nome. Maria. Madalena. Mírian. Mariam. Mágdala. Magadan. Magdilã, o original. Ficarão tantos nomes. Para tão pouco. Diziam que Pedro escrevia em meu nome. Não era possível. Tantos nomes, tantos significados. Não me deram a palavra, só o nome. Os do Templo e da igreja falavam meu nome e diziam que a minha cabeleira e o meu cheiro eram de uma prostituta. Magdilã. Os antigos seguidores diziam que eu era Mágdala da Torre. A Mulher da Torre, a guardiã dos ensinamentos de Joshua. A mulher-farol. Pedro nunca aceitou isso, Paulo tampouco. Mulher, nesse mundo, ser guardiã de algo? Nunca os homens aceitariam isso. Guardar os filhos, guardar o marido. A Torre, jamais. Deixem-na desmoronar. Nem filhos eu tive. "Não te preocupes, tu criarás todos", dizia Joshua. Myr, a amada. Yam, Deus, diminutivo de Yavé. A amada de Deus, Myryam.

Na minha época, a pessoa era o nome. A elucidação de quem somos. Meus pais só queriam isso: que eu tivesse um nome, e que ele significasse algo de bom. A amada de Deus, a protegida. Ironia da história: fui amada, de outra forma, pelo Filho. Magdilã e Joshua. A Mulher da Torre de Pedra Dele. Pedra que não deveria ser arremessada. E tentaram arremessar as pedras da minha torre contra mim, a mesma mulher. A mulher Dele não poderia ser a guardiã da Torre. A palavra era dos homens. Nem o nome me deixariam ter.

Com o tempo, uma imprensa cínica, mercenária, demagógica e corrupta formará um público tão vil como ela mesma.

JOSEPH PULITZER

O Marcelinho foi taxativo, até profético, em relação ao que via na tevê: "Oswald de Andrade já dizia: 'Verde e amarelo dá azul? Dá azar!'" Todos rimos. O Rasta prosseguiu o papo: "Oswald e Mário de Andrade eram tipo Pelé e Coutinho, uma dupla perfeita. Só que com uma diferença: os dois eram Pelés." O Pedrão preferiu dar uma botinada no rei: "Mas só dentro de campo, porque fora dali o Pelé é um desastre." Concordamos. "E pensar que esse cara poderia ser uma referência para os negros brasileiros, tal qual o Muhammad Ali tinha sido, para os dos Estados Unidos."

A Paulista estava novamente repleta de gente vestida com a camiseta da seleção brasileira. A Rede Globo, literalmente, convocava as pessoas a irem àquele ato da insensatez. O pacto dos patos tomava dimensões inesperadas.

"Olha esses sem-noção, tirando *selfie* com os cães de guarda do Alckmin. E pensar que, na semana passada, esses mesmos policiais estavam descendo bomba e bala de borracha na estudantada!" O Marcelinho tinha razão, a cena era surreal. Provavelmente, aquele soldado que gritou "Jesus ou Barrabás?" estivesse no meio.

"Cara, eu não entendo as razões de a tal Secretaria de Segurança Pública ainda não ter mudado de nome. Segurança à população não existe, sobretudo pra quem mora nas Cidades Tiradentes da vida, ou melhor, da morte. Os índices de expectativa de vida dentro da cidade de São Paulo são assustadores. Quem nasce em bairro de *playboy*, tipo Jardins, Vila Madá e o caralho-a-quatro, vive vinte anos a mais que um morador das quebradas, tipo Jardim Iguatemi, que é a minha área. Vinte anos! A minha idade, a minha vida inteira. E a PM colabora e muito pra esse índice ser tão desigual, ao matar os pretinhos na periferia e dar cobertura aos de colarinho branquinho dos bairros de classe média ou alta de SP. Ou seja, o bordão 'Pública' só serve à verve paneleira da sociedade. O nome da tal secretaria responsável em fazer a limpeza étnica das vidas inobservadas nas bordas da sociedade deveria ser 'Secretaria de Repressão de Estado' ou 'Secretaria de Violência contra o Público'", era o filósofo Pedrão dando uma aula de Sociologia da Desigualdade a todos nós, para concordância do Marcelinho: "Ninguém me tira da cabeça que o crime mais organizado do país é o militar."

"Você é uma santa?" – falou com as poucas forças que tinha. "Sou a Madá", foi a única coisa que consegui responder à garota ferida. Eu parecia até mais assustada que ela. "Não perguntei se você é a Madá, perguntei se é uma santa. Como você estaria aqui se não fosse?" Olhei em volta, estávamos em uma cela de prisão. Não conseguia ver meu corpo, mas ela me via. "Eu estava dormindo; 502, do bloco A do Crusp..." – no que ela me interrompeu: "Do Crusp... Então, você também é estudante da USP. Uma santa na USP, vê se pode, devo estar tendo alucinações por causa dos choques elétricos." Aproximei-me dela que, deitada, não conseguia mexer muito o corpo. Perguntei seu nome: "Catarina, da Filosofia. Fiz muitas reuniões no térreo do Bloco A da moradia estudantil. Não sei como os militares ainda não retiraram os cruspianos. Se bem que se retirarem, nós voltamos e reocupamos." Lembro-me bem da histórica ocupação dos estudantes e da invasão do Exército, em 1968. "Estamos em qual ano?", perguntei. Apesar dos diversos hematomas, ela sorriu: "Pelo visto, a santa está perdidinha. Não se fazem mais santos como antigamente. Mais um motivo para eu não crer mais em Deus." Fiquei sem reação: não tinha forças para ajudá-la e ainda mostrava minha fraqueza de tantas gerações. Ela continuou: "Novembro de 1968. E já vou lhe adiantar o trabalho: o Dr. Nagib é quem matará Jorge e eu. Como sei? Não sei. Vai ver os choques elétricos tenham libertado o porvir. Eu e o meu marido morreremos de cabeça erguida. A história já nos salvou." O sonho se desfazia. Acordei. Mas, passado tantos anos, ainda tem gente que não despertou, no Brasil, para os horrores de uma ditadura. E, com isso, o porvir torna-se cada vez mais sombrio. A história não nos salvará se não a relembrarmos a todo instante. Ufa!

Hoje mamãe morreu.
Ou talvez ontem.
ALBERT CAMUS

Quem comandava a Colônia era o Professor; porém, sempre achei que a autoridade máxima era o Conselheiro. Todos os dias ele vinha conversar com a Sra. Immacolata, trazia flores do jardim e mostrava um carinho muito grande pela minha protetora. Tirante os momentos em que estava ao lado dela, não abria o rosto para nada, carregava um ar funesto. Nunca trocaram um abraço, deram um beijo; entretanto, ele a amava e ela o deixava amá-la, mas não o amava. Fugia a cada dia com uma desculpa diferente, o Conselheiro aceitava, e isso chamava a minha atenção. Não o fato de ela escapar de suas garras, imagina tocar o corpo daquela mulher de perfume sagrado... O que eu achava estranho era aquele homem continuar a correr atrás dela depois de tantas tentativas frustradas. A Sra. Immacolata certa vez me falou que ele a protegia do Professor, por isso tratava-o com respeito. "Beijá-lo seria demais, e nunca mais pergunte isso", repreendeu-me.

As sombras do Conselheiro nunca me visitaram, e acho que a Sra. Immacolata tem a ver com isso. Ele nunca sorriu para mim ou me dirigiu a palavra, e não me humilhava, tal qual fazia com os outros servos da *Dignidad*. A Sra. Immacolata me contou, sem dar maiores detalhes, que aquele homem tentou mudar o curso da história da humanidade igual a um Deus. Ou a um Diabo, termo talvez mais apropriado. Disse ainda que ele só não atingiu o objetivo porque quem tinha de ouvir seus conselhos preferiu caminhar com as próprias pernas e perdeu a guerra. Imaginar que o Conselheiro tinha tanto poder a ponto de influenciar o rumo de todos os seres humanos me dava um calafrio.

Quando perguntava à Sra. Immacolata sobre os meus pais, local em que nasci, se tinha irmãos, ela afirmava não saber e parecia não mentir. Dizia que tinha algumas suposições, mas que não podia me contar ainda; talvez no futuro, talvez nunca. Falava apenas que me conheceu em um dia em que minhas narinas queimavam com o cheiro das fumaças vindas de uma chaminé, e que eu estava sozinha e desesperada. E parava por aí. Como eu era muito pequena, não me lembrava disso. Minhas memórias mais distantes, quando muito, remetiam às sombras da madrugada, aqui na Colônia. Sangue, muito sangue saindo de mim. Lembrava-me de que, logo na manhã seguinte às tais visitas sombreadas, eu ia ao local em que ficavam os produtos de limpeza e esfregava tudo que encontrava pela frente, no meu corpo. Quantas foram as ocasiões em que a Sra. Immacolata teve de tratar dos meus sangramentos e também das queimaduras na minha pele causadas por amoníacos, sodas cáusticas e desinfetantes. Ela não passava nenhum remédio, pomada ou creme nas queimaduras. Somente as suas lágrimas, e o que não faltavam eram lágrimas naqueles olhos cataratas. Eu sorria a cada gota que pingava em minha epiderme, sentia alívio imediato das dores carnais e da alma. Em relação aos sangramentos, ela dizia apenas: "Deixe sangrar que o sangue que escorre leva junto as impurezas dos homens." E rezava! Como rezava aquela mulher! Em latim que, para ela, era a única língua que Deus entendia sem a necessidade de intermediários.

É preferível não viajar
com um homem morto.
HENRI MICHAUX

Como somos, sem a palavra? Somos o nome que nos deixam ter. Era só seguir a palavra de Deus. Sem templos, só a palavra. Em teu nome, amém. Ama o próximo como a ti mesmo. Mesmo. E deem o seu nome. Não o meu nome. Ele, tinha que ser o Dele. Joshua falava bem. Quando começava, todos paravam para ouvir as palavras. Eram lindas demais, nunca ninguém tinha ouvido nada igual.

E era a verdade.

Um profeta, um poeta. Meu amado tinha a palavra correta. A união perfeita. A previsão certa com a palavra correta. Havia algo de errado nisso? Sim. Os templários e os donos do império achavam que sim. O lugar era errado. Por isso, ele pregava. Por isso, foi pregado. As palavras fortes poderiam ser para ajudar quem necessitava. Ou para importunar quem as detestava.

Meu amor dizia que a poesia e a profecia eram sinônimas. Poesia e profecia eram assunções de uma atração pelo abismo. A palavra já existia no Templo, não havia a necessidade de se criar outras. O dono da verdade. Era demais.

As pessoas falavam a Ele que queriam escutar a verdade, mas os humanos sempre se sentiram atraídos pela mentira. Meu amor me dizia: “Por que os acontecimentos trágicos marcam mais a vida do que os bons?” Queriam que Ele falasse de coisas belas, do amor. No final das contas, porém, pediam-no que falasse sobre o fim dos tempos. E aí sim, ficavam impressionados. Joshua sabia disso, treinava comigo cada palavra que usaria no dia seguinte.

"Não confia no improviso", advertia. "Tal qual dias e pedras, as palavras não voltam para trás". As mais belas palavras saíram de sua boca, mas o fim do mundo no castigo divino também era tema da oratória. Os poetas e os profetas sempre trabalharam com esses opostos, céu e inferno, salvação e defenestração, crime e castigo.

Quando Joshua foi pego, que desassossego! Um de nós. Foi um de nós que não honrou a palavra? Só Deus sabia o que viria. E a mensagem de que voltaria, Joshua deu-a a mim. A mensagem, a palavra. Nunca aceitariam isso. Como a mim? Doze homens, e a sentença citada a uma mulher? Tinha sentido. Eu amparararia a mãe Dele, depois de acompanhar a sua agonia. De vê-lo apanhar.

O Pai, a olhar. Eu, a orar.

Quando Joshua morreu e ressuscitou, ficava feliz em saber de sua continuação; mas por que não comigo? Eu queria tê-lo face a face, todos os dias. A igreja não precisava ter o santo todos os dias. E morto. Ficasse aqui, vivo, junto de nós. Que morresse depois, como nós morríamos. A vida que se escorria para fora da existência.

Joshua me avisou de que seu fim nessa terra não seria tranquilo: sabia a dor que passaria, talvez não no modo como ocorreu. Por isso a exclamação: "Pai, por que me abandonastes?!" Que sabia, sabia. Talvez a forma o surpreendeu um pouco. Ninguém espera isso do Pai, apenas dos homens.

Nada é mais repugnante do que a maioria,
pois ela compõe-se de uns poucos antecessores enérgicos;
velhacos que se acomodam; de fracos, que se assimilam,
e da massa que vai atrás de rastros,
sem nem de longe saber o que quer.
JOHANN VON GOETHE

"Bora, Madá! Combinei com o Rasta de tomar uma breja com ele na História, antes de irmos ao *show* na ECA" – era o Marcelinho me apressando para terminar rapidamente o banho. Abri a fresta da porta do banheiro e disse para ir se encontrar com nosso camarada, porque eu ainda iria passar no Bloco B para ver a Cleide. Tentaria convencê-la a ir à festa, mesmo sabendo que ela não curtia esse tipo de balada e, via de regra, rumava, no sábado bem cedo, para a casa da mãe, em Itaquera. "Beleza, a gente se vê mais tarde."

Saí da ducha tranquila, sem ninguém pra me acelerar. Poderia experimentar com calma as opções de roupa, apesar de as opções de uma estudante dura não serem muitas. Há quase dois meses não dava uma trepada, passou do tempo. Uma mini com uma blusinha e uma rasteirinha. Calça *jeans*, um saltinho e uma blusinha soltinha. Virei-me para o espelho, talvez fosse isso. Volto pra mini, mas com a blusinha laranja e uma sandalinha com apenas um saltinho de nada.

Recebo o *zap* da Cleide: "Demorô, hein...". Era a senha de que ela iria ao *show* e que eu estava bem atrasada. Na hora de espalhar glíter no rosto é sempre a mesma dúvida: qual cor fica melhor em uma pele negra? Hoje exagerei na maquiagem – tudo para disfarçar as olheiras de final de semestre. Coloquei tanta base, rímel e corretivo que pareço estar mascarada. O disfarce vai por água abaixo; afinal, a máscara quase sempre mostra mais da pessoa do que o próprio rosto. Exponho-me nos diversos sentidos, sentimentos e sentimentalismos. Talvez seja por isso que prefiro vestir quase todos os dias as minhas próprias e naturais máscaras, das minhas várias faces, fases e frases. O mundo que tentasse decifrá-las. Passo o batom vermelho fatal e corro ao apê da Cleide.

"Aonde você vai com esse batonzão vermelho?" – me recebeu a Cleide. "Fatal" – respondo. "Mulher fatal!" – interagiu. "Por enquanto, apenas batom vermelho fatal." E continuei: "E essa calça branca justíssima! Sua bunda está tão grande que chega quase na portaria da universidade. Quando eu crescer, quero ter um bumbum desses!" "Só uso essa calça aqui nas festas da USP. Se estou em casa, nem pensar em sair com ela na frente da minha mãe. Ela já vai logo falando 'Cleide Joana, volte pro seu quarto e coloque uma roupa que não seja de puta.'"

Atravessávamos a Praça do Relógio quando dei um toque de que o Rasta continuava querendo ficar com ela. Logo tratou de cortar o barato: "Ih, Madá. O Rasta é só pra amizade mesmo. Acho que nem isso, é capaz dele nem me ver mais nessa vida. Nem ele, nem todos vocês." Não entendi: "Aí, gata, tá surtando" "Nada, amiga, sabe aquele gringo que está realizando um projeto de informática lá na empresa..." – prosseguiu a Cleide. "Sei, aquele que você ficou na semana passada" – recordei. "Então, ele me convidou pra ir morar na Inglaterra, vai até arrumar um trampo pra mim na firma de TI da família. Não iremos morar juntos no início, mas namoraremos, e ele se comprometeu a pagar o meu aluguel enquanto eu estiver em Londres" – explicou. Tenho um pouco de aversão a esses acontecimentos muito impactantes, desenvolvidos no calor do momento. E imaginava em qual calor do momento isso havia sido formulado, o que era mais perigoso ainda. "Mas, Cleide, você conheceu esse cara há poucos dias, falou até que ele é fraquinho na cama, apesar de bonitinho, e agora quer acompanhá-lo, meio que no escuro para o Reino Unido?" Ela respondeu com a peculiar ironia: "Já fiz tanta coisa boa no escuro que, se for por esse argumento, fico com mais vontade de ir. E não estou pensando em meter as caras por causa do John. Você sabe que não estou curtindo o curso que faço, só não parei ainda porque pobre não pode se dar ao luxo de se evadir de uma faculdade pública e ficar sem nada. Por causa da viagem, vou trancá-lo. Posso aproveitar a minha estada e estudar inglês. Além disso, receberia em *pounds*. Um mês de salário na Inglaterra dá quase seis meses do que ganho aqui."

Eu sabia que, quando ela decidia fazer algo, dificilmente alguém a demovia da ideia. Ademais, percebia que ela realmente estava querendo mudar de ares, sobretudo depois que acabou de reformar a casa da mãe. Viajaria com a convicção de ter realizado a sua obrigação com a família. Obviamente, a chance de dar merda era grande. Mas já era; a minha amiga tiraria o passaporte e compraria as passagens o mais rápido possível.

Chegamos à ECA, uma caralhada de gente. Demoramos uns dez minutos para achar os meninos. Já estavam calibrados. O Rasta, sem perder o costume, foi abraçar a Cleide e jogar as famosas gracinhas: "É hoje que essa mina não escapa." Ela dava risada. Os dois dariam um belíssimo casal; pena a minha amiga levar tudo na brincadeira. O Rasta era gente boa, carente demais, criado meio que sozinho, apenas pelos tios. Trabalhador, inteligente, um verdadeiro roqueiro guerreiro. "Madá, você viu quem dará uma palinha na apresentação do *Malaquias na Cozinha*? O Lirinha, do *Cordel do Fogo Encantado*" – disse o Marcelinho. Ganhei a noite.

Fui com o Marcelinho pegar breja para nós cinco. O *show* ainda não havia começado, mas o DJ Crápula estava mandando bem. Brinquei com o Marcelinho: "Será que a sua bronquite aguenta a balada de hoje e mais dois dias de Virada Cultural?" Ele sorriu: "O que minha bronquite não suportava mais era aquela vida de vendedor de sapato em *shopping* que eu levava, cheirando chulé dos outros o dia todo e sendo obrigado a ficar ajoelhado pra por os sapatos nos pés dos clientes".

Antes de comprarmos as bebidas, pedi ao Marcelinho para irmos até uma área mais afastada; queria fumar. No dia a dia, desencanei de usar essa bosta, mas em festas, junto com uma cervejinha, não resistia a queimar uns dois cigarros. Aproveitamos para trocar uma ideia: "Sei não, Marcelinho, mas o golpe está cada vez chegando mais próximo da Dilma." Não queria quebrar o barato da balada, mas não conseguíamos deixar de falar sobre o difícil processo político brasileiro. O círculo estava se fechando, o circo estava armado. "O pior é que não sinto uma força popular capaz de deter o avanço golpista. Os setores mais à esquerda estão anestesiados." Minha cara era de concordância: "Anestesiado é pouco. O ataque da velha mídia e dos grupos profissionais atrelados aos coxinhas nas redes sociais está violentíssimo. E tudo sob patrocínio da Fiesp. A classe média cai que nem patinho". O Marcelinho ainda fez uma consideração interessante: "O que fico mais revoltado é que as pessoas não veem as repercussões negativas que esse ataque à democracia e a consequente política de austeridade das tranqueiras do PMDB e dos tucanos trarão a elas mesmas."

Fiz cara de quem necessitava de maiores explicações para entender; ele prosseguiu: "Quais grupos econômicos ganharão com esse golpe? Simples, algumas megacorporações estrangeiras, como petrolíferas, algumas dos setores de tecnologia, que querem quebrar a lógica do *software* livre. Fora esses grupos, há os grandes conglomerados que dominam a Fiesp. A maioria das indústrias brasileiras é composta de pequenas e médias empresas, e não ganharão nada com o clima de recessão, tampouco terão acesso a recursos estatais para financiar suas atividades no pós-golpe."

Senti meu celular tremer na bolsinha a tiracolo. Era um *WhatsApp* do Rasta: "E aí, foram buscar as brejas na Pça. Panamericana? Ou na Alemanha?" Respondi, primeiramente, "Sim". Alguns segundos depois, mandei outra: "tamo chegando." Quando nos aproximávamos, vi o Rasta abraçando a Cleide por trás, fingindo dançar um *reggae* que estava rolando. "Que porra é essa, Rasta? Roqueiro pagando uma de reggeiro?", brincou o Marcelinho. "Faço isso pra agradar *Jah*. E para honrar o meu rastafári." Entrei na discussão: "Esse negócio de misturar rock e reggae não dá certo. Rock é uma reta, reggae é uma onda". Colocamos as cervejas para cima e brindamos.

Passados uns dez minutos, os tambores tocados pela Kátia Lira começaram a ressoar: *Malaquias* na área. A estudantada foi à loucura. Dancei pacas, o Rasta não deixou a Cleide solta um minuto sequer, mal sabia que aquela poderia ser a última balada que faria com sua musa – em menos de um mês, ela zarparia para Londres.

Os mais fáceis de se machucar, as pessoas que mais dor sentem ao viver, os mais sensíveis, são os mais vulneráveis. Em contrapartida, esses filhos da puta que se dedicam a atormentar a humanidade vivem vidas longuíssimas, não morrem nunca. Porque não têm uma glândula, que na verdade é bem rara, e que se chama consciência. É a que nos atormenta pelas noites.

EDUARDO GALEANO

Muitas coisas me intrigavam naquele lugar. O que faziam tantos alemães no Chile? E o fato de não nos deixarem sair, de não deixarem os passageiros a sós conosco – sempre havia alguém da *Vigilância dos Bons Costumes* espreitando nossas conversas –, o motivo de tanto armamento se não éramos atacados, as muralhas, o fosso, os ferozes cães, o que nos era ensinado na escola, a rádio. Será que nós, alemães, éramos tão especiais como diziam na Colônia? Falei em "nós, alemães", pois isso é o que diziam na escola. Mas, no dia a dia, não era tratada como uma germânica. Apenas os dirigentes tinham a distinção da raça pura. No máximo, alguns servos loirinhos eram tratados dessa forma, o que não adiantava nada, porque as sombras da madrugada também os visitavam.

Tudo bem que ali havia tudo o que se presumia que uma cidade devia ter: escola, hospital, padaria, área de cultivo, pequenas indústrias, gerador elétrico próprio, departamento jurídico, muita segurança e insegurança. O arsenal que existia ali daria para defender umas cem colônias.

Ficava pensando em quem seriam nossos verdadeiros inimigos. *La Maestra* Braun vivia falando dos terríveis comunistas, comedores de *niños*. Os americanos já foram inimigos, mas não eram mais.

Nos últimos tempos, aumentou a visita de estrangeiros na Colônia. A maioria falava espanhol, mas começaram a circular alguns homens mal-encarados a falar inglês – a Sra. Immacolata é que me disse qual era a língua deles. Há outros homens que falavam castelhano de um modo diferente, e chegamos a receber até falantes de português. Um dos passageiros me falou, com medo, tratar-se de brasileiros.

Os passageiros tornaram-se, com o tempo, cada vez mais passageiros, quase não tínhamos contato com eles. Geralmente, ficavam retidos, apenas, no Galpão dos Gritos, e isso não era um bom sinal. O tráfego de veículos e pessoas, à noite, aumentou. Berros cada vez mais doídos. Por que *Der* Lehrer Schäfer tinha tanta raiva daqueles pobres coitados?

As aulas secretas de alemão da Sra. Immacolata se faziam cada vez mais presentes, à mesma medida em que sua saúde dava sinais de fraqueza. Ela não me dizia o que tinha, e eu não tinha coragem de perguntar ao Dr. Hopp. Parecia algo a corroê-la por dentro. Ela se mostrava agoniada para saber se eu já entendia o que os dirigentes falavam. Era sincera: quando eles falavam mais lentamente, conseguia captar algumas palavras soltas. Consegui traduzir, certo dia, que estavam preocupados e eufóricos com a visita de um tal soldado Ugarte. Tratava-se de alguém poderoso, apesar da baixa patente. A minha protetora ficava feliz com meu avanço na aprendizagem, mas exigia de mim que dobrasse o número de horas de estudo. Sempre com as recomendações: não fale para ninguém que você está aprendendo alemão e nem olhe pra quem esteja falando nessa língua. Prometi a ela que nunca falaria uma palavra germânica, tão somente ouviria. Ela me falou que, na hora certa, saberia o que fazer com as audições dos dirigentes.

O Conselheiro passou a visitar a enfermaria com maior frequência. Eu e a Sra. Immacolata tivemos que redobrar a atenção para que ele não desconfiasse das nossas aulas secretas. Ele também andava atormentado quanto ao estado de saúde da minha protetora. Certo dia, em especial, os dois pareciam mais emocionados. Em geral, costumavam conversar na minha frente, mas acabaram saindo em direção ao pátio para dialogarem. Percebi a cara de descontentamento do Professor Schäfer olhando-os pela janela do *bünker*. Quando voltaram à enfermaria, resolvi perguntar, após a despedida do Conselheiro, o que haviam conversado. "Sobre *molte cose*, principalmente acerca do seu passado, presente e futuro, *figlia mia*." Por que eles conversaram sobre mim?

"Registrei toda a vida na Colônia, mesmo antes de virmos para cá, nos *Quaderni Della Memoria*. O tempo em que ainda trabalhava na *Croce Rossa*. Antes de eu morrer, mostro pra ti o local em que estão guardados" – disse-me a Sra. Immacolata, logo que me viu numa certa manhã. Quer dizer que eu não nasci aqui? O que seria essa tal de *Croce Rossa*? Por que tanto segredo? Por que ela não me contava diretamente isso? E o pior, ela devia estar nos últimos dias. Comecei a chorar sem parar na sua presença. Era a única pessoa em que eu confiava na vida, que cuidava de mim. Perguntei a ela se poderia chamá-la de mãe a partir daquele momento, no que houve uma concordância, com a ressalva: "Mas lembre-se que não sou sua mãe de verdade, e nem sei quem ela seja. Sempre a tive como *la figlia* que não pude ter." Engraçado, fiz esse pedido a ela, mas nunca a chamei por mãe depois desse episódio. Após um beijo na minha testa, continuou: "Saiba que o beijo que dou em ti é o único verdadeiro que darei daqui em diante na vida. Os outros serão apenas para te salvar e para que as pessoas de fora dessas muralhas possam saber o que aconteceu aqui e no local em que a encontrei."

A partir desse dia, sua saúde realmente começou a se deteriorar. Foi devagar, mas sentia que ela não era a mesma. Tentou manter a rotina diária de trabalho na enfermaria, as aulas secretas de alemão e um novo afazer: passeios de mãos dadas, nos fins de tarde, com o Conselheiro. Cheguei até a vê-la beijando o rosto daquele homem. Quanto nojo ela deve ter tido; no entanto, sei que fazia aquilo por mim, como se confirmou nos dias seguintes.

Os dois vieram conversar comigo: eu passaria a dividir o meu tempo entre a enfermaria (no período da manhã) e o escritório do Conselheiro (à tarde), que ficava dentro do *bünker*. Seria a sua secretária particular. No início, resisti à ideia; porém, a Sra. Immacolata falou que fazia parte do seu último pedido na vida, o que me fez aceitar. Dali em diante, o Conselheiro começou a me tratar como gente, ou algo parecido com isso, mesmo a contragosto, no início. Teve um lado bom: eu não precisava mais ir à escola.

Nessa época, eu já era uma adulta: "Sra. Immacolata, quantos anos a senhora acha que tenho?" – era a pergunta semanal que fazia a ela desde sempre. Ultimamente, ela vinha falando que eu tinha pouco mais de trinta anos de idade. Não era mais uma menina, talvez nem uma jovenzinha. Passei os últimos anos fugindo dos homens daquela prisão, fazendo de tudo para afastá-los de mim. E havia tempo em que os dirigentes não se interessavam por essa serva. Preferiam carne mais fresca. E quem não era dirigente não podia sequer pensar em se relacionar comigo ou com outras servas.

Mas durante anos, fui uma das favoritas do Professor, desde que me entendo por gente. Nunca engravidei. "Provavelmente por causa dos sangramentos dessa vida", dizia o Dr. Hopp. Melhor.

O cargo de secretária do Conselheiro me fez começar a desvendar alguns dos mistérios, embora o meu novo chefe não compartilhasse comigo mais do que o necessário para o trabalho. Entrei, logo de cara, com uma função de responsabilidade: ajudar a preparar a Colônia para a recepção do soldado Ugarte. Só se falava nisso no *bünker*. O Conselheiro ficou com a incumbência de realizar todos contatos para receber esse senhor, que parecia ter muito poder. As cartas preparatórias – serviços diplomáticos, segundo o Conselheiro – foram datilografadas por mim. Meu chefe vivia falando que o tal soldado Ugarte era um idiota que tinha de ser aturado, até porque o Professor Schäfer havia sido mentor do tal soldado e comungava de opiniões parecidas: "Não fale pra ninguém, mas no fundo são dois idiotas." Aquelas palavras mostravam que o Conselheiro começara a me delegar uma confiança que jamais pensei que ele pudesse depositar em mim. Isso, talvez, fosse consequência das conversas que ele vinha ter comigo assim que eu assumia o trabalho no escritório, no turno da tarde: "A Sra. Immacolata passou bem hoje pela manhã?" – perguntava ele, assim que eu chegava. As notícias iam ficando cada vez mais negativas, mas isso acabou me aproximando do novo chefe. Continuava com a certeza de que aquele homem não era flor que se cheirasse, porém a preocupação mútua com a que mais se aproximava de ser minha mãe propiciou que pelo menos tivéssemos uma relação de maior interação.

Por outro lado, a Sra. Immacolata me questionava todo dia sobre como estava o serviço no escritório e se o Conselheiro me tratava bem. Com as boas notícias que lhe dava, ela se acalmava. Comecei a perguntar sobre algumas informações que fui coletando no escritório: "A senhora acha que o Conselheiro e *Der* Lehrer Schäfer são inimigos de verdade?". Ela balançou a cabeça na vertical: "*Figlia mia*, eles sempre se odiaram. Só que o Schäfer necessita dos conselhos, pois não consegue planejar nada sozinho, e o Conselheiro precisa de uma fortaleza para se proteger. E, antes que eu esqueça, nunca mais fale "*Der* Lehrer", um dia você pode se enganar e soltar outra palavra em alemão." Relatei que praticamente estávamos focados na preparação do soldado Ugarte. "E você já conseguiu ver o nome e patente completa desse tal soldado?" – ela perguntou.

"Sim, Excelentíssimo Presidente da República Augusto Pinochet Ugarte."

A verdade é um cão escorraçado
e a mentira uma cadela que dorme à lareira.
WILLIAM SHAKESPEARE

Quem crê em destino é crente ou cretino? Rendo-me ao destino ou ele é mais forte que eu? O meu destino pertence a mim ou é destinado por outros? Posso ser mais forte que o destino, mas isso serve para alguma coisa?

Hoje me levantei questionando tudo e todos. O significado da vida parecia tão simples, antes de Joshua. Agora, são tantas as interrogações. A palavra divina estava em sua boca. Meus beijos também estavam em sua boca. A boca diz lindas palavras, o poema; a boca toca lindos beijos, o amor. O poema e o amor dividiam a mesma boca de Joshua. Que dividia a boca com a minha, parecíamos apenas um quando nos beijávamos. Deus o deu à humanidade. Mas me privilegiou com ter Seu Filho ao meu lado. Nora de Deus. Por favor, Senhor, não me ignore. Ignora? Só fiz o bem a Seu Filho, que fazia o bem a todos os outros seus filhos. Também sou filha de Deus. Ou só os homens podem sê-lo? Joshua dizia que todos éramos, por isso me salvou e me escolheu para ser sua companheira. A palavra do meu homem, depois de morto, não posso mais usá-la. Pelo menos, para fora. Pelo menos, nessa hora, ora! Só os homens. Só, os homens.

Olhava para a imensidão do deserto em que nos metemos. Não necessariamente remetia ao deserto de areia. Poderia ser de amor, solidão, medo ou retidão. Muito havia para se fazer, pouco sabíamos como proceder. A angústia de saber o que, sem ter a noção de como. E com uma única certeza: a da perseguição. Entre a resignação e a retaliação caminhavam nossas dúvidas. Os passos, os descompassados. Vamos seguir, há um Deus a nos cobrar a conta. Se metera o próprio Filho no meio, quem seríamos nós para não atendê-Lo? Vamos seguir o exemplo. As pessoas se sentirão lisonjeadas por ocuparem o mesmo espaço-tempo do Filho do Criador; com isso, aumentavam-se as chances de crerem no que testemunhávamos e socializávamos. E não necessariamente abandonariam, de um dia para o outro, a vida nas sinagogas, no panteão ou nas arenas. Seria presunção de nossa parte solicitar que abandonassem tudo, tal qual esse pequeno grupo o fez. Assumir os pecados e pedir o perdão seriam ações das mais difíceis a se tomar. A ausência de cobranças facilitaria a assunção, disso tínhamos a persuasão. Na dúvida – ou no medo –, aceitariam o novo Reino de Deus na terra prometida. Promessa é dívida. Promessa é dúvida.

Óbvio encontrarmos pela estrada muitos a zombarem do que testemunhamos, como um velho frequentador do Templo fez um dia: "Não prestem qualquer atenção ao que esses ignóbeis vociferam, sequer os ignorem." Esse sentimento era comum em Jerusalém, e não apenas no nosso grupo. Diziam que toda divergência em relação às recomendações sacerdotais era motivo de repulsa, de seita a ceifar a tradicional palavra de Deus, depositada na mente dos que dirigiam a fé judaica. Sair do centro da hierarquia templária nos permitiria maior margem para o anúncio das boas novas – ou *evangelion*, como se referem os gregos.

Passados uns três meses da crucificação, segui à minha terra natal, decisão mais do que natural. Próxima aos familiares teria maior segurança. Desanimados, Pedro e outros companheiros retomaram, ao mesmo tempo, as suas atividades de pescadores em Tiberíades. Eu só não contava com a perseguição das lideranças religiosas do local. A passagem de Joshua por Magdala, em minha companhia e com a ajuda da influência da minha família, acabou por gerar frutos. Não à toa fui recebida em praça pública em meu retorno. A comoção em relação ao assassinato do Filho de Deus foi enorme. Queriam dar as condolências. Senti, na chegada, que isso não correria bem. Conhecia os sacerdotes locais desde há muito; não aceitariam a romaria que se formou à minha volta. Como contraponto, contava com a força e o respeito que os meus pais tinham construído como comerciantes. Mas eu não poderia colocá-los em risco, tampouco conseguiria conviver com estranhezas em minha própria casa. Pedi um apoio aos meus familiares, necessitava voltar para Jerusalém. Qual não foi a minha surpresa: Pedro e os outros retornaram quase ao mesmo tempo para a cidade do Templo. O destino estava casado.

Com a ressureição, fiquei com dúvidas se realmente perdi Joshua. Parece que não, mas continuo com dúvidas. Preferia tê-lo aqui, neste momento, neste lugar. Que se dane o papel na história. Preferia que ficasse comigo. A nossa história era mais importante. Tudo estava tão difícil, tentava continuar com suas palavras; no entanto, tinha a sensação de que poucos me ouviam. O silêncio é cruel. Não estou falando daquela crueldade que os templários queriam e daquela dos romanos que lavaram as mãos no sangue do meu amor. O sangue divino jorrado nessas terras. Joshua era místico, contestador, revoltado, imaginativo, mas nunca deixou de ser judeu. Queriam silenciá-lo. Conseguiram. Até que a história provasse o contrário. Ou não. Queriam me silenciar, e não só o Templo: os que andavam junto a Joshua. O silêncio cria juízo, diziam para mim. O silêncio cria injustiças, dizia a eles. Não tinha a certeza se a história gostava de mim, afinal todos falavam que não. E não orava assim tão bem. Já Joshua se comunicava como ninguém. Mesmo que suas ideias não tivessem razão para a nossa realidade, ele mostrava que a razão, por vezes, não tem razão para existir. Toda religião é assim. E pronto. E ponto.

É aquela velha história: quem crê acha que não há razão para pensar sobre ela; quem não crê não vê razão alguma nisso. História fadada, história furada, como quiser. Diziam que alguns tinham história, outros não. Mas quem vive sem história? Joshua dizia que tudo tem um sentido, até os templários afirmavam isso. O sentido é que era distinto, ao menos em partes. O sentido da vida é o sentido da morte – nisso os religiosos concordavam. Às vezes, ficava pensando que a fé só existia por causa da morte, e não por causa da vida. A vida está dada, pensavam quase todos. Joshua, não. Para ele, a vida era viver até o encontro com o Pai. Todos ao encontro do mesmo Pai.

O caminho se fazia andando e lutando. De luto, lutando. Não poderia ser diferente. Poderia? As estradas acabavam no próximo povoado. E começavam novamente. De povoado a povo doado a Deus no futuro. De Deus era o futuro. Desse Deus. Preze pelos seus pecados que terão de ser perdoados. Pecado dado, pecado perdoado.

Em nosso primeiro encontro, não busquei subterfúgios: "Eu estava à tua espera." Joshua me olhou desconfiado, mas com jeito de quem não se surpreendeu. Continuei de forma categórica: "E chegaste ao ponto donde não podes voltar para trás." Antes de eu terminar a frase, ele já estava balançando a cabeça em sinal de concordância. Fui pega de surpresa com o seu pouco jeito para certos assuntos: "Far-me-ei homem contigo, corpo a corpo. A alma, trarei de meu onipotente Pai."

A dilatação da sua presença me deixou apreensiva. Ser a primeira mulher do Filho de Deus, saber que também seria a única. Não perderia a minha virgindade com Ele; há tempos, outro a havia achado e roubado, afinal, eu não tinha permitido. O fruto proibido, ou permitido aos homens, foi comido sem a minha permissão. Eu mesma nunca conheci uma virgem, a não ser aquelas mulheres de onze, doze anos de idade que ainda não haviam casado por meio das promessas e acordos de seus pais. Mesmo assim, me assustava essa ideia. Acabara de conhecer aquele jovem. Eu estava esperando por Ele, porém, a possibilidade do contato físico mexeu comigo. Não disfarcei, forcei uma retirada, Ele procurou me acalmar: "Só não sabia que eras tu. Agora sabendo, não ficarei mais sofrendo. Tempo ao tempo, e multiplicaremos o que tem de ser multiplicado." Pouco sensível esse rapaz, não media as palavras. Pedia tempo e acelerava o pôr do sol. Pedia calma, impunha o carma. Eu sabia que tudo estava escrito, o destino nos foi reservado e ceifado. Paciência, o tempo ao tempo Dele era curto.

"Se supuseres que o teu plano dará certo, poderei executá-lo. Por ora, confio em ti." Não entendi o motivo de sua fala, tampouco o pressuposto. Quem disse que eu tinha algum plano? Os homens planejam, as mulheres, quando muito, executam. O Pai delineara tudo. Nunca imaginei um Messias tão inseguro e carente. Procurei persuadi-lo de tal afirmação – onde já se viu, meu Deus! Fez cara de rogado. Garantiu que falou aquilo com uma voz que veio do seu interior. Ele mesmo não entendera porque falara o que falara. O importante é que sempre confiou em mim, apesar das discordâncias em assuntos de nossas terras e de seu Pai. O chão sagrado ainda daria muita dor de cabeça à humanidade. Farão o que com nosso nome?

Certa vez, um profeta que andou por essas terras, vindo lá do sul, famoso por épicos e éticos escritos, bradou na praça pública em que estávamos: "Não vos deixais jamais tomar de desânimo, desesperança ou qualquer outro sentimento similar, haja o que houver. A não ser que Deus envie Seu Filho legítimo a essa terra, e ele seja assassinado pelos bastardos." O recado fora dado à multidão que se aglomerava em volta, não necessariamente a nós. Muitos dos que o ouviam não botaram fé no momento; mesmo Joshua levou na brincadeira, talvez para disfarçar a exata sentença de morte narrada. O tempo e o vento mostraram que o profeta (ou bruxo) tinha razão.

Joshua se perguntava sobre o que era a verdade; mas, ele mesmo, por habitar os dois mundos, não conseguia, em muitas ocasiões, entender isso. O plano terreno tinha suas próprias verdades e suas muitas mentiras; a moradia de Deus tinha suas próprias verdades: a mentira está lá fora. Ele, às vezes, sentia-se cansado por ter de fazer a ligação entre esses mundos. Dava a impressão de ser mais velho do que parecia, apesar de ainda ser um homem bonito e jovem. Tinha dificuldades para compreender as diferenças culturais entre os povos. Os gregos, por exemplo, eram uma Caixa de Pandora para Ele. Procurava não externar a admiração que tinha sobre a sabedoria egípcia e suas invenções, como a Filosofia, a Geometria e a Astronomia. Sabedor dos conflitos entre os hebreus e esse povo negro, apenas fazia elogios aos construtores de pirâmides quando estávamos a sós. Admirava a inteligência que os gregos tiveram ao absorver elementos dos egípcios, mas estranhava um pouco as histórias que mencionavam a preferência dos homens por se amarem entre eles. Estranhava, mas não condenava; não seria Ele a atirar a primeira pedra. Na realidade, pedra nenhuma deveria ser atirada por quem quer que fosse em quem quer que não fosse como os sacerdotes achavam que deveriam ser.

Ao nosso tempo, apesar do domínio romano, tínhamos muita influência da cultura grega. Uma vez Joshua me perguntou, em seguida a uma pregação em Magdala, se suas palavras foram realmente compreendidas. Ficou com dúvidas se a construção da sentença tinha ficado nítida: "Todos os homens devem se amar em comunhão." A terra em que nasci era uma comunidade que resguardava os valores tradicionais dos hebreus, mas, por ter um porto importante, recebia muitas influências e visitas de comerciantes gregos. Os moradores de Magdala fizeram caras de poucos amigos quando das palavras proferidas; os gregos se divertiram ao ouvir o que lhes trazia prazer. Meus familiares vieram me perguntar, depois de o público ter se dissolvido, se o que Ele disse era realmente o que Ele disse. Procurei tranquilizá-los e explicar que o sentido era figurado. Os seres humanos deveriam se amar em comunhão, nada a se relacionar com amores carnais ou do coração entre homens e homens ou entre homens e mulheres. Explicitei dessa maneira; no entanto, curioso, parece que aquelas palavras foram ditas pelo Filho de Deus sem que Ele tivesse consciência do que dizia. Ou tinha, mas fingiu não ter. E o povo em volta não acreditou muito em minhas elucidações.

Houve um complicador: um navegador de Creta, conhecido pelo excesso de vinho e de piada que costumava destilar, ficou atordoando alguns moradores sobre o tal fato de os homens se amarem em comunhão. Gritava com eloquência: "Gostei do vosso novo profeta. Estou à disposição para fazer essa profecia se cumprir." E abraçava todos os homens que passavam. Como era velho conhecido e importante piloto a levar mercadorias produzidas de Magdala a outros portos, ninguém fez nada de mais a ele. Desde essa época, eu falava que essa ideia de vinho e pregação não daria certo. Mas Joshua não concordava comigo. Ele gostava de tomar um cálice antes de cada exercício de oratória a fazer. Era pra tirar a vergonha de falar em público. Eu preferia me abster. Melhor estar com a minha cabeça sem as interferências de Baco.

Sobre essa questão, recordo-me dos diálogos que tive, posteriormente, com Paulo. Vindo de uma vida devassa, o companheiro que adotou as ideias de Cristo logo após a morte de Joshua tinha uma postura radical. O amor só poderia acontecer entre homens e mulheres que estivessem unidos sob o jugo de Deus: "Essa é a ordem natural fixada por Deus", dizia Paulo. Os que não seguissem essa ordem deveriam ser escorraçados. Devido, talvez, à minha convivência com os gregos, em Magdala, não convergia para essa assertiva. Cheguei a tentar, em certa ocasião, explanar sobre a fala de Joshua. Acrescentei que a ocorrência de amores entre homens não era fato tão inusitado em terras gregas e adjacentes; solicitei, inclusive, que se lembrassem do amor de Davi e Jônatas – os templários afirmavam tratar-se de uma amizade sincera, mas havia quem observasse um amor que extrapolava a simples amizade. E quem seríamos nós para julgar? Os homens já haviam atirado muitas pedras, na região. Mas Paulo não se convencia disso. No fundo, ele era contrário, inclusive, a relações entre homens e mulheres. Considero que as pessoas que têm uma vida ancorada num polo, quando a deixam, seguem de maneira radical ao polo oposto e, com isso, começam a cometer injustiças ou observar o mundo sob uma vertente pouco realista. Era provável ser este o caso de Paulo. A vida pregressa o constrangia a mover-se para um cenário antagônico, e isso sempre foi um perigo aos homens. Os tambores, nesses casos, quando rufam, modificam a mensagem: de "Amai-vos uns aos outros" para "Matai-vos uns aos outros."

No caso de Paulo, um agravante. Ou uma justificativa, baseada em um possível trauma: corria em Jerusalém a informação, verídica ou não, de que ele ficara impotente devido a uma circuncisão executada por um amador. Isso o levara a uma vida promíscua, causada pela eterna falta do falo e, posteriormente, passou a se postar contra o sexo e relações entre homens e mulheres. Pode ser apenas mais um mito criado para desqualificar os seguidores de Cristo. Pode ser apenas um bom ou mau motivo.

Mito ou motivo: a humanidade e sua dificuldade para distingui-los.

Imagine se os homens tivessem tanto nojo de estupro quanto eles têm de menstruação.

ELONË

O evento era legal, o contexto uma merda. Virada Cultural, São Paulo, 2016. O golpe estava em curso: veneração ao Grande Pato e panelas ocupando as varandas *gourmets* para devorar a presidente eleita.

Peguei o busão em direção ao centrão. Dei uma olhada no grupo de zap que o Pedrão criou pra trocarmos umas ideias durante a Virada. Vi que o pessoal estava indo se encontrar na Praça da República e, de lá, iria pra Av. São João curtir a Elza Soares. Mandei uma mensagem falando pra galera me esperar. Desci do busão no Metrô Butantã, chegaria rapidão: dali, um pulo pra República. Era muita gente dentro dos vagões indo se divertir nesse evento, talvez o mais interessante de SP.

Desci da estação pela saída da Rua Barão de Itapetininga. A galera estava me esperando, mas ainda faltava o Marcola, atrasado como sempre. O Marcelinho ficou me olhando como quem estava me esperando há séculos, só não entendi a razão; também não perguntei. A Ida, o Lorde, o Washington e o Rasta também estavam na parada. Nova mensagem do Marcola: "Desculpe aí, mas fiquei esperando o Glauber chegar do trampo. Estamos chegando." O Glauber era um estudante de Geologia, ingressante naquele ano e que conseguiu vaga para morar no 603 do A, apê do Marcola e da Maria, um trio bacana. O frio encanado naquela esquina cortava nossos rostos; o cearense Washington tremia demais e reclamava: "Essa é a única coisa que não me acostumo em São Paulo. Ponho um monte de blusas e continuo congelando. Vim pra essa terra pra virar sociólogo, e periga eu voltar um pinguim."

No palco da República, som rolando; acho que era uma banda argentina chamada *Violentango*. O Marcola e o Glauber chegaram esbaforidos, pedindo mil desculpas. A galera até releva, está acostumada com esses atrasos dos dois. Um barato, inclusive, como eles se parecem. Pelo fato de o Marcola já ser calvo, apesar de novo, muitas vezes passa a impressão de que é o irmão mais velho ou até o pai do Glauber, ambos são semelhantes: baixinhos, calmos, gente boa, metidos a intelectuais. Mas não são chatos, apenas exibicionistas. Quer o que? Um é leonino e o outro, de escorpião!

Quando chegamos próximo da esquina favorita do Caetano Veloso, praticamente não conseguíamos mais andar. O Rasta indicou para sairmos por um cantinho e de mãos dadas pra não nos perdermos. O palco estava a umas cinco quadras dali, no cruzamento da São João com a Duque de Caxias. Logo na avenida em homenagem a um dos maiores assassinos que esse país já viu: Caxias foi o responsável pelo extermínio de quase todos os homens de um país inteiro, na Guerra do Paraguai (chamada por nós dessa maneira; os paraguaios, vítimas desse genocida, a chamam de a Grande Guerra). Ao lado de David Canabarro, foi também culpado pelo grande massacre de negros no Rio Grande do Sul. Acabei falando alto: "São João deve ter vergonha de dividir uma esquina com um facínora como esse."

Apesar do desconforto e de saber que possivelmente não conseguiríamos nos aproximar do palco, fiquei super feliz. Toda aquela galera indo assistir àquela cantora espetacular. Fomos esbarrando e caminhando pelas brechas que se apresentavam. O máximo que conseguimos andar foi até uns cem metros da megaplataforma montada para o *show*. Pegamos umas *ices* e ficamos entalados no meio daquela muvuca. Tudo tranquilo, o público em volta era bacana, querendo realmente se divertir. Passados uns cinco minutos, começaram os acordes da minha música favorita na época. As luzes iluminaram o trono da Rainha Elza, fomos ao delírio: "Cadê meu celular / eu vou ligar pro 180 / vou entregar teu nome / e explicar meu endereço / aqui você não entra mais / eu finjo que não te conheço / e jogo água fervendo se você se aventurar." Logo depois, o refrão: "Cê vai se arrepender de levantar a mão pra mim." Pulávamos muito. Essa música era uma denúncia da violência contra as mulheres, do feminicídio que continua presente em nosso país, mesmo após a aprovação da importantíssima Lei Maria da Penha. O novo álbum da Elza Soares é do cacete. Ou melhor, da vagina. Da vagina empoderada.

Me lembrei que eu mesma vivi uma situação de quase ser violentada, e por dois caras que se diziam ser meus amigos. Foi em uma viagem pro sul de Minas, tinha acabado de completar dezesseis anos. Eu e um grupo de amigos de Santo André viajamos pra uma festa em um sítio em Itajubá. Ficaríamos um fim de semana. Uma churrascada durante o dia, bebida à vontade, com direito à piscina. Já tarde da noite, estávamos todos muito loucos. A Tânia e eu fomos dormir em um quarto. Lá pelas tantas da madrugada, despertei com o Leonardo e o Augusto, só de cuecas, deitando ao meu lado. Meio zonza, demorei a perceber o que estava pegando. Eles imaginaram que eu estaria apagada por causa do álcool, a ponto de nem me dar conta daquela coisa absurda que planejavam fazer. Só me lembro de pular da parte de baixo do beliche rapidinho, chamar a Tânia, que estava na parte de cima, e sair correndo para fora do quarto. Como todo mundo estava dormindo, fiquei meio assim de acordar a galera e relatar o que aconteceu. Não, na verdade, não fiquei com receio de acordar ninguém, fiquei foi sem reação no momento: não esperava tamanha sacanagem. Com vergonha – acho que esse é o termo certo, apesar de errado, pois como posso ter vergonha se eu era a vítima?! Mas é meio assim que funciona, infelizmente – ainda receosa, não preguei o olho a noite inteira. No outro dia, os dois agiram como se nada tivesse acontecido, disfarçando e falando aos outros que nem se lembravam como haviam ido pra cama, que ficaram bebaços. Tentaram brincar comigo, mas, antes do meio-dia, eu já tinha arrumado as minhas coisas e ido à rodoviária pegar o primeiro busão, sozinha, pra São Paulo.

"Ei, Madá, tudo bem?" – era o Marcelinho, sem querer, me tirando das nefastas lembranças. Balancei a cabeça afirmativamente. Voltei a me concentrar no *show*. Que garra daquela cantora, uma diva. Quando sobrou um espacinho, nos juntamos, pulando em círculo, abraçados, curtindo pra caramba. Optei por maneirar no álcool hoje; ontem, havia bebido um pouquinho além da conta, a ressaca gerou uma puta dor de cabeça pela manhã. O Lorde e o Rasta, como sempre, bebiam uma atrás da outra, os demais estavam de boa, tomando com intervalos maiores. Uma hora e meia de apresentação, e chegou a hora do encerramento. Nesse momento, o Pedrão deu um toque, com a programação da Virada aberta no celular: "Que tal irmos ao *Bixiga 70*? Começa em uns quinze minutos e é aqui na República." O "bora lá" foi geral.

No caminho, o Rasta veio trocar uma ideia comigo, baixinho, me puxando de lado: "É verdade que a Cleide vai embora pra Inglaterra atrás de um gringo?". Eu não sabia como agir: "Ela te contou ontem à noite?". Ele fez uma cara de chateado: "Nada, falou porra nenhuma. O Marcelinho é que me jogou isso hoje. Sacanagem, ficamos a noite toda dançando, zuando, e ela não foi capaz de me contar. Vai ver é melhor assim, essa mina é mó tiriça. Sou inocente pra caralho." O máximo que consegui falar foi pra ele desencanar; ela estava a fim de encarar uma nova aventura na vida, mudar de ares, e isso não queria dizer que não o respeitasse: "Talvez ela não tenha tido coragem para lhe dizer, o que demonstra afeição por você. Pense na dificuldade pra ela jogar aberto contigo." O Rasta se conformou um pouco e terminou brincando, como sempre: "Tenho mais motivos pra tomar o dobro hoje."

Nos juntamos ao grupo. A Ida e o Pedrão estavam com uns olhares e toques que eram novidades para mim; acho que rolaria algo ali. Beleza, os dois combinariam. Recebo um zap do Charles: "Estão em que palco agora? Quero beijar muito, até amanhecer." Um barato, ele entrou na USP todo machinho alfa, paquerando umas minas da Geografia e, com menos de um ano, depois de ir morar com o Rafael, biba assumida, resolveu sair do armário. E não há quem o segure agora. "República, Bixiga 70", enviei. "Blza, dou um toq qdo chegar aí."

Antes de começar o *show*, o telão do palco trazia os dizeres: "Não vai ter golpe." Pior é que teria. Mais nítido se apresentava o quadro de desrespeito à democracia no país. Havia um público considerável, mas nem tão grande quanto o do *show* anterior. Deu pra ficarmos com mais espaço, conversarmos um pouco mais. O Charles e o Rafael nos localizaram facilmente. Como sempre, foram abraçar o Rasta por trás pra tirar um sarro. Os três eram grandes amigos. Fui com o Lorde comer alguma coisa nas barracas atrás do palco, o *show* ainda não havia começado. Chutei o pau da barraca, escolhi um acarajé com muita pimenta. A dieta da semana ia por água abaixo. Liguei o foda-se. O Lorde resolveu experimentar a iguaria. Pegamos os pacotinhos com os acarajés e corremos pra galera; o *Bixiga 70* já estava iniciando o som. A big band mandou super bem. Terminada a apresentação, resolvemos ir embora, era quase 4h da madruga. Pegamos o metrô pro Butantã e depois tivemos que ir andando até o Crusp – quase quarenta minutos de caminhada. Durante o trajeto, decidimos desencanar de voltar à Virada na manhã seguinte. Estávamos mortos.

Acordei por volta das onze horas, com minha mãe ligando. Justo hoje esqueci de desligar a porra do celular. Não que não gostasse de falar com ela: o horário e o cansaço não eram os mais adequados. Atendi, meio dormindo, com poucas palavras, apenas respondendo o necessário. Dona Dalva sentiu que eu não queria muito papo, ela sabe que mais tarde ligarei com calma.

O Marcelinho estava na sala, mexendo no *notebook*. "Que tal fazermos um rango e descermos pra almoçar no gramado do campinho aqui do Crusp? Podemos chamar quem está por aqui", sugeriu. O Rasta abriu a porta do banheiro, tinha acabado de tomar uma ducha: "Agora tenho desculpa pra curar a ressaca com cerveja." "Madá, na geladeira não tem porra nenhuma. Teremos de ir ao mercado", gritou o Marcelinho da sala. "Podemos ir de *bike*, eu empresto a da Cleide", respondi.

Compramos tudo que precisávamos para fazer um almoço bacana. A vaca que fizemos com a galera rendeu: parece até que multiplicamos os pães. Na volta do mercado, na rotatória em frente às piscinas do Cepeusp, vem em nossa direção um filhote de gatinho bege; tive que desviar para não atropelá-lo. O Marcelinho parou: "Caraca, Madá, o bichinho está aqui sozinho, no meio do nada." Voltei com a *bike*, desci e falei que a mãe poderia estar por perto, mas realmente não havia sinais de nenhuma gata na redondeza ou na natureza. "O bichinho parece morto de fome. Mas é foda tirar o animal do lugar, e ele pode se perder da mãe", falei, sem convicção na parte final. De fato, o gatinho parecia abandonado. Miava sem parar quando fazíamos qualquer tipo de movimento, ele não queria ficar sozinho. A sorte dele é que, aos domingos, os portões da USP ficam fechados ao público externo, quase não passam carros nas avenidas. Na hora, me veio a impressão de que ele teria uma sorte ainda maior que esta. Tirei da sacolinha uns pedaços de filé de frango. Nossa, o gatinho estava mesmo faminto! Ficamos uns dez minutos por ali, no que o Marcelinho cochichou, num tom em que não pudesse ser repreendido com veemência: "Vamos amarrar as sacolinhas no guidão das *bikes* e seguimos empurrando. Testamos se ele vai nos seguir." Não deu outra: o gatinho foi atrás de nós, brincando com os cadarços dos nossos tênis, até chegarmos ao Bloco A. Peguei-o no colo, olhei aquele rostinho de pidão e entrei com ele no elevador. O Marcelinho já foi abrindo o litro de leite assim que entrou no apartamento. "Cadê as minhas brejas? Demorou, hein?", era o Rasta saindo do seu quarto, não perdeu a oportunidade: "Meu, esse gato é a sua cara, Marcelinho, beginho e de olho claro. É o Juninho" – demos muitas risadas, sobretudo o Marcelinho, que ficou todo orgulhoso. Senti que ali não tinha mais volta: o Juninho era o novo morador do A-502.

O felino foi fazer graça com o Rasta, que o levou pra junto dele no sofá. A diversão não parou a partir daí: o Juninho ficou fissurado pelos *dreads*. O Rasta também tirou um puta barato, jogava toda a cabeleira em cima do gatinho. Estava criada uma nova amizade, e olha que o Rasta ficou o tempo todo dando uma de durão, como quem quer dizer "Não estou nem aí pra essa bolinha de pelos". Mas o Juninho era diferente; pelo menos foi isso que todos no bloco começaram a falar após conviverem com o encantador bichano.

Fomos à cozinha coletiva do sexto andar. Começamos a levar os ingredientes do almoço, o restante da rapaziada foi chegando aos poucos. Claro que a novidade do dia era o Juninho, que brincava com todo mundo. Quando o rango ficou pronto, pegamos tudo e fomos realizar uma espécie de piquenique. Com a barriguinha cheia e rodeado por pessoas pra tirar uma onda, o felino tá na fita. Quem decidiu subir primeiro foi o Glauber: com certeza iria jogar PS-4. O engraçado disso tudo é que o Juninho ia atrás de quem se dirigia ao prédio. Toda vez que alguém subia pra pegar umas brejas no 502, lá ia o bichano junto. Entrava no elevador junto conosco como quem já morasse naquele prédio há anos, o rabinho todo empinado.

Os meninos começaram a jogar bola; pensaram que só eles iriam brincar. Iludidos. As minas se juntaram ao grupo dos Bolinhas. Quando a bola passava perto, o Juninho se assustava, foi até se esconder em uma moita próxima. Não jogamos muito, só tiramos uma onda, mais para irritar os alfinhas. O Rasta trouxe uma caixinha de som da 25 de Março, e ficamos ouvindo um *playlist* de *rock* clássico. "Ei, Rasta, abaixa só um pouquinho. Olha o absurdo que acabei de receber no grupo de *WhatsApp* da família", era o Lorde Taubaté pedindo atenção. "Grupo de *zap* da família – já sei, só podem vir duas coisas: fotos de nenéns de fralda cheias de bosta ou bosta *stricto sensu*. Ah, me poupe dessas besteiras.", zoou o Charles. "Não, olha como o bagulho tá feio nesse país", continuou o Lorde. Resolvi gozar da situação, sabia que vinha alguma idiotice dos parentes conservadores do meu camarada: "O bagulho tá feio mesmo, até o Lorde já tá falando bagulho." Todos riram, o Lorde com aquele sotaque carregado do Vale do Paraíba, era todo formal pra se expressar; não fui só eu que estranhei a gíria saindo de sua boca. Isso, sem contar as roupas e posturas que utilizava: era um homem do século XXI, com todos os trejeitos de um do início do século XX; até calça com suspensório usava. Gente boa, mas uma figura. "Tudo bem, continuarei à minha maneira. Por obséquio, os senhores podem ceder um pouco da vossa atenção?", prosseguiu. "Senhores e senhoras, por obséquio", disparou o Rafael, dando em seguida um selinho no Charles. "Porra, deixem o Taubaté falar. Ou não. Ou sim. Vai, fala aí, mano!", era o Rasta, louquinho pra não ficar pra trás nas gracinhas. "Senhoras e senhores, hoje está acontecendo o aniversário da minha estimada avó, almoço de família na casa de um tio meu. Acabei de receber uma mensagem com os seguintes dizeres: 'Feliz Aniversario vósinha querida e morte ao dilmão'. E o 'vósinha' com acento e escrito com 's', sem contar a falta da vírgula. Pior, ainda mandaram uma foto da aniversariante com a faca na mão, provavelmente tirada na hora de a aniversariante cortar o bolo, mas sem mostrá-lo, e uma imagem da Dilma ao fundo. Devem ter editado a foto", explicou o neto ausente da festa familiar. "Lorde, quem mandou essa merda?", perguntou o Rasta. "Foi um primo. Apesar de recente, já há vários sinais de positivo e comentários de outras pessoas da família. Olhem esse: 'Vida pra vozinha e morte pra anta'."

A Ida puxou a discussão com um teor mais sério, como exigia a situação: "Meu, a lavagem cerebral que a imprensa está fazendo há anos começou a dar resultado. O povo começou a comprar essas ideias reacionárias...", no que o Pedrão interveio: "Fascistas, você quer dizer. Lembre-se que até aquele insano do Bolsonazi começa a fazer sucesso nas redes sociais." A minha colega continuou: "Sim, fascistas também. O cenário começa a ficar muito preocupante, sei que isso não é caso isolado. No grupo de *zap* dos funcionários do meu trampo, no banco, venho recebendo mensagens ofensivas iguais a essa, e isso vem aumentando muito rapidamente nas últimas semanas. Sem contar as *memes* violentíssimas que mandam, sobretudo com a imagem do Lula ou da Dilma." Não havia consenso na categorização, ao menos para o Marcola: "Acho um pouco de exagero utilizar 'fascistas' nesse contexto. Prefiro o termo 'golpistas'. Não devemos alargar esses conceitos, caso contrário não conseguiremos explicar mais esses fenômenos." As discordâncias permaneceram: "Mano, você não está entendendo nada. O segundo passo do golpe é o fascismo. Se não der para encaminhar com os tucanos, a classe dominante vai convocar e alimentar os militares. O Bolsonazi estará no banco de reserva esperando a hora de entrar no jogo.", afirmou o Marcelinho, no que o Pedrão corroborou: "É o famoso ciclo torto ou torturante da História. O que foi, será. Somos um povo que vive de sonhos desfeitos". De fato, era incrível como o país havia retrocedido em tão pouco tempo. Corríamos o risco de entrarmos na mais perigosa das fórmulas: a incitação das massas na taverna, parte considerável da classe média presa em sua própria caverna e o autoritarismo da caserna. Bolsonaro poderia despertar os psicopatas que estavam adormecidos em formol safra 1964.

Até o tira-sarro do Rasta mostrou seriedade no comentário: "Mas esse pessoal é surtado, na boa. Falar em outras situações já é um absurdo; agora, eles estavam festejando o aniversário de uma matriarca da família, um momento de confraternização. Aí, postam uma mensagem de morte a alguém, e que nem tem relação aos monteirolobatos de Taubaté. Até eu que sou mais *hardcore* não teria a manha de fazer algo do tipo na festa de uma anciã da família."

"Aí, Lorde, não estamos descendo a lenha na sua família de maneira desrespeitosa, você mesmo puxou o assunto. Estamos debatendo apenas o conteúdo do que você leu", amenizou o Marcelinho, ao verificar a cara de desalento do amigo. "Eu sei, vocês estão certos, acho isso uma aberração, mas vocês sabem, já disse outras vezes que, no interior de São Paulo, há muita gente conservadora, e isso está aumentando nos últimos anos. Os meus familiares acabam copiando e multiplicando essas narrativas complicadas. Esse meu primo mais velho fica pedindo até intervenção militar."

"Tenho a convicção de que o clima de intolerância, confeccionado sem qualquer tipo de cuidado por setores das classes dominantes brasileiras ainda vai dar merda. E não estou falando do golpe em curso e do governo temeroso que irá se formar após a retirada da Dilma do poder. O objetivo é estancar as investigações de corrupção sobre os caciques da direita e realizar rapidamente uma privataria do petróleo e do que não foi vendido a preço de banana nos últimos anos no país", os meninos me ouviam com preocupação. Achei estranho eles não quererem discordar ou complementar a minha argumentação.

Sendo assim, segui adiante: "Caminhamos para posturas fascistas, de perseguição, nas ruas, de militantes de partidos que não sejam do seu campo político. Com o agravante de muitas igrejas cristãs reacionárias estarem recrutando fiéis nesse projeto do 'golpeachment'." O Marcola exemplificou: "Lá em Itaquera, minha área, a juventude evangélica está sendo paga pelos pastores, com 'dinheiro da igreja', para fazer uma dancinha de uma música contra a Dilma e sair desfilando nas ruas de verde e amarelo e com uma faixa de "Jesus te ama" na testa. E saem cheios de boas intenções", no que o Marcelinho arrematou: "De boas intenções o inferno está de saco cheio." A maior parte dos bilionários dirigentes das igrejas evangélicas encampou o golpe. Querem transformar o Brasil num Evangelistão.

O Rasta voltou a emitir a sua opinião: "Aí tem a aliança entre dois fenômenos históricos de dominação e de intolerância da história mundial: o capitalismo com seus conflitos de classe e o cristianismo. Pensando bem, mais do que o cristianismo, o termo correto seria até o monoteísmo, uma vez que o judaísmo e o islamismo também têm seus passados marcados por processos de dominação econômica sobre seus adeptos e históricos de intolerância a quem não acredita no seu Deus único." Fazia todo sentido, óbvio. Ele prosseguiu: "Mas vou me ater ao cristianismo, e não porque eu seja ateu..." – rimos com a sacadinha – "... Há um mito de que ser cristão é ser tolerante, como dizem pregar suas lideranças. Dessa vez, juro por Deus, não quis fazer trocadilho com 'pregar'. O cristianismo tem como sua principal marca, na história, a perseguição contra seus opositores. É uma religião, em tese, com quase dois mil anos, e apenas nos últimos sessenta e poucos, alguns governantes ocidentais diminuíram seu ímpeto de dominar outros povos com base em questões teológicas cristãs. As Cruzadas, a Guerra dos Cem Anos, o extermínio dos indígenas realizado pelas coroas cristãs europeias, a escravidão de africanos e a invasão imperialista na África, que tinha como uma das principais justificativas a missão europeia evangelizadora de levar as palavras de Cristo aos povos bárbaros. Mesmo os grandes ditadores europeus do século XX, como Hitler, Mussolini, Franco e Salazar, eram cristãos convictos. A perseguição do nazismo contra os judeus teve uma alegação cristã como base. Hitler frequentava com ardor igrejas cristãs, era um entusiasta da missão de exterminar o povo judeu, que, segundo ele, havia entregado Jesus Cristo ao sacrifício."

O raciocínio do Rasta era forte. Não que eu não houvesse feito algumas dessas análises, mas colocado dessa forma tão direta até assustava. Se olharmos especificamente para a história brasileira, constataremos que os assassinatos em nome de Deus, da família e da propriedade são o orgulho e a tônica nacionais.

A tríade da dominação nessas terras: cruz, mosquete e latifúndio.

Discutimos alguns pormenores desses conflitos históricos. O Marcelinho resolveu debater a questão da ideia de tolerância e do perdão cristão: "Só pra vocês observarem como esses mitos de tolerância e de perdão estão presentes, citarei dois caras que admiro e que, de fato, não fazem atos dessa natureza: Frei Betto e o Papa Francisco. Os dois continuam a acreditar piamente que os seguidores de Cristo têm como essência a tolerância, a paz e a caridade. Ou, pelo menos, que tais seguidores deveriam se guiar por essa essência. Estão completamente enganados. Salvaguardada uma parte que converge para essa impressão, uma maioria dos líderes e de muitos adeptos cristãos não seguiu e não segue esses pressupostos, haja vista o que exemplificou o Rasta." Tenho comigo que Jesus Cristo tinha um enorme apreço à tolerância e ao perdão. Eram as bases de seus ensinamentos. Daí aos seus seguidores terem a mesma conduta ou compreensão, há um deserto imenso. O Rasta resolveu utilizar os nossos nomes pra tirar uma: "E que coincidência, hein, três que se dizem ateus, falando de monoteísmos e com nomes bem cristãos: Maria Madalena Evangelista dos Reis, Marcelo Pagliuca Yeshua e Paulo de Tarso Malaquias. Ironias da história."

Como odeio esse Evangelista do meu nome. Na escola, a molecada fazia *bullying* com ele. Só não entendi a ligação do nome do Marcelinho, que também ficou com cara de quem não entendia nada: "O que tem o meu nome, Rasta? Marcelo e Pagliuca sei que são italianos, da parte da minha mãe. O Yeshua vem do meu pai, que dizia ser um nome dos seus antepassados em Portugal, provavelmente vindo de uma família moura." Com aquele rostinho de o "entendido do pedaço", o Rasta adquiriu tom professoral, quase de um catequizador: "Sabe nada, inocente. Yeshua é uma das formas que historiadores e teólogos afirmam ser, originalmente, o nome de Jesus, em hebraico. Se você não tivesse fugido das aulas de catequese, saberia disso. Ou seja, seu nome não se relaciona com árabes, mas com judeus. Quem sabe a sua família em Portugal não era descendente dos cristãos novos?" O Marcelinho e eu fomos realmente pegos de surpresa. Não imaginava que meu amigo não soubesse o vínculo do próprio nome. "Meu pai fugiu de casa aos onze anos de idade devido à violência física que sofria do meu avô, que não cheguei a conhecer; mas, segundo as narrativas do meu pai, tratava-se de um homem muito bruto. E nunca mais teve contato com a família. Não cheguei a conhecer nenhum parente dele. Isso colaborou, talvez, para eu não conhecer o significado desse nome, que quase não uso, inclusive. Pode ver que no meu *email*, *face* e *WhatsApp* só coloco Marcelo Pagliuca." Pra tirar um pouco o peso do desconhecimento do meu amigo, tentei descontrair: "Quer dizer que temos um Jesus, um Paulo de Tarso e uma Madalena no mesmo apertamento do Crusp? Podemos montar até uma igreja evangélica no 502 do A, o que acham? Ganharíamos mais do que os valores dessas bolsas sem-vergonhas que nos pagam. "

O Rasta persistiu nos sacrilégios: "Olha, nenhuma igreja ajudará as pessoas a fazerem perguntas, até porque, em meio a esse exercício, podem questionar a própria existência de Deus." Essa já era manjada. Avançou-se ao terreno do livre-arbítrio, com o Marcelinho a contemporizar: "O livre-arbítrio pode ser uma ficção necessária para alguns e dispensável a outros. Você mesmo, Rasta, tem o livre-arbítrio de beber água ou bebida alcoólica, e opta sempre pela segunda e pela ressaca do dia seguinte." A bola levantada logo na cabeça do goleador: "Se até Jesus transformou água em vinho, por que justo eu haveria de beber algo sem álcool?". Já que tocaram no assunto, e para continuar na viagem, desabafei: "Esse negócio de a hóstia ser o corpo de Cristo e o vinho, seu sangue, é muito estranho." Há muito queria soltar essa, mas só agora tenho confiança em amigos que não me constrangeriam com olhares superiores ao falar alguma besteira. O Rasta não perdeu a oportunidade: "No fundo, os católicos são uma mistura de canibais com vampiros."

Descambou de vez a conversa: "Até parece que, caso esse mano realmente exista, esteja preocupado com uns 'pé rapado' como nós. Ele estaria tomando umas com seu filho, aquele criado pelo carpinteiro", soltou o Rasta. Outra perspectiva foi aventada pelo Marcelinho, ainda em forma de brincadeira: "Dizem aos sete cantos do mundo que o diabo mora nos detalhes. Essa é a prova maior de que não apenas Deus é onipresente, onisciente, onipotente e oniprepotente. O diabo também o é." Entro no debate, chamado também de loucuras juvenis: "Mas aí, você está igualando a importância e o poder dos dois, e isso é uma blasfêmia. Sorte não estarmos na Idade Média, eu lhe denunciaria à Inquisição, seu anticristo do caralho."

Que é, pois, o tempo? Se ninguém me pergunta, eu sei;
mas se quiser explicar a quem indaga, já não sei.
SANTO AGOSTINHO

O Conselheiro me pediu para levar uns documentos à estação de rádio. Com a permissão em mãos, pela primeira vez entraria naquele espaço. Os aparelhos iam do piso até o teto. Para que tudo aquilo, se não ouvíamos nada do que vinha de fora? A única rádio a que tínhamos acesso era a da Colônia, nada justificava aquela parafernália. O Roberto, que cresceu comigo, recepcionou-me. Ele foi um dos poucos garotos, durante a infância, com quem trocava confidências; ambos sofríamos com a visita das sombras. Como ele estava sozinho, perguntei sobre a razão de tamanha estrutura. Ele não soube explicar muito bem, porém, afirmou que já encontrou a sala montada quando começou a trabalhar ali, há dez anos: "O que sei é que as informações são mais para saírem dos muros e para os dirigentes saberem o que acontece fora deles. De um ano pra cá, o trabalho vem aumentando. E chegam informações em várias línguas. Como só falo o castelhano, não sei dizer o teor" – afirmou. Eu tentei ser precisa, poderia chegar algum dirigente ou guarda a qualquer momento: "E o que chega em castelhano?" Roberto foi vago, talvez por medo: "Muito terror." Percebi que ele não poderia avançar nas percepções: "Entendi", finalizei. Voltei rapidamente ao *bünker* para que o Conselheiro não suspeitasse de nada.

Ao entrar no escritório, uma surpresa: o Professor Schäfer estava a conversar com o meu chefe. Procurei mostrar que não entendia o que conversavam; entretanto, pelo pouco que consegui ouvir, traduzi que o assunto tinha a ver comigo e com a Sra.

Immacolata. Primeiramente, pude compreender que o Professor Schäfer não gostou de me ver trabalhando no escritório e que tinha me visto ir em direção à rádio. O Conselheiro falou que, no seu escritório, mandava ele e que eu continuaria ali. "Você deve estar querendo agradar a Immacolata, mas saiba que ela sempre foi apaixonada por mim." – falou o Professor. Pelo espelho em frente à escrivaninha, observei que o Conselheiro se levantou da cadeira e fez o esboço de ir tirar satisfações com Schäfer, que foi mais rápido, tirou a arma da cintura e falou: "Vou deixar a garota ficar. E saiba que nunca mais me interessei por aquela italiana idiota, ... porque a Braun nunca aceitaria isso." Meu chefe, mesmo com a pistola apontada ao seu peito, bradou: "Não venha se passar por bom marido. Sua mulher sabe que você faz aquelas ... com as crianças e não fala nada. E não vem se explicar com aquele ... de magia sexual, que isso é uma besteira que só você, o Adolf e os *forkuh* acreditavam." O Professor Schäfer abaixou a arma, foi em direção à porta de saída resmungando algumas coisas que não consegui entender, exceção feita à frase: "Espero que esteja tudo certo para a visita do meu ex-aluno, o Ugarte. Bonn está me cobrando muita atenção." O Conselheiro socou a mesa e berrou: "Ainda mato esse...". Os palavrões e as gírias não me foram ensinadas pela Sra. Immacolata.

Não era possível! A minha tutora, quase uma santa, não pode ter se apaixonado um dia por aquele monstro do Schäfer. O ódio dos dois maiores dirigentes da Colônia era por causa da Sra. Immacolata. Quem seriam esses tais *forkuh*? Adolf poderia ser o *Füher*? Se bem que, dias desses, ouvi o Conselheiro, ao telefone, falando sobre a surpresa do que ocorrera com outro Adolf, na Argentina; tinha relação com soldados judeus. "Duvido eles terem coragem de atacar a Colônia", foi a frase que ficou na minha memória. Nossa, tanta coisa. Perguntaria na manhã seguinte à minha tutora. E o presidente do Chile foi aluno do Schäfer? Interessante isso. Li uns documentos com carimbo de secretos que falavam do envio de presos para a Colônia. O despacho do Professor Schäfer era categórico: "*Fertigmachen*" (na minha tradução, "Liquidar"). Acho que isso tinha relação com os passageiros, ou prisioneiros, de acordo com o que constatei nas mensagens. Qual crime eles cometeram pra serem presos, sofrerem nos galpões, serem liquidados? A Sra. Immacolata tinha muito a me falar. Durante anos, fiquei estática e não procurei saber o que acontecia na Colônia.

Tudo seria diferente, a partir daquele momento.

Logo pela manhã, assim que cheguei à enfermaria, percebi algo de estranho. A Sra. Immacolata não estava atendendo. Ela era sempre a primeira a chegar; isso, se saísse realmente dali. Como eu era obrigada a dormir nos galpões, ficava com dúvidas se ela não permanecia no trabalho o tempo todo. O Dr. Hopp me mandou cuidar dos doentes e falou que precisaria de mais uma ajudante. Quando perguntei pela Sra. Immacolata, disse-me que agora as coisas se inverteriam: eu cuidaria mais dela do que ela de mim. Entrei no quarto em que estava internada – ela parecia dormir, sedada. Seu rosto mostrava tranquilidade, o que me aliviou. "Ela está dormindo. Cuide dos outros que estão acordados, começando sempre pelos arianos", gritou o médico. Essa regra já era conhecida, mas fez questão de repetir. Talvez eu tivesse de assumir outras responsabilidades na enfermaria, poderia ser isso. À tarde, não me deixou ir ao escritório: "Maria, precisamos mais de você aqui." Estranhei o uso do meu nome e do verbo "precisar". Desde quando os dirigentes precisavam de servos? Ah, é bom lembrar, servos era a denominação utilizada para todos que morassem na Colônia e não fossem *arier.*

Sempre que podia eu dava uma rápida passada no quarto em que estava internada a Sra. Immacolata. Por volta das quatorze e trinta, trouxeram uma passageira e uma serva para dividir as tarefas comigo. Um dos vigilantes ficou o tempo todo conosco. Não poderíamos conversar nada que não se relacionasse ao trabalho de enfermeiras. A passageira tinha alguma experiência, utilizava algumas técnicas que eu nunca havia visto. Tratava-se de uma moça jovem, vinte e pouquíssimos anos, parecia bonita, apesar de estar com o rosto todo marcado com furos: provavelmente sinais de cigarro acesos colocados contra a sua pele. Ela tremia e só trabalhava porque o Dr. Hopp e o vigilante ficavam chamando a sua atenção. Eu disse a ela que poderia tratar daquelas marcas; mais ainda, se a Sra. Immacolata acordasse, eu pediria algumas gotas de lágrimas. A passageira sorriu, como se achasse mais graça do que falei do que felicidade pela possibilidade de melhora. Perguntei o seu nome. "Glória, mas esse não é meu nome verdadeiro" – respondeu. O vigilante gritou, chamando a nossa atenção; Glória o repreendeu: "Você não sabe que na enfermaria não se pode falar alto, os pacientes necessitam de silêncio para se recuperar, *carajo!*" Pela primeira vez vi alguém enfrentando um guarda na Colônia. Corajosa, essa minha nova companheira de trabalho. "Eu sou a Maria. E não me pergunte pelo *apellido*, pois não sei" – disse a ela.

Continuamos a tratar um dos guardas que havia sido baleado na noite anterior. Mas como ele se feriu, se não houve o alarido de nenhum tiro aqui dentro? Pelo menos, que eu tenha ouvido. Será que estamos em guerra e não nos falam? Enquanto fazíamos o curativo nele, Glória falou baixinho para mim: "Magdalena". Fiz cara de quem não entendeu. "Agora você tem *apellido*: Magdalena. Você poderá ter outros nomes, se um dia se casar" – ela completou. Maria Magdalena, gostei! Deu até vontade de me casar para acrescentar outras palavras ao fim, mas com esses homens...

Rebeca era novata no Hospital *Villa Baviera*. Indígena, nem falava com desenvoltura o castelhano. Cara fechada, não mostrava qualquer simpatia com ninguém. Estava há pouco tempo, mas não era passageira. Deveria ter no máximo uns dezesseis anos de idade. Olhava-me com cara de raiva toda vez que lhe pedia ou ensinava algo. Glória parou de tremer: a bronca que deu no vigilante acalmou-a. Em pouco tempo, assumiu o controle dos trabalhos; até o Dr. Hopp se surpreendeu com a liderança e as técnicas da recém-chegada.

Perguntei à Glória sobre a experiência que possuía na área: "Eu trabalhava como auxiliar de enfermagem, em Santiago, nas poucas horas vagas que conseguia; afinal, estou no segundo ano de Medicina. Quer dizer, estava." Contou-me que foi presa durante uma reunião com outros estudantes. Segundo ela, todos que são contrários ao governo militar chileno estão sendo presos ou assassinados.

No primeiro refresco das atividades da tarde, fui ao quarto tentar falar algo ao ouvido da Sra. Immacolata. Quando aproximava a minha boca da sua orelha direita, ela despertou: "Sim, *figlia mia*. Contarei o que queres saber, o que tens por direito." Acalmei-a e falei para descansar, em outra oportunidade conversaríamos. O importante agora era a sua recuperação. Servi um prato de comida e fiquei passando pano úmido em sua testa, prática que a velha enfermeira costumava utilizar em seus pacientes.

Quando anoiteceu, pedi ao Dr. Hopp se poderia ficar até o amanhecer para cuidar da Sra. Immacolata. A contragosto, ele aceitou. Eu não tinha sono, e o que mais desejava era cuidar da minha mãe de criação, de coração. Era a primeira vez que não dormiria trancada nos galpões. Por volta das dez da noite, comecei a ver da janela do quarto de tratamento intensivo a grande movimentação de carros saindo da Colônia. E, por volta de uma hora da madrugada, muitos a entrar pelo portão principal da *Dignidad*. Vi, inclusive, quando os guardas fizeram descer dos *jeeps* para o Galpão dos Gritos, com extrema violência, algumas pessoas que eu nunca tinha visto. Devido à proximidade do Hospital, consegui ouvir com mais nitidez o que aqueles seres gritavam no desespero. Ouvi até o que os guardas falavam, principalmente a frase a se repetir: "Você não quer falar? Pior para você." Achei estranho, desde criança nos ensinaram que "Silêncio é fortaleza". E o barulho das cintas, madeiras, sei lá mais o que, batendo na carne dessas pessoas. E também uns sons estranhos, que lembravam os que eu ouvia quando sentia choque em fios desencapados.

Forçados a descerem dos carros, os prisioneiros estavam amarrados uns aos outros por meio de cordas, tinham vendas nos olhos, pareciam estar num buraco no qual não havia presente, passado ou futuro. Não havia nada. Ou melhor, só sofrimento, dor. Estavam mortos, ainda que estivessem vivos. Perderam a condição de seres humanos nas mãos das pessoas que nunca foram seres humanos. Pior: os monstros da *Dignidad* eram seres humanos de carne, osso e atrocidades.

O Hospital *Villa Baviera* não atendia apenas os dirigentes e os servos, mas também o público externo da *Dignidad*. As alas eram distintas: um portão voltado para o exterior e outro, para o interior. Os moradores da Colônia não podiam ter contato com os moradores da redondeza que procuravam atendimento médico. Uma coisa me espantava: o alto número de bebês ou crianças muito pequenas que chegavam para serem tratados na ala interna do Hospital e permaneciam dentro da Colônia. Com dez, onze anos de idade já eram considerados aptos ao trabalho de servos e trabalhavam para os dirigentes. Quase todos tinham traços indígenas e vestiam roupas simples na chegada.

No meio da madrugada, uma surpresa: Paul Schäfer, o Professor, apareceu para se tratar, acompanhado pelo Dr. Hopp. Nunca havia visto aquele homem, durante o dia, no Hospital. Nas missas, ele costumava dizer que não ficava doente, que tinha uma proteção divina. O Padre Paulo dizia que o Professor era um profeta, a reencarnação de *Jesus Christus*. Lógico que nunca acreditei nisso, mas muitos acreditavam, sobretudo os dirigentes. O Dr. Hopp e o chefe da *Dignidad* começaram a falar em alemão. "O que essa ratazana está fazendo aqui a essa hora?" – perguntou o Professor. O médico-chefe do Hospital explicou que era por causa da Sra. Immacolata, e só por uma noite, uma vez que não teria nenhuma auxiliar para ajudá-lo no atendimento do *Füher II*. Schäfer acalmou-se. Fez questão de entrar no quarto da sua velha conhecida. "Não sei como essa italiana ... viva" – disse, após cuspir no chão ao lado da cama da internada, que estava novamente sedada e dormindo. Fiquei de olho, daqueles dois não duvidava de nada. Dr. Hopp me chamou para aplicar uma injeção que ele mesmo preparou para o Professor Schäfer. Que nojo, ter de dar uma injeção naquela coisa. "Ai", ele gritou, "Vê se aplica direito, sua..." Procurei me concentrar e esquecer a quem estava atendendo. Metido a profeta, a um super homem, e não aguenta uma picadinha de agulha. Os dois continuaram conversando: "Tem carne nova no quartel, querido *Füher*" – disse o Dr. Hopp, no que os dois riram. Sabia que eles estavam falando das duas crianças que chegaram nos últimos dias, cerca de oito anos de idade cada.

O Dr. Hopp começou a falar mal do Conselheiro, dizendo que era um velho de fraldas (acho que foi isso) que não parava de ficar babando atrás da Sra. Immacolata. "Dias atrás estavam andando de mãos dadas no jardim, ao lado da enfermaria interna", disse. O Professor Schäfer indicou que sabia disso, mas deixava as coisas correrem. "É até bom. Pelo menos a Sra. Braun não me zanga com as velhas histórias." – e deram gargalhadas, acordando a minha protetora, que começou a gritar: "*Figlia mia, figlia mia.*" Fui correndo acalmá-la. Schäfer e Hopp também se aproximaram. O Professor cochichou para o doutor: "Fugiu de 'Auchivitis' pra vir morrer sozinha e louca no interior do Chile. Nem marido conseguiu arranjar." Não entendi bem o nome do local de onde a Sra. Immacolata teria fugido, mas era algo parecido com isso. Outra coisa a perguntar, quando ela se recuperasse.

Se Deus existe,
ele precisa rever seu plano.
MARLENE DIETRICH

A dominação romana, mais uma entre tantas, gerava em nós, hebreus, o desejo de procura pelo Messias. E o que não faltavam eram candidatos. João Batista, o essênio; Apolonio de Tiana; Simão, o mago; Hanina Ben Dosa etc. Fazia tempo que todos havíamos nos defrontado com algum desses. Messias, magos, espiritualistas. Por isso, a dificuldade de Joshua no momento de afirmar as boas-novas, um mundo novo – de Deus – para aquelas pessoas. "Mais um?!, na semana passada já teve outro por essas bandas a se denominar o salvador de todos nós", fala corriqueira nos povoados em que chegávamos. Não à toa, meu amor nem deixava as pessoas terminarem a sentença e já ia falando "Eu sei, eu sei, mas me escutem, por favor." Não era fácil pra ninguém, mesmo para o original Filho de Deus. Se não bastasse ter de provar a ancestralidade, ainda havia concorrentes. "Se meu Pai tem tanto poder, poderia ter facilitado a minha vida. Se ao menos fosse apenas eu", resmungava muitas vezes comigo. Dizia a Ele que não escolhíamos os caminhos, as suas bifurcações, as suas artimanhas. "Nós mesmos poderíamos ser uma alma gêmea", Joshua tentava me convencer. Não caía nessas assunções, sabia que o amor nos unia, o nosso amor, e não o de seu Pai. Éramos elementos separados, mesmo com nossas ligações.

Quando eu tinha dezesseis anos, uma amiga me disse que nós, mulheres, não tínhamos escolhas. Sabia disso desde que me entendia por gente, mas nunca ninguém me falou diretamente isso, com uma voz embargada por um eterno luto. Nesse dia, começou a se formar uma tola ideia em minha cabeça: será que não foi o primeiro homem que nasceu da costela de uma primeira mulher? Nós sempre fomos as geradoras! Em decorrência, há mais lógica em termos uma Deusa Criadora a um Criador! Em termos práticos e no que se convencionará chamar por teoria. Teoria da Criação, criacionismo, talvez. Homem não cria ninguém. Quem cria e dá cria é a mulher. Cheguei a falar sobre esses meus tolos pensamentos certo dia com Joshua. Ele dava risada. Não combatia as minhas ideias, tampouco as apoiava. Apenas ria.

Perguntei a Ele de qual costela Eva havia nascido, dentro da história consagrada. Meu amor ficou sem entender a minha pergunta. Tive que exemplificar, adiantando as razões da minha dúvida: só assim para uma mulher não receber o olhar de desprezo. Teria sido de uma costela localizada na região das costas? Estudei muito pouco sobre o corpo de um ser humano, mas imaginava haver costelas nas costas, na frente do corpo e mesmo outras localizadas ao lado do corpo. Pelo menos, quando me apalpo, percebo costelas nesses três lugares. Joshua não soube precisar. Tive que prosseguir no meu raciocínio. Se a costela geradora se localizava nas costas, fazia todo sentido que as mulheres viessem sempre atrás dos homens, que as guiariam nos caminhos da vida. Se a mulher foi gerada por uma costela lateral, o negócio seria bem diferente. Deus estaria passando uma mensagem de que as mulheres tinham de estar lado a lado com os homens, mesmo geradas por eles. Ou por Ele. Sem qualquer diferenciação de mando. Joshua disfarçava pra não responder da maneira mais direta possível. Fluía pra histórias que não serviam pra explicar a charada que eu havia colocado. Charada, não. Dúvidas. Melhor tirar o peso da sentença. Como não aceitei nenhuma das explicações fornecidas, sem razão, lógica ou algo que o valha, saiu-se com um clichê: "Perguntarei a meu Pai." Nunca me deu um retorno.

Não sei se percebeu, mas nem quis destacar a terceira hipótese, a lembrar: a mulher veio de uma costela da frente do homem?

A blasfêmia da fêmea. Seria demais ter a presunção de a mulher ocupar a frente do homem. Tive juízo, no final.

As opiniões e interpretações dos textos sagrados eram diversas, muitas vezes distintas. Mesmo eu, que havia estudado na infância, tinha dificuldade em entender muitos trechos. Imagine os outros apóstolos, alguns mal sabiam escrever o próprio nome – ou o nome rebatizado pelo Cristo, como no caso de Pedro. Por isso, no judaísmo, existiam os escribas, estudiosos do Testamento. Em nosso meio, as coisas se complicavam ainda mais. Além dos textos antigos, tínhamos as palavras de Joshua. Exceção feita às anotações de Tomé e de Mateus, perdemos muitos dos ensinamentos ou divergíamos no tocante às mensagens deixadas pelo nosso Mestre. Anotei o básico, o suficiente. E mais: tínhamos que registrar as nossas próprias memórias, do passado com Joshua e das nossas andanças e ações após a sua morte. Ler, ainda vai. Escrever era um exercício complicado. Mesmo em Tomé ou Mateus, homens mais letrados, eu percebia dificuldades na redação, no concatenamento das ideias, na confusão da mensagem a ser redigida e transmitida aos fiéis.

Tinha receio de escrever por não confiar em minha própria memória. No fundo, contamos histórias a nós próprios para continuarmos a viver. Ficava preocupada em ouvir meus irmãos a dizer que lembravam exatamente o que viveram durante toda a vida. Falo isso porque já peguei vários deles cometendo deslizes ou afirmando categoricamente determinada questão que eu sabia não ter acontecido daquela forma. Ou será que a minha interpretação é que estava equivocada? Não sei; só sei que nem eu nem eles poderíamos ter a exatidão dos acontecimentos. Talvez, apenas Deus. Mesmo Joshua se esquecia de algumas coisas, enganava-se. Pelo menos Ele tinha a humildade de reconhecer seus erros. Seus seguidores, não. O que falavam tinha de ser aceito como a inexorável verdade. Meu Deus, isso era impossível! Tentava mostrar a eles que a escrita era uma estrada em que havia caminhadas em seus dois lados: "Nunca duas pessoas lerão as mesmas boas novas. Cada um captará de um jeito." Memória ou imaginação? Linguagem.

Outras divergências: deveríamos seguir piamente o Testamento antigo ou poderíamos divergir de alguns de seus pontos ou prerrogativas? Joshua nos mostrou ambas as coisas durante a sua vida. Em muitas ocasiões, pregou que deveríamos seguir da forma que estava redigida nas escrituras; no entanto, em outras tantas, posicionou-se no sentido de interpretar o velho Testamento de maneira oposta ao que explanavam os templários. Mais ainda, fez-nos tomar posições hostis quanto ao que constava nas leis sagradas, geralmente, com a alegação de que Deus não concordava com aquilo. Por isso, O enviara para mostrar novos caminhos e palavras para adorá-Lo e divulgar Seu nome na terra.

O irmão de sangue de Joshua, Tiago, foi um dos que mais divergiu dos pontos citados pelos discípulos que acompanharam seu irmão no tempo anterior à crucificação. Tiago batia o pé que a Lei de Moisés deveria ser seguida à risca. Não aceitava quando falávamos que o seu irmão abriu vários precedentes ou exceções àquele material ou mesmo tomou sentido oposto em situações citadas ou exigidas nos sacramentos. Os embates foram frequentes. Houve uma ocasião em que Joshua solicitou que nos considerássemos todos irmãos, mesmo eu sendo a sua mulher. Mas Tiago, sem segui-lo em vida, achava-se no direito de manter as tradições criticadas pelo seu meio-irmão – por parte de mãe, mas não de pai. Ou era também por parte de pai? Sim, em partes, era. Em partes, não.

Essa história sempre foi um tanto confusa para mim.

Eu dizia a Tiago, o irmão "legítimo" do redentor, que Joshua veio viver entre os humanos porque tinha a missão de apontar erros na interpretação da vontade de Deus. Erros presentes nas ações apregoadas pelos chefes dos templos e também erros passados nas escrituras. Joshua jogou a luz na humanidade, mas não deixou de apontar as sombras presentes nas escrituras. Tínhamos de seguir em frente, a nova era do Reino dos Céus havia chegado. Se nosso Mestre pregava uma nova era, era porque havia diferenças em relação ao período anterior. Tão básico, mas Tiago não entendia – ou fingia não entender: ele flertava com o engano e flechava o bom senso.

Pedro se deixava levar por Tiago, até porque tinha dificuldades em romper com o espaço do Templo. Certa vez, Pedro me falou: "Joshua dizia que seu sangue tinha poder, repetia ser descendente de David. Então, seu irmão possui esse atributo, não deve estar equivocado. Pelo menos, de todo equivocado." Muito provavelmente, Pedro afirmava tal assertiva devido à repetição com que Tiago se congratulava: "Se eu fui o filho a nascer depois do meu irmão Joshua, então eu, por vontade de Deus, sou o natural seguidor de suas obras." Pedro caía na armadilha. Mais adiante, os dois teriam disputas severas no tocante ao controle da instituição que queriam formar. E Pedro, derrotado perante o grupo, teria de buscar novos caminhos pra transmitir a palavra de Joshua da maneira que achava mais pertinente. "Vai pra Roma!", bradaria Tiago a Pedro.

Só que os conflitos de Tiago com o grupo original era coisa pequena quando comparados aos que teve com Paulo. Quando este surgiu afirmando-se ser um dos nossos, depois de tantos anos a nos perseguir enquanto uma espécie de miliciano, ficamos ressabiados. Como botar fé na fé de um de nossos maiores algozes? Para piorar, Tiago, Pedro e João ficaram sabendo que Paulo negava a Lei nas pregações quase independentes que fazia na Ásia. Ou seja, Paulo tinha muitas divergências com esses homens que estavam fixados em Jerusalém, mas tergiversava e procurava não romper com eles. Preferia ganhar adeptos em locais aonde essas lideranças não chegavam, com narrativas distintas. Entretanto, prestava contas àqueles homens, quase todos galileus, que lideravam a ainda incipiente seita na Judeia.

Lembro-me de que, em certa ocasião, Joshua ficou desconfiado comigo. Ele se dizia o grande herdeiro do Rei David. Mas calma lá: esse Rei viveu há mais de mil anos! Um dia, não me aguentei e disparei: "Meu amor, por esse critério e depois de mil anos, metade da Galileia também deveria ser descendente de David." Ele ficou mais de um dia sem falar comigo, e exigiu que eu não comentasse isso na frente dos outros. Acatei o seu pedido. Sentia-o com a voz constrangida toda vez que repetia essa herança aos outros, a tal linhagem messiânica. Eu fingia que nem estava ouvindo. Há uns fiéis com uma dificuldade de compreender algumas lógicas...

Era estranho para mim que alguém que descendesse de um rei, mesmo que tivessem se passado mais de mil anos, nascesse em uma situação de pobreza e de não reconhecimento social, como foi o caso de Joshua e de seus pais. Meu marido justificava que a riqueza deixada por David era de bons valores, e não de terras, ouro etc. Alegava, ainda, que David e seus filhos foram perseguidos e saqueados nos recursos que possuíam. Nisso talvez Joshua tivesse razão.

Mas, se por um lado, Joshua afirmava com tanta dedicação a hereditariedade, por parte do pai terreno, de Davi, porém, por outro lado, procurava salientar que era o Filho de Deus. Se José não teve relação carnal, a familiaridade com Davi desapareceria. Não seria boba de realizar essa interpretação provavelmente sem sentido para o meu companheiro.

A relação de Joshua com sua mãe era um tanto dúbia, oblíqua. Nunca o vi chamá-la de *minha mãe*, apenas de *mulher*, como se estivesse a falar com qualquer outra. Mesmo em dois momentos primordiais – na transformação da água em vinho e na própria cruz –, ele não utilizou a palavra que demonstrasse ser seu filho. Se o fizesse com José, vá lá; afinal, havia dúvidas da real paternidade. Mas com a mãe? Se bem que Joshua era sentido em relação à morte de José. Em muitos momentos de tristeza, quando não conseguia dormir na tenda, eu advinhava: "É o teu Pai, não é?". Ele até brincava: "São os dois!". Logo em seguida, dizia sentir saudades daquele homem que o tratou como a um filho próprio.

Quiçá a história da não paternidade terrena tivesse alguma razão no estranhamento com a mãe. Ela o criou para ser um *nazir*, e ele o foi, mas do modo que lhe apetecia, a mãe que aceitasse ou não. Maria me confiou que nunca concordou com as tentações nas quais ele caiu: "Desculpa-me a sinceridade, Magdala, mas nem do vinho nem da carne ele deveria ter provado para ser um autêntico *nazir*." Ou apenas Ele pretendesse colocar certa distância de quem, por natureza, sofreria mais se lhe fosse permitido uma aproximação entre mãe e Filho. Mas acredito que essa hipótese é menos fiável que a anterior.

Nunca aventei a próxima dúvida, mas houve quem a aventasse: o fato de Joshua ter nascido de uma virgem – afirmação realizada por Ele mesmo. Quando miúdos, ao descobrirem a existência do ato sexual, muitos rejeitam a ideia de que a mãe possa ter tido relação sexual com o pai em sua própria procriação, "Onde já se viu, minha mãe não é nenhuma *zonah*!", diziam os garotos – na Grécia, chamavam a isso de Complexo de Édipo, se não estou errada. Demora tempo para que aceitem a hipótese. Será que Joshua não teria saído, nesse quesito, da fase infantil? – isso passava levemente pelos pensamentos, passava mas não permanecia. E por que as pessoas não acreditavam nessa história? Achariam um simples despropósito? Mas por que Joshua inventaria ter nascido de uma virgem, cuja semente, sem o ato sexual, teria sido plantada por um Deus? Maria, a virgem, teve outros filhos por vias, digamos assim, mais naturais. A exceção, ao que parece, foi de fato o caso do primogênito – seria exagero dar luz a dois filhos sem relação carnal, nem Deus botaria fé nisso.

E se, por ventura, o pai realmente não fosse José? E se Deus não tivesse nada a ver com isso? E se, por aventura, Maria sonegou de toda a humanidade a causa da gravidez, pergunto: afinal, quem seria o verdadeiro pai do meu amor? O terceiro elemento, o esquecido vértice da outra trindade, o semeador do ventre da virgem. Será que a humanidade ainda há de fazer essa pergunta? Não sei, colocar Deus no meio talvez distraia olhares formados e conformados em rituais e ilusões.

Eu pensava em como as pessoas tinham dificuldades em aceitar o novo, mesmo em nosso grupo que, em tese, tinha a missão de mostrá-lo ao mundo. Se Joshua mencionou, várias vezes, que o novo chegara, que era o início do Reino de Deus, por que ainda ficávamos com dúvidas? Tudo bem que meu companheiro, em muitas ocasiões, clamava o novo e se afiançava no velho: talvez, mesmo o meu amor tivesse dificuldades em fazer a necessária transição. Paulo uma vez postulou: "Mudar é difícil, mas é possível."; dessa feita, concordei com ele. A tradição exerce muito poder sobre os homens, mesmo no caso do Filho de Deus, que não era bem um homem, mas um ser sagrado. Os poetas costumam dizer que o novo sempre vem, meu bem. E nisso eles têm razão e mais certezas até do que muitos profetas.

A minha convivência com Tiago nunca foi tranquila. Outros discípulos também tiveram essa dificuldade de relacionamento com ele. Com Simeão, um primo que praticamente pouco ouvira meu marido mencionar quando vivo estava, aconteceu o mesmo. Costumava evocar que o sangue deveria ser o principal critério para ser chefe de uma nova igreja. Mesmo que eu arguisse que Joshua deixara bem nítido sermos todos irmãos e que a instituição de templos não era sinônimo de fidelidade ao Reino do Senhor: "Nós somos o Templo, e o Templo é o nosso povo." De nada adiantava; Simeão era um hábil político e foi angariando partidários que o apoiavam. Chegou um momento em que tínhamos, em Jerusalém, uma divisão em três vertentes distintas: o grupo de Pedro, o de Tiago, e os que convergiam para a minha opinião. Mateus rebatia costumeiramente a minha ideia de que nós éramos o Templo: "Desculpa-me, irmã, mas me lembro muito bem quando o Filho de Deus falou para Pedro 'Também eu te digo que tu és Pedro, e sobre esta pedra edificarei a minha igreja; e as portas do Hades não prevalecerão contra ela'. Ou seja, ele remeteu à importância da construção de uma igreja, de um templo. Estou falando alguma insanidade, irmã?" Por óbvio, eu continuava a defender minhas afirmações, reiterando o aspecto simbólico, figurado da palavra de Joshua. E olha que cansei de dizer que o Reino de Deus era espiritual, portanto, não necessitava de um terreno, de uma construção. Pouco efeito surtia no grupo; a maioria queria uma construção de pedra sobre pedra.

E o que éramos, no final? Judeus? Seguidores de Joshua? Circuncisão ou batismo? No início, tive dificuldades em utilizar o termo "cristãos", sugerido por Paulo e Lucas: "Facilita para conseguirmos mais seguidores nas terras macedônicas", defendiam. Joshua nunca ouvira falar a palavra "Cristo", e foi assim que passou a ser conhecido. Vai entender. Judeus cristãos? Eu gostava mais dessa definição. Sabia que não éramos judeus como os que seguiam os preceitos do Templo. Iríamos nos expor muito, em Jerusalém, se afirmássemos sermos "apenas" seguidores de Joshua. Preferia defender a interpretação de sermos uma derivação no meio do judaísmo. Uma pequena cisão, no máximo. "Cristãos" dava muito na vista na terra do Templo, seria perigosa a sua utilização. Não conseguimos chegar a um consenso.

O judaísmo não era monolítico. Havia a formação de grupos e de tensões entre as várias correntes. Por exemplo, uma primeira tensão se dava entre os devotos judaicos rigorosos, chamados de fariseus, e os assimiladores das culturas grega e romana, conhecidos por saduceus. Os moradores de Samaria eram, quiçá, o caso mais complexo. Eram judeus, mas tinham muito de pagãos, criticavam o fato de o Templo ficar em Jerusalém, reconheciam apenas os cinco livros de Moisés. Cogitávamos, àquela altura, criar uma designação dentro do judaísmo. Nas ruas em que saíamos a pregar, uma das denominações mais comuns que as pessoas nos davam era de sermos uma seita. Eu preferia sermos a seiva de um novo mundo.

Religião enquanto religação com a espiritualidade. A bem dizer, a religião é, de certa forma, uma ideia presunçosa, como se não estivéssemos ligados à nossa espiritualidade, às nossas crenças. Podemos nós mesmos habitar esse corpo frágil, aceitar e vivenciar a existência sem a necessidade da mediação de um terceiro, um estranho no nosso ninho. Se Joshua me ouvisse falar tal disparate, com certeza iria me chamar a atenção ou ficar em meus ouvidos até que eu falasse que Ele é quem estava certo, mesmo que, no meu interior, eu continuasse com minhas persuasões. Devemos estar calmos e atentos aos sinais que nos chegam, atingirmos o estado de consciência particular. Habitar a insuficiência com tranquilidade, talvez, seja a receita para o entendimento de nós mesmos.

Sem dúvida, Lucas foi o melhor contador de histórias do grupo, após a morte de Joshua. Joshua era poema; Lucas, prosa. Para pequenos fragmentos e metáforas, o meu marido foi insuperável. As pregações eram feitas com base nesse talento do Filho do Criador. E dificilmente alguém depois dele conseguiria superá-lo. Na arte de narrar, de inventar histórias, Lucas seria poucas vezes extrapolado. E ele ainda terá uma vantagem: por escrever prosas religiosas, pouco históricas, seus leitores as interpretarão como verdades. Verdades divinas, e pouca atenção prestarão ao enlace dos fatos. Já pensou se tal prerrogativa valesse para todos os escritores? Não, só aos escribas e evangelistas são permitidas tamanhas licenças poéticas, ainda mais quando redigidas com as lembranças poéticas de Joshua.

Afundamos a tal nível que a reafirmação do óbvio
é o primeiro dever dos homens inteligentes.
GEORGE ORWELL

A Ida e eu chegávamos do bandejão. "Vocês não vão acreditar. A Suzana do 506 falou que pegou o elevador com dois rapazes que moram no terceiro andar. O Juninho entrou no elevador; como sempre, nem pensar em subir pelas escadas, apesar de ele conhecer esse caminho. Acredita que a porta do elevador abriu pros meninos descerem e o gatinho nem se mexeu? Só quando estava chegando perto do quinto andar é que ele se postou próximo à porta pra descer. A Suzana interfonou dando gargalhada quando chegou no apartamento. O danadinho ainda arranhou a porta pro Bob Marley abrir pra ele", disse o Seu Antônio, porteiro do Bloco A, que estava se divertindo com o "bechano", como ele dizia. A Suzana era bailarina e cursava Sociologia. Ah, e o tal Bob Marley é o Rasta: o Seu Antônio não o chamava de outra maneira.

O Juninho realmente estava cada dia mais esperto. Certo dia, foi me seguindo até o Núcleo de Consciência Negra, local em que dou aulas em um curso de alfabetização de jovens e adultos e faço parte da coordenação geral. Tentei fazê-lo voltar assim que saí do prédio do Crusp, mas o safadinho dava uma meia volta, me enganava e voltava a seguir. Não teve jeito, ele atravessou a Praça do Relógio atrás de mim e veio correndo entre as moitas pra eu não brigar com ele. Chegando ao Núcleo, entrou junto comigo e foi até a sala de aula. Os estudantes se divertiram ao ver o Juninho acompanhar a aula toda, sentadinho no fundo da sala. Parecia se divertir com o que eu falava – ou aprender, sei lá. Só saiu da sala no horário do intervalo da aula, brincou no jardim externo, mas voltou pro seu lugar na classe assim que a aula se iniciou. A partir daí, virou um ritual. Eu começava a me trocar pra ir ao Núcleo, e o Juninho já ficava a postos. O engraçado é que, quando me preparava pra ir assistir às aulas de manhã, na Faculdade de Educação, ou no início da tarde, na FFLCH, ele nem se mexia. O negócio dele era ir, nos fins de tarde, comigo, para o Núcleo. E o safadinho voltava direitinho para o nosso prédio da moradia estudantil, quando a aula acabava.

Aproveitando que estávamos sozinhas, a Ida e eu conversamos sobre coisas mais particulares. Papinho de mulheres – de mulheres que só se fodem com os homens. Ela é mais velha, beirando os trinta. Disse-me que andava preferindo sair com caras mais experientes, mais maturidade. Falei a ela que o problema não estava na idade, mas com os tipos de caras com que nos relacionávamos. Mas esse seu gosto por caras mais velhos a fez entrar em boas enrascadas. Casos com caras casados, uns tiozinhos que nem o Viagra dava jeito, enroscos seguidos de enroscos. Não à toa, a mãe dela brincava que a filha tinha o dedo podre pra escolher namorado. Era um ditado a utilizar, eu não diferia muito desse quadro. Ou os homens é que seriam realmente podres? Não podia generalizar, havia caras legais no mundo. "Madá, quem sabe não seja o momento de olharmos mais à nossa volta." Fiquei pensativa. "Amiga, por acaso do destino ou do intestino, tem alguém da turma que você está interessada?" – joguei pra Ida. Batata quente, queria vê-la fazer o purê. Ou estaria frita. Ficou vermelha na hora, devia ser por causa da fritura em que a coloquei. Titubeou pra cá, pra lá, rebolou mais um pouquinho, mas no final soltou: "Eu não tenho uma pessoa da turma que estou interessada. Tenho logo duas. E antes que você pergunte, é o Rasta e o Pedrão. Pronto, falei." Gulosa essa menina: "Desse jeito, vai abrir um harém" – brinquei com ela. "Olha, não é má ideia" – respondeu. Veio-me à cabeça o livro *Niketche*, da moçambicana Paulina Chiziane. A Ida também não perdeu a oportunidade de lembrá-lo: "Depois que você me falou daquela personagem, a macua, adepta da poligamia feminina, comecei a me imaginar com vários homens disponíveis pra mim. Não seria uma beleza? E sem me apaixonar por qualquer um deles." Esse romance é realmente muito interessante. Em geral, ouvimos falar da poligamia masculina na África, mas a história da Paulina conta um exemplo de uma mulher da etnia macua, do norte de Moçambique, cuja tradição mostra a ocorrência da poligamia feminina, de mulheres super empoderadas. As minhas amigas ficaram todas saidinhas depois que eu comentei sobre a aventura dessa personagem citada pela Ida.

"Já criou coragem pra chegar em qualquer um deles?" – indaguei. O Rasta e o Pedrão são caras legais, se dariam bem com ela. O Pedrão é mais novo, mas tem jeitão de mais velho, todo sério, compenetrado, apesar de inocente em alguns aspectos, sobretudo quando se trata de discutir política. Um negro e um branco. No frigir dos quatro ovos, com certeza eram muito melhores do que as tranqueiras que ela arrumava.

"Por enquanto, não há nada, mas os dois já estão no meu radar. Só não conte ainda pra ninguém, gosto de pegar na maciota, sem as pessoas esperarem. Vamos ver se eles dão conta de mim", confidenciou a minha amiga.

O ódio tem sido a causa de vários problemas no mundo,
mas, até hoje, ele não resolveu nenhum.
MAYA ANGELOU

A Sra. Immacolata quis saber como estava o trabalho na enfermaria. Contei sobre as novas companheiras: "Gostei da Glória, mas não fui com o jeito da Rebeca. Menina nova, com uma carga de raiva enorme saindo de dentro de si." Comentei sobre as marcas no rosto da passageira. A Sra. Immacolata falou pra eu levar a garota ao seu quarto, quando amanhecesse, para conhecê-la e ver o que poderia fazer com as marcas.

A velha enfermeira e eu aproveitamos o pouco movimento na enfermaria interna para dialogarmos sobre várias coisas, apesar da ressalva de haver assuntos que ainda não poderia me falar. Nisso, Schäfer e o Dr. Hopp foram embora, provavelmente descansar aos seus aposentos. Ou foram visitar as "carnes novas"? A Sra. Immacolata e eu dividimos nossa conversa com as espiadas no pátio e com o movimento às portas do Galpão dos Gritos. Ela me contou que os homens e as mulheres levadas para lá eram pessoas perseguidas pelo governo chileno, que tinha uma parceria com Paul Schäfer. A Colônia era utilizada como centro de tortura dos opositores ao regime. "Mas não comente com ninguém por enquanto, *figlia mia*. Alguns, infelizmente, acabam morrendo e são enterrados na vala da Colônia, mas a maioria dos corpos é levada para fora." Perguntei sobre quem seriam aquelas pessoas perseguidas, no que a Sra. Immacolata me respondeu: "Quase todos são jovens, estudantes, campesinos, trabalhadores da cidade que defendiam o governo chileno anterior e, por isso, são presos e sofrem nas mãos da polícia chilena e dos guardas de Schäfer." Citei que a Glória era estudante e fora trazida para cá. Mas eles não roubaram, mataram alguém, perguntei. "Não, apenas discordam do golpe dado por Pinochet e têm outras ideias para a sociedade chilena." – falou para mim. Uma dúvida persistia: por que os alemães os perseguiam? O que faziam os alemães dentro do Chile? E a matar chilenos com o apoio do governo do Chile? Tudo muito estranho e, aparentemente, sem sentido.

"Você sabe o que são aqueles símbolos nos quadros das paredes do escritório em que trabalha?" – perguntou a Sra. Immacolata. "Terceiro *Reich*, *Nationalsozialistische Deutsche Arbeiterpartei*, regime que visa fortalecer os seres humanos", – respondi. A minha protetora ficou incrédula com a minha interpretação. "*Figlia mia*, sim, o símbolo é do nazismo, mas seu objetivo não é bem esse que você falou, pelo contrário. Esse é o discurso dos dirigentes, mas veja o exemplo dos servos na Colônia. Eles, ou melhor, vocês são fortalecidos enquanto seres humanos?" Fiquei extremamente envergonhada com a resposta que havia dado. Estava, na realidade, utilizando a definição que incutiram na minha cabeça durante anos.

Um pouco antes de amanhecer, vimos, pela janela do quarto, os soldados chilenos carregando alguns daqueles prisioneiros, que pareciam mortos, para dentro dos jeeps. "Isso está cada vez mais frequente. Os nazis, em aliança com Pinochet, creem recuperar o controle da guerra, pelo menos no Chile. Isso é uma loucura" – disse a Sra. Immacolata. Surpreendeu-me o "recuperar". Sempre nos falaram que os alemães venceram todas as guerras de que participaram, mesmo quando saíam derrotados. O "império de mil anos" estava apenas começando. Distraídas que estávamos, nem vimos quando um vigilante entrou e nos pegou a olhar para o pátio. A minha protetora se assustou com o berro do guarda e se soltou do soro preso ao seu braço. O vigilante disse que, no outro dia, eu teria que prestar esclarecimentos sobre o ocorrido ao chefe da segurança da Colônia, Peter Schmidt. Mandou-nos não olhar mais pelas janelas e fechou as cortinas. A partir daquele momento, procuramos ficar quietas, sem falar sobre assuntos que pudessem nos comprometer. Limpei o sangue que escorreu da veia da Sra. Immacolata e restabeleci a agulha com o soro no braço direito.

Fiquei desesperada ao saber que teria de dar satisfações no dia seguinte, mas procurei não mostrar a minha tensão à Sra. Immacolata. Peter Schmidt era conhecido pelo modo brutal com que tratava os próprios soldados e até alguns dirigentes. Não fazia cerimônia em meter a mão na cara de alguém, na frente de outras pessoas, sempre sob a autorização do seu fiador, o Professor Schäfer. Cansei de ver servos serem espancados por ele, durante a missa, apenas por não repetirem o que o Padre ou o Professor mandavam. Mostrava-se exultante em agredir pessoas. Ganhava o dia quando feria alguém. Muitos, na Colônia, tinham mais medo dele do que do próprio Schäfer, mesmo sabendo que Schmidt era o pau-mandado do Professor.

Em companhia da Glória e da Rebeca, fazia meu trabalho, na enfermaria, por volta das onze horas da manhã, apesar de não ter pregado o olho à noite, quando um dos vigilantes veio me buscar para falar com o chefe da segurança, cuja sombra era velha conhecida das minhas madrugadas. Mas nunca havia sido molestada por ele durante o dia. Tentei manter a calma para que aquele ser nefasto não ganhasse mais forças em cima da minha fraqueza, como fazem todos os facínoras. Entramos no comando da guarda. Peter Schmidt estava acompanhado de um dirigente mais jovem, também de origem alemã, mas que eu não conhecia. Começou com um sorriso e uma simples pergunta: "Quer dizer que a *chica* estava espiando pela janela do quarto da enfermaria?" Respondi que apenas estava abrindo as janelas para que entrasse um pouco de ar para a Sra. Immacolata, que estava acamada.

Óbvio que ele não engoliria facilmente aquilo; todavia, eu ganharia tempo para manter a posição, uma vez que vi coisas terríveis na noite anterior. Ele foi direto ao ponto: "Faz tempo que não mando ninguém te visitar durante as madrugadas. Se eu desconfiar de algo, mando logo uns dois." E falou em alemão para o mais jovem: "Quer provar uma verme judia?" Deu risada. O rapaz fez um gesto de repulsa e disse algo que não entendi muito bem, mas que remetia a mulheres arianas. "E não se esqueça que aquela velha italiana está doente. Se você não se comportar, posso acelerar a morte dela." Nem tive tempo de respirar direito, e ele me pegou pelos cabelos, abriu a porta e me jogou para o lado de fora.

Caí aos pés do Conselheiro, que vinha ao meu encontro. O meu chefe deu uma bronca daquelas em Schmidt e falou, em alemão, que não era para ele se meter comigo, tampouco com a Sra. Immacolata. O temível Peter só balançou a cabeça em respeito, como querendo dizer que aceitaria as vontades de um dos dirigentes históricos da Colônia. Peter Schmidt era braço direito de Schäfer, como havia sido também o seu pai. Porém, ainda não se sentia com poder a ponto de enfrentar o Grande Conselheiro.

Meu chefe me levou ao seu escritório, pediu-me para sentar, porque queria ter uma conversa séria comigo. Achei que sofreria novas ameaças; entretanto, para minha surpresa, o tom foi de preocupação comigo e com a sua amada: "Sei o que viram nessa noite. A Immacolata sabe há tempos, mas imagino ter sido a primeira ocasião em que você tenha visto, com os próprios olhos, o que acontece durante as madrugadas na Colônia." Até parece que esse velho não sabe das visitas das sombras, no meio da noite, nos dormitórios das crianças, sejam elas chilenas ou alemãs. Ou judias, como o terrível Peter Schmidt me taxou. Tive vontade de perguntar sobre as minhas origens. Será que pertenço a esse povo que, segundo os dirigentes, mataram Jesus Christus? Será que é por isso que fazem essas maldades comigo? O Conselheiro continuou: "O que lhe falarei não se tratará de ameaça, como penso que aquele moleque do Schmidt Filho tenha feito a você. Terá a ver com um alerta para os perigos de tentar se colocar contra uma força que é muito maior do que você. Procure não falar com ninguém sobre o que viu. Se agir como a estou orientando, conto algumas coisas a você, como prometido à Immacolata. Coisas que, se não me envergonho, porque ainda acredito, sei que são complicadas de serem justificadas, dependendo do ponto de vista. Mas uma coisa lhe garanto: nunca matei uma pessoa, pelo menos diretamente e com minhas próprias mãos, apesar de alhures jamais terem faltado mãos para fazerem cumprir meus planos e conselhos." Jurei que não falaria a ninguém sobre o que presenciei, a não ser com a Sra. Immacolata e com muito cuidado. Pediu-me para não realizar mais plantões noturnos no Hospital. Ele mesmo se comprometeu a dormir no sofá do quarto da amada para garantir a segurança dela. E exigiria que Schäfer mandasse o Dr. Hopp arrumar alguma enfermeira para ficar na madrugada cuidando da Sra. Immacolata. Eu sugeri que fosse a Glória. "Vou verificar." – garantiu-me.

Fui dormir apreensiva, esperando a visita de alguma sombra. Mas nenhuma veio oportunar-me. Nem quis tomar o café, fui logo ver como estava a Sra. Immacolata. Ela estava bem e foi logo me falando: "Fiz o que você pediu, *figlia mia*. Não faltaram lágrimas, nessa madrugada, pelo que observei no pátio. Consegui aproveitá-las para molhar o rosto da Glória." O Conselheiro balançou o rosto para mim, como querendo dizer que tudo transcorrera bem. Bem, na medida do possível, e na visão dele, é óbvio. Assim que o velho saiu, ela veio me falar: "Você nem sabe o que aconteceu: o Schäfer e o Conselheiro se encontraram, sem querer, esta noite, aqui na enfermaria. Discutiram um pouco, mas depois se acertaram. E o acerto nos envolvia. Ah, gostei da sua amiga Glória." Minha amiga? E quem disse que era possível fazer amizades naquela Colônia? E só conhecia aquela jovem enfermeira há dois dias, pensei. Parece que a Sra. Immacolata ouviu meu pensamento: "Sua amiga sim. Essa jovem será muito importante para você. E você para ela."

A certeza em suas palavras me fez acreditar que a Glória e eu teríamos uma relação profunda de amizade. Isso se não a levarem, já que era uma prisioneira política, aliás, como parecíamos ser todos, dentro daquela fortaleza do silêncio. Os dirigentes encarcerados na maldade, acreditando em uma falsa superioridade. Eu e os outros servos pagando por crimes que não cometemos. Outra coisa: por que o Professor e o Conselheiro discutiram por nós duas? Será que os dois estão disputando o amor da Sra. Immacolata? Resolvi inquiri-la: "É verdade que a senhora é ou foi apaixonada por Paul Schäfer?" Ela me olhou com surpresa e constrangida. "Quem lhe disse isso?", respondeu-me com uma pergunta. Senti que não gostou da minha atitude, comprovada pela falta do "*figlia mia*" no início ou no final da sentença. Expliquei que ouvi o Professor falar algo parecido no entrave que teve com o Conselheiro. Quem mandou me ensinar o alemão? Ela solicitou que falássemos sobre isso em outro momento. Usou como desculpa o fato de o vigilante da enfermaria estar de tocaia e de Rebeca, presente no recinto, parecer-lhe ter comportamento indecifrável. Além disso, hoje, passaram por aqui, logo cedinho, os eletricistas da Colônia, alegando estarem fazendo a manutenção de rotina nas instalações do Hospital. O Conselheiro nos garantiu que eles vieram instalar microfones e gravadores para detectar os diálogos nos quartos e no restante da enfermaria interna. Era provável que instalassem câmaras nos próximos dias, assegurou o velho. Em um pedaço de papel, a Sra. Immacolata mostrou-me que era melhor conversarmos em lugares abertos ou por escrito, talvez até por meio de alguns códigos. E nos livrarmos desses papeis assim que lêssemos. Achei excesso de cuidado, mas optei por seguir a voz da experiência.

Se eu não sou o que você diz que eu sou,
então você não é quem pensa que é.
JAMES BALDWIN

Burburinho e receio na sala em que faríamos mais uma ceia. Sempre ficávamos desejosos que Joshua aparecesse, de repente, no meio da nossa refeição, e não apenas simbolicamente, por meio do seu corpo e sangue. Sim, tínhamos pão e vinho. Estávamos fartos de transubstanciação. Queríamos a sua presença ressuscitada entre nós. Pedro mostrava-se resistente aos ensinamentos deixados por nosso Mestre, logo ele, que tentava convencer os outros irmãos de que era o mais apto para liderar as palavras de Joshua na terra: "Como vamos pregar aos gentios o Evangelho do Filho de Deus? Se eles não o pouparam, vão poupar a nós?". André deu razão a Pedro: "Nosso Mestre era um caso à parte. Ele realmente perdoaria quem aparecesse à sua frente, recordemos as suas palavras: 'Perdoai, meu Pai, eles não sabem o que fazem'. Mas a ponto de termos a capacidade de fazer o mesmo, sobretudo depois do que fizeram com Ele..." Os outros discípulos concordaram com os oradores, por isso, fiz questão de intervir, mesmo sabendo que compraria brigas com eles. Procurei sorrir e dizer o nome de cada um deles, sempre com o "irmão" antecedendo: "Não vos lamentais, nem sofrais, nem hesiteis, pois a sua graça estará inteiramente convosco e vos protegerá. Antes, louvemos Sua grandeza, uma vez que Ele nos preparou e nos fez homens e mulheres de Deus."

Todos olharam com ar de surpresa, de maneira idêntica a quando se espantavam com os pensamentos incomuns vindos de Joshua. Suas expressões eram de vergonha e orgulho, dúvida e certeza. Tomé e João vieram me abraçar, e ambos falaram: "Estás com razão, nossa irmã, estás com razão" – repetiram os dois.

João pediu a todos que entregassem seus corações a Deus, tal qual Joshua e eu havíamos entregado. Fiquei constrangida. Pedro não aceitaria facilmente essa menção, André também não, tampouco o meu cunhado Tiago. Tomé solicitou a cada um de nós que lembrássemos alguma frase ou ensinamento do Salvador. Mateus e eu, como de costume, pegamos as nossas anotações. Tiago, o Menor, para minha estranheza, começou a tomar nota do que relembrávamos. Pelo visto, outros de nós pegaram gosto em registrar a memória do que ocorrera conosco nos derradeiros tempos.

Como de costume, fiquei para o final. Assim era a tradição: se às mulheres fosse dada a liberdade de falar, raro fato, teria de ser após todos os homens se expressarem. Aproveitava-me disso. Sempre achei que a escolha dos meus irmãos, como a de outros, de nos permitir falar depois de todos os varões nos proporcionava, na realidade, um privilégio estratégico, não que fosse essa a intenção deles. Quem por último se expressa consegue tecer considerações mais pertinentes e conclusivas, tem todas as ponderações anteriores como base e mais tempo para refletir. Corre-se o risco de não ter mais o que acrescentar, caso tudo falem; mas isso nunca aconteceu comigo. Sempre tive algo a dizer, acho que todas nós mulheres temos. Minhas palavras, em geral, eram o fecho a todas as dúvidas e equívocos levantados pelos debatedores anteriores. Como Pedro nunca pleiteou a mudança dessa ordem? Não sei. Dessa vez, entretanto, ele foi de certa forma irônico, antes que eu começasse a minha narrativa: "Irmã, sabemos que o Salvador te amava mais do que a qualquer outra mulher. Conte-nos as palavras de que te lembras, aquelas que só tu sabes e nós não podíamos ouvir nas tendas em que vocês dois se abrigavam" – e apontou às minhas anotações, fazendo um gesto negativo, a querer dizer que, dessa vez, teria de me lembrar de cabeça, sem poder fazer uso da capacidade diferenciada que eu tinha por ter registrado os ensinamentos do meu ex-companheiro.

Não vou negar, Pedro constrangida deixou-me. Resolvi incomodá-lo, com o que ele mais reclamava de mim a Joshua: o dom da visão que Deus me deu. Iniciei num tom de quem guarda segredos, mas, por pura bondade, socializa-os com outras pessoas: "Esclarecerei a vós o que até esse instante Joshua e eu deixamos oculto. Eu tive uma visão e contei a Ele, que me respondeu 'Bem aventurada sejas, por não teres fraquejado no momento em que me viste. Na mente há um tesouro'. Perguntei ao meu amado se as poucas pessoas escolhidas por Deus para terem visões veem com a alma ou com o espírito, no que me falou 'Com nenhum dos dois; com a consciência, que está entre a alma e o espírito'." Pedro se ruborizou na hora, André enfrentou-me: "E quem garante que tivestes de fato essa conversa com Ele?" Não era a primeira vez que esse irmão colocava em dúvida o que eu falava. Por isso, fui contumaz: "Se as visões foram obra de Deus, estás a duvidar da vontade do nosso Pai Todo-Poderoso." Mais ainda, fui sarcástica: "Lembra-te de que, certa vez, Joshua disse a todos nós que quem tem visão é pessoa escolhida pelo Pai dele. Acho que até exagerou, todos fomos escolhidos, inclusive tu, André. E não pensa que gosto dessas visões, mesmo Ele não gostava das que tinha, mas conviveria com isso. Imagina só, ver a própria morte como Ele viu, e eu também." Não me dei ao trabalho de explicar se o que acabara de afirmar era a morte de Joshua ou a minha própria.

Pedro voltou a me contestar, pelo fato de eu ser mulher: "Será que Ele de fato conversou em particular com uma mulher, mesmo que a sua fosse, e não de forma aberta conosco? Devemos mudar de opinião e ouvi-la? Ele a preferiu e preteriu a nós?" Toda vez que Pedro puxava para essa diferenciação entre homens e mulheres, acabava ganhando certo apoio do grupo; e olha que não foi uma vez apenas que Joshua chamou-lhes a atenção quanto a esse tipo de postura. "E mais, companheiro Pedro,..." – André, novamente com as acusações – "... esses ensinamentos que a nossa irmã comunica carregam, vez ou outra, ideias estranhas. Até hoje tenho dúvidas sobre a confiabilidade da ressurreição."

João se levantou e foi em direção a André, mas Tomé conseguiu conter o entrevero. Dessa vez, decidi dirigir-me a todos: "Meus irmãos, o que estais pensando? Achais que inventei tudo por eu ter um mau coração ou que estou a mentir sobre o que disse Joshua?". Tomé veio em meu socorro: "Pedro, meu irmão, tu sempre foste exaltado, Ele mesmo cansou de dizer isso a ti. Tem calma. Por favor, caro João, ou Boanerges, o filho do Trovão, como costumava brincar nosso Mestre, tem tranquilidade, podemos resolver as nossas desavenças. André, meu outro querido irmão, essas divisões não nos servem em nada. Recorda-te de que o Salvador dizia que deveríamos ser um corpo único. Mais forte ficaríamos se agíssemos dessa maneira. E sem negar um ao outro." A última frase foi desferida a Pedro, o que negou três vezes conhecer o nosso Mestre, que previra isso. Tomé prosseguiu: "Pedro, vejo-te competindo com uma mulher. Mais do que com uma mulher, com a nossa irmã. Se Ele a fez merecedora, se a escolheu para vir conosco, quem és tu para rejeitá-la? André, certamente Ele a conhecia bem, daí tê-la amado mais do que a nós. Se confiou em Maria Magdala, quem és tu para dela desconfiar?" Como quem quer evitar divisões, já declamadas a sete ventos, li uma das minhas anotações, até para dizer a Pedro que ele não teria o poder de definir como eu construiria meus argumentos: "Todas as criaturas estão unidas, elas dependem uma das outras, e o nosso grupo não é exceção. Joshua disse-nos isso, recordem-se. A essência da matéria só separar-se-á de novo dentro da sua própria essência. Quem tem ouvidos para ouvir que ouça, como Ele costumava terminar seus mandamentos."

O grupo estava desfeito. Da ceia à cisão.

Para afastar a zona de sombra e de sobras que se formou entre mim e Pedro, fui, em particular, conversar com ele. Não lhe queria mal, apenas não gostava quando ele tentava me humilhar, sobretudo pelo fato de eu ser mulher. E serei sincera: não gosto de perder uma discussão. Nem Joshua gostava disso, enfatizava a mesma coisa um milhão de vezes se necessário fosse pra sair-se como o senhor da razão. Pedro estava com o rosto fechado, olhar ao longe: "Logo eu parto" – disse-me. "Mas parte pra qual lugar, irmão?", no que respondeu: "Não sei, mas Deus há-de saber". Chateei-me ao vê-lo desamparado; se soubesse, teria aguentado calada. Não seria a primeira vez, nem a primeira mulher a ficar. "Desculpe-me, irmão Pedro, se te zanguei. É que fico nervosa quando vens me enfrentar sem eu dar motivos, duvidar das minhas palavras."

Pedro olhava-me agora com um rosto um pouco menos carregado. Senti que não havia mais volta, apesar de sua revolta comigo ter aliviado. Ele iria embora, seria o primeiro do grupo inicial a ir pregar em outros sítios. Talvez não imediatamente, mas que ele iria, iria. O motivo, bem eu sabia: não queria ter de disputar a liderança do grupo comigo, com João, com Tiago, com quem quer que fosse. Levaria a palavra de Deus e a experiência de ter convivido com Joshua para outros lugares, locais em que ninguém pudesse concorrer consigo como o dono da verdade divina. Uma vez, quando ainda andávamos de aldeia em aldeia com o Filho de Deus, Pedro confidenciou-me que sonhara desde garoto ser sacerdote principal em um templo. O sonho seria cumprido, ou a profecia o seria. Se não pudesse ter a primazia nesse colégio apostólico, abriria sua própria doutrina, fundaria a sua própria escola. Tal qual Paulo estava a fazer em alguns locais distantes.

Entendia a posição dos meus irmãos. O judaísmo era excessivamente rigoroso com as mulheres, observava-nos com desconfiança. Às vezes, tinha a impressão de que essa religião nunca mudaria isso. Joshua tentou modificar esse espectro, mesmo que não de maneira total. Dava a mim e a outras mulheres, no mínimo, a possibilidade de redenção. No meu caso, mais ainda, deu-me o seu convívio amoroso e fez-me mensageira da ressurreição. A quem mais Ele poderia ter-se mostrado como um dos vértices da trindade, do triângulo divino, se não à sua mulher? E mudar realmente era possível. João era um exemplo disso. No início de nossa caminhada, me discriminava pelo fato de eu ser mulher, mas foi mudando de atitude após Joshua chamar-lhe a atenção. Passou até a me defender, vê se pode. Se bem que a disputa entre João e Pedro era antiga.

João veio me contar, por volta do meio da tarde seguinte, que a dúvida levantada por André sobre a ressurreição tinha ecoado entre os outros do grupo. Devido à minha vivência em Magdala, ao contato que tive com pessoas de distintos povos no porto, era convicta de que a tese da ressurreição, por incrível que possa parecer, seria mais facilmente aceita entre gregos e romanos do que entre nós, judeus.

Os templários nunca aceitariam essa "blasfêmia". Portanto, não era nenhuma surpresa para mim que o grupo contestasse isso. Pedro, João e Tomé, por estarem mais próximos no momento da cena, foram os únicos a defenderem. O primeiro a chegar ao sepulcro foi João, mas teve receio de adentrá-lo. Mais afeito a desconfianças, Tomé preferiu esperar do lado de fora do cemitério: tudo o que ele sabia foi por intermédio de mim e dos outros dois irmãos. Pedro, com a frieza de uma rocha, entrou na câmara mortuária e viu as faixas de linho no chão. Eu estava ao seu lado. João foi quem entrou por último. Ambos estavam com rostos de admiração, não tinham explicações para o que viam. "Por que esses olhares sem dedução? Ele ressuscitou!", disse a eles. Era a minha intuição. Ou uma certeza. Estive no sepulcro, já aberto, no início da manhã, apenas para comprovar o que avisara a João, na noite anterior. Foi ele inclusive quem sugeriu florear um pouco a história, justamente para dar mais sentido a algo desprovido disso: "Anjos, sim, anjos." Não precisávamos de tal eloquência. O acréscimo só serviu para confundir mais ainda os fatos. A dupla Marcos e Mateus nunca se entendeu acerca desse episódio, muito menos Lucas e Paulo, que nem estavam conosco naqueles dias. Assumo: também contribuí um pouco ao fantasiar um jardineiro à narrativa. Ao longe, no topo de um morro, já havia reconhecido Joshua. Mencionei aos rapazes que iria perguntar àquele pseudo-jardineiro, apenas para ter a desculpa e poder trocar algumas palavras em particular. Ele estava de costas, cheguei me declarando: "Meu amor, meu *rabbuni*", e fui abraçá-lo. Ele, abruptamente se afastou: "Não me toques, ainda não subi ao Pai. E se me tocares é bem possível que eu desista de subir. O teu toque sempre fora angelical, não posso cair em tentação" e sorriu. Fez-se uma breve pausa, fiquei pensando em como reagir àquela fala. Ele continuou: "Tudo aconteceu conforme previste. Podes confirmar aos outros irmãos." Virei e comecei a gritar e a gesticular para que João e Pedro viessem ao nosso encontro.

Eles me escutaram e vieram caminhando em nossa direção. Quer dizer, na minha direção: quando retornei o meu corpo ao outro lado, Joshua não estava mais lá. Já havia descido o monte em direção à linha do horizonte. Parecia flutuar rente ao chão, e de maneira muito veloz. Quando os dois homens chegaram perto de mim, perguntei: "Vistes o homem que estava a falar comigo e que está indo agora naquela direção?". Eles disseram que sim. "Então, era o Redentor. Ele ressuscitou!" Continuávamos a olhar Joshua elevando-se, cada vez mais longínquo. "Tens certeza, irmã?", era Pedro a me questionar. Não deu tempo nem de eu responder, João se intrometeu: "Sim, era Ele. Tenho certeza disso. A irmã havia adiantado esse fato ontem à noite. Podes ver, caro Pedro, o perfil, apesar da distância, é o Dele." Pedro concordou, mas se chateou: "Mas por que Ele não esperou para ter conosco? Ele falou alguma coisa a ti, Magdala?". Respondi apenas que Ele havia pedido para confirmar junto aos outros irmãos e que não gostaria de ver nenhum membro do grupo a duvidar de sua aparição. "Vamos correr para contar aos outros. Esse mundo não será mais o mesmo a partir de hoje. Ele deu sua palavra, voltou do vale dos mortos para nos salvar.", sentenciou João.

Um clima de emoção e de desconfiança se instalou na casa de Maria, mãe de João Marcos. Os apóstolos pareciam não acreditar no que João, Pedro e eu repassávamos. E muitos não acreditavam mesmo. "E tu, Tomé, viste também o Redentor?", perguntou Mateus. Como Tomé era conhecido pela hesitação para validar os inusitados fatos que presenciamos, nos últimos tempos, em companhia do Filho de Deus, nada mais natural a pergunta feita a ele. "Em um primeiro momento, não fiei quando a irmã Magdala veio nos chamar para irmos ao sepulcro. Ao chegar à entrada do cemitério, optei por não adentrá-lo. Podeis ter a certeza que não foi por medo, queria dar uma retaguarda aos irmãos que iriam ao túmulo. Toda prevenção é necessária depois da crucificação do nosso Salvador. De todo caso, apesar de não ter como observar como eles ou testemunhar do ponto em que estava, creio em nossos irmãos. Pela índole deles ou por tudo quanto é mais sagrado, acredito que o nosso Mestre de fato ressuscitou." Aquela fala me surpreendeu, Tomé se mostrou descrente durante a informação que lhe passamos na saída da necrópole. A inquisição prosseguiu até não querer mais. Todos queriam maiores detalhes. Ao final, o grupo continuou dividido. Percebi, todavia, que mesmo quem continuava a suspeitar nutria o sentimento de que acabara de passar por um momento importante da vida, talvez da história da humanidade.

A ceia da noite seguinte começou em clima mais ameno. Poucas palavras dos presentes. Comíamos sem trocar muitos olhares quando o inesperado aconteceu. Ele estava ali, junto a nós, na entrada do cômodo. Como não previ isso? "Para os que, depois de tudo que passamos e demonstrei, não acreditaram em minhas palavras, pior, nas proferidas por minha eterna companheira, cá estou. Podeis me tocar, mas antes dai-me um pouco de pão, vinho e fé." Fui ao seu encontro, Ele novamente se afastou: "Menos tu, minha cara mulher. Vós sabeis, que a carne é fraca. Meu pai me crucificará mais uma vez se eu não subir ao céu", todos riram. Joshua continuou: "Ademais, diferente de vós, a minha companheira não necessita dessa confirmação. Vamos, tocai-me, abraçai-me." Ele ficou me olhando o tempo todo. O vinho, o pão e a fé se multiplicaram como nunca dantes numa ceia. "Gostei de ver, Tomé. Deste ganho de causa à nossa querida irmã sem ter presenciado propriamente o fato. Esse mundo está mudando mesmo." Tomé corou, mas mostrou-se orgulhoso de ter tomado a decisão correta.

Brindamos diversas vezes, lembramo-nos das nossas andanças. "Nosso Salvador, por favor, dize o que temos de fazer de agora em diante. Vieste para ficar?", indagou Pedro. Todos ficamos esperando uma longa liturgia, mas nos enganamos: "Tudo o que eu tinha para dizer já foi dito. Tudo o que eu tinha para fazer já o fiz. Agora é com vocês. Não, não venho para ficar. Mato saudades depois de morto, mas apenas dessa vez. Meu Pai me espera. Ele me prometeu tranquilidade até pelo menos o dia do juízo final." As horas daquela noite também pareceram se multiplicar. "Diga-nos como é a vida depois da morte? Ou a tua é um caso em particular?", questionou Mateus. "Normal", respondeu o Filho de Deus. "Normal? Como é que vamos convencer as pessoas prometendo a vida eterna se, no final das contas, perguntarem 'Como é do outro lado?' nós soltarmos um simples 'normal'?", salientou Pedro. João tratou de colocar panos quentes: "A garantia da salvação e da vida eterna é o que importa nesse caso. Isso é o normal para quem reconhecer os pecados e abrir a alma a Deus. O anormal é a profundeza do inferno. Simples assim." Não houve interferência de Joshua, ficou nítido que não queria fornecer muitas explicações além do que havia passado em vida. Puxa, o homem ressuscitou: essa era a prova mais do que suficiente para que todos seguíssemos os seus ensinamentos.

Apesar de ter ficado muito tempo dialogando com o grupo, separou um momento para conversar individualmente com cada um no jardim atrás da casa. Mas antes de falar com todos os seus discípulos, chamou-me no quarto do primeiro andar. Apesar de não nos tocarmos, o carinho mutuamente repassado era sentido em nossas peles. Assim que entramos no cômodo, Ele foi me perguntando: "Por acaso tiveste alguma visão, nesses últimos dias, que gostarias de me contar?". Fiquei sem resposta, nada de mais importante me veio à mente. "Acho que não." Talvez fosse melhor assim, pensamos em voz alta, tão alta que ambos ouvimos, tamanha a ligação que tínhamos. "E tu?", rebati. "No dia em que fui crucificado, perdi o dom da previsão. Mesmo essa visita, a mando de meu Pai, foi um convite, quer dizer, uma ordem que me surpreendeu." Trivialidades caracterizaram o nosso diálogo, até que tomei coragem para perguntar o que estava entalado em minha garganta desde que nos vimos no cemitério: "Há algum motivo pelo qual não queres me contar por que não me deixas tocar em ti? Ou é apenas o que falaste em ambas as vezes em que nos vimos após o teu assassinato? E não tenta me levar na conversa, sei muito bem quando procuras se esbeirar."

Ele ficou paralisado, a pensar com muito cuidado na resposta que me daria: "Sim, há outro motivo. Coisa tola da minha cabeça. Sempre imaginei ter-te eternamente comigo. Isso não foi possível aqui, e talvez não o seja se um dia viermos a nos reencontrar. Muito me entristece ter de citar tal sentença." Como assim? Essa, em suma, seria a nossa despedida? Procurei sair do meu arcabouço de destino: "Por acaso, voltaste só para me dizer esse aforismo?". Sentindo-se pressionado, postou-se com resiliência: "É muito egoísmo de tua parte achar que cá estou apenas para te tirar a paz. A decisão de te afastares não será tomada por mim, mas por ti." Fiquei sem reação, o peso da culpa novamente jogado em um colo feminino. E profetizou, com uma conhecida frase do cancioneiro popular: "Hoje é o primeiro dia do resto da tua vida."

Na sequência, porém, tentou contemporizar: "O importante é que vivenciamos um recíproco amor enquanto estivemos juntos nesse mundo. O tempo se alongará, e a distância ganhará importância. Tu serás a minha única companheira; entretanto, o único, não o serei teu." Citou a última frase já se dirigindo ao ambiente em que estavam os outros irmãos. A conversa acabara naquele instante. Pelo visto, não só ela. Iria me devotar a Ele o restante da vida, tal qual os outros o fariam, conquanto um Filho de Deus, e não como um homem que ocupou a mesma esteira comigo.

Quase não dormi à noite, após sua nova partida. Levantei-me ainda desnorteada por causa do veredito acerca do destino proferido por Joshua em sua aparição durante a – agora, sim – última ceia. A sua ressurreição mostrava ao mundo que a vida fazia sentido. Menos para essa Maria da vida. Ela esvaiu-se, tornou-se um manancial de perdas e de dores. Se não o teria na eternidade, por que continuar? Gostaria de acreditar que houvera acepção na crucificação, o sofrer possibilitaria um novo tempo, não importando se as palavras deixadas pelo Salvador alcançassem ou não o porvir. Mas não, o amor foi em vão. Só me restava como alternativa a oração. Tão inalcançável a mim como a um ordinário cristão. Que mal fiz para que o decreto de separação fosse expedido por Ele?

A esfinge estava nua.

Como é que posso começar algo de novo
com todo o ontem que está dentro de mim?
LEONARD COHEN

O Rasta adorava pregar algumas peças nos amigos. Fazia de propósito, tudo em nome da tal "esquininha da maldade". Mas o que era a "esquininha da maldade"? Segundo o Rasta, um bando de adolescentes do Parque Edu Chaves que resolveu montar uma espécie de associação sem fins bondosos, só lucrativos. Os garotos ofereciam aos moradores do bairro pequenas maldades contra más atitudes de outros residentes da quebrada. Acabaram, com o tempo, sendo contratados pra enganar ou dar breves prejuízos a quem fazia sacanagem na localidade.

Vamos aos exemplos. A namorada descobriu que o namorado a trocou por outra, mas ainda enquanto estavam namorando. A sensação de traída a fazia pedir os serviços da turma da "esquininha da maldade". Os caras recebiam uma caixa de cerveja e três peças de picanha pra esvaziarem os dois pneus da moto do Don Juan. Sabe a dona-de-casa que acabou de lavar a calçada em frente de casa e, logo em seguida, vê o morador da rua de trás não coletar os dejetos do cachorro de estimação... Então, ela contratava a turma da esquininha pra abrir o carro do dono do animal e sujar o banco do motorista com outros dejetos. O prêmio pros membros da "esquininha": uma forma grande de bolo de cenoura com cobertura de chocolate, uma delícia, o melhor da vilinha.

Coisas miúdas, que não necessitavam de crimes passionais ou de discussões com muita gravidade. O importante era reparar o erro, ou melhor, ao menos fazer o desviante sofrer uma consequência do seu ato equivocado. O guardinha da guarita do bairro sabia de tudo isso e ainda passava pra comer um pedaço da picanha, no dia do churrasco, ou uma fatia de bolo, na esquininha. Todos sabiam dessas histórias, os garotos eram respeitados, provavelmente um pouco temidos, mas só um pouco.

Quando os trabalhos começaram a ganhar vulto e a recompensa oferecida passou a ser maior, os manos decidiram acabar com o grupo. Passavam do limite imposto quando de sua fundação. Aí, uma espécie de milícia, formada pelo guardinha do bairro em conluio com policiais militares em momentos de folga do trabalho, ocupou o espaço deixado pelos adolescentes.

O Rasta sempre teve orgulho desse pertencimento. Encontros anuais reúnem os camaradas da "esquininha da maldade" até hoje. A tradição se manteve: e ai de quem aparecer na reunião do final do ano sem uma maldade sequer. No fim do ano passado, a reunião dos egressos da esquininha da maldade foi aqui mesmo, na moradia estudantil. Para desespero do membro anfitrião, um de seus amigos de infância soltou: "Quem diria, hein, o Fimose estudando na USP." Fimose?! Sim, ele se referia ao Rasta. Para que! Antes mesmo que começássemos a zoá-lo, a razão do apelido mais antigo foi explicada: "Tive que fazer a porra dessa cirurgia quando tinha nove anos, recomendação médica. Podem tirar uma, nunca liguei mesmo", disse o Rasta Fimose.

Fui me despedir da Cleide em um barzinho na Vila Madalena. Adoro esse lugar, e não apenas porque tem o meu nome. A despedida ocorreria no Ó do Borogodó, local que tem um samba de raiz de primeira qualidade. Dei sorte, a Dona Inah estava cantando. A Cleide fez uma festa quando me viu entrar. Ficamos cantando, batendo palmas nos refrões e tomando uma breja para refrescar. Na parada da música, fomos fumar um cigarro e pegar um ar do lado de fora. "Você foi rápida, hein, menina. Agilizou tudo com menos de um mês." Falou que não estava apaixonada pelo gringo, porém, queria mudar um pouco de vida. "E você, Madá, alguma novidade? Novos carinhas e carinhos à vista?"

Respondi que nem a prazo, que estava sossegada, no que ela me interrompeu: "Pare de fazer cara de santa, tem *boy* louquinho pra ficar contigo, parede com parede." Fui pega de surpresa. Como assim? Saí pela tangente e puxei a fujona pra dentro do Ó.

Logo em seguida, o Charles e o José chegaram. Trouxeram uma *lingerie* de presente pra ela. Estranhei os dois juntos, uma vez que eles vinham discutindo de maneira áspera nos últimos dias. O motivo dos acalorados bate-bocas: os baques do Charles. Mas nesse dia eles pareciam de boa. Curtimos o samba até o final. Logo no momento em que iríamos embora, começou a cair um toró. O José sugeriu que fôssemos para uma padoca 24 horas comer algo. "Tem o pernil do Estadão", lembrei. "E aí, Madá, saiu da seca?", perguntou-me a Cleide. O José olhou com aquela cara: "Demorou pra essa turminha recomeçar com as baixarias." Quem se animou foi o Charles: "Oba, finalmente uma informação de utilidade pública!" – demos risadas, nem o José aguentou. "Nada, um Saara mora em mim", brinquei.

"As minhas prioridades, nesse momento, são *boys*, *boys* e *boys*, não necessariamente nessa ordem." – soltou o Charles. O José resolveu chamar a atenção do seu amigo, tom de irmão mais velho, de um conselheiro experiente: "A avidez nos coloca em armadilhas. Não estou falando que você como gay tem de se enquadrar e se pautar por moldes sociais pré-definidos. Apenas considero todo excesso a porta de entrada pra sermos agredidos em nossas fragilidades. Pense nisso."

O Charles parecia trazer na ponta da língua a resposta: "José, eu te admiro muito, maravilho-me com o lindo relacionamento que você tem com o Sidney, vocês são um exemplo pra muitas pessoas deixarem de ter visões negativas sobre as relações homossexuais." – o José ouvia tudo com encanto. "Mas você está enganado quando pensa que sou somente cobiça e volúpia; não me constranjo nem me restrinjo com limitações e estereótipos. Sou também devaneio e determinação, a liberdade no seu estágio mais natural. Você entendeu ou preciso desenhar, meu bem?" – trovejou o Charles.

Demorou um pouco para o José interpelá-lo; tentou até tirar o peso de um embate no qual não eram inimigos, longe disso: "Não precisa ser irônico comigo. Tento apenas alertar você sobre as exposições desnecessárias, as brigas à toa que comprará por agir assim. Faz pouco tempo que você assumiu perante a sociedade a sua homossexualidade, quiçá por isso realize ações exaltadas. A vivência o ajudará, e estarei ao seu lado para as dificuldades que passar."

Poderíamos seguir, a chuva estava mais fraca. No entanto, o Charles fez questão de tentar uma aproximação: "Você está certo, amigo. Sei que fala essas coisas por duas razões: a preocupação em eu não quebrar a cara e as discriminações que sofreu ou viu *gays* sofrerem por se exporem em demasia. Procurarei me salvaguardar, sobretudo quando estiver contigo. Eu te amo, só não fale isso ao Sidney. Na real, pode falar, ele sabe que eu o admiro e também o amo." Fiz questão de auxiliar na animação do ambiente: "Estão vendo, vocês conseguiram se acertar e marcaram até um *ménage à trois*. Se tiver espaço para uma pepekinha, por favor, me chamem." A Cleide não desperdiçou a oportunidade: "Eu também! Faz tempo que quero pegar a Madá." Sorrindo, o José comentou: "E vocês conseguiram voltar aos excessos do início da discussão."

"Vamos, vamos!", gritou a Cleide, já no meio da rua, só estava garoando. Saímos correndo em direção ao carro do José. O grupo aceitou a minha sugestão, fomos comer o lanche no Estadão. A tevê do bar estava ligada na Globo News. "E a bosta desse jornal não deixa de soltar matérias apoiando o golpe. Nesse quesito, tem honrado a tradição", criticou a Cleide. "Se fosse só ele, ainda passava. A chamada grande mídia comprou a ideia da Fiesp. Até pouco tempo, apenas aquela famosa revista tramava a derrubada da Dilma, com um trabalho fortíssimo de semiótica fascista nas capas.", analisou o José. Emendei, olhando para a Cleide: "É capaz que, quando você retornar ao Brasil, já estejamos sob uma temerosa presidência. E a misoginia é um dos motivos do golpe que está em construção, disso não tenho dúvida.", expus ao pessoal. "E olha que tem mulher pra caramba soltando comentários discriminatórios contra a presidenta", colocou o José. Certeira na apreciação foi a Cleide: "O machismo não é um traço masculino: é um traço cultural."

"Cadastrei-me em um grupo de brasileiros moradores em Londres com posicionamentos à esquerda." – a Cleide se sentia feliz por causa da nova vida, mas tinha um sentimento meio estranho por estar deixando o Brasil naquele momento tão conturbado, em que as pessoas mais críticas ou progressistas estavam, de certa maneira, acuadas. "E você, Madá, sempre fiquei na dúvida sobre qual linha você segue. Você é anarquista ou socialista?", inquiriu a Cleide. "Parafraseando Foucalt, sou Maria Madalena."

Uma tese interessante foi levantada pelo José: "Não me entendam mal, tenho ciência da misoginia que a Dilma está sofrendo. O Lula e o PT cometeram dois equívocos em 2010 e estão pagando caro por isso agora. O primeiro foi o fato de o Lula não ter se candidatado ao governo do estado de São Paulo assim que estava saindo da presidência. Sua aprovação estava altíssima, e seria o único candidato capaz de pôr fim ao eterno governo tucano nessas terras." A curiosidade aumentou para ouvir o segundo equívoco, citado pelo José na sequência: "O outro foi na escolha de quem seria o candidato da situação para a presidência. O nome mais adequado não era o da Dilma. Era o do Haddad." Não concordava com a a afirmação, apesar de respeitar a opinião dele. Eu sabia que não havia qualquer tipo de discriminação em sua fala. Achava que a escolha pela Dilma foi a melhor à época. Solicitei que o José relacionasse os motivos que o levavam a realizar essa análise. "Madá, não irei nem entrar no mérito da discriminação que a Dilma sofre por ser mulher, todos sabemos que ela realmente sofre isso; os homens detentores dos poderes econômico e político, nesse país, não aceitam ver uma mulher na posição de comando." Dessa vez, fui eu que o interrompi: "Isso é fato. Isso é falo. A periculosidade do falo." Ele continuou: "Mas farei uma interpretação no sentido administrativo mesmo. O Haddad bloqueou as possibilidades de corrupção em sua administração, inclusive de muitos membros de partidos aliados, e se mostrou um gestor das contas públicas mais criativo e moderno." A Cleide mostrou-se incomodada com as palavras do José: "Concordo que o Haddad é um gestor mais interessante do que a Dilma, mas as realidades de combate à corrupção eram distintas. A presidenta era obrigada a fazer as alianças, liberar cargos no governo para o PMDB do seu vice, caso contrário não aprovaria nada no Congresso Nacional; e teriam tramado contra ela ainda no primeiro mandato." *Falo e vulc*ão, vulva e cratera, diria Octavio Paz. O problema, realmente, era a tal formação de um governo de coalizão.

Num poste em frente ao boteco, havia um cartaz com os seguintes dizeres: "Não queremos mais ser lesados. Fora a corrupção." "Acho o termo 'lesados' bem apropriado, é o que mais tem nessas manifestações. Não enxergam que a corrupção sempre esteve de corpo presente nos partidários dessa tentativa de golpe.", comentei. O José não deixou por menos: "Lesados num lambe-lambe de bota dos militares ou do cromo alemão dos financistas fascistas. O mais ridículo são aqueles pintinhos amarelinhos, aliás, patinhos, acho até que é uma alegoria aos paspalhos que se deixam levar por essa conversinha. E a consequência será o fortalecimento daquele capitão do Exército, velho parceiro das milícias no Rio de Janeiro."

A Cleide relembrou um episódio: "Há mais de um ano, vi distribuírem uns balõezinhos com cordão desses patinhos para as crianças em frente à Federação das Indústrias. Achei que era apenas um presente para a molecada, que se deliciava ao recebê-los. Após umas duas semanas de eu presenciar isso, a entidade começou a soltar a tal propaganda: 'Não vamos pagar o pato'. No momento em que deram os balões às crianças, não havia qualquer menção política." Realmente, foi um jogo baixo! Nunca gostei de atitudes manipuladoras contra as crianças, que ainda não têm compreensão do que ocorre à sua volta. Se bem que havia milhares de adultos sendo manipulados para satisfazerem os desejos da elite nacional. "E há quem suba no trio elétrico e defenda a volta do regime militar", disse o José.

Antes de voltarmos ao Crusp, resolvemos dar uma passada na Praça Roosevelt, local que abriga vários grupos de teatro e alguns bares. O José perguntou se queríamos parar. "Mas rápido, hein. Tenho de finalizar um fichamento para entregar até amanha", solicitei. Logo na descida do carro, demos de cara com o Gero Camilo, ator com destaque no cinema nacional. Era um velho conhecido do José, volta e meia aparecia na moradia estudantil para matar saudades. "Sabia que encontraria alguma alma penada nessa encruzilhada", disse o Gero, abraçando o José, que não curtiu o comentário: "Ôxe, isso é jeito de tratar um amigo? Alma penada é o caralho!". Nos cumprimentou e convidou a entrar no bar do "Parlapatões". "José, é apenas uma brincadeira. Você não é nenhuma alma penada, é meu amigo de muita correria conjunta, lá atrás. Agora, vocês já verificaram tantas merdas que já aconteceram nesse trecho da Roosevelt com a Maria Antônia? Se repararem bem, esse pedaço parece uma encruzilhada." Procurei entrar na discussão, antes que alguém viesse com alguma gracinha. Sempre é bom evitar desnecessários constrangimentos: "O Gero está se referindo aos entrecruzamentos de caminhos, geralmente reconhecidos como local ocupado por Exu. Pra quem não sabe, a encruzilhada é um lugar de pausa, espaço de mudança de estágio, de grandes transformações. É um tempo parado nele mesmo."

O Gero fez uma relação interessante: "Vocês sabem que o simbolismo da encruzilhada e, por conseguinte, da cruz, repete-se em muitas religiões. Coincidência ou não, a cruz significa o martírio, mas também os novos caminhos de Jesus ao lado do seu

Pai, o Cristo apontando os quatro pontos cardeais, simbolizando que a jornada humana não seria perdida, apesar de os humanos matarem o filho de Deus. O candomblé trabalha com uma noção muito próxima a essa de recomeço, de novos caminhos a trilhar." Conversa atraente para as três e meia da manhã... só nós mesmos.

Atenta ao diálogo, a Cleide entrou na encruzilhada, ou melhor, na roda, na roda da Pomba Gira: "Muitas pessoas criticam, tiram até sarro das oferendas depositadas pelos adeptos do candomblé nas encruzilhadas. Duvido que algum de vocês nunca tenha ouvido a frase: 'Chuta que é macumba...'" – assentimos, ela continuou: "Mas a lógica de pedir novas caminhadas ao pé da cruz ou na encruzilhada também é comum no catolicismo. Mais emblemático ainda: os pedidos são postos aos pés de uma pessoa que acabou de ser torturada por defender os pobres e os marginalizados." O Gero chamou a atenção: "E ainda há cristão que tem intolerância religiosa contra as religiões de matriz africana." Não teve jeito, tive de corrigir: "Não se trata apenas de intolerância religiosa, que já seria muito grave. Trata-se de racismo religioso."

Nisso, os funcionários começam a fechar o bar: "Seu Gero, já são quase quatro da manhã, precisamos descansar." Merecido descanso. E agora, tudo fechado, a praça ficou até meio estranha. Seríamos salvos pelo anfitrião: "Sugiro irmos ao meu apartamento, fica aqui perto. Vocês podem colocar o carro na minha vaga da garagem, não a uso mesmo." Mostrei um pouco de desconforto com o prosseguimento da balada, porém o Charles não pestanejou: "Mas, por acaso, tem algo para nos oferecer no seu ap, além desse seu lindo corpinho de sereia do São Francisco?" A deixa foi dada, terminaríamos a noite na residência do Gero: "Ah, se tenho. Acabei de voltar da Itália. Trouxe um vinho tinto daqueles e uma bebida que vocês dois adorarão, uma *grappa* de nome bem sugestivo: *Braulio*", apontando pro Charles e pro José. O Charles desabrochou: "Quero esse *Braulio* só pra mim, vocês todos dividirão o vinho."

O apê era legal, daqueles enormes e antigos do centro de São Paulo. O Gero fez as honras da casa e colocou o álbum da Liniker pra rolar no *Playlist*; em seguida, foi à geladeira e voltou com o vinho e o *Braulio* na mão. Tomamos com tranquilidade a *grappa*, mas abrimos o vinho para balancear um pouco. "Fiquei sabendo que você está preparando um novo livro de poesia, Gero? Sabia que a Madá também está virando uma escritora de primeira, sobretudo de contos?", socializou o José. Fiquei morrendo de vergonha, afinal estou apenas começando nessa difícil arte da escrita literária. "Quero ir um dia no Crusp para fazermos um sarau. Pegamos textos da Madá, os meus, e os seus também, José.", sugeriu o Gero. O dia estava quase amanhecendo e nada de irmos embora. Pensando bem, nem rolava irmos pra USP. O José bebeu um pouco a mais, melhor ficarmos por aqui. Comentei isso com o pessoal; o José, responsável como era, sugeriu chamarmos um carro de aplicativo que ele pagava, mas não era justo. Para solução desse nosso problema, o Gero fez questão de nos convidar para dormir lá mesmo.

Como o apê tinha três quartos, acabamos ocupando cada um deles. O Gero ficou em sua própria suíte, o Charles se adiantou e foi deitar na cama de solteiro do quarto menor, o José preferiu dormir no sofá, que era confortável, e a Cleide e eu fomos dormir no quarto maior, em uma cama de casal. Apesar do cansaço, optamos por tomar um banho para tirar a tiriça do dia. Fomos juntas ao banheiro. Ela entrou primeiro na ducha; fiquei do lado de fora fazendo meu xixi. A Cleide falou que eu poderia entrar, que ela estava saindo. Meio grogue, esbarrei nela na saída do box, mas tudo bem, ela também não estava sóbria.

Fomos para o quarto, tiramos as toalhas do corpo e deitamos como viemos ao mundo, mas com bundas bem maiores do que quando chegamos. Acendi o abajur da mesa de cabeceira ao meu lado, ela deixou o seu apagado. Ficamos ainda relembrando alguns fatos engraçados das nossas andanças conjuntas. Levei um susto quando senti a mão da minha amiga tocar o bico do meu seio direito. Ela começou a rir: "Você achou que eu estava brincando quando falei que te pegaria?". E aproximou seu rosto do meu, os lábios se tocaram. Ela foi descendo, mordiscou os meios seios, beijou a minha barriga. Pela segunda vez na noite, ouvi algo do tipo: "Não precisa se fazer de santa", um pouco antes de senti-la encaixar suavemente a boca no meio das minhas pernas.

Foi a primeira transa que tive com uma mulher.

Gostei.

eles não hesitam
em fazer conosco
(e com os nossos)
o que nem pensamos
mas talvez devamos
fazer com eles
(e com os deles)

TARSO DE MELO

O trabalho correu tranquilo pela manhã; à tarde, fui ao escritório. Cheguei no mesmo instante que o Conselheiro, que me pediu para ajudá-lo nos trâmites diplomáticos finais relativos a assegurar uma boa recepção ao Soldado Ugarte – meu chefe não fazia questão de chamar o convidado de General Augusto Pinochet. A data da visita da comitiva presidencial estava próxima. Foram muitas as cartas datilografadas para a Chancelaria chilena, para Bonn e até para Washington. Dessa vez, tive inclusive de levá-las para ciência e assinatura de Paul Schäfer. Uma frase chamava-me a atenção em todas as mensagens: "O trabalho está sendo realizado a contento." Não deveria ser sobre o ato preparatório da recepção da comitiva. Acho que teria relação com o que acontece nas madrugadas.

Antes das seis da tarde, hora em que tenho de me apresentar no refeitório para o jantar e, logo em seguida, me recolher aos dormitórios, meu chefe veio dar uma palavra comigo. Mostrou-se feliz pela aparente recuperação da Sra. Immacolata e me falou que a conheceu durante a II Guerra Mundial. Ela era enfermeira na Cruz Vermelha, enquanto ele era oficial do Exército Alemão. Reafirmou a vontade de me contar sobre a realidade do que ocorria na Colônia. Mais ainda: sobre como ele e a sua amada conheceram-me.

Fui jantar encucada: quer dizer que eu tinha passado? Quer dizer que entenderia o presente? Com isso, talvez tivesse futuro.

Encontrei com Rebeca no refeitório. Perguntei se a Sra. Immacolata havia passado bem durante a tarde. Ela só balançou a cabeça afirmativamente e foi sentar em uma mesa isolada de todos. Como é mal encarada essa menina! Nisso, passa a Glória. Seu rosto está bem melhor, mas seus olhos demonstram as feridas contraídas há alguns dias. Aproveita uma distração dos vigilantes e vem sentar-se à mesa ao lado da minha, sozinha, como era obrigada. Sem virar o rosto em minha direção e com a mão cobrindo a boca, começou a perguntar algumas coisas: há quanto tempo eu estava presa lá? Se também era uma presa política? Em qual cidade eu havia nascido? Qual era a minha relação com a Sra. Immacolata?, pois transparecia ser um convívio fraternal, provavelmente de mãe e filha etc. etc. etc. Fiquei paralisada, afinal não sabia responder àquelas perguntas, que, durante muito tempo, se não passaram despercebidas, não tive muita disposição em correr atrás dessas informações. Era como se eu estivesse sedada, quiçá por estar doente. Aceitava a vida ali, achando que ela deveria ser daquele jeito.

Quando as pessoas têm apenas uma única referência, qualquer que seja, são facilmente manipuladas a acreditar que o mundo está dado, sem possibilidades de intervenção na história. Mas, nesse momento, eu parecia estar acordando para a vida, tentando entender quem era e qual o mundo em que vivia. Depois de tanta divagação passar pela minha cabeça em apenas uma fração de segundo, respondi à Glória: "Não sei." Ela foi enfática, como se a culpa fosse minha. De certa forma, poderia até ser: "Como assim, você não sabe?" Disse a ela que nunca me contaram o passado; até pouco tempo achava que havia nascido naquele local, descobri apenas por esses dias que a história não é bem essa. Ou seja, a culpa não era minha. E também não entendia o que ocorria na Colônia, mas comecei a desconfiar de muitas coisas.

Falávamos olhando para lados opostos ou para baixo, em um volume reduzido, como se estivéssemos, com razão, reclamando da comida servida. Falei que estava feliz pela melhora nas feridas do seu rosto. Ela agradeceu, mas mostrou-se indignada: "As cicatrizes da violência me assombrarão a vida toda. Quase sempre, o passado não fica para trás. E, de certa forma, não pode ficar mesmo. Que ele traga as lembranças das dores." Como aquela garota era forte! É muito mais nova do que eu, porém carregava muita experiência. Um dos vigilantes se posicionou perto das mesas em que estávamos e, por isso, peguei minha bandeja e nem me despedi da Glória.

Fui dormir com o seguinte pensamento: os traumas não pertencem ao passado, esse ser abstrato. Eles pertencem a nós mesmos.

De manhã, a positiva surpresa: a Sra. Immacolata recebera alta e estava atendendo na enfermaria. Quando o trabalho se acalmou, decidiu colocar um dos pacientes na cadeira-de-rodas e levá-lo ao jardim. "Ordens médicas", justificou ao vigilante. Pediu-me para, assim que sentisse segurança, fosse encontrá-la. "Não conseguirei responder-lhe sobre tudo que a inquieta, por não ter realmente as informações ou por não ser prudente que saiba de algumas histórias. Comece, *figlia mia*, não temos muito tempo.", disse-me, já na parte de fora da enfermaria. Iniciei pelo básico: minhas origens, como e onde ela me conheceu. "A lembrança mais antiga que tenho não é de uma imagem, mas das minhas narinas queimando com cinzas de fogo." – falei. A minha protetora procurou situar-nos na II Guerra Mundial. Confirmou o que o Conselheiro dissera, no dia anterior: seu trabalho como enfermeira da *Croce Rossa*, na Itália, Alemanha e Polônia. "*Figlia mia*, você acha que a *Dignidad* é um inferno, e tem toda razão para achar isso. Mas já estivemos em um ainda pior: o Campo de Concentração de

Auschwitz. Foi lá que vi você pela primeira vez." Perguntei do que se tratava, afinal nunca ouvira falar desse local na escola. Depois de sua explicação, fiquei horrorizada: as cinzas que queimavam minhas infantis narinas, provavelmente, eram dos corpos incinerados das pessoas do meu povo. As barbaridades nazistas não tinham limites. "Quer dizer que sou judia?". Ela me respondeu: "Depende: por nunca ter professado a religião dos seus antepassados e, aqui na Colônia, frequentar uma igreja cristã, acho que você não é judia, mas seus pais deveriam ser."

Quis saber quem eram de fato os meus pais. Ela não soube precisar. "Quando vi, você estava sozinha, desesperada e, não sei como, fora dos galpões e nua, em um frio congelante. Eu e o Conselheiro estávamos de partida para Berlim. Pedi a ele, de forma encarecida, que aproveitasse do prestígio que gozava à época para me deixar trazê-la. O Conselheiro, apontando para você, perguntou rapidamente para alguns soldados se sabiam quem eram os seus pais, mas eles não souberam responder, falaram que não se lembravam de tê-la visto naquele Campo. Para não corrermos riscos, pedi que tirássemos você dali o mais rápido possível. Contra a vontade, ele aceitou. Você deveria ter por volta de três a cinco anos de idade. Outra coisa inusitada: você não falava nenhuma língua, só conseguia fazer barulho e apontar para o nariz." Contou-me que estávamos em 1944; os alemães começavam a perder posições importantes na guerra, sofriam derrotas nas duas frentes de batalha: contra os soviéticos, no lado oriental, e contra os americanos, no ocidental. O Conselheiro estava sendo chamado às pressas, pelo chefe maior do nazismo, para tentar achar uma solução. Mas nem ele conseguiria dar jeito. "A senhora está me confirmando que a Alemanha perdeu essa guerra? Mas a Sra. Braun exalta que nosso império continuaria a todo vapor. Às vezes, dando um passo atrás para dar dois à frente, posteriormente" – disse a ela, tentando compreender os novos rumos da história. "Se soubesse quem é a Sra. Braun..., mas isso nunca poderei lhe revelar." – observou a Sra. Immacolata, que continuou: "Nós só conseguimos nos salvar porque o Conselheiro, estratégico que era, conseguiu nos trazer para cá, local de fuga que ele havia planejado antes mesmo de a guerra começar. Ele só exigiu uma coisa: que não a criássemos como filha. Tive de aceitar, uma vez que era isso ou deixá-la morrer. Nunca falei isso a ele, mas o fato de não deixar você ficar comigo como uma filha legítima e ainda permitir que os dirigentes abusassem de você como bem queriam impediram-me de amá-lo." Falei a ela que o Conselheiro devia saber disso e parecia querer, ao menos nesse instante, me livrar de toda forma de perseguição para agradá-la. Ela sorriu para mim, apesar de todo o sofrimento narrado. Optamos por entrar, para não chamar muito a atenção. Acho que, dessa vez, o Schäfer não nos viu da janela do *bünker*.

A raiva que eu tinha dos dirigentes foi multiplicada por cem. Esses desgraçados eram os assassinos dos meus pais, provavelmente da minha família inteira. Como conviver, na *Dignidad*, olhando todo dia para esses miseráveis? E que sensação contraditória teria, ao continuar meu trabalho com o Conselheiro: se ele ajudou a Sra. Immacolata a me salvar da morte, no Campo de Concentração localizado na Polônia, trouxe-me para esse outro, deixou que Schäfer e seus comparsas fizessem o que quisessem de mim e não permitiu que eu fosse de fato criada por aquela santa mulher. Fazia parte do grupo que matou meus pais, meus familiares. Não vou aceitar as alegações de que nunca matou ninguém com as próprias mãos, até porque ele deveria ser poderoso dentro da estrutura nazista. É cômodo delegar aos subalternos que manchem suas mãos de sangue: as conselheiras mãos também estão sujas.

Um único pensamento veio à minha cabeça: vingança. E uma pessoa muito perspicaz poderia me ajudar nisso: a Glória. Mas, primeiro, tinha de ter a certeza de que ela realmente seria uma aliada nessa empreitada.

Estranhamos o fato de a Rebeca não ter aparecido pela manhã. Será que a pegaram para Cristo? Ela só foi aparecer por volta do meio-dia e em companhia de Peter Schmidt e de Felipe, o guarda jovem que me acompanhava no dia em que fui coercitivamente levada ao seu gabinete. Empurraram-na para dentro da enfermaria e mandaram-na fazer o trabalho sem reclamar. Caída no chão, a Sra. Immacolata e eu fomos ajudá-la. Perguntamos o que havia acontecido. Relatou que fora levada ao chefe de segurança, ameaçada e violentada. Demos um calmante e colocamo-nos à disposição para examinar seus órgãos genitais com o objetivo de ver se não havia acontecido nada de mais grave, se estava sangrando. Rebeca falou que não sentia dores, tampouco sangrava. Estava era com raiva. Disse ainda que sofreu ameaças, por causa de conversas ocorridas na enfermaria. Logo ela, que não falava com ninguém. Se o crápula do Peter Schmidt foi impedido de mexer comigo ou com a Sra. Immacolata, ele arrumou de pegar outra para não deixar a maldade para trás e aproveitar a oportunidade de nos atemorizar. Rebeca foi categórica: se era para apanhar e ser violentada, a partir dali queria dividir as angústias conosco, procurar entender aquele lugar.

Dr. Hopp exigiu que a Sra. Immacolata diminuísse seu turno de trabalho, proibindo-a de trabalhar à noite: "A Glória dá conta, até prefere ficar no turno noturno. A senhora já está com uma idade avançada e, agora, com problemas de saúde, tem que descansar mais. Na realidade, nunca entendi como aguentava ficar cerca de vinte horas por dia trabalhando." Eu também nunca compreendi, apesar de, certa vez, ela ter me dito que preferia ficar no trabalho para não ter de pensar nos horrores que viu na vida. Já Glória preferir trabalhar no turno noturno era fácil entender: evitar a companhia das sombras. Ou de ser levada ao famigerado Galpão dos Gritos.

Na hora do almoço, Rebeca veio me perguntar se poderia sentar-se comigo no refeitório: estava com receio de permanecer sozinha. Concordei, é claro. Perguntei a ela sobre suas origens e como havia chegado até ali: "Sou uma *mapuche*, nascida no leito do Rio Biobío, em uma redução. Somos gente da terra, falamos o som dela. Meus pais foram assassinados por soldados republicanos, quando eu ainda era criança. Aos doze anos de idade, resolvi fugir da miséria na Araucanía e fui tentar sobreviver em Santiago. Fiz muitas coisas pra arrumar comida e um canto para dormir, dentro do que poderia fazer uma *niña* indígena sozinha, sem família, dinheiro. Quando os militares tomaram o poder, fizeram uma varredura nos bairros pobres da periferia. Não aceitaram ver uma moça sozinha, tentando sobreviver como dava e me mandaram para cá. Como se estivessem preocupados comigo...". Expliquei que a Sra. Immacolata e eu a achávamos estranha, uma vez que não demonstrava simpatia por ninguém. Ela me respondeu que não confiava em quem não fosse *mapuche*, por isso, o rosto fechado; mas que, depois da violência que sofreu dos guardas, e da violência que viu outras sofrerem, observou que nem todos os brancos agem igualmente na *Dignidad*.

Glória apareceu no refeitório, com uma olheira daquelas. Disfarçando, perguntei se estava tudo bem, e a resposta foi negativa. Fez um gesto de que gostaria de conversar comigo em particular. Pedi desculpas à Rebeca e fui sentar em outro canto, na mesma posição de nossa conversa anterior, mesas diferentes, rostos virados para lados opostos ou para baixo. Perguntei sobre suas olheiras, respondeu-me que não pegou no sono, por causa do que vira na madrugada. No exato momento em que abriu a cortina de uma das janelas, presenciou uma cena: um dos prisioneiros rebelou-se, empurrou um dos guardas, começou a correr em direção contrária ao Galpão e foi assassinado pelas costas, com mais de dez tiros. Segundo ela, os guardas que o mataram não eram da Colônia, mas do Exército chileno. "Era um jovem, devia ter no máximo uns vinte anos. Acho que tentava, em vão, escapar dos horrores que acontecem naquele galpão. Mataram por pura maldade, sabiam que o *chico* não conseguiria escapar daqui." Falei para ela que havia acordado com o barulho dos tiros, fato que não era inusitado na *Dignidad*. Procurei acalmá-la. Dei-lhe, por debaixo da mesa, um suco com bastante açúcar. "Nunca havia visto ninguém ser morto. Os assassinos davam gargalhadas depois do crime cometido. E ainda foram chutar o corpo estendido no gramado." – contou Glória. Sondei se ela achava que os guardas avistaram-na durante o episódio. Ela me garantiu que não: a luz do quarto da enfermaria estava apagada, só havia puxado um pedaço da cortina, e o vigilante estava tirando uma soneca na hora. Mas, por estar trabalhando no período da noite, disse que a segurança da Colônia sabia que ela veria, dia ou outro, os crimes que são cometidos ali dentro. "Tudo o que acontece aqui, eu já sabia antes mesmo de ser sequestrada e trazida para esse inferno. A *Dignidad* não é novidade para a sociedade chilena, e o acordo dos nazis com os golpistas muito menos. No meio estudantil, já circulava a informação das torturas e assassinatos de opositores ao regime, dentro da Colônia. E há gringos metidos nisso." – exprimiu.

Não entendi o que eram os tais gringos; no entanto, ela me explicou. "No dia da minha prisão, dentro do campus da universidade, deu para perceber a limpa que fizeram nos livros proibidos. Quem foi pego portando um, foi levado na hora para a delegacia. E não precisava ser de política, podia ser um livro de poesia do Neruda. Aliás, ninguém me tira da cabeça que o Neruda foi assassinado pelos militares, ainda que eles neguem." Expus as versões que foram dadas pelos nazis, na escola da *Dignidad*: os EUA eram inimigos mortais, até pouco tempo, mas grandes amigos de uns anos para cá. E mencionei a mensagem de Schäfer endereçada a Washington: "Trabalho realizado a contento." Glória solicitou que eu passasse outras informações que ouvisse ou lesse no trabalho com o Conselheiro. Porém, achei melhor não comentar muita coisa.

Tempo ao tempo.

Ah, que Deus seja o que quiser.

OSWALDO MONTENEGRO

Evitava recriminá-lo na frente de quem nos acompanhava. Preferia chamar a sua atenção quando estávamos a sós, dentro da nossa tenda. Lembro-me de como fiquei revoltada no caso da figueira que Ele fez secar com o seguinte anúncio: "Nunca mais nascerá fruto de ti." Como falávamos pelo olhar, meu companheiro percebeu, logo em seguida, que eu não concordara com aquele intempestivo ato. Mesmo que os outros o tenham admirado, afinal a árvore secara em instantes, Joshua passou o restante do dia encabulado. Sabia que eu não deixaria passar. Naquela noite, após fazermos a ceia com nossos irmãos, fomos em direção aos nossos humildes aposentos. Assim que entramos, certificou-se de que não havia ninguém a nos observar ou ouvir: "Podes falar, minha amada mulher. Sei que fiz besteira." Fui dura: "Darás a quem precisar, não pedirás a quem não tiver. Não matarás qualquer forma viva dessa terra do teu Pai. Por que não a fez dar frutos, mesmo fora de época? Por que impediste que outros filhos de Deus comessem os figos na época certa? A tua fome do momento não pode ser motivo para cercear a refeição de outros que virão pelo mesmo caminho. Os frutos do porvir crescem apenas se alguém não matá-los no nascedouro."

Ele abaixou a cabeça, entendera os erros que cometera. E foi mais sincero do que de costume: "Nós dois temos a consciência de que tu eras a pessoa mais certa para levar os ensinamentos de que esse povo tanto necessita. Mas, por ser mulher, recriminada serias na primeira aldeia a que chegasses. Talvez por isso, o meu Pai tenha me escolhido para ser seu representante, e não tu. Até já cheguei a falar isso com Ele, tu sabes. Magdala, sigo os teus conselhos como sigo os de meu Pai. Se necessário for, coloco-me à disposição para passar os teus ensinamentos ao mundo." Colocou-me em uma situação embaraçosa; por isso, soltei algo sem sentido: "Promessa é dúvida. E a consciência, diriam os filósofos, às vezes precisa se angustiar." Ele sorriu. Não tinha a intenção, e sou sincera nessa afirmação, de usá-lo como um braço, como uma costela na qual seriam defendidas as minhas presunções em relação às pessoas. Prefiria ocupar o lugar de conselheira do Filho de Deus. Era mais cômodo e adequado. Não queria arrotar santidade. Confessar e conservar as minhas fraquezas, talvez, fosse a melhor saída. Joshua tinha mais capacidades do que considerava em nossos diálogos. Na frente dos outros, se manifestava quase onipotente; já às nossas bocas pequenas, mostrava-se receoso de estar cumprindo corretamente o dever de que o Pai lhe incumbiu.

Eu entendia perfeitamente o plano de expansão do Deus Pai: queria ganhar espaços em territórios ocupados por outros deuses. Como é de conhecimento, os gregos os tinham às centenas, os egípcios, a outros tantos, havia até deusas, algo que nunca seria aceito por nós, judeus, por eles, judeus. Disputas entre todo-poderosos eram comuns em nossos tempos, mas não com a sede de expansão desse Deus, Pai do meu amor. Coitado de Joshua, cansei de avisá-lo que seria culpabilizado por algo que era, de certa forma, inocente. Pedi ao meu amor que tentasse convencer o seu Pai a dar-lhe um caminho mais suave, menos trágico, assim como o fazem os gregos, pelo menos em algumas ocasiões. No entanto, não era o forte do meu companheiro enfrentar o Pai, exceção feita àquelas palavras que ainda ecoarão nos humanos ouvidos: "Pai, por que me abandonastes?" Que nem foi um enfrentamento, propriamente, foi mais um lamento. A minha ideia de se contrapor aos ditames do Pai era divina. No entanto, para Joshua, tal menção era uma afronta. Por que os homens têm tantas dificuldades de enfrentar seus pais? Não precisava ter muita inteligência pra prever o final daquela história desde que o mundo começou. Joshua mesmo o sabia.

Depois das nossas visões sobre o seu martírio, eu mesma cheguei a tirar o peso dos acontecimentos: "Perdoa o teu Pai, ele não sabe o que fará." Ou por qual razão o faria, pensei, mas não falei. Não era preciso. Sabíamos, eu, o Filho e o Pai, quais eram as razões em jogo. Apenas inventei a frase pra acalmar o coração em frangalhos do meu amor. Não é fácil pra qualquer ser humano, mesmo ao Filho de Deus, imaginar um fim tão violento, num enredo dirigido por seu próprio Pai. Obviamente que, em alguns episódios, fui mais enfática: "E se teu Pai, entretido em fazer os homens cumprirem Suas ordens, em mostrar Sua onipotencialidade, não souber o que é amar? Ele já falou de amor contigo?", disse ao meu companheiro, que me olhou com cara de poucos amigos. Há ocasiões em que não importa o que os familiares façam, ainda assim, seus filhos os defenderão com unhas e dentes, com pão e vinho, com fé ou destino.

"Joshua achava mais importante as raízes ou as pernas?", perguntei ao grupo. O silêncio permaneceu durante alguns segundos, até que Tiago, meu cunhado, resolveu arriscar, logo ele que não dera um passo ao lado do irmão: "As raízes, claro". Por que? – indaguei. "Porque os filhos de Deus têm de ter raízes. E não é só tê-las, é necessário fincar raízes. Como temos Moisés, por exemplo. Somente um homem que finca raízes para sustentar a árvore do Criador pode passar as divinas palavras." Perguntei aos demais se concordavam ou discordavam de Tiago, todo faceiro nesse momento. Paulo, recém integrado ao grupo, decidiu se contrapor: "As raízes são importantes para dar apoio ao caule sagrado. E não confundam com cálice sagrado." Todos riram, menos eu, não entendi a piada. Paulo seguiu adiante: "Sim, as raízes são a base da árvore, seu caule suporta as folhas e os frutos da fé em Cristo.

Mas, se não estou enganado, uma árvore isolada dificilmente gera uma floresta. Não caminhei convosco, mas, pelo que me disseram, o Redentor dizia que a raiz dá seus próprios frutos, mas não se multiplica sozinha. Talvez seja isso que devamos fazer." Pedro o apoiou: "Justamente para isso serviram-nos Seus ensinamentos. Lembrais, alguns que aqui estamos, quando Ele nos mandou, em duplas, sairmos a um lugar diferente, cidade, vila ou aldeia para levar Suas palavras. Recordai-vos de como conseguimos, inclusive, curar pessoas nessas andanças. Estávamos presos às Suas raízes, mas essas novas pernas possibilitaram a mais pessoas crerem no Filho de Deus, arrependerem-se e serem perdoados pelo Pai, o Todo-Poderoso. Só as pernas abrem novos caminhos para que a obra de Joshua seja conhecida em outros cantos, e não somente na Galileia, Judeia e regiões próximas." André tentou contemplar: "Será que não seria mais importante fincarmos raízes em Jerusalém, se é sobre isso que realmente a irmã Maria de Magdala, a *Koinonos* do Filho do Senhor, estava se referindo quando levantou essa sentença ou interrogação?" Os homens estavam empolgados. Mateus não titubeou: "Penso que as raízes foram fincadas por nosso Mestre. A partir de agora, teremos de andar com nossas próprias pernas para levar a salvação a um maior número de pessoas desse mundo de Deus. Do único Deus, não é?"

Fiquei na dúvida se Mateus se referia ao seu argumento todo ou apenas ao fato de haver ou não um único Deus. Para não ser mal compreendida, defendi a ideia geral: "Sim, irmão André, eu queria discutir esse dilema que nos aflige desde que o Filho de Deus foi crucificado. Devemos nos fixar em Jerusalém e trabalharmos unidos num mesmo local, como praticamente estivemos até hoje, exceção feita à citada por Pedro, ou devemos nos dispersar e levar as palavras do Criador a um contingente mais significativo de homens e mulheres?" Tomé mostrou o seu lado pragmático: "Só quero ver se daremos conta disso, isolados, em regiões distantes. Por outro lado, seremos presas fáceis dos sacerdotes do Templo e das autoridades romanas se ficarmos presos em Jerusalém. E quando falo 'presos', falo em sentido literal."

Todos olhavam para mim, o único com olhar de desconfiança era o irmão de Joshua. Fui determinada: "Nosso Mestre não vos escolheu à toa. E também não O escolhi sem saber o que eu estava fazendo. Desde o início, Ele nos mostrava que outros haviam jogado as sementes de Seu Pai na terra – Moisés, Davi, tantos outros; outros tantos regaram para germinar a planta sagrada, alguns colheram frutos verdes e sentiram o gosto amargo das palavras de Deus. Joshua nos mostrou que alguns fazem podas desnecessárias, mais ferindo a árvore do que colaborando para o nascimento de novos e robustos frutos. Vejam as críticas do Salvador às atitudes dos homens do Templo. As raízes são valiosas, só que elas podem e devem buscar novas ramificações, subir pela terra, estourar o solo. As nossas pernas têm de cumprir as profecias do Filho de Deus. Devemos cravar novas raízes em outros sítios, mas elas não vão sozinhas, ao vento, como vão as vãs palavras. Não andamos com Joshua para nada, fazia parte da profecia. Ele nos avisou que seria morto para salvar a humanidade e cansou de nos alertar sobre nossas responsabilidades. E nos orientou a andar, sobretudo os que estavam ao seu lado desde o começo de Sua caminhada. Deixou-nos com as pernas fortes nesses anos todos de passos para convencer os homens e as mulheres que o Filho de Deus estava entre nós. Nossas pernas têm a força necessária para irmos onde quisermos, aos locais em que acharmos haver seres humanos precisando do perdão dos seus pecados. Lá desenvolveremos novas raízes, encheremos o mundo de árvores e formaremos uma floresta, apesar da distância entre elas."

Com o intuito de quebrar um pouco o protocolo, Mateus foi sarcástico: "Irmão Tiago, com todo o respeito, mas utilizar o exemplo de Moisés pra nos convencer a ficar acampados em Jerusalém foi meio fora de propósito. O homem caminhou quarenta anos com seu povo no deserto, esqueceu?" A algazarra foi geral, mesmo os apoiadores de Tiago não aguentaram e gargalharam. Tiago mostrou-se irredutível: "Se meu irmão não treinou as minhas pernas, foi justamente para que eu ficasse aqui, mantendo as raízes de Sua família, regando com o sangue do Seu sangue a primeira árvore que Ele mesmo fez questão de cuidar. Temos o sangue sagrado de Davi, meu lugar é aqui! Mais ainda: para onde fordes, nas novas rotas que irdes traçar para levar a fé do Senhor, sob quaisquer dificuldades, podereis voltar, pelas marcas que deixastes na vida, para o lugar de que saístes. Eu estarei em Jerusalém, liderando o sonho do meu irmão e pronto para socorrer-vos em caso de necessidades. A raiz do vosso Mestre e de Davi continuará aqui, e vós podereis retornar a ela quando quiserdes. E os que preferirem permanecer no lugar sagrado no qual viveu e morreu o Salvador serão muito bem apoiados pelo irmão do Filho de Deus."

Tiago mostrava-se dúbio em alguns momentos. Transparecia apoiar a criação de um Templo apenas para os seguidores do Cristo, mas defendia, na maior parte do tempo, que o seu irmão professava a sua fé dentro do judaísmo, o que não deixava de ser verdade. Como exemplo, citava a circuncisão. Intitulava-se, em instantes informais de descontração, o futuro Bispo de Jerusalém, sem explicar se do Templo já existente ou de uma nova ramificação religiosa cujos preceitos também advêm do que se convencionara chamar de judaísmo. Mencionava ser o representante do povo que teve êxito no êxodo e dos principais messias enviados por Deus: Davi e Joshua.

Sendo sincera, eu não observava razões para maiores distensões em nosso grupo. Joshua era o motivo a nos conectar. Deveríamos superar o que de menor nos dividia para salientar o que de maior nos unia. Parecia palavra de anjo, de um dos futuros santos e talvez o fosse. Talvez. Devia estar apenas retransmitindo-a. Mas tinha a certeza de que a tragédia que vivemos poderia ser a geradora de uma razão mobilizadora.

"Tiago, sei que tens boas intenções, o que é alguma coisa; contudo, pode ser pouco, até nada. Centralizar as decisões e manter, ao mesmo tempo, as relações com o Templo não combinam. Tu terás, à tua volta, seguidores que creem mais no teu irmão do que em todos os sacerdotes juntos. Isso pode ser visto como uma ameaça aos comandantes do principal centro judaico." – argumentei com um cuidado até maior do que costumo ter. Meu cunhado replicou de forma vazia, transparecendo a todos que ele mesmo não tinha refletido sobre os pontos que abordei. Ao final, apelou: "Mas como tens tanta certeza do que argumentaste? Tu consegues ter visões do que acontecerá?" Tal como ele, respondi vagamente. Eu sabia que não poderia encarar esse assunto. Fui salva por Mateus: "Por que devemos ter raízes? Nós não somos árvores! A palavra de Deus é nômade."

"Irmã Maria, Ele contou a ti o que acontecerá a cada um de nós?" – perguntou Tiago Menor. Sim, eu sabia o que aconteceria com cada um deles, detalhadamente. Meu amor me contou, quando me avisou sobre o seu próprio fim em Jerusalém e na cruz. Eu mesma tive visões sobre o momento da morte de muitos. Optei por continuar um pouco vaga, tal qual aprendi nas aulas informais de oratória que tive com nosso Líder: "Joshua nos precaveu que nossa caminhada não seria fácil." Pedro não aceitou a forma: "Não queremos saber sobre a caminhada, mas sobre o destino final." Eu não poderia ser tão assertiva na resposta; aquilo tiraria a energia de luta daqueles homens pra continuarem o trabalho de Deus; no entanto, não se contentariam com parábolas distantes: "Quando digo que a caminhada não será fácil, refiro-me às muitas pedras a obstacularizar o nosso caminho, e muitas dessas pedras serão atiradas contra nós. Se até ao Filho de Deus fizeram o que fizeram, imaginem o que não nos farão, quando sairmos por aí pregando Seus ensinamentos." Nisso, Tomé interferiu: "Nos pregarão na cruz tal qual fincaram Joshua, é isso?" Respondi depressa pra não dar tempo de raciocinarem muito: "Não necessariamente. Nem todos serão sacrificados. Alguns morrerão em tempos próximos, outros morreremos em distantes." Nesse instante, Tiago Maior surpreendeu-me: "Quando utilizas 'morreremos', quer dizer que terás vida longa enquanto alguns de nós seremos assassinados, com requintes de crueldade, nos próximos dias?" O sentido foi esse mesmo que quis me referir, mas dito deste modo, dava a entender que alguns seriam tratados com privilégios. Isso poderia gerar controvérsias entre nós: "Irmão Tiago, alegra-me muito ver-te com tal poder de interpretação. Tu estás certo, eu havia citado períodos diversos, e agora acrescento que todos seremos perseguidos, mas nem todos assassinados, apesar de a maioria estar marcada para esse fim. Não há meio para interferirmos, é o desejo do Criador. Apenas um de nós utilizará da prerrogativa do livre-arbítrio para se salvar, com o risco de perder as palavras de Deus."

Quase todos começaram a perguntar ao mesmo tempo sobre seus futuros. A dura missão que me sobrou. Esperei se acalmarem. Alguns, como Pedro, estavam agitados em demasia. Eu não poderia dizer que, em pouco tempo, as raízes de Jerusalém seriam arrancadas do solo pelos romanos. Pedi que se serenassem. Joshua mesmo me pediu para não dar detalhes individuais, e Ele sabia o que fazia. Quando a balbúrdia diminuiu, Mateus amenizou os ânimos, mostrando o que era importante: "No meu caso, não preciso saber o que comigo acontecerá. Quando decidi seguir o Filho de Deus e deixar a vida confortável que tinha como coletor de impostos sabia das dificuldades que teríamos. Alguns de nós podem ter entrado no grupo sem refletir muito sobre as consequências de seguir o homem que se dizia Filho de Deus e que enfrentaria poderosos, como os sacerdotes dos templos e o exército romano. Se alguém foi ingênuo, esse não fui eu. Estou pronto para continuar mostrando a verdade de Deus e ter a morte que Ele desejar. Se preferiu que o próprio Filho morresse da maneira como aconteceu, e o nosso Mestre sabia disso, por que usarei de subterfúgios para não cumprir a missão que me foi divinamente reservada?".

Naquele momento, observei que muitos estavam com rostos envergonhados, como quem demonstrava fragilidades diante de um guerreiro (Mateus) que não ficava reticente em enfrentar o inimigo com a batalha já em curso. Outros, com olhos marejados, vergonha de si mesmos, perguntando-se internamente "Como não percebi o mau negócio em que estava me metendo!". Quando virarmos todos santos, poucos no futuro se perguntarão sobre as dúvidas, medos e receios que alguns desses homens tiveram nesse instante.

O som e a fúria podem vir dos romanos, dos homens do Templo, mas também podem advir de nosso próprio grupo. E isso não é questão de adivinhações ou visões: é apenas fruto de constatações e contestações. Tento mostrar aos meus pares, mesmo aos pesares, que não há sucessos eternos, tampouco definitivos reveses.

Mesmo Joshua não tinha certeza se eu, como mulher, teria o tratamento que os homens teriam nos registros da História. Lembrei-me de outro detalhe conexo a uma discussão que tive com meu amor em relação a essa questão de seus primeiros seguidores transformarem-se em homens adorados, chamados de santos, por quem nos seguir posteriormente. Minha reflexão rumava no seguinte sentido: se Deus era uno, se não deveríamos acreditar em outros deuses, e o que não faltavam eram centenas deles nessas plagas e em outras, por que teríamos de ser adorados quando morrermos? Que praga! Minhas visões mostravam a devoção de um número imenso de pessoas a esses homens, nem tanto a mim, por ser mulher. A adoração não deveria se dar apenas ao Criador e, no máximo, ao Seu Filho? Não seríamos novos deuses a sermos idolatrados, contradição à ideia de um único Deus? Só observei Joshua extremamente irritado comigo uma única vez na vida, e foi nessa. Tentou argumentar que eu estava confundindo as coisas: "Deus é uma coisa, os homens a se destacarem nas pregações de Sua fé são outra." Mas no fim, deu o braço a torcer: "Se Deus quis assim, deve ser para facilitar a entrada de Seus ensinamentos em um maior número de pessoas. Os homens estão acostumados a adorar não apenas uma única divindade, a História comprova isso, ainda mais um Deus distante, colocado em outro patamar. Sempre tiveram deuses de antepassados, com os erros e os acertos dos humanos, por isso se reconheciam neles. Os santos, provavelmente, cumprirão esse papel, acrescido de serem uma espécie de intermediários para o atendimento das preces endereçadas a Deus; podes chamá-los de mensageiros, se preferires." Recordo-me de ter perguntado se não se confundiriam com profetas e se não estariam numa função reservada aos anjos. Ele só me disse: "Deus sabe o que faz." Eu odiava essa resposta, era típica de quando não sabia mais argumentar sobre algo. Conhecia-o bem, sabia de suas táticas.

Meu negócio era com Deus.

Não se esqueça de que os santos
são pecadores que continuam tentando.
NELSON MANDELA

Acordamos por volta das dez horas. O Gero nos preparou um cuscuz com queijo coalho. Que delícia! Começamos bem o dia, até me esqueci do fichamento que tinha de fazer para a aula do dia seguinte. A Cleide e eu despertamos um pouco sem graça uma com a outra. Só que o sentimento era de satisfação e cumplicidade. Tentamos não dar na cara o que rolou naquele quarto, porém, fiquei na dúvida se os meninos não ouviram, gemi alto quando gozei em sua boca, não consigo segurar o escândalo durante o orgasmo. Ela foi mais comedida, ou será que apenas fingiu para mim. Só faltava essa, agora uma mulher fingir um orgasmo pra mim, logo pra mim. Por algum acaso, seria *pleonasmo fingir um orgasmo?*

A vida dá voltas e, nessa última noite, me deu uma pepekinha para chupar.

Despedimo-nos do amigo Gero. Antes de sairmos, claro, tive de ir ao banheiro e colocar o cuscuz para fora. Nem as delícias resistem a isso. Estava rolando Karina Buhr no som do carro, e fomos conversando, curtindo o sol. Como a 23 de Maio estava parada, o José resolveu fugir pela Tutoia. Do nada, fiquei tonta. Perdi a percepção do que estava ocorrendo à minha volta.

De repente, acordei em uma sala com luz baixa, um lugar carregado. Ao fundo, uns homens conversando, alguns com fardas militares. Viro-me para à direita, vejo um rapaz amarrado, ensanguentado. Ele fala comigo: "Me chamo Alexandre, mas meus amigos me chamam de Minhoca, por favor, me ajude." Os homens presentes na sala não perceberam suas palavras. "Você está muito ferido, o que está acontecendo aqui? Estou perdida." Ele me olhou com cara de espanto, afinal quem estava perdido era ele, todo machucado. "Eu não contei nada até agora, mas está difícil suportar. O pior é que não sei de muita coisa, o que só prejudicará meu quadro." Disse a ele que não saberia como ajudá-lo, estava dentro de um carro com meus colegas da USP e num estalo vim parar ali. "Carro? Quais colegas? Você também estuda na USP? Leve-me pra lá ou esses homens me matarão!", enfatizou. Era tudo muito estranho, os seus algozes vestiam roupas de outra época; na real, tudo ali parecia de outra época. Num esforço tentei soltá-lo, mas minhas mãos não conseguiam desamarrar as cordas. Ele estava se desesperando, achou que eu iria salvá-lo, mas isso era impossível. Procurei falar com ele pra ver se o acalmava: "Qual curso você faz? Qual é o seu nome completo?" "Geologia...", ele disse, e parou de falar e começou a cuspir sangue. Os homens viraram brevemente pra ver o que acontecia, mas não deram bola para ele. Nesse momento o reconheci, tratava-se do Alexandre Vannucchi Leme – todo dia via seu nome na porta do DCE. Eu mesma disse seu nome completo, seu rosto estava caído, só levantou um pouco a cabeça numa tentativa de confirmar o que eu havia dito. Senti serem aqueles os segundos derradeiros da sua vida. Comecei a fazer um esforço para imaginar um cenário diferente na tentativa de tirá-lo dali. Não consegui, abaixei-me e beijei a sua testa: "Você nunca será esquecido pelos seus colegas. Vá em paz, sei que o estão aguardando." Ele só conseguiu me responder um distante e fraco "Nãããão".

Um sopro de vento me levou até a roda de conversa dos assassinos. Davam risadas. Nem perceberam que o Alexandre falecera. "Major Ustra, com todo respeito, o senhor não entende nada de futebol, em compensação, é um especialista em acabar com terroristas." Em outro lapso, volto a ouvir os meus colegas dentro do carro. "Está tudo bem, Madá? Você está sentindo tontura?", era a

Cleide pegando em minha mão. Olhei em volta, os meninos nem perceberam, uma vez que estavam nos bancos da frente. "Tontura e tortura", respondi. Por que fui passar no banheiro antes de sair? Estávamos parados no mesmo lugar. "Vocês sabiam que aqui funcionava o Doi-Codi na época da ditadura?" Olhamos todos à direita, 36º Distrito Policial – Paraíso. Continuei: "O Alexandre foi assassinado aqui." Todos me olharam com surpresa, e a óbvia questão saiu da boca do Charles: "Que Alexandre?". "Vannucchi Leme", respondi. A Cleide só quis confirmar: "O que dá nome ao DCE? Nossa, do jeito que você falou parecia um conhecido seu." Respondi que sim, mas sem explicar se estava respondendo a pergunta que ela fez, confirmando sua afirmação ou as duas coisas. "Foi aqui mesmo, mas não só ele. O Herzog também foi assassinado nesse local, bem como outras pessoas; afinal, era um dos principais lugares escolhidos pelos militares para torturarem os presos políticos", o José ratificou.

Procurei não contar o que havia visto, presenciado ou apenas imaginado. Para disfarçar, perguntei ao José se a Dilma havia sido torturada ali. "Pelo que eu saiba, ela ficou presa e foi torturada na Av. Tiradentes, na atual sede da Rota".

Apesar da noite com Cleide, quem não saiu da minha cabeça durante todo o dia foi o Alexandre. Tive até dificuldade pra ler e começar a fichar o texto de Linguística. No dia seguinte, eu deixaria umas flores ao lado do DCE. Ah, e deixaria outras aos pés do Memorial construído na Praça do Relógio, ao lado do Crusp, para homenagear as pessoas da comunidade uspiana que foram perseguidas e mortas pela ditadura. Pesquisei que ele chegou a ser diretor desse Diretório e travara uma luta, antes de ser assassinado, contra a construção da Transamazônica, estrada que gerou a morte de milhares de índios que habitavam aldeias nas proximidades do trajeto em que ela foi construída, e contra a exploração de recursos minerais, como as jazidas de ferro, por parte de algumas empresas estrangeiras. Foi preso em 16 de março de 1973 e, ao que tudo indica, morto dois dias depois. O garoto parecia ser gente boa! E pensar que poderia ser qualquer um dos meus amigos, das minhas amigas, ou mesmo eu. Também pesquisei mais sobre o tal Major Ustra, esse homicida. Mas, pra não dar muito cartaz a esse verme, prefiro nem continuar falando dele.

O jeito era aproveitar o resto do domingo para enfrentar o fichamento. Terminado o trabalho, abri o *Face* pra ver se tinha alguma mensagem. Mensagem no *zap*. Era a Ida. Ela me pergunta se o Rasta estava no 502. Disse que precisava falar com ele. Respondo que não. Mas a loba estava no cio: "Então, vou atrás do Pedrão." A mulherada estava cada vez mais empoderada.

Óbvio que estou brincando quando utilizo o termo "empoderada" no sentido sexual. Prefiro alargar o olhar e usar esse termo em outras situações relacionadas ao poder. Sinto na pele e no gênero a importância de se buscar o empoderamento pra encarar o racismo, o machismo e a misoginia em uma sociedade organizada pra nos desvalorizar e violentar. Tenho orgulho de mulheres como Pagu e Simone de Beauvoir, apenas pra citar duas das muitas mulheres que buscaram lutar pela igualdade de gênero no mundo. E de Lélia Gonzalez e Beatriz Nascimento, quando se fala na luta das mulheres negras – poderia citar aqui outras tantas guerreiras negras.

Sou pobre, sou negra e não permito que negociem minha humanidade.

Corpo, cor. Não à toa a cor está dentro do corpo.

Corpo despedaçado, cor desperdiçada.

Sou Madalena, mas sou também Dandara, Nzinga, Hipátia, Anita Garibaldi, Olga Benário e Maria da Penha.

Sou quem eu quiser ser, sem deixar de ser quem sou!

Mas não sou ingênua: há aquelas que ainda preferem ser denominadas como "belas, recatadas e do lar", para usar chavão dos últimos e primórdios tempos. Prefiro mulheres como a Ida: faz o que quer da boceta dela, descarada e do bar. É uma garota inteligente, madura, batalhadora, sabe o que quer da vida. E se não sabe, procura descobrir. Mais tarde, passarei um *zap* para saber se ela conseguiu encontrar o Pedrão. Daria um casal perfeito, ainda teria o Rasta, então, seria um "trisal". Há tantas formas de amar, acho que a sociedade ainda tem muito a crescer.

Dias atrás, em diálogo com o Marcola, refleti sobre o amor e o tempo. "E aí, como anda o romance com a Maria? Isso ainda dará casamento." – zoei com ele. Pelo que narrou, era só alegria, os dois realmente se davam super bem. Não vou falar que poderiam ter um relacionamento a vida toda, pois a vida toda é toda a vida. Mas tenho certeza de que seriam felizes durante certo período, o que provaria o amor existente entre eles. Cada vez mais penso que as pessoas deveriam se relacionar por intervalos de tempo menores e não ficarem com essa paranoia social e religiosa do "felizes para sempre, na alegria ou na tristeza." Tristeza é ter de conviver com alguém que teve importância durante uma fase da sua vida, mas que, depois, não consegue mais ter uma relação sadia contigo ou vice-versa. O amor é pra usar e se lambuzar, entregar-se com tudo quando ele se faz presente, pular fora quando ele se tornou ausente. Muitas vezes, inclusive, não necessariamente o amor deixa de existir nos relacionamentos; o problema é que a convivência acaba matando sentimentos, e a consequência inevitável são mais brigas do que momentos positivos. "Meu, pula fora dessa", costumo falar pras minhas amigas, quando elas vêm reclamar que o namoro ou casamento deu errado. Muitas vezes não deu errado; apenas, deu certo durante uma época em que os dois estavam no mesmo ritmo.

À noite, passei uma mensagem para a Ida perguntando como tinha sido a pegação, ela me respondeu com a desenvoltura de sempre: "Foi suave. Falei 'vem nimim, gostosão', tava facinha" Mandei uns trezentos k a ela. Ao fim, mandou um convite: "Quarta tem um doc legal no Cinusp sobre a Iara Iavelberg, bora?"

"Porra, de vez em quando, passa pela cabeça montar um plano para fazer atentados contra esses desgraçados. Mas reflito e tenho dúvidas se teria realmente coragem para encarar isso" – desabafou o Marcelinho. O Rasta soltou uma das suas: "Aí, tranqueira, você tá pensando em luta armada contra esses golpistas?" O Marcelinho continuou: "Quando vejo esse desgraçado do Serra pagando de chanceler, dá uma revolta muito grande. Esse cara foi o principal responsável pelas privatizações, é um pau mandado das grandes petrolíferas americanas e inglesas." "Como costumo falar: Deus nunca erra, a não ser quando autorizou a concepção do Serra" – arrematou o Rasta. O país do faturo. O país sem futuro.

Com sobrancelhas de concordância, o Marcelinho dá ensejo a questões pessoais que até hoje não lhe descem: "Mas o que tenho mais raiva é que esse cuzão era o governador de São Paulo na época em que meu pai morreu. Carakas, a gente tentava arrumar médico, e nada. Meu velho com problema no coração. Aquele Hospital do Mandaqui em que ele acabou falecendo parecia um açougue. Não tinha médico, os pacientes nos corredores. Só de lembrar dá vontade de fazer besteira." O Pedrão resolveu entrar no diálogo: "Ah, cara, se fosse comigo, sei não. Cêis tão ligado que tenho sangue nos óio?". O Marcelinho seguiu o raciocínio: "Olha aí, manos, vou jogar uma inédita. Um pouco antes da morte do meu pai, eu assisti *O que é isso, companheiro?* em uma aula de História..." "E se empolgou querendo dar uma de *playboy* guerrilheiro?" – satirizou o Rasta. Os planos já estavam arquitetados pelo Marcelinho: "Depois da morte do meu pai, eu ainda era bem moleque, mas cheguei até a seguir a agenda do Serra, fiz plano de como daria um fecha nele, fui ver onde ele morava no Alto de Pinheiros. E olha que ele estava no governo, cheio de PM vigiando. Só que eu não tinha arma e nem coragem o suficiente." A intervenção veio do Pedrão: "Até podia ter uns guerrilheiros *playboys*, como o filme mostra, mas os caras tiveram coragem de enfrentar os milicos."

O grupo deu uma pausa na conversa. E o Pedrão soltou de uma vez: "Mas, aí, se tivesse uns mano a fim de pegar em armas pra lutar por algo justo, vocês topariam?" O Marcelinho e o Rasta ficaram se olhando, um dando a deixa pro outro começar a falar. Mas ficaram quietos. Preferi ficar na minha. Deixa que eles resolvam, até decidirem qual é o mais macho de todos. "Desembucha, caralho! Sairiam ou não com uns berro na mão pra dar um fecha nesses caras que fodem o povo?" – provocou o Pedrão. "Eu já falei, porra! Eu pensei sim, tenho vontade, mas fico com dúvidas se isso daria em alguma coisa" – encarou o Marcelinho. "Você, Pedrão, é que ficaria num cagaço, isso sim" – disse o Rasta, soltando aquela risada espalhafatosa e sarcástica. "Não ficaria num cagaço porra nenhuma! Metia os berro. Se pouco viver, menos terei a perder" – poetizou o Pedrão. "Que não tem o que, cara?! E a sua mãe, sua irmã, seus tios, os camaradas? Se liga, meu irmão!" – irritou-se o Rasta. "E se fosse pra tentar fazê-los sair da merda que esses golpistas construíram na época da ditadura e estão de novo fazendo? A elite não está nem aí pra democracia, para o que os pobres têm em casa pra comer, se têm médicos pra serem atendidos nos hospitais públicos, se o pobre tem uma escola decente para estudar." – retrucou o Marcelinho.

Já era uma e vinte da tarde, o bandejão fechava às quinze pras duas. Resolvemos descer, mas antes peguei meu texto do Wisnik, teria aula em seguida. O Marcelinho, o Rasta e eu descemos em seguida. No caminho para o bandex, o Rasta resolveu me testar: "A Madá ficou pianinha. Gosta de agitar a galera com a questão racial na USP, paga geral, mas não abriu o bico na hora que discutíamos pegar em armas pra lutar contra os golpistas." "Aê, Rasta, antes de tudo, você é que deveria se engajar mais na luta por cotas e contra o racismo aqui na universidade. E vocês tavam concorrendo pra ver qual era mais macho. Fiquei na minha.", argumentei. O Marcelinho entrou no jogo de maneira mais sútil: "Então, Madá, falando sério, o que você acha sobre o que estávamos discutindo? Você, que é fã da Dilma, teria pegado em armas na época da ditadura? Não essa ditadura que quer se instalar, mas a militar do golpe de 64." O Rasta fazia aquela cara de "quero ver agora". Optei por responder, primeiro, sobre o golpe anterior: "Continuo com a minha opinião de que as minas e os caras que entraram pra luta armada, nas décadas de 60 e 70, foram corajosas pra caralho, mas não sei se era a melhor solução na época..." O Marcelinho cortou meu pensamento: "Tá ligada que toda resistência contra um regime opressor envolve pegar em armas? Veja o caso dos países africanos que se libertaram de Portugal, na década de 70. Só conseguiram a independência porque surgiram grupos armados para lutar contra o salazarismo. Tudo bem que a Revolução dos Cravos foi importante, mas, em Guiné-Bissau e em Angola, os grupos armados haviam começado os ataques contra as forças ou apoiadores dos portugueses bem antes de abril de 1974."

Chegamos ao bandex e, por milagre, a fila estava pequena. "Marcelinho, eu sei que, na História, os grupos explorados ou escravizados só conseguiram sair dessas situações com a resistência; os quilombos, aqui no Brasil, são o maior exemplo. Admiro a molecada que pegou em armas e lutou contra a ditadura, em um momento em que não viam outra solução. Porém, nem todos precisaram entrar na guerrilha pra enfrentar a ditadura." – tentei convencer os dois. "Verdade, foi um tiro no pé. A maioria foi morta pelos militares. Não vê a Guerrilha do Araguaia..." – concordou comigo o Rasta. "Está certo. Mas nada me tira da cabeça que, se não fossem eles fazerem aquela porra toda, os milicos estariam no poder até hoje. A morte desses estudantes, a tortura que sofreram e que acabou vazando de uma forma ou outra para a sociedade, mesmo com a censura imposta, é que foi fragilizando a ditadura." – explanou o Marcelinho. Sua voz sempre fica embargada quando falava desse período da história brasileira.

Os ricos farão de tudo pelos pobres,
menos descer de suas costas.
LEON TOLSTOI

Chegou o esperado dia na *Dignidad*: a visita do Soldado Ugarte (para o Conselheiro) ou do sanguinário ditador Augusto Pinochet (para a Glória). Como acontecera em outros momentos, quando a Colônia recebera personalidades de fora, tudo foi embelezado, as crianças e os adultos foram coagidos a não falarem nada de negativo sobre o lugar aos visitantes, compraram-nos roupas novas e ensaiaram algumas atividades para apresentarmos ao público. Pouco antes das dez horas da manhã, pousa o helicóptero presidencial no gramado atrás do *bünker*. Os passageiros foram trancafiados nos corredores subterrâneos da *Dignidad*, Glória incluída, todos os servos tínhamos de estar sorridentes, batendo palmas, mas sempre com os guardas em volta para garantir que nenhum passasse mal repentinamente e tivesse que receber uma injeção para acalmar-se do surto repentino. "Coitadinho, vive com esses ataques de loucura" – o discurso decorado pelos guardas e dirigentes.

O convidado de honra da *Dignidad* desceu acompanhado por sua esposa. Em terra, aguardavam-no uma imensa quantidade de soldados, fora os guardas da Colônia. Consegui ver o efusivo abraço que o governante chileno deu em Schäfer, que sorria a olhos jamais vistos, e no Conselheiro, cuja postura manteve-se diplomática. De qualquer forma, em ambos os casos, foram cumprimentos de velhos conhecidos.

Eram muitas as pessoas que faziam parte da comitiva: além do grande número de soldados, havia muitos fotógrafos, repórteres, homens de terno e gravata, acompanhando e adulando o General e o Professor Schäfer. Será que nenhuma dessas pessoas conseguiu perceber o campo de concentração em que estavam pisando? Talvez nem quisessem observar. Os quadros do *bünker* e do refeitório, que estampavam a foto de Hitler ou do símbolo do nazismo, ganharam, no verso, a imagem de Pinochet, lado agora exposto para agraciar o dirigente chileno. O Galpão dos Gritos estava silencioso, transformado momentaneamente em uma exposição sobre a gloriosa colaboração da Colônia ao povo local.

Nos alto-falantes, um chamado para todas as pessoas se perfilarem: o hino nacional chileno seria tocado. Em seguida, o embaixador alemão é convidado a subir no púlpito, e começa a soar o hino do país anfitrião – ou pelo menos da Colônia anfitriã. Iniciam-se os discursos, primeiramente de Schäfer, depois o de Pinochet. Ambos proferem suas palavras no combate ao comunismo, ao terrorismo, nos acordos de cooperação e nas ações conjuntas realizadas pelo governo chileno e pela Colônia alemã. Por óbvio, não citaram os pormenores de tal cooperação, como os crimes ocorridos no Galpão dos Gritos.

Uma coisa, porém, chamou a atenção no discurso de Pinochet, logo no início: "O melhor de voltar à *Dignidad* é que, dessa vez, vim de helicóptero. Antigamente, fazíamos os trezentos e cinquenta quilômetros que separam Santiago de Parral em uma péssima estrada, gastávamos quase seis horas nos *jeeps* do Exército." Ou seja, aquele monstro conhecia a Colônia, era provável ter vivido ou treinado aqui. Ao final do discurso, outro elemento importante: Pinochet fez questão de agradecer aos seus ex-professores Schäfer e Conselheiro. A colaboração entre as forças armadas chilenas e os homens de Schäfer não se reduziam aos limites da *Dignidad*.

Conforme ordenado anteriormente, fiquei à espera da comitiva para entregar flores à primeira-dama chilena. Entreguei-as com sorriso no rosto e ânsia no estômago. Logo em seguida, fui me posicionar na sala-maior do *bünker* para ajudar a servir *drinks* e canapés aos convidados. O clima era de comemoração. Um tal de Comandante Cardenil pediu a palavra para saudar os que participaram da Operação Colombo, em *Cerro Gallo*. Todos os presentes levantaram as taças para brindar ao sucesso da ação conjunta.

No recinto fechado, sem a presença dos jornalistas, o diálogo foi mais descontraído. O embaixador norte-americano, de quem não me recordo o nome, fez questão de agradecer aos presentes pela dedicação no combate ao inimigo comum dos povos chilenos, estadunidenses e alemães, "Pelo menos do lado ocidental", disse ele, para riso de todos. Em certo momento, o Prof. Schäfer, o Conselheiro, Pinochet e um auxiliar do presidente entraram na sala do Comandante-Geral da *Dignidad*. Meu chefe pediu para eu fazer as honras da casa à mulher do General. Quanta desonra para mim!

Ao nosso lado, esperando a ocasião para ser chamado ao escritório de Schäfer, o embaixador alemão mostrava-se incomodado pelo fato de não ter sido convidado para essa conversa fechada. Como apenas a primeira-dama e eu estávamos próximas, ele começou a explanar seu descontentamento em alemão com um funcionário da embaixada: "Quanta arrogância desse Schäfer e desse Pinochet. Eu, como embaixador alemão, não poderia ter sido impedido de participar desse encontro, até porque sei de tudo que esses dois fazem por aqui ... Nem é segredo para ninguém na *Deutschland* que esse tal Professor abusa de crianças. Respondia até processo na terra natal quando resolveu fugir para o Chile. Bonn só o atura porque ele faz o serviço-sujo de caça aos comunistas dentro da Guerra Fria." Meu alemão estava cada vez melhor, acho que por conta do trabalho no *bünker*. Perdi poucas palavras. O interlocutor do embaixador perguntou se o governo alemão não poderia fazer uma intervenção devido à gravidade do caso: "Afinal, o senhor viu o número de crianças no gramado..." O embaixador explicou que a questão é sensível, Pinochet e Schäfer são muito próximos e, atualmente, apesar dessas atrocidades, são essenciais para impedir que aconteça, no Chile, o que ocorreu em Cuba. "Mas, de qualquer forma, enviarei amanhã mesmo uma carta para Bonn recomendando que não permitam mais que Schäfer tenha contato com as crianças." O funcionário ainda completou: "Até porque o senhor viu que há crianças alemãs vivendo aqui."

Continuei dando atenção à esposa do Ditador, tentei disfarçar o meu contentamento com a ação decidida pelo embaixador alemão. Poderia ser um primeiro passo para destruir o reino não tão secreto de Schäfer e seus comparsas. Só fiquei incomodada com a fala derradeira sobre a existência de crianças alemãs: ficou claro que se houvesse apenas *niños* com traços indígenas, chilenos ou judeus, a preocupação não seria a mesma.

Após meia hora, os embaixadores alemão e estadunidense são chamados a entrar no escritório principal do *bünker*. Consegui ouvir o representante do governo alemão falando ao seu interlocutor: "Deixe-me ir lá falar com aqueles ...". Não entendi a última palavra, mas coisa boa não era. Apesar dessa fala, ele sorria para não chamar a atenção. Quando acabou a reunião, novas falas conjuntas, agora mais breves, aos que permaneceram no salão em que eram servidos os salgadinhos e as bebidas. Pela ordem, Schäfer, os embaixadores e, por fim, Pinochet. Enfatizaram novamente os laços de cooperação, a importância para os negócios dos empresários dos três países (no que foram aplaudidos pelos presentes) e o combate sistemático aos inimigos do regime, taxados como terroristas e inimigos dos povos representados naquele salão-oval.

O Conselheiro continuou com cara de poucos amigos, como se não visse a hora de acabar aquele *show* de horror. Nem disfarçar conseguia. Nesse instante, a Senhora Pinochet já estava perfilada ao lado do marido. Nem me agradeceu a companhia que lhe fiz. Após a fala do General, enquanto eram servidos os últimos canapés aos convidados, ouvi também um senhor engravatado, provavelmente chileno, falando a outro, que conversava em castelhano, mas com um sotaque um pouco diferente: "Esses generais que apoiamos na América *del Sur* não passam de arruaceiros. Sinceramente, por mim, não haveria essa ditadura de *perros*. Não que me preocupe com a democracia, mas entregar o poder a esses delinquentes talvez não seja o melhor negócio." O homem com o sotaque estranho continuou o diálogo: "Pois eu não acho. Não vejo a hora de colocarmos uns cães-de-guarda desses na direção da Argentina. O momento está chegando. Garantia de negócios fáceis e combate aos esquerdistas que impedem o nosso desenvolvimento. Não aguentamos mais aquela peronista de *mierda*." O que parecia chileno perguntou ao seu companheiro: "Mas ouvi falar que vocês estão preparando outro golpe." O argentino deu um sarcástico sorriso e falou: "Já temos outro pastor *alemán* preparado: ele se chama Videla."

Toda escritura é porcaria.

ARTAUD

"Sei que muitos de nós queremos registrar os momentos que passamos ao lado do Filho de Deus, os passos, os milagres e os ensinamentos deixados por nosso grande Mestre. Mas será que temos as condições necessárias para tanto?" – interroguei. Mateus tomou a palavra: "Cara irmã Maria de Magdala, o que queres dizer com isso? Se temos condições de falar sobre a obra deixada pelo Salvador? Se conseguimos até realizar curas após convivermos com Ele, por que não alcançaríamos sucesso no ato de escrever acerca do que víamos, vemos e veremos?"

Marcos foi mais incisivo: "Acho que devemos refletir sobre o ato de contarmos essas histórias, mas, tal como tu, irmã Magdala, acho que temos competência para isso." Tentei ser mais direta: "Registrar a história não é tarefa simples. Será que todos nós temos as lembranças corretas do que passamos nas nossas vidas? Lembramos realmente de tudo? Nunca nos confundimos uma vez sequer? Todos narram da mesma maneira o que vivemos nos últimos tempos com o Redentor? Acho pouco provável. Além do mais, escrever não é tarefa das mais fáceis. Não me refiro a realizar anotação de algo. Falo no sentido de encontrarmos as melhores palavras para explanarmos os ensinamentos de Joshua." Muitos dos presentes estavam contrariados, menos aqueles que reconhecidamente demonstravam ter pouco domínio da escrita. Porém, um dos que mais dominava a leitura e as redações do cotidiano, Tomé, ponderou: "Acho que ela quer chamar a atenção para o seguinte fato: o Filho do Criador sempre teve muito cuidado para utilizar os adequados argumentos, as palavras certeiras. Não podemos passar seus ensinamentos, fruto de muito estudo das escrituras que nosso Mestre teve em Séforis, de qualquer maneira às pessoas. Eles perderiam o peso, a importância, e correríamos o risco de distorcermos os fatos, o que deixaria Deus extremamente irritado. Imagine a divina ira ao saber que Suas palavras foram modificadas, utilizadas de forma equivocada após o esforço que teve de enviar Seu Filho para sofrer várias violências nas mãos dos homens."

Pensando bem, não houve muita ponderação na fala de Tomé. Foi mais para amedrontar. Aproveitei e complementei: "Às vezes, estamos convictos de estar com a razão, quando, na realidade, só observamos a vertigem de algo não compreendido." Acertei, ao contrapor razão à vertigem. Até que Mateus perguntou: "Mas o que é vertigem?" Não foi ironia, foi falta de interpretação da frase que eu havia falado. Aquilo foi a prova da enorme dificuldade do irmão quanto ao domínio da leitura e da escrita. Não estou sendo precipitada, pode ter a certeza. E olha que Mateus era um dos mais espertos.

Deixei Tomé explicar o que era vertigem, se bem que nem ele soube ilustrar o sentido dado por mim. Paciência. Eu teria de falar em tom professoral, com termos simples, de fácil entendimento: "E tomai cuidado. Se a evangelista ou o evangelista conta algo que não seja exatamente a verdade, quem ouve acredita. Isso é um perigo: vós sabeis que a população não tem pleno domínio da construção da língua. A maior parte das pessoas lê e não entende, estamos cansados de presenciar isso. Não estou dizendo que vós sejais mentirosos, confio em todos; mas a memória costuma nos pregar peças, como destacarmos alguns fatos e ocultarmos outros, privilegiarmos determinada linha de raciocínio, acrescentarmos ou esquecermos detalhes importantes do ocorrido. A memória tem a ambição de guardar a verdade, no entanto, esse desejo é impossível de se concretizar. A fronteira entre o delírio e a verdade, por vezes, é muito próxima." Pareciam ter assimilado o conteúdo, até que Pedro me colocou contra a parede: "Só por curiosidade, a irmã está pensando em divulgar o que vem escrevendo? E não adianta te fazeres de desentendida. Todos já te vimos registrar algumas das nossas histórias. Tu escreves sobre nós. Pedirás a nossa autorização ou pelo menos nos mostrarás antes de deixar outras pessoas lerem?" Procurei tirar de mim tamanha responsabilidade: "Acho que essas perguntas devem ser feitas a outros escreventes. Afinal, não sou a única do grupo a dominar de certa forma as letras."

O clima não ficara dos melhores, corríamos o risco de nos cindirmos em dois grupos: 1) aqueles que vinham escrevendo ou planejavam repassar de maneira escrita os ensinamentos de Joshua e as nossas trajetórias até ali; e 2) os que apenas tinham suas vidas contadas pelos outros irmãos. Quanto ao segundo grupo, talvez não fosse exatamente dessa maneira, ninguém sabia se os que passariam os evangelhos gravariam nos papiros apenas os dizeres do Filho de Deus ou se citariam histórias particulares dos presentes. De qualquer forma, a discussão estava posta. Mateus despistou: "Meus caros, dificilmente conseguiríamos controlar o que cada um de nós concebermos, e não utilizo o verbo 'conceber' em vão. O que produzimos será fruto do que imaginamos, e não necessariamente do que realmente ocorreu. Cada um pode ir parar em um lugar diferente, não é preciso divergirmos sobre isso. É só pegarmos cada pessoa desta sala e vermos quem nasceu e fez a vida apenas em Jerusalém. Se um irmão estiver, por exemplo, em Séforis e quiser repassar o que teceu a outros seguidores, como farei para proibi-lo, se eu estiver em Alepo, por sinal, uma das cidades sob domínio romano mais tranquilas de que temos notícias?". A fala foi arrebatadora, deixou-me mais aliviada acerca dos comentários feitos por Pedro e trouxe variáveis que nos fizeram refletir quanto ao controle que cada um teria sobre o outro.

Enquanto caminhava conosco, Joshua era o sol que nos atraía e no qual buscávamos aprender a nos agregar para ficarmos mais fortes. Até o dia da via-crúcis, tudo girava ao seu redor; porém, nesse momento, corríamos o risco, e talvez tenhamos que correr mesmo, de desgarrar-nos. Depois de tudo que presenciamos, eu achava difícil não continuarmos com o trabalho de mostrar às pessoas o novo mundo iniciado com a vinda do Filho de Deus. A questão era como seguirmos daqui em diante.

Todos tinham consciência de que os preceitos repassados por nosso Mestre apontavam para a necessidade de mostrarmos a boa-nova a todos que conseguíssemos. A mostra das incertezas acerca dos rumos futuros apareceria na intervenção do meu cunhado Tiago: "Unificar é a chave para multiplicar. Meu irmão de sangue, de quem tenho a obrigação de liderar o legado, avisou-me em um sonho, na noite retrasada, que teríamos de pensar na edificação de um exército de Deus, com comando a Seu mando, em que todos os soldados teriam de estar sob as ordens de apenas um general. Não deveremos fazer guerra a ninguém, a não ser em casos extremos. Não poderemos ter planos dissonantes de quem lidera o batalhão. Por isso, proponho que, antes de os registros chegarem ao público, deverão passar por um estudo da mensagem. Coloco-me à disposição, em nome e desejo do meu sacrificado irmão, para conferir e dar uma versão comum aos textos sagrados que estão a redigir." O projeto foi colocado em prática: Tiago estava mais decidido e tentando convencer a todos quanto à liderança no grupo. E, pelo visto, sem margens a ecos.

Óbvio que homens como Pedro e João não aceitariam facilmente esse jogo. O sangue ou o mérito? A herança familiar ou a caminhada em vida? Busquei diminuir o impacto da argumentação de Tiago: "As nossas armas, as nossas amarras. Joshua sempre combateu a ideia de nos ligarmos a exércitos. Seus anseios procuravam afirmar a pacificidade das Suas ações..." Natanael me interrompeu, não perderia a chance de brincar: "Menos quando começou a jogar para o alto as bancas dos vendedores dentro do Templo. Voou de tudo naquele dia." Todos riram, exceção feita a

Tiago. Continuei: "Verdade, irmão, mas foi por um bom motivo: a utilização da fé para fins econômicos, para o enriquecimento, Ele nunca aceitaria isso. Voltando ao meu raciocínio anterior, nosso Mestre observava dois problemas em ações armadas. A primeira, como mencionei, era a defesa da paz do Senhor como mote de luta. A outra, e isso mostra a Sua sabedoria também em assuntos políticos, era a de que nunca levaríamos vantagens se partíssemos para o confronto. Os romanos são, provavelmente, a maior força militar que o mundo já viu e verá, e os sacerdotes do Templo possuem influências poderosas na sociedade. Ou seja, é enorme a chance de morrermos em combates contra essas forças. Considero, inclusive, que a Sua própria morte trazia a mensagem divina de que deveríamos ter cuidados redobrados para continuar nossas missões. Não somos nem poderemos ser soldados, tirem essa ideia da cabeça. Estás a mudar as palavras do seu irmão. Ele dizia 'Amai-vos uns aos outros' e não 'Matai-vos uns aos outros'. Não te peço muito, apenas que entendas a diferença dos termos".

Pedro levantou a mão, sinal de que queria se manifestar: "De fato, nunca ouvimos o Filho de Deus chegar próximo a uma arma, a uma faca pequena que fosse. Ele cansou de nos ensinar a mantermos a paciência diante de hostilidades". Tiago tentou interpelar: "Não quero ser presa fácil dos romanos. Repito: temos de nos armar, caso contrário, sofreremos as consequências da pacificidade. O mundo é dos fortes."

Sem muito constrangimento, utilizei um argumento que estava guardando para um momento como esse: "Teu irmão sempre mencionou que tu não O quiseste seguir quando Ele iniciara seu trabalho em nome de Deus. Ademais, tu sequer nele acreditaste. Estranhamente, apareceu no final da sua trajetória e agora reivindica o trono de um rei que teu irmão não quis ocupar." Antes que outro pudesse interferir, apressei-me em continuar falando até mais alto que Pedro e Mateus, que também queriam externar suas opiniões: "Ainda não terminei, ainda não terminei. Quero apenas concluir. Por enquanto, falei das armas, mas não discorri sobre as amarras. Joshua nos mostrou, em várias ocasiões, que não deveríamos ficar enlaçados a dogmas tradicionais, criados pelos humanos, e que, no fundo, não representavam a vontade de Deus. E falemos a verdade, tirando o Filho do Criador, quem aqui pode realmente se arvorar em ser o representante oficial de Deus na terra? Os sacerdotes e suas posturas arrogantes não agradavam ao nosso Mestre; por que então deveríamos instituir um único líder e uma cerimônia de autorização do que cada um de nós tem por direito falar?"

Pedro se absteve de falar, sentiu-se contemplado pela minha alocução, enquanto Mateus fez questão de externar o seu pensamento: "Nosso Mestre nunca defendeu um exército de espadas. Para Ele, as palavras do Senhor proferidas por nós é que deveriam cortar o fôlego. O foco impregnado na linguagem afiada. Os templos seriam ceifados ao meio se usássemos os termos precisos."

Talvez tenha faltado coragem a Tiago para se contrapor. Guardará para outro momento a continuação do embate. A vida que ainda não se findava. Como fugir da esperada efeméride? Tiago continuava com seu esforço de errar bastante. Fiquei com a sensação de que ele estava sentindo a macabra morte que o esperava. Remorsos remoeram a minha mente: por isso o "nos armarmos" antes do "nos amarmos". Fui percebendo, nesse breve tempo em que estou convivendo com ele, sua tática de fazer acordos pontuais fora dos espaços coletivos de discussão do grupo. Nesse sentido, é inteligente. Vai acabar fazendo o que bem quer por fora, sem necessitar da aprovação dos membros mais firmes, como todo bom político romano o faz. Já sopraram em meus ouvidos que Tiago anda prometendo cargos importantes àqueles que o acompanharem, sobretudo convidando os irmãos sem tanta força perante os mais antigos. Soprarão em meus ouvidos algo mais terrível: não terá sido Tiago o conspirador que levou Paulo à prisão, ainda em Jerusalém? Sentido fazia: Paulo se achava o detentor da verdade de Cristo, o proprietário do diálogo sem intermediário com o Filho de Deus (e mesmo com o Pai), recusava hierarquias, autointitulava-se apóstolo; quando em terras distantes, dizia-se o homem mais forte a levar a palavra do Salvador. Chegava a blasfemar que a Lei não tinha mais sentido depois da passagem do Salvador. Essas e outras chegaram aos ouvidos de Tiago, eu mesma presenciei a mensagem transmitida. O irmão de Cristo passou até a brincar com os mais próximos chamando Paulo de Nicolau – deformação de Balaão. Mas a ponto de denunciá-lo às autoridades do Templo? Não sei se Tiago chegaria a tanto.

Os romanos tinham até certo orgulho de sua tolerância religiosa, que caiu por terra, é bom que se diga, após o assassinato de Joshua. Ruiu na prática, porque, na teoria, continuaram a propagar que não tinham problemas com o Deus dos judeus. Assim como Júpiter seria o nome grego de Zeus, Yahweh seria o nome judaico de Júpiter – evidentemente nós, judeus, não gostávamos desse tipo de interpretação. Tantos povos eram dominados, cada qual com seus deuses, melhor não caçar confusão por causa dessas filigranas. Paulo não seria um problema para eles, ainda mais sendo um cidadão romano. A queda de Jerusalém, segundo o que contarão, será muito mais por problemas de desrespeitos políticos do que religiosos. Explicação admissível.

Sei que estava centralizando o debate e sendo insistente. Falam por aí que sou a mais chata do grupo, mas acho que é uma forma de desqualificar opinião vinda de uma mulher. Esses homens estão acostumados a deixar as esposas, mães, irmãs de lado no momento das discussões. Fiz-me de rogada, prossegui: "Qual é o sentido do que estamos a escrever e qual será o uso que disso se fará? Escrever pode ser o verbo, Deus pode tê-lo utilizado como o primeiro no momento da criação. O verbo escrever, depois o resto. Mas escrever pode ser sinônimo de distorcer. Há escritas equivocadas, bem como leituras equivocadas. Reitero: pensai no uso que os leitores ou ouvintes farão do que vós escreverdes. Vossos rabiscos podem salvar vidas, estimulando a paz, conforme os ensinamentos de Joshua, porém, podem facilmente ser usados em conflitos de todas as formas, servirem até para que homens matem os que não aceitem a fé em Deus. Joshua sempre refletiu sobre isso. Tenho a convicção, e isso não é ilusão ou visão, de que, dentro de alguns anos, não seremos mais meia dúzia de pobres vagando em desertos, vales ou montanhas. Deus não enviaria Seu Filho ao sacrifício apenas para falar a tão poucos seres humanos. Percebei, por favor, o tamanho das nossas responsabilidades. Quando escrevemos, formulamos possibilidades de desvios. A depender do teor, nós mesmos não conseguiremos deter novos leitores. Estaremos a replicar as palavras do nosso Mestre, e toda réplica não é original, como vós bem o sabeis. A versão será, ao mesmo tempo, a mesma e a outra. Essa metáfora atravessou os ensinamentos do Filho de Deus enquanto conosco esteve. Todo texto é lido e, em seguida, recriado nas mentes de quem está lendo. Devemos transmitir experiências e não simples informações, muito menos as deformadas, que, em posse de mal intencionados, transformam-se em perigo à humanidade."

Ufa!, exagerei. Quase realizei uma cerimônia religiosa completa, senti-me um sacerdote oficial do Reino dos Céus. Uma sacerdotisa. Como se mulher pudesse sonhar com isso. Acho que nos próximos cem anos os homens não permitirão que suas companheiras do Senhor possam ser chefes religiosas. O judaísmo, apesar dos séculos de existência, ainda não havia aberto espaços à participação das filhas de Deus. Nem no Templo podíamos chegar aos recintos mais importantes.

Simão tentou desmerecer toda a minha oratória. Ou simplesmente não conseguiu entender patavinas do que eu disse: "A irmã Magdala fala coisas de difícil compreensão. Eu mesmo não entendi foi nada." Natanael provocou o amigo: "Tu não entendeste nada porque és um jumento. Posso não ter entendido tudo, mas um pouco compreendi." Esqueço que o nível de compreensão dos meus companheiros talvez não seja tão alto, como o de pessoas como Tomé. Ou mesmo de Lucas, outro que chegou recentemente para multiplicar a palavra de Deus. Havia no grupo pessoas que passaram por escolas judaicas e outras completamente analfabetas. Havia alguns bem espertos, mesmo sem o domínio da escrita e da leitura, e outros que necessitavam de maiores explicações para compreender questões simples. Joshua me alertava sobre a importância de explicar a mesma coisa de maneiras diferentes, para que todos pudessem entender o básico do que Deus queria para eles.

Mateus resolveu se pronunciar. Estava com um sorriso no rosto, justamente para tirar a impressão de que fosse me desafiar: "Entendo as preocupações de nossa querida irmã. Mas, seja como for, não sou tão pessimista, pelo menos nesta tarde. Acho que poderemos cometer erros, nossas palavras podem trazer dúvidas, e nelas estarão contidas as razões para interpretações equivocadas. Pensai, porém, que o nosso Mestre deixou-nos com a incumbência de multiplicar Seus ensinamentos aos homens da terra; afinal, não conseguiríamos mesmo fazer a multiplicação dos pães." Dessa vez, entendi a piada, fato raro. Mateus realmente tinha um poder de persuasão que cativava a todos. Ele seria um exímio escriba; tomara que pelo menos reflita um pouco mais antes de dialogar acerca das experiências que teve ao lado de Joshua. Não adiantava travar as redações – a cultura judaica valorizava por demais o registro, nossos irmãos utilizarão essa ferramenta.

Um povo que não conhece a sua história
está condenado a repeti-la.
GEORGE SANTAYAN

"Juan... Juan... Juan?" "*Soy yo mismo. ¿Quién eres tú?*", respondeu o rapaz com uma perna amputada, todo machucado, o olho esquerdo inchado, o supercílio direito sangrando, cheio de vergões pelo corpo. "*Soy la María, la Madaglena, la Madá.*" "*Sácame, la Magdalena, sácame. Pero primero me traigan información sobre Jorge.*" Outra vez, estava em uma situação de ajudar alguém e não conseguia. Não sabía nem em qual local estávamos. Perguntei quem era o Jorge. "*Es mi hermano, Jorge Rafael Forrastal. Arrestaron a él por primero, vine para ver si podía liberarlo y también terminaron por arrestarme.*" Apesar de nunca ter mirado aquele rosto transfigurado, fiquei com uma sensação de conhecê-lo. "*Te conozco de algún lado.*" Ele não mudou a postura, como quem quer dizer: "*¿Me ayudarás o no?*" Pedi a ele para explicar a razão, se alguma existisse, para ele e o irmão terem sido encarcerados. "*Jorge fue detenido en el ataque del Ejército de Crusp. Él y yo somos estudiantes de la Universidad de Sao Paulo...*" Acabei por interrompê-lo: "*Pero ambos hablan español. ¿Los dos son de qué país?*" Ele disse que eram bolivianos.

Juan começou a chorar copiosamente. "*No hemos hecho nada para ser detenidos y torturados.*" Quanta maldade, pensei muito alto. Ele, misteriosamente, ouviu e concordou. E pensar que outros também foram presos, torturados e assassinados sem terem feito nada. "*Cómo nuestro Jesús, Magdalena?*", desconcertei-me. Ele tinha razão, como Jesus. Por fim, ele pediu que eu segurasse sua mão, mas eu não conseguia. O máximo que deu para fazer foi me abaixar e soprar em seu rosto. O cabelo liso escorrido se mexeu, ele sentiu e fez um pedido: "*No voy a soportar en vivo después de eso. Perdóname, Magdalena, perdóname*!" Dei outro sopro em sua testa, ele novamente sentiu *la pequeña brisa*. Mesmo assim, respondi, sem entender o motivo e a autoridade para falar aquilo "*Va a ser perdonado, mi hijo. Pero piensa dos veces antes de hacer lo que creo que va a hacer*." Falei a ele que procuraria o Jorge. Por que eu falei "*mi hijo*"?

Passei vazada pelas grades, estava flutuando. Vi quatro homens conversando. Um deles estava excitado: "É *very* emocionante ver esses *boys* apanhando e sangrando." Sotaque de gringo. "Doutor, uma pena não ter dessas coisas na Dinamarca. O senhor tem que ver aqui, no Brasil.", afirmou um dos fardados. Havia mais um, sem fardamento, no grupo, e foi o que tomou a palavra: "Fique sossegado, Major Ustra. O senhor será bem recompensado. O Doutor Boilesen mandará os botijões de gás e mais algumas lembrancinhas pra vocês." O interlocutor do Dr. Boilensen emendou: "Hoje, o coronel Sebastião Alvim comandou a diversão, nada mais natural que também ganhe uma prenda especial."

Deixei-os e fui ver se achava o Jorge, mas senti minha energia escafeder-se. "Você está doida, Madá? Que mané Juan é esse?", era a Ida falando comigo. Eu estava tonta, procurei respirar fundo, me acalmar. Fiquei na dúvida se a tontura era por causa da visão ou do dedo na garganta que havia colocado antes de descer. "Sente-se aqui nesse banco", ela me orientou. Expliquei o que tive. A Ida ficou paralisada e surpreendeu-me: "Eu sei com quem você pensou, sonhou, imaginou, viu, presenciou, sei lá. Vou pegar algo para lhe mostrar." Fomos ao seu apartamento, ela entrou em seu quarto e voltou com uma revista na mão. "Olha isso aqui. O professor César Minto que me deu." Era um número especial da Revista da Associação dos Docentes da USP (Adusp) sobre a repressão dos militares contra estudantes e professores. A manchete: "Ditadura matou 47 pessoas ligadas à USP, entre alunos e docentes." Comecei a ler, e a Ida adiantou: "O Juan e seu irmão aparecem na matéria. Você ouviu falar do Doutor Boilesen?" Respondi que não. Ela explicou que esse gringo era um dinamarquês, Henning Boilesen, presidente do Grupo Ultragás, com forte influência e atuação na Fiesp – ou seja, não é de hoje que essa entidade patronal é metida em coisa ruim. Foi um dos maiores incentivadores e doadores para as chacinas cometidas pela Operação Bandeirantes. Um ser macabro: adorava participar das sessões de tortura realizadas pelos militares, sobretudo por Brilhante Ustra, e era amigo pessoal do delegado Fleury – dois carniceiros do período. Senti, na visão, que esse dinamarquês farejava sangue, parecia ter tesão ao presenciar o sofrimento dos outros. Minha amiga me contou também que há um documentário chamado "Cidadão Boilesen" que mostra os pormenores desse monstro.

Mas e o Juan e seu irmão? Fiz questão de dar uma lida na reportagem. Ambos bolivianos, Juan Antônio Carrasco Forrastal era estudante do Instituto de Física, e o seu irmão Jorge fazia Engenharia Elétrica, na Escola Politécnica da USP. Segundo a publicação, somente no "Dossiê Ditadura: mortos e desaparecidos políticos no Brasil (1964-1985)", de 2009, esse caso foi elencado. Jorge foi preso durante a invasão do Crusp pelas Forças Armadas. Outros mil estudantes também foram detidos nessa ocasião. O número poderia ter sido maior: a invasão dos milicos deu-se em 17 de dezembro (1968), período em que a maioria dos moradores, por ser férias, não estava presente. Os irmãos Forrastal não integravam qualquer organização política, mantinham uma distância da luta armada equivalente a La Paz e São Paulo. Levado ao II Exército, Jorge ficou detido e foi torturado. Juan tentou buscar informações sobre o paradeiro do irmão, e acabou também preso no mesmo local. Nem o fato de ser hemofílico e amputado impediu que os agentes da ditadura fizessem atrocidades contra ele. Os irmãos não tinham qualquer indício de lutar numa briga que, de certa maneira, nem pertencia a eles.

Tudo isso aconteceu uma semana após a decretação do AI-5. Chegou até a circular uma esdrúxula alegação de que, devido ao fato de o assassinato de Che Guevara ter ocorrido na Bolívia, os cidadãos desse país eram suspeitos e deveriam ser perseguidos por supostamente colaborar com um dos líderes da Revolução Cubana. Os irmãos eram de La Paz, mas o nome da cidade natal não os impediu de serem presos e torturados no Brasil.

Fisicamente debilitado, ainda mais depois das torturas que sofreu, Juan, após a libertação, tentou o suicídio algumas vezes. Não suportava mais viver, tinha medo de tudo e de todos. Os pais fizeram um enorme esforço para tentar reabilitá-lo das marcas da maldade humana, conseguiram interná-lo, enviaram-no à Espanha. Mas o garoto não suportou: suicidou-se em 28 de outubro de 1972, em Madri. Jorge havia morrido dois anos antes, em um acidente de carro. A tragédia parecia cercar a família e grande parte da América Latina.

Abalada com a história, falei para a Ida que daria uma volta na Praça do Relógio. Ela foi junto para se certificar de que eu estava bem, mesmo com minha tentativa de repeli-la. "Sempre achei você uma bruxinha. A sua sorte foi não ter vivido na época da Inquisição. Viraria rapidinho carvão", falou para mim. A brincadeira veio meio fora de hora, mas *ok*, talvez quisesse me acalmar.

O rosto marcado do Juan não saía da minha cabeça; comecei a desconfiar que a atrocidade é inerente ao ser humano: alguns disfarçam pra se proteger da culpa. Em outros, a culpa não é tarefa pra se perder tempo. Vale dinheiro não tê-la.

Avisto a Cleide sentada no banco do hall do Bloco A. Ela deveria estar na Inglaterra... O que teria acontecido? Seria uma visão? "O que está fazendo aqui, mina?" Ela se levantou e veio me abraçar, com cara de choro. "Você estava certa, deu merda!" Eu disse que nunca falei isso, no que me respondeu: "Mas, na época, pensou.

E eu ouvi." O Marcelinho se juntou no abraço triplo encorpado. Sabia que a minha amiga tinha dado um salto mortal na corda bamba sem sombrinha.

O retorno da Cleide me fez pensar que os seres humanos alimentam a ilusão de que são senhores do seu destino. Ledo engano: é a contingência que determina o que somos e, principalmente, o que não somos. São forças ou pulsões que não se controlam, testadas no laboratório da vida por uma margem de imponderabilidade, pela análise bruta e brutal de nossa insignificante condição terrena.

A vida é para quem topa qualquer parada.
Não para quem para em qualquer topada.
BOB MARLEY

Ao fim da reunião, a associação dos industriais do Chile presenteou a senhora Pinochet com um colar de pérolas belíssimo. Pérolas de porcos para porcos. Paga-se muito bem para matar e roubar nesse mundo. Relações internacionais. A *Dignidad* é o maior exemplo disso. Os seres humanos vão mal, isso é visível, mas nem todos querem ver. Se veem, não se interessam.

Quando os convidados começaram a sair do *bünker*, as crianças foram jogar pétalas de flores neles, e cada criança teve a incumbência de pegar na mão de um convidado e levá-lo para conhecer as dependências da Colônia. As falas foram treinadas a semana inteira, explicar o que era cada ambiente na ficção e mostrar uma alegria também ilusória. Tudo decorado, com direito à prova oral e à palmatória na véspera do exame. A *Dignidad* estava maquiada. Se os convidados quisessem perceber, veriam as marcas nas mãos daquelas pequenas almas depenadas pelos depravados dirigentes. Todos *los niños* vestidos de branco, símbolo da paz. As pombinhas-brancas adestradas da paz de mãos dadas com os senhores da guerra. Eu mesma já tive que fazer isso quando criança, e até achava divertido na época. Era um dos poucos dias em que me sentia gente; afinal, palmatória, humilhações e violências sexuais aconteciam quase sempre naquela *Dignidad*. Uma semana de adestramento antes de uma recepção pública, no meu infantil pensamento, era compensada pelo dia festivo.

Naquele momento, como deviam estar os passageiros, trancafiados nos subterrâneos da *Dignidad*, sob forte vigilância? Glória teve até de ser algemada, a boca bloqueada com uma fita. Mesmo assim, foram necessários três homens para jogarem-na no túnel.

O almoço foi servido a todos os presentes. Um banquete daqueles! O governo do Chile fez questão de mandar tudo o que havia de melhor. Quem estava preparando a comida era obrigado a comer um pouco de todos os pratos antes de os quitutes irem à mesa. Como o protocolo era conhecido, nenhum servo se atreveria a inserir qualquer substância estranha nos alimentos. Segurança alimentar máxima.

Quando o almoço terminou, o coro das crianças cantou músicas chilenas e alemãs, em companhia de uma orquestra, para os convidados. A visita estava chegando ao fim. Fui ajudar a retirar os utensílios de mesa. No exato instante em que fui pegar uma taça vazia da mão de um dos convidados, ele se distraiu e deixou-a cair e quebrar no chão. Com o barulho da música e a atenção no palco, quase ninguém percebeu o ocorrido. Ao me abaixar para pegar os cacos, o rapaz que provocara o acidente também se curvou e falou em tom baixo para mim: "Se precisar de algo, ligue-me. Sou jornalista." Deu-me um cartão e fez um sinal para eu guardá-lo. Morri de medo, mas percebi que Peter Schmidt e os outros guardas estavam mais relaxados após tantas horas de vigilância e mais preocupados em observar a apresentação musical e dar atenção à segurança das autoridades, que estavam nas mesas mais próximas ao estrado. Guardei rapidamente o cartão no bolso do vestido e continuei o meu trabalho, como se nada tivesse acontecido. Não sei o que faria com aquilo: quem sabe poderia ser um inédito contato com o além-muro.

A apresentação acabou, e os aplausos às crianças e aos músicos foram eloquentes. Muitos *niños* se abraçavam e choravam pela emoção de terem vivido, provavelmente, por mais incrível que isso possa parecer, o melhor dia de suas vidas. As despedidas da comitiva presidencial foram as de praxe; às dezesseis horas, o clima de pavor voltaria com fervor à *Dignidad*. Tudo conforme o previsto pelo Conselheiro. Imprevisto naquele dia foi só o recebimento do cartão.

Para evitar qualquer desarranjo, os passageiros – ou prisioneiros – foram soltos apenas às dezoito horas. Glória estava mais revoltada do que o normal no refeitório. Disse que poderiam espancá-la, torturá-la, mas naquela noite não trabalharia na enfermaria. Falei para tentar se acalmar, porque seria pior, mesmo entendendo o sofrimento que vem passando. Fiquei de sobreaviso para substituí-la, caso fosse necessário.

Às dezenove horas, vieram buscar a Glória no dormitório. Ela tentou resistir. Peter Schmidt fez questão de amedrontá-la: carregava consigo uma barra de madeira de mais ou menos um metro, rígida, grande. Ficou batendo-a em todas as cabeceiras das camas, que eram de ferro e ocasionavam muito barulho. Todos os servos ficaram apavorados. Os guardas pararam na cama em que Glória estava deitada. Peter sorriu e falou em alto e apavorante som: "Se você não for cumprir com sua função, não é só você que será acariciada com essa barra, mas todas as suas novas amiguinhas da Colônia." Os guardas gargalharam. O chefe da vigilância fez um gesto de que introduziria a famigerada barra nas partes íntimas da Glória. Eu estava na cama em frente à dela. Movimentei a cabeça como querendo dizer à minha amiga "melhor você ir ao trabalho na enfermaria." Ela estava assustada e entendeu o meu recado. Há momentos em que a resistência deve ser postergada. Glória levantou-se e foi ao plantão noturno. Porém, senti em seu olhar que não pretendia deixar aquilo tudo passar batido. Eu só não sabia ainda o que ela, ou nós poderíamos fazer.

Após cinco dias, Glória veio me propor um plano: assassinar o Schäfer durante uma das idas dele à enfermaria. Segundo ela, era só ludibriar os guardas que o acompanhavam e aplicar, nas veias do monstro, uma injeção letal, ao invés dos medicamentos que ele tomava regularmente. Teríamos que contar com o apoio da Sra. Immacolata, única responsável por deixar a medicação prescrita pelo Dr. Hopp preparada para as demais enfermeiras aplicarem. Achou melhor não envolver a Rebeca, apesar da mudança de posição da garota: usou como desculpa o fato de a mapuche ser muito nova e não querer colocá-la em risco. O plano era audacioso; as consequências, caso desse certo, conhecidas: os nazistas executariam todas as envolvidas. Glória garantiu que assumiria tudo sozinha. Confiava nela, mas a tortura, esse ato nefasto praticado com prazer por muitos seres humanos, não permitia a assunção dos desejos e intenções aos torturados. Se eu colaborasse no plano, com certeza seria executada. Assassinaria Schäfer, mas, ao mesmo tempo, assinaria a minha sentença de morte. Pedi um dia para pensar, a decisão não seria fácil. Tinha todos os motivos para matá-lo, mas fiquei com dúvidas se não deveria esperar outro momento, com outro plano. Glória estava irredutível em sua posição.

Durante aquele dia, todas as lembranças de vida passaram pela minha cabeça, tal qual um filme de terror. A memória, sem luta, serve apenas para guardar poeira ou para nos torturar. Que eu gostaria de fazer algo contra os dirigentes, sobretudo contra o Professor, era ponto passivo, mas a forma e a ocasião propostas me inquietavam. Glória estava louca de raiva e exausta com o que sofrera. Estava entre a cruz e a espada. Ou melhor: entre matar ou se suicidar. A sensação de morte já a havia agarrado.

A Sra. Immacolata percebeu a minha apreensão durante o trabalho na manhã seguinte: "*Figlia mia*, recebeste alguma sombra durante a madrugada?" Respondi que não; falei apenas que tinha de tomar uma difícil decisão, que a envolveria e, por isso, gostaria de consultá-la assim que nossas atividades e as distrações dos guardas nos permitissem. Em especial, um paciente com infecção estomacal demandava-nos um árduo trabalho naquela manhã. Tratava-se do dirigente Hans Rudel, nazi recém-chegado à *Dignidad*. Por ser um oficial, não poderíamos cometer erros ou tratá-lo mal, visto que as punições seriam inevitáveis. Ele era o responsável por um novo setor industrial da Colônia, o químico, além de chefiar expedições externas da milícia formada recentemente por Peter Schmidt. Aliás, foi meu chefe que o trouxe da Argentina, conforme tive conhecimento nos memorandos que datilografei. Nos mesmos documentos, havia a menção de que a indústria química da *Dignidad* produziria dois tipos de gases: sarin e mostarda.

Apenas perto da hora do almoço, consegui falar poucas palavras com a Sra. Immacolata. Tive que sintetizar ao máximo, porque o tempo era curto. Ela não recebeu muito bem o plano, achou suicida, o que de fato era. Eu a informei que também não havia decidido se participaria, mesmo com todos os motivos para fazê-lo. Pediu-me licença para conversar com a Glória no momento do plantão da noite. Por óbvio, concordei. Ganharia pelo menos mais um dia para decidir-me e talvez refletisse melhor após o diálogo entre ambas. Quem sabe até ela conseguisse fazer com que Glória abandonasse a ideia.

Na hora do almoço, falei para a Glória que a minha protetora a procuraria para conversar sobre o assunto. Informei também que o Sr. Rudel não teria alta hoje. Não pudemos dialogar mais, um dos vigilantes parou atrás da mesa em que eu estava sentada. Dali, ele conseguiria nos escutar.

Reparei que, a cada dia, tínhamos mais crianças no refeitório infantil, todos novos servos. Dia desses, Glória falou que viu pelas frestas da janela um casal de prisioneiros políticos brigando com os guardas para que devolvessem o filho deles, o que nos fez apreender que muitas daquelas crianças são filhos de prisioneiros torturados e assassinados no Galpão dos Gritos. Somam-se as roubadas de famílias pobres que procuram o setor externo do Hospital da *Dignidad*. Percebemos, também, que alguns desses *niños* desaparecem do dia pra noite, ou da noite pro dia. Não morrem por doenças, senão os teríamos visto na enfermaria interna. Desconfiamos que são dadas a pessoas que se relacionam com a *Dignidad*. Ou quem sabe tráfico internacional, adoções forjadas. Eu mesma, no dia da recepção da comitiva presidencial, verifiquei quando um casal, provavelmente de empresários, partiu no seu carro com duas crianças servas no banco de trás. *Los niños*, que não tinham sequer três anos de idade, foram colocados no veículo por guardas da Colônia. Desde esse dia, não os vi mais. Tenho certeza de que não eram filhos do casal: as crianças tinham traços indígenas, e os senhores eram brancos, muito brancos, pareciam alemães.

Porque o destino seguia-nos o rastro
como um louco com uma navalha na mão.
ARSENI TARKOVSKI

O que é o destino? Joshua cansou de me dizer que eu seria um dos poucos seres humanos com o poder de interferir no destino. E por uma razão bem simples: pelas informações com que me privilegiou enquanto companheiro. Se bem que ele também afirmara que não era apenas por esse fato: isso seria mesquinharia diante da missão reservada a nós por Deus. A razão se justificaria no papel que o Criador havia planejado para mim. Nunca tive certeza se o meu companheiro usava tal alegação para tirar o peso de nossa relação ou se realmente o prenúncio dos fatos foi a mim destinado por motivo de força maior – no caso, a força do Todo-Poderoso.

Na época dos nossos diálogos, não vou negar, ficava lisonjeada em receber notícias do porvir. E sem a alcunha de ser profetisa. Desde criança, eu tinha algumas visões, entretanto, elas passaram a se tornar mais presentes após começar a me relacionar com Joshua. A minha infância foi marcada por esses ventos e eventos, quase todos tolos. Guardava-os comigo mesma, nem sequer comentava com meus pais esse dom. Ou maldição. Acontecimentos da natureza, como a premonição da morte de uma cabritinha querida, uma chuva torrencial que cairia à tarde, quando a manhã estava ensolarada e ninguém desconfiava da mudança rápida do tempo.

Talvez tenha sido a coincidência de premonições que contribuiu para que Joshua e eu iniciássemos uma aventura no amor. Ele é que me contou primeiro da capacidade que tinha. E contou orgulhoso, como alguém que sabe ser especial. Ficou surpreendido quando afirmei que eu sabia dessa sua capacidade, que eu também a tinha e, ademais, aguardava-o há tempos. Eu o reconheci e o trouxe para perto de mim. Ele não quis ficar para trás, afirmou também desconfiar dessa similaridade no momento em que trocamos olhares pela primeira vez; mas isso soou mais como uma sedução do que uma revelação. Tentei dar uma de desentendida, até para ele não se sentir inferiorizado. Mas o verbo dele foi certeiro, fez-me tremer de vergonha: "Só algo ainda não previ, o quando e onde acontecerá o nosso primeiro beijo. Tu sabes..." Eu sabia, mas não contei.

Com o tempo, fomos contando os casos em que antevimos acontecimentos. Criamos vínculos que pareciam atemporais. Até hoje sinto isso. A certeza de uma mulher que teve uma ligação muito forte com um homem diferenciado. Certa vez tentei tirar o peso de suas visões: "Teu Pai foi o criador do mundo e te trouxe ao mundo para seres o criador de ilusão." A linha tênue entre a visão e a ilusão sempre acompanhou a humanidade. E as religiões se aproveitam disso, mas isso não disse ao meu companheiro. Ele não se zangou com o meu comentário. Nem se atrapalhou. Era de certa forma um traquejado no manejo de dar satisfações sobre o destino que lhe fora traçado por seu Pai: "Não sou o criador de nada, meu bem. Essa é a função do meu Pai, te esqueceste? E Ele não me trouxe pra vender ou dar ilusão a ninguém. Só nos premiou com o dom da visão para facilitar o nosso trabalho." Fiquei com dúvida se o Filho de Yahweh se referia a somente nós dois ou a toda a humanidade.

Será que a visão foi colocada à disposição de todos os seres humanos, que não conseguiam alcançá-la por falta de interesse ou jeito? Acho que não chegava a tanto, muito provavelmente apenas o Redentor e eu fomos agraciados com tal prerrogativa. "Diz-me, então: quais seriam as diferenças entre visão e ilusão?", perguntei sem qualquer certeza de a questão fazer qualquer sentido. Fui repreendida: "Tu já fizeste perguntas mais qualificadas, mas vou responder-te..." Odeio ser menosprezada, razão de eu tê-lo interrompido: "Não precisas desqualificar o teu opositor, e olha que nem opositor sou de ti. Apenas argumentes como um mestre rodeado por pessoas que não dominam a tua arte." "Perdão, não queria te colocar em uma situação incômoda. Farei o contraponto de maneira respeitosa. Sei que as religiões têm como base a ilusão de uma vida melhor, ou melhor, de uma morte segura. A venda de ilusão é comércio atrativo. Mas esse não é o meu lugar na História. A alusão que fizeste à diferença entre ilusão e visão não procede". Foi uma das poucas vezes em que presenciei o Salvador a pedir perdão. Em geral, ele somente o exigia dos seus seguidores.

Ao contrário de mim, ele sempre espalhou o dom (ou a maldição) que tinha. Seus pais tentavam protegê-lo, alertando-o, na infância, sobre as armadilhas em que poderia entrar se caísse nas mãos de pessoas mal intencionadas. Desde pequenino se torce o destino. Antever movimentações poderia gerar riquezas ou misérias a muitos. Poderia até salvar vidas, precaver acidentes, adiantar ações benéficas a alguns homens. Acho que Joshua trabalhava melhor com a ideia de destino do que eu. Ele soube utilizar essa capacidade para ajudar muitos filhos de Deus, que nem se consideravam filhos para valer, negavam-no como a um pai bastardo, mas, depois das previsões concretizadas, o reconheciam, alguns até passavam a dar valor a esse gerador.

Foram muitas as ocasiões, já durante as nossas andanças para levar a palavra de Deus aos seus filhos, arredios ou não, em que Joshua veio me consultar para saber se eu também havia tido visões sobre determinado assunto ou caminho a seguir. Engraçado, em algumas oportunidades tivemos premonições similares, em outras vezes, apenas ele ou eu. Sua confiança era tão grande, que refazia planos após ouvir o que eu tinha a dizer. Isso me dava medo. Medo de errar. Nem tudo o que imaginava era visão, poderia ser apenas um desejo ou um sonho inútil. Difícil separar o trigo do joio, a tribo do jogo. Pedi a ele para refletir sobre a lógica do pensamento passado acerca do futuro, matéria complicada; afinal, visão, desejo e sonho inútil se misturam facilmente. Em muitos cenários, isso é bom, em outros, é uma encrenca. Eu não queria assumir o erro sozinha.

Invejava sua segurança nesse quesito. Ele sempre dizia, dando risada, que não tinha pressentimentos, mas convicções. E falava que eu, nesse tópico, praticamente não tinha convicções, apesar da abundância de pressentimentos. Os meus pressentimentos me indicavam desconfiar das convicções, que muito mal ainda fariam à humanidade. Eu sabia que em raros momentos as convicções seriam uma régua a ser utilizada com sucesso. Alegava a ele que os pressentimentos e as convicções não eram meus fortes. As visões eram tão somente visões, que os sentimentos não estavam à toa dentro da palavra pressentimentos. Os sentimentos não me moviam como a ele. O que me movia era ele, estar ao lado do homem que eu amava para o que desse e viesse, e o viesse, nós já conhecíamos desde o início. Cruz, credo. Credo, cruz. Sim, não foi apenas o meu marido que previu a própria morte; eu também havia previsto a sua crucificação em Jerusalém.

Conversamos um dia sobre isso, logo no início da nossa jornada. Depois, fomos seguindo. Previ a morte dele. A minha, ele me contou. Isso me atormenta até hoje. Não o ato de morrer, o exato átimo da despedida: isso é parte intrínseca da vida. O que me corrói é o fato de ter informações privilegiadas sobre o futuro, que a Deus ou a nós pertence? Das minhas visões, cuido eu. A exceção, realmente, foi na época em que tinha o meu ex-companheiro ao meu lado. Quando via algo que aconteceria, ficava na minha – bastavam as invejas que Pedro tinha de mim quando soube, por meio de Joshua, que eu era uma visionária. O problema foi ter convivido e ainda conviver com o que me foi narrado. Toda vez que iria me contar as histórias de cada um do nosso grupo, Joshua começava com a mesma frase: "Não confundas destino com livre-

-arbítrio", um enigma ainda não desvendado por mim. Ele ainda colaborava jogando uma espécie de maldição, se tal termo pode ser utilizado em se tratando do Filho de Deus: "Tu nunca esquecerás um excerto que te direi. O que farás com isso, ficará ao teu critério." Sabia de cor e salteado como viveriam – eufemismo, a expressão correta seria morreriam – todos os apóstolos e até outros que se somariam a nós após a crucificação. As mortes eram mais enfatizadas e ocorreriam conforme me foi passado. Joshua parecia ter o controle do tempo, passava o futuro para trás, furtivamente colocava o passado à frente, dava sinais de que se mirava em um tempo que os pobres mortais não conheciam, presos nas três únicas formas que Deus nos concedeu.

No dia em que Joshua me disse que eu morreria em Éfeso, ressalvou a intenção de me proteger. Informação privilegiada e proteção especial. E esperou a minha reação. Fiquei calada, tudo que eu falasse seria usado contra mim. Ele queria medir o peso da minha consciência, mas, antes dos acontecimentos começarem a ocorrer, tal peso não me foi um fardo. Tudo começou a mudar a partir da morte de Tiago Maior. Eu sabia que ele seria assassinado de forma cruel; entretanto, não tive a coragem de intervir. Coragem não é a menção mais adequada, tratava-se de questão complexa. Volto a indagar: o que é o destino? Eu deveria ter influenciado nos fatos profetizados a mim por Joshua? Dever não é poder. Deve-se, dívida, dúvidas.

Os ensinamentos de Joshua e as palavras do seu Pai que ele apresentava ao mundo só seriam conhecidos por um maior número de pessoas se houvesse martírios, isso meu companheiro sempre me deixou evidente. E acrescia: "Conhecer de antemão a obra de Deus não é saber o que o tempo a fez sofrer, mas sim como essa obra agiu sobre o tempo." E a obra só agiria sobre o tempo se seguisse a ordem preestabelecida que só uma tríade, talvez sagrada, sabia: o Pai, o Filho e eu. E a terceira parte seria a única com os sentimentos mexidos nessa história, a quem foi delegada a incumbência de imiscuir-se ou não nos acontecimentos. Que desista ou que resista a tudo isso.

Se eu interferisse, Pai e Filho não teriam suas palavras divulgadas e abraçadas por parte importante da humanidade. O destino poderia pregar peças, o arbítrio não me era livre, longe disso. É provável que não o seja a ninguém, até mesmo não o tenha sido ao Filho do Criador. Mas, e os martírios dos meus companheiros apóstolos e/ou discípulos?

Meus pesadelos se iniciaram no dia da morte de Tiago Maior. Mesmo acordada, eu os tinha. Pode trocar pesadelos por visões, deve dar na mesma. Ou por maldição. Ou por alucinação. Ou por delírio. Perguntava-me o porquê de nunca ter tido, a partir desses segredos revelados oralmente por meu ex-marido, visões de acontecimentos bons, agradáveis. Só as desgraças vinham em minha mente. Se não bastasse ouvir da voz de Joshua tais tragédias, ainda passei a vê-las em meus pensamentos.

Fui revendo, de corpo presente ou não, a morte de cada um deles. E agora, eles me viam, mesmo que eu estivesse a léguas de distância dos seus assassinatos. E não me perdoavam no instante final, pois lhes ficava explícito que eu sabia, desde o início, de seus martírios e não me movi para salvá-los. Talvez apenas quando estiverem em companhia de Joshua e de Deus – se estes estiverem para recebê-los, isso eu não consigo ver – é que meus irmãos entenderão as razões – ou a falta delas – que me levaram a não agir na história.

Eu torcia para a posteridade me salvar de suas iras. Joshua uma vez me disse, muito provavelmente para me acalmar dos pesadelos que me perseguiriam, que a responsabilidade pela trajetória era de cada indivíduo. "Balela", eu dizia a ele. Se os desígnios foram traçados e eram conhecidos pela tríade, como os homens teriam responsabilidades ou possibilidades de livre-arbítrio? A responsabilidade estava sob o jugo do destino, o livre-arbítrio era escravo das vontades divinas. E eu ficava com a culpa de poder ou não interferir. O poder de Deus, de certa forma, impunha que eu não interferisse em Seus propósitos. Ou seja, a tríade era apenas para dividendos serem compartilhados.

Presenciei a primeira morte diretamente. Ocorreu em Jerusalém, num tempo não tão distante da crucificação do nosso Messias. A decapitação de Tiago Maior, a mando de Herodes Agripa I, o rei da Judeia. O fio da espada a separar a cabeça do tronco do nosso irmão foi mais forte do que a tortura e o assassinato de Joshua. O Filho de Deus tinha a consciência do que ocorreria. O tempestivo e humilde Tiago, não.

No dia do seu enterrro, tomei a frente da situação: "Devemos avaliar o que aconteceu e fazermos escolhas drásticas, quando as lágrimas secarem." O apoio fugiu-nos aos pés. No fundo, não tínhamos muitas escolhas. Fugiríamos daqui e seríamos perseguidos em outras terras ou continuaríamos nesse território e tentaríamos nos preservar de maiores atentados?

Que desista ou que resista a tudo isso? Até aquele momento, todos os homens do grupo sabiam que poderiam ser pegos para Cristo; mesmo assim, no fundo, no fundo, achavam que o Redentor os salvaria antes do juízo final dos homens – o de Deus viria *a posteriori*. Lucas era o único que não acreditava ser uma potencial vítima do Império, achava que passaria isento e ileso. A falta de convivência com Joshua, talvez, fosse a responsável por tamanha ingenuidade. Ou o fato de ser grego, cultivador da *Pax Romana*. Culto, anotava tudo o que falávamos.

E olha que não foram poucas as ocasiões em que o irmão Lucas relembrou as palavras de Cristo que repassamos a ele: "Por isso, diz também a sabedoria de Deus: profetas e apóstolos vos mandarei; e eles matarão uns e perseguirão outros." João se recordava dessas e de outras palavras ou profecias feitas pelo Filho de Deus, mas se negava a acreditar que um fim trágico atingiria seu irmão de sangue, mesmo após a sentença do rei. Homem de fé, acreditava em um milagre que libertaria Tiago. Com o tempo, constatei se tratar de uma cega devoção, motivada talvez por sua juventude. Como o milagre não veio e a trágica morte atingira Tiago, tive que dar uma atenção especial a João. O homem valente de outrora se transformara, nos dias subsequentes à decapitação do primeiro apóstolo, em um ser sem forças para nada. Chorava tal qual Maria chorou por Joshua, sentia-se responsável em deixar o irmão se meter em uma encrenca sem volta.

Após esse assassinato, fiquei com sérias dúvidas sobre o poder que eu tinha, ou melhor, sobre a responsabilidade que eu tinha de deixar o destino agir livremente. Permitir aquilo seria uma forma de se fazer cumprir as profecias realizadas por Joshua, que avisara a todos, genericamente, do que os esperava se seguissem os seus ensinamentos. Permitir aquilo favoreceria a concretização da palavra de Deus na terra. Permitir aquilo se coadunava com o sofrimento do Redentor, que não poderia ter sido em vão.

Ou poderia?

À medida que outros foram assassinados, foi crescendo em mim a culpa, exaltada nos olhares de ódio dos meus ex-companheiros de orações no derradeiro instante em que deixavam esse mundo. Parecia existir alguém soprando em seus ouvidos que eu sabia de tudo e não movia uma palha para a história ter um final feliz. Mas, por outro lado, eu ficava com a sensação de que a profecia teria de ser cumprida para que eles fossem reconhecidos pela história. Talvez esse fosse o final feliz. Talvez fosse apenas uma desculpa esfarrapada para as minhas culpas. Seus reconhecimentos pela eternidade aconteceram, depois de tantas idas e vindas, voltas e revoltas. Pelo menos uma das visões a me favorecer. Verdade e justiça pouco se relacionam com essa arte de descrever o passado.

A verdade não redime, enlouquece.

Nem o remédio redime o corpo.

Mas viraram santos: isso é o que importa.

Mi nombre es América
Volcán de los oprimidos
És libertad símbolo del pueblo

NILTON ROSA DA SILVA

Tive receio de olhar para aquele torturado homem. Eu poderia ser apenas delírio daquele pesadelo em que ele se encontrava, não a salvação. Após certo tempo em que me mantive em silêncio, ele me olhou como quem diz "quem, o que, quando e por que?" Respondi, também, com um olhar. Compreensão mútua. "Não necessito de perdão. Perdeu o seu tempo" – disse para mim. Sempre desconfiei das más intenções do perdão, da salvação. Abaixei meu olhar, em respeito à honra daquela alma que não se curvava, mesmo em tal situação. Ele seria a pessoa que eu mais respeitaria na eternidade. Numa situação daquelas não requerer a salvação e o perdão era o ato mais nobre de um ser humano. Pisquei o olho para ele, num jamais nunca. Obtive um leve levantar de sobrancelha, um nada vazio como resposta. Nesse mundo às avessas, o real torna-se distópico, o pesadelo em honra, o desejo em martírio. Salva-se quem puder. Se era pra morrer, e daquele jeito, para que se salvar? Disse a ele também poucas palavras, quase nenhuma: "Está bem, não vou te salvar." Foi meio no automático, nem sei de onde tirei isso. O que eu disse entrou por seus ouvidos e o apaziguou.

Também nunca suportei a ideia de terem de me perdoar. O que fiz para isso? Não ser salva em ocasiões muitas é a única maneira de salvarmos a nossa liberdade. O perdão é sinônimo de poder a quem perdoa. E pode ser de vergonha a quem é perdoado. O futuro não cabe no instante, cada tempo em sua estante. O perdão vem junto com o pedido, mas, dessa feita, ambos não vieram. Talvez a história fosse boa, não esse horror que esse homem sem salvação passava. O único a sair ileso da avaliação do arbítrio livre ou carcerário dos outros. E num cárcere é que teve a coragem de se salvar da salvação. Beijo sagrado. Sangrado rosto. Lembrou-me Joshua. Mas quem é Joshua? No ato, de fato? Salvar é saldar uma dívida ou ajoelhar-se ao inimigo? Essa é a grande dúvida da humanidade.

Debatíamos sobre os enredos religiosos e a força de manipulação que carregam: "O medo se faz muito mais presente nas religiões do que o amor. Quem inventou o inferno foi realmente genial. Gerar o medo nas pessoas significa controlá-las mais facilmente, seja política, cultural, econômica ou racialmente.", argumentei. O Rasta completou o raciocínio: "É a mesma coisa com a oferta do renascimento, da reencarnação. Quando você nasce de novo, você ainda é uma criança. Isso quer dizer que as pessoas não precisam crescer, assumir suas responsabilidades para si e para o mundo. Basta jogar nas costas de um Cristo. Quem acendeu o forno do inferno foram os religiosos." Dei sequência à discussão: "As religiões foram feitas pelos humanos, não para os humanos. E a natureza humana não comporta tal disparate. E falem a verdade, há cena mais bem construída do que a da crucificação e uma frase tão impactante como 'Pai, perdoai-os, eles não sabem o que fazem'?" Todos olharam com ar de empáfia e surpresa. Continuei: "O autor desse enredo ganharia o Nobel hoje em dia. Nem Shakespeare criou algo que permaneceu na mente das pessoas como essa passagem bíblica. Calma, ela é uma exceção, a maior parte das historinhas desse livro sagrado não tem essa força toda."

Como quase sempre, o Pedrão subiu ao palco e procurou utilizar autores da sua área para dar consistência às argumentações: "Há um filósofo francês, chamado Michel Onfray, que defende que as três concepções monoteístas triunfaram, não porque materializassem a verdade, mas porque usaram e abusaram do poder armado, de coação policial, intimidações, astúcias mafiosas e maliciosas. E se construíram sobre mitos e ficções." "As oralidades e os relatos escritos que deram base ao judaísmo, ao cristianismo e ao islamismo são realmente alegóricos, simbólicos e metafóricos, com pouca força empírica aos investigadores que tentam decifrar a veracidade e a voracidade dessas três religiões. Pensando bem, a voracidade é fácil de comprovar.", falei. O Pedrão procurou contemporizar: "Quando eu tiver uma biblioteca, colocarei a Bíblia, a Torá e o Corão na prateleira de ficção." Houve outra sugestão de organização da biblioteca, convertida pelo Rasta: "A Bíblia é um livro de autoajuda voltado para os pobres, mas que, no fundo, não os ajuda em porra nenhuma. Ao afirmar que Deus escolheu os pobres aos ricos, o escritor dessa sentença queria atingir os lascados do mundo, diminuir seus ímpetos reivindicatórios."

O Marcelinho resolveu provocar: "E se tudo não passar de puro delírio? Falo dos mitos que envolvem essas religiões, pense em Adão e Eva, puro delírio." Procurei trazer para o meu território das letras: "São fábulas, gênero que sempre caiu no gosto da humanidade e que se mantém por mais tempo no imaginário social." A empolgação tomou conta do Pedrão: "Isso mesmo, Madá. Onfray defende que essas fábulas são carregadas de contradições, mentiras, violências e loucuras. Todo esse pacote foi a base da civilização ocidental."

Quem estava meio sem paciência com o tema do debate era o Lorde, sempre desafiador: "Não perco tempo com as divagações dos tais livros sagrados." Aceitei a provocação: "Você pode não perder tempo, mas essas obras são muitas vezes as únicas a que as pessoas têm acesso no Brasil. Vi esses dias uma pesquisa que mostrava a Bíblia como o único livro lido na vida por mais da metade da população brasileira." A resposta veio na lata: "Ah, Madá, lido daquele jeito. Como elas interpretam os textos desses livros? Em um país com baixo grau de letramento – você tá ligada, é alfabetizadora – o que o pastor ou o padre fala é tido como verdade absoluta."

O Pedrão jogou uma novidade para mim: "Você viu a declaração do Papa Francisco reconhecendo a Maria Madalena como a apóstola dos apóstolos?" Já havia passado da hora desse reconhecimento. Resolvi tirar uma: "Você anda lendo muito Dan Brown, hein, amigo." Ele não gostou do comentário, mas continuou de boa comigo. Até por isso continuei: "Como disse o Marquês de Sade, passara do momento de colocar ordem nessa orgia. É importante exaltar uma mulher nessa história do princípio do cristianismo. A Madalena teve muita importância nessa porra toda, e não digo isso apenas como uma feminista."

A Ida e o Marcola chegaram no pedaço: "E aí, meus amores, sobre o que estão viajando?", perguntou a Ida. O assunto foi repassado, e ela fez questão de alfinetar: "Toda religião como organismo é um mecanismo de poder. E um de seus primeiros pressupostos é 'domesticar' as mulheres, sejam elas judias, muçulmanas, cristãs, budistas ou hinduístas, óbvio, cada uma com suas especificidades. É um organismo contra o orgasmo feminino." Sobrou para quase todas.

Fiquei pensando no tanto que sofreram os povos ou pessoas que ficaram expostas a essas bases, como os indígenas, as mulheres, os *gays*... Nunca havia parado para pensar que essas pessoas foram vítimas de fábulas e parábolas desprovidas de qualquer razão, realizadas pelos que, nos últimos séculos, se arvoraram em senhores da razão mundial.

Falei da razão, mas tem a pior parte: a compaixão. As religiões monoteístas adotam essa falácia, por isso, talvez, Nietzsche tenha escrito: "Compaixão é uma espécie de inferno." Tenho vergonha do ser humano, às vezes até de ser humano. Analisando o debate realizado, fiquei com a quase certeza de que a vitamina composta por lendas, mitos e manipulações é a batida perfeita das religiões. Longe de serem documentos históricos: são somente ferramentas de doutrinação. Desprovidas de qualquer razão? Que nada! A razão ajudou a justificar muitos dos massacres cometidos pelos europeus, não tenho dúvida. O Holocausto era justificado pela razão – ao menos os nazistas pensavam dessa maneira. E pouca gente comenta que o laboratório do extermínio em massa realizado pelos alemães aconteceu na África: a população Herero, que vivia no que hoje é a Namíbia, foi 80% exterminada entre o final do século XIX e o início do XX. Uma alegação para esse massacre era o pensamento racional que afirmava que a população branca era superior à negra. O termo "ariano" começou a ser ventilado nesse período. Vários instrumentos ou técnicas de tortura empregados pelos nazistas foram desenvolvidos, anos antes, contra os Herero. A eugenia, enquanto pseudociência, enquanto baluarte da racionalidade, enquanto arma contra a degeneração biológica, tem seu incremento nessas experiências. O Marcola não perderia a oportunidade de colocar a Filosofia novamente em pauta: "Para muitos filósofos, a religião ofende a razão. Um deus que concebe um filho numa virgem mortal, sem relação carnal, não ofende a razão?"

Ressuscitar, após três dias no vale da morte, ofende a razão? Seu retorno – ou de seu Filho, você está cansado de saber, dá na mesma –, no juízo final, para avaliar quem vai para a fila do céu e quem vai tomar um chá-fervente-de-cadeira eterno com o belzebu ofende a razão? O bom senso é inimigo da doutrinação religiosa: e é a ele que as religiões devem maiores satisfações.

Passemos ao ser humano. Quando ele se liberta das certezas e da razão, o que sobra é a insegurança e o medo. Podemos chamar esse processo de crueldade, que é a verdadeira face dos homens e de Deus – não o deixaria de fora. O desconhecido que soma a angústia ao delírio, cujo resultado poderíamos denominar de verdade. Somente isso pode salvar a humanidade, quem sabe até Deus, quem sabe até de Deus. A verdade não está lá fora, está dentro de nós. Fingimos crer para não crer que isso é um delírio. A verdade não precisa ter fé, precisa ser reconhecida.

A concentração de pessoas mostrava que a luta pela causa ganhava a cada dia mais apoiadores. Várias organizações do movimento negro se faziam presentes, como o Ipeafro, o MNU, o Educafro, entre outras. Pessoalmente, ficava ainda mais feliz; os manos e as minas do Crusp garantiram que participariam. Chegamos eu, Marcelinho e o Rasta – este último deu até um perdido no trampo para estar conosco na luta. O Pedrão chegou pouco depois; a Ida, o Charles, o Batista e o Danton mandaram *zaps* falando que estavam descendo da FFLCH. Até o Demonião falou que ia dar as caras, justo ele que entrou na faculdade com o discurso da casa-grande. O mito da democracia racial, operacionalização do racismo à brasileira, no qual o silêncio em torno das desigualdades raciais parecia eterno, estava cada vez mais em xeque. Chegará um momento em que a elitizada USP terá de rever seus (pré)conceitos. Na realidade, esse tempo já passou. Ela é que não percebeu, mas ainda se achava templo do saber!

"As cotas raciais finalmente serão aprovadas. Vocês sabem que quando entro em uma batalha é para ganhar", vangloriava-se, sem qualquer empirismo, o Rasta. O Marcelinho comentou que torcia para que essa profecia se tornasse realidade, mas que não confiava em uma mudança de postura por parte da universidade tão cedo. Procurei ficar no meio do caminho: nem tão otimista, nem tão pessimista. Disse a eles que a pressão social, sobretudo acadêmica, estava crescendo. As federais adotaram as cotas na década passada e colhiam os frutos de uma universidade mais diversa, em que as oportunidades educacionais são repartidas com todos os setores da sociedade. A USP estava fora do seu tempo na questão, vinculada ainda ao século passado (ou retrasado), mais dia ou menos dia teria de tomar um posicionamento incisivo em relação à adoção de cotas, mesmo que contrariada. Afinal, estava pegando mal a continuidade da reserva de vagas na universidade apenas para a playboyzada egressa do Dante, Equipe, Bandeirantes e outros colégios particulares de elite.

A galera que estava na aula chegou, a manifestação em breve começaria. Fui ao banheiro, limpei meu organismo e tratei de subir logo no carro de som, hoje faltaria espaço lá em cima, e eu, como coordenadora do Núcleo, não poderia ficar de fora. A responsa seria grande; eu falaria após a Sueli Carneiro, estudiosa histórica do Geledés. *Ok*, eu não era iniciante, apesar dos meus 20 anos de vida. Cansei de discursar sobre a questão em reuniões de Centro Acadêmico, DCE, UNE. A vergonha não me impediria de lutar pela causa que defendo. Para ajudar, trouxe a fala pronta do apartamento – nessas horas não boto fé no poder de improviso.

O ato foi aberto, a praça em frente à Reitoria estava abarrotada. Nas faixas expostas percebi a forte presença das minas militantes: "Não é não, carajo!" "Não faço limpeza, faço mestrado" "A Casa Grande treme com as Negras Empoderadas". Na semana anterior houve uma reunião do Conselho Universitário, o famigerado CO – sim, a sigla foi modificada, não sei por quem nem quando, para evitar monossilábicos que destoassem da moral acadêmica –, a esperança era de que as cotas avançassem no lento cronograma de políticas de inclusão da Universidade.

No carro de som, os argumentos de quem me antecedeu foram múltiplos: críticas à permanência de práticas discriminatórias sob o jugo aparentemente neutro de generalistas leis; a importância de interferências estatais para reverter/reparar exclusões históricas; a pouca presença de negros, o que só atestava o regime de segregação vigente no ambiente acadêmico, entre outros. Até que chegou a minha vez de falar. Peguei o que havia preparado e comecei a expor o raciocínio. No instante em que citava dados sobre a exclusão histórica da população negra nos cursos universitários, veio-me uma tontura, continuava a falar, mas não ouvia o que dizia e, de repente, fui jogada ao chão para dentro de um ambiente degradante, parecia um presídio. Uma senhora me deu a mão para levantar: "Calma, Madalena, não permitirei que aconteça nada contigo nesse breve período em que estiveres aqui."

Conhecia aquela mulher de algum lugar, só não sabia o tempo e o espaço de sua vaga lembrança. Ela me chamou pelo nome de batismo, estranhei, nem a minha mãe ou o meu pai me chamavam pelo nome quando falam comigo, exceto quando pra lavrar uma bronca daquelas...

Ela foi me levando com calma pelos ambientes daquele lugar. Paramos na enfermaria: "Melhor iniciarmos nesse local, familiar a ti." Continuei sem entender nada. "Estamos em Pedrinhas, e me chamo Maria Aragão". Lembrei-me dela. O Rasta, dias atrás, estava me contando sobre essa mulher negra, nascida pobre no interior do Maranhão, professora e a primeira de sua raça a fazer Medicina na principal faculdade do país, na época. Mesmo convivendo com a elite branca nos bancos universitários, tornou-se comunista ao conhecer Luiz Carlos Prestes. Em suma, negra, pobre e comunista. Foi presa nos períodos ditatoriais, comuns no Brasil. Dessa feita, estava em Pedrinhas, deveria ser década de 1970. Esse presídio ganharia fama nacional e internacional anos mais tarde, na segunda década do século XXI, como ela mesma fez questão de me acalmar: "Pedrinhas não é hoje o que será na tua época, querida companheira. Cabeças ainda não rolam neste tempo, apesar de a tortura já estar presente. Se vieste até mim, é porque queres entender o que sofri aqui dentro. Mesmo na faixa de sessenta anos de idade, me torturaram até não querer mais. Mas não baixei a crista, sempre utilizei os locais em que estive para dialogar com as pessoas, mostrar a violência das desigualdades sociais e raciais que atravessam a história desse país. Mal imaginam os meus algozes que sairei da prisão ainda mais forte que entrei. Eles que se preparem."

Fiquei acompanhando-a e ajudando-a com as pacientes na enfermaria. Ela era muito respeitada pelas demais condenadas, todas negras e pobres como ela: "Nunca fiz Medicina para ganhar dinheiro, mas para ajudar as pessoas, tentar minimizar as desgraças nas vidas dos mais pobres. Prestes sempre me disse que os médicos deveriam ser a linha de defesa dos mais pobres contra o sistema que os adoece. Nós os recuperamos para que possam se sentir mais resistentes na luta contra os poderosos." A força daquela mulher era algo admirável. "Quem dera ter a certeza que a senhora tem na luta", comentei. Fui repreendida: "Mesmo que não tenhas a certeza do que queres, tens de lutar para modificar o que está errado". Fez um pedido: "Quase tal qual fizeram a ti e ao vosso companheiro, peço que leves ao futuro a seguinte menção: Maria Aragão foi uma comunista e não uma humanista ou uma santa, como a elite vai querer me definir." Em seguida, pediu que cada uma das pacientes resumisse suas histórias de vida. Fui escutando uma a uma. Ao final, em um lapso de segundo, estava de volta ao caminhão de som. "Não desistamos, companheiras", e assim terminava a minha fala. Os aplausos foram contundentes. Observava amigas e amigos se emocionando com o que eu acabara de falar. Desci, sendo cumprimentada por cada participante.

O Rasta veio me receber na descida do carro de som. "Madá, caralho, de onde você tirou essa explanação sobre a Maria Aragão? Não sabia que você havia estudado sobre ela pra falar hoje. Negarei até o final da vida o que te direi agora, mas vieram lágrimas aos meus olhos durante o seu papo reto." A Ida e o Marcelinho também vieram me abraçar. "Não conhecia nada sobre a história da Maria Aragão, sua formação e a prisão em Pedrinhas", disse a Ida, no que o Marcelinho fez sinal também de desconhecer as informações que eu havia passado, sabe-se lá como. Eu nem conseguia me lembrar do que realmente falei no microfone, apenas me vinha a lembrança daquelas mulheres, daquelas histórias. Talvez eu tenha entrado em um estado de subversão espiritual, só pode ser.

Continuamos a acompanhar a manifestação. O Marcelinho, em certo momento, me chamou de lado: "Na boa, você entrou em transe. Eu conheço você." Perguntei se mais alguém percebeu algo de estranho comigo. "Só a Ida, que mencionou não ser a primeira vez que te via nesse estado. Não sei se posso ajudar, mas conte comigo." Fiquei sem saber o que dizer, travei, comecei a chorar. Ele me levou para um canto isolado. Não falamos nada até eu me recuperar. Enxuguei as lágrimas e pedi para retornar ao local em que estávamos com o pessoal. Prometi que em outro momento conversaríamos a respeito; prontamente ele aceitou.

Após o ato pelas cotas raciais, na Reitoria, o Batista nos convidou para tomarmos uma cachaça de Paraty, que ele comprara durante um *camping* que fizera em Trindade. Fomos todos ao 403 do Bloco A. Que delícia! A danada era preparada com banana! Mas, como não estou acostumada a beber cachaça, fiquei logo alegrinha, ainda mais porque aquele mel em forma de aguardente escondia o seu veneno. Sou cobra-criada e, mesmo assim, caí no conto da bebida alcoólica doce. A experiência em Pedrinhas, o diálogo com a Maria Aragão e as outras presas não saíam da minha cabeça. Vai ver, foi até por isso que não me controlei muito na bebida. Para piorar ou melhorar, nem sei mais, o Demonião trouxe um baseado poderoso. Eu estava com uma leve desconfiança de que o garoto tímido de outrora estava virando o passador da FFLCH. Uma pena, garoto pobre, vindo de uma família simples, deixando-se levar pela vida de porra-louquice da playboyzada da USP. Em suma, cachaça da boa, um baseado e uma curta estada no presídio maranhense era uma combinação que não daria certo.

A Ida foi a primeira a dar um toque para eu maneirar, me fiz de rogada, como de costume. O Rasta ficou atiçando para ver até onde eu aguentaria: vivia dando lição de moral nele por causa do álcool, hoje ele desforraria. O Márcio Policastro, que morava com o Marcola, a certa altura, que não me lembro qual, chegou com seu violão. Depois que a música começou, fui fechando os olhos... E só fui me dar conta de mim, novamente, quando senti a água fria batendo na minha cabeça. Era o Marcelinho jogando uma ducha para ver se eu voltava a ser gente. Ainda cambaleando e falando bobagens, perguntei sobre o restante do pessoal. Ele me falou que todos bodearam no próprio 403, incluindo o Rasta. Comecei a brincar que ele estava com más intenções ao me trazer pra tomar banho, sozinhos no nosso apê, e reclamei de ele molhar a minha blusa e calça no lava-cabeça-de-vento que estava me dando. Meu colega ficou chateado, falou pra eu parar de falar besteiras, que ele era o único são no grupo que ainda podia me ajudar. Repeti: "Você está com más intenções, seu safadinho", ele se virou para ir embora. Foi então que eu segurei em seu braço, puxei-o para perto de mim: "Se você não está com más intenções, eu estou" e pedi-lhe autorização pra lhe dar um beijo. Como quem cala, consente (ou teme), prossegui nas minhas santas intenções. E fui rápida, nem bem acabei o beijo, abaixei-me, abri o zíper da sua calça...

Dormimos no quarto do Marcelinho. Acordei meio perdida na vida, num dia estava em Pedrinhas, no outro, na cama do meu melhor amigo. A relação de amizade ficará um pouco abalada após uma trepada ou, quem sabe, possamos engatilhar algo juntos? O tiro só não pode sair pela culatra. Levanto para ir ao banheiro. Saio do quarto do Marcelinho no mesmo instante em que o Rasta está abrindo a porta do apê. Ele se ligou na hora: "Passou da hora, hein, mina! Demorô você e aquele branquelo vacilão. Todo mundo sacava o lance de vocês, menos os maiores interessados, vocês mesmos... hahaha"

Pensei em jogar uma do tipo "não é nada disso que você está imaginando", "o que você quer dizer com isso?", "você está viajando, Rasta!". Mas fiquei na minha, dei um sorriso encabulado, soltei apenas um "bebi pra porra!" Sem maldades, por favor... Abri a porta do banheiro e torci pro xixi demorar umas três semanas para vir; assim, teria mais tempo para refletir sobre o que aconteceu. Saio do banheiro e dou de cara com o Marcelinho, todo desconfiado: "Vou preparar um café, tá a fim?" Disse rapidamente que não, inventei que precisava ir para a Letras.

Coloquei o primeiro vestido que encontrei, nem maquiagem fiz, e saí rasgando. Dei um tempo na biblioteca central da FFLCH e subi pra bandejar na Química. Provavelmente, não encontraria meus camaradas por lá, almoçam todos no bandejão do Crusp. Estou aguardando na fila quando aparece a Ida: "Aí, hein, Madá, se deu bem ontem à noite!" Rasta filho-da-puta! Quer dizer, desgraçado! O meu sorriso amarelo dizia tudo. Em face da observação feita pela minha amiga, e das prováveis fofocas do Rasta, nada mais haveria de ser escondido. "Saí batida hoje do 502. Nem sei como devo me comportar em relação ao Marcelinho e mesmo ao Rasta. Houve uma quebra da ordem do apartamento, tenho de me preocupar com o Rasta também." A Ida falou que era melhor deixar as coisas rolarem, talvez pudesse ser apenas um encontro fortuito, uma vacilada que acontece com tudo mundo. Mudei de conversa e almoçamos discutindo assuntos dos cursos e combinamos ir ao encontro de organização da próxima Marcha das Vadias. Do nada, começamos a entoar o que vem se transformando em uma espécie de hino do movimento feminista: "Se cuidan, se cuidan los machistas / America Latina va a ser toda feminista." Combinamos de confeccionar uma faixa, com os dizeres que as argentinas estavam multiplicando na luta em defesa do aborto: "Tire seus rosários dos nossos ovários."

A incompreensão do presente nasce
fatalmente da ignorância do passado.
MARC BLOCH

Após a recepção da *Dignidad* ao General Augusto Pinochet, os trabalhos ficaram mais leves no gabinete do Conselheiro. Talvez por isso, meu chefe me chamou pra conversar assim que me apresentei. Disse-me que, antes de tudo, teria de fazer uma explanação sobre alguns acontecimentos da II Guerra Mundial, o segundo grande conflito de que participou: "O grande erro do *Führer* foi ter me colocado de lado. A ideia de invadir a União Soviética subiu a sua cabeça. Eu tinha dado o comando da assinatura de não agressão com Stálin. Só deveríamos ter declarado guerra aos soviéticos quando tivéssemos toda a Europa em nossas mãos, ocupado Londres, fôssemos donos da Islândia a Portugal. Salazar e Franco deveriam ser nossos servos. Antes disso, seria loucura abrir a frente oriental, mas aquele baixinho de merda achou que tinha capacidade para seguir sozinho, tendo sido eu quem o construiu. Nem *arisch* ele era, e eu consegui escamotear isso de toda a *Deutschland*, mesmo sendo baixo, moreno e fraco." Bem que a Sra. Immocolata havia me dito que o Conselheiro quase mudou a história da humanidade.

Pensando bem, se foi ele quem montou a estratégia da guerra, como acabara de explicar, chegou de fato a mudar para valer o curso da história. Pelo que entendi, ele teria mudado ainda mais, mas o chefe-maior do Terceiro *Reich* descumpriu seu planejamento. A história poderia ser outra. O Conselheiro ficou mais de meia hora desenhando, numa folha de papel, os passos que ele havia orientado e quais foram as mudanças realizadas pelo *Führer*.

Até que criei coragem e pedi para ele dizer em que parte dessa história eu e a Sra. Immocalata entramos: "Quando Adolf viu que estava sendo encurralado, mandou um oficial vir falar comigo em *Auschwitz*. Queria buscar soluções para reverter o quadro desfavorável. Despachei o oficial falando que só daria novamente conselhos se Adolf garantisse que eu seria mandado com segurança para um lugar distante, que já havia planejado, construído e conhecido antes do início da guerra. Aqueles moleques tolos do *Putsch* não teriam sido ninguém sem a minha posterior tutela. Vê se pode, no início eles acreditavam piamente até em ocultismo! Se não fosse a nossa turma do *Völkisch*..." Fiquei tentando cotejar essas informações com as repassadas pela velha enfermeira italiana e pela Glória.

A formação da Colônia *Dignidad* também foi explicada. O projeto era audacioso: a guerra na América Latina se iniciaria a partir dos polos alemães construídos antes mesmo da grande guerra. O Conselheiro ainda explanou sobre o único momento em que tiveram alguns problemas: "Foi o tal Departamento 50, constituído por alguns chilenos corrompidos por empresas americanas que exploravam as diversas minas de cobre localizadas no norte do Chile. Mesmo com dirigentes e militares que permaneceram o tempo todo ao nosso lado, tivemos de encobrir alguns planos, como o de atacar dois lugares estratégicos: o Canal do Panamá, a partir de aviões decolados aqui mesmo de Parral e de Santiago, e as próprias minas que garantiam matéria-prima às indústrias bélicas americanas e inglesas." A história do século XX esteve sob o seu controle – e talvez ainda estivesse.

Enfim, aproximou a história de mim: "A Immacolata era freira e atuava como enfermeira da *Croce Rossa,* em *Auschwitz*. Ela não aguentava mais aquilo, até porque só tinha a autorização do governo alemão pra tratar os soldados arianos, o que eu mesmo considerava correto. Mas ela ficava com pena de ver aqueles prisioneiros judeus definhando a olhos vistos. E não entendia que era o preço que eles teriam de pagar por escolherem os caminhos da ganância e da nossa repugnância." Repugnância tenho eu desse verme, desse tipo de interpretação. Explicou-me ainda que foi a Sra. Immacolata que fez a sua cabeça para saírem daquele local. Segundo ele, a minha tutora chegou ao ponto de ameaçar cometer suicídio se não fosse tirada de *Auschwitz* e mandada para uma região fora dos combates. Como era visível o colapso da máquina de guerra alemã devido aos erros cometidos por Hitler, o Conselheiro tratou de livrar a própria pele e a da mulher que amava. Só não contava que eu apareceria no momento derradeiro da saída do campo de concentração: "Na saída do centro de carceragem, ela viu você sozinha do lado de fora dos galpões. Os soldados também não souberam precisar quem era você ou como você foi parar nua no meio da neve que caía sem parar." O relato contado, até esse instante, coincidia com o proferido pela Sra. Immocalata. Ou eles combinaram detalhe por detalhe o que me contariam ou há alguma chance de tudo ser verdade. Prefiro acreditar na segunda hipótese, até porque a primeira não me serviria para nada. Após essa explicação, o Conselheiro disse que, por ora, era tudo que tinha a me relatar. Com a frieza que lhe era peculiar, voltou à rotina do trabalho no escritório, como se nada tivesse acontecido. Ele só sai dessa condição quando fala da Sra. Immacolata.

Por volta das dezesseis horas e trinta, o Conselheiro me pediu para dar uma olhada na enfermaria. Queria informações sobre o estado de saúde do oficial Rudel. Fiquei feliz, aproveitaria para falar com a Sra. Immacolata sobre as informações que me começaram a ser dadas. Porém, ao adentrar no meu espaço de trabalho do turno da manhã, não pude dialogar com minha tutora, que estava a tratar de uma queimadura em um dos guardas da Colônia. Procurei então o quarto no qual estaria o oficial Rudel. Encontrei-o conversando com o Dr. Hopp. Ao me avistar, o médico responsável me fez um sinal para que esperasse findar o diálogo entre eles. Como não desconfiavam da minha aprendizagem da língua alemã, continuaram a conversar sem qualquer constrangimento.

Consegui entender quando o Dr. Hopp perguntou ao seu interlocutor qual era a coisa que ele mais sentia saudade dos tempos em que moravam na Europa. Eis a resposta: "Uma das melhores coisas da vida é comer morango. O fruto é o mais bonito que existe, o cheiro, ah, o cheiro lembra a minha infância, as tortas de morango que a minha avó fazia em *Hamburg*. Muitos morangos podem ser parecidos. Apenas em um local eu comia uns inigualáveis: nos arredores de *Auschwitz*. Eu mesmo fazia questão de ir pegá-los nas plantações quando tinha um momento de folga naquele *Konzentrationslager*. E olha que não eram dos mais bonitos, ainda mais com aquelas cinzas que os cobriam. Mas o sabor deles era impressionante, provavelmente o que mais me impressionou na vida. Até hoje, sinto o paladar daqueles silvestres em minha boca, colhidos e comidos ali no campo. Eu e um cabo que sempre me acompanhava nas andanças nos sítios vizinhos nem chegávamos a lavar aquelas maravilhas. Apenas os sacudíamos para sair a borralha que os cobriam. Nossa, até me emociono quando lembro desses belos tempos."

Não consegui aguentar aquela citação que acabara de ouvir. Tentei disfarçar na frente dos nazis, procurei sair daquela enfermaria o mais rápido possível. Desabei quando cheguei ao pátio externo. Se a Sra. Immacolata contou-me a verdade, aquela borralha era das cinzas dos corpos dos judeus mortos naquele campo. Poderia muito bem ser inclusive dos meus pais, dos meus familiares.

As meninas alemãs quase não davam atenção às servas ou às pessoas de passagem, as passageiras. Ao contrário, viviam nos tratando com desprezo. Mas a situação delas não era das melhores. Separadas dos familiares, só podiam ficar em companhia de crianças de suas idades e não estavam a salvo das visitas noturnas do Professor e companhia. Mais ainda, quando adolescentes, eram obrigadas a ter a primeira relação sexual com o comandante da *Dignidad*. E impedidas de conversar com qualquer homem sem a autorização dos chefes. Caso desrespeitassem essa norma, eram levadas à reunião da Assembleia.

Lembro-me de uma ocasião em que a Erika, garota de origem germânica, veio parar na enfermaria, um ataque de nervos; deveria ter por volta de uns doze, treze anos de idade. Não parava de gritar coisas em alemão, precisou de uns três soldados para ser controlada. Na época, eu não sabia a língua dos dirigentes, então, fiquei sem entender o motivo de tamanho desespero. A Sra. Immacolata foi a única a conseguir acalmar aquela criança, com uma injeção e algumas palavras de carinho e compreensão. Obviamente, após a garota apagar com o remédio na veia, perguntei à minha protetora o que tanto afligira aquela menina. Longe do controle dos vigias, a enfermeira contou aos prantos: "Essa pobre garota foi levada a participar da Assembleia. Não que ela fosse julgada, mas para presenciar ao sentenciamento de uma de suas colegas de quarto, que fora acusada de conversar às escondidas com um soldado alemão. A pena foi a mais terrível possível: sua colega seria violentada pelos mais de cem homens presentes na reunião para que nunca mais repetisse o ato. Todas as outras garotas do seu quarto também foram levadas para assistir à acusação." Assim estuprada, a jovem de dezoito anos de idade, não aguentou e faleceu em seguida. Como esses homens podem fazer tamanha maldade com suas próprias filhas?! Imagine então o que são capazes de fazer conosco...

E olha que a Erika era filha de um pai que ocupava alto posto na hierarquia da *Dignidad*. Por causa da acolhida na enfermaria, ela passou a trocar uma ou outra palavra comigo, quando os vigilantes não estavam no pé. Ela queria saber como as servas eram tratadas; afinal, para Erika, nada podia ser pior do que o tratamento dado às garotas alemãs. Passado algum tempo, ela me contou que, uma semana após aquela Assembleia, as garotas foram levadas ao subterrâneo da *Dignidad* e submetidas a choques elétricos na cabeça para esquecerem o que haviam visto. "Isso não tem lógica...", disse a ela, "... levam-nas para presenciar o horror, com a desculpa de que não sigam o exemplo da colega e, logo em seguida, lhes dão choques para esquecer o que antes não deveria ser esquecido. Não faz sentido." Erika respondeu que, por incrível que possa parecer, o lembrar e o esquecer faziam parte do mesmo processo: castigar em dobro para aumentar as chances de não fugirmos dos padrões estabelecidos. Mas, mesmo revoltada, continuava a defender o Professor, segundo ela, protetor de todos dentro da Colônia.

Isso me fez recordar de outro momento, vivido há anos. O governo chileno de Salvador Allende tentou realizar uma intervenção na *Dignidad*. Vieram alguns homens do Exército, a mando do presidente da república. Os alemães pegaram as armas que tinham ao alcance – e eram muitas – e ameaçaram matar quem tentasse invadir a Colônia. Mesmo as crianças receberam um revólver cada e foram posicionadas à frente de todos – apesar das humilhações e violências que sofriam, elas acreditavam para valer que deveriam defender a Colônia e o seu dirigente maior, Paul Schäfer. O clima ficou tenso na porteira principal, ao lado do rio, mas, no final, a tropa chilena recebeu ordens para suspender a operação. Até nós, servos, fomos armados com revólveres para defender a propriedade germânica – por óbvio, as munições, como em todos os treinamentos a que éramos submetidos, eram de festim. Sempre tive boa mira.

No caminho do crer e não crer
Vivo na dúvida do milagre
Entre as brumas da uva e do vinho
Sou eu quem destila o vinagre.
Caminho no chão em busca do céu
Num fogo e água que não tem fim
Porque não me esforço para acreditar em Deus
Esforço-me para que Deus acredite em mim.

SÉRGIO VAZ

Fato ou fardo? Destino ou maldição? Os atritos com alguns discípulos iniciaram-se ainda nas andanças com Joshua. Tantas foram as vezes em que ele teve de justificar o poder a mim revelado e reservado pelo Senhor por meio das visões, a posição de destaque que por Ele me foi dada dentro do grupo. O fato de eu ser a primeira a vê-lo ressuscitado também gerou invejas.

Dias antes de ser crucificado, Joshua me chamou para falar sobre uma sentença que, depois, quase toda a humanidade saberia, inclusive o próprio envolvido; mas, no que diz respeito a mim, somente o Filho de Deus e eu teríamos ciência: "Pedro há de me negar três vezes, e você há de privilegiar um de nossos irmãos, que não será bem um irmão no futuro." Na época, fiquei sem entender. Tal citação soava como uma dupla culpabilização, mais uma, por sinal. A negação de Pedro, de fato, sucedeu, como ele próprio chegou a confessar, posteriormente, aos prantos, para o grupo. Segundo ele, a negação deveu-se ao medo de ser pego para o papel de novo cristo nas mãos dos romanos e dos sacerdotes do Templo de Jerusalém. Nunca o repreendi por isso: o estranho seria não ter negado, e ser presa fácil para os algozes do seu Mestre. Com certeza, teria morrido bem antes de Tiago Maior.

Pedro assumiu a culpa e a vergonha pelo ocorrido; entretanto, acho que foi mais da boca pra fora, apesar das lágrimas, justamente para poder continuar no círculo de pregadores do Senhor. Por dentro, ele sabe que fez o que deveria ter feito no momento. Se outros não negarem Joshua no futuro, o problema será de cada um. Ou a responsabilidade, como o Filho de Deus sempre mencionava.

Em relação à parte que me cabe na sentença proferida, mesmo sabendo que seria cumprida, neguei-me a aceitá-la. Era óbvio para mim, no período em que a ouvi, que ou eu privilegiaria todos (o que deixaria de ser privilégio, portanto) e mudava o rumo de toda história, ou eu não influenciaria a trajetória de qualquer um deles. Pouco antes de os guardas irem prendê-lo, Joshua dirigiu as últimas palavras em segredo para mim: "Todavia, perdoo-te de antemão e de tempos já decorridos. O que fizeste e o que farás. Desde Eva, as mulheres são culpabilizadas por tudo o que fizeram e pelo que não fizeram. Tu seguiste e seguirás apenas o que vem do coração, e isso é o que interessa a Deus. Agora, vou-me." Joshua foi o primeiro e o último amigo das marias.

Fiquei sem jeito... Como fui tola... É claro que Ele soubera.

"Com todo respeito, irmãos, Joshua nos respondeu muita coisa, e tinha toda a calma do mundo e do céu para fazê-lo. Nós mostraremos essas respostas aos outros, mas o mais importante, talvez, não seja responder o que nos perguntam, e sim auxiliá-los a fazerem perguntas adequadas para que cheguem mais próximos de Deus", argumentei, com o objetivo de diminuir a ansiedade e a insegurança de muitos do grupo. Não seria tarefa fácil para nós pregarmos no escuro, sem a certeza sobre se teríamos as ferramentas necessárias para tanto. "Temos, porém, uma dificuldade: a palavra de Deus deve ser explanada em qual língua? Aqui, em Jerusalém, muitos falam aramaico, hebraico, grego, apenas para citar as principais. E nós não dominamos todas elas", perguntou e exemplificou Tadeu. Procurei fazer uma ligação com a importância da nossa própria interpretação das divinas palavras: "Deus pode falar na língua que quiser. O problema sempre estará na tradução humana."

O exemplo predileto a ser citado será a troca de "cabelo" por "camelo": "É mais fácil um cabelo passar por uma agulha do que um rico adentrar o Reino dos Céus." A substituição, na maior parte das vezes, seguiu determinados interesses políticos. Joshua se eximiu em algumas batalhas; exemplo: "A César o que é de César." A palavra de Deus não poderia se contrapor, naquele momento, à palavra dos dominadores. E os erros de tradução não eram raros; afinal, muitas línguas eram faladas em nosso território. Trocar "cabelo" por "camelo" não seria fato inusual. Ou alguém pode ter ouvido de forma equivocada. Os saduceus, homens de posses, achavam que a troca do termo foi realizada pelos fariseus, mas ninguém conseguiu provar. Por isso afirmo: o evangelho é uma espécie de reescrita do destino, de destino possível.

Se bem que o "A César o que é de César" foi-me, depois, justificado por Joshua: queria, a todo custo, evitar o banho de sangue presenciado por nós em Cafarnaum, quando um grupo rebelde decidiu se contrapor, sem as forças necessárias, às autoridades romanas. Crianças foram colocadas para serem devoradas por chacais, mulheres violentadas em praça pública, homens queimados vivos na entrada da cidade – o cheiro da carne humana queimada nunca me saiu das narinas. Ao perceber a armadilha em que foi colocado, não pensou duas vezes para declarar a autoridade dominadora: por que colocar em risco a vida de tantos inocentes que o rodeavam? Ser colônia tem dessas coisas.

Tomé tomou a palavra: "Temos de seguir a pergunta correta: mudemos de 'o que devemos fazer?' para 'o que a nossa fé e a nossa imaginação podem realizar?'. Não podemos cair na tentação de nos acovardarmos." Como convencer o povo de Deus de que estariam salvos no juízo final, se juízo houver? Muitos nos taxavam de loucos. Era, de fato, o que transparecia a quem não nos acompanhou na caminhada com o Filho de Deus. "O mundo mudou", é o que tentávamos explicar. "O Filho de Deus chegou e vós o fizestes partir" era a narrativa que melhor corroborava a primeira frase. O corolário, na cabeça de quem nos ouvia, para nosso desprazer, era: "Loucos são, farsantes talvez também o sejam." Por isso, minha persistência com os companheiros: "Não devemos idolatrar a dúvida, não podemos caminhar no aleatório."

Joshua foi um louco? Um visionário? Ou um sonhador?

Pedro sinalizou um ponto de fuga ao diálogo, às dúvidas: "O lugar da salvação estará entre o amor passional a Deus, imposto como condição à nossa felicidade, e a defesa de que tudo que vivenciamos foi por causa do desejo e da vontade desse supremo conduto." Na realidade, pouco espaço para fuga teve em seu raciocínio. Vai ver, estava certo: a passionalidade, quem sabe, seja o segredo da salvação. O salvo-conduto para o Reino do Senhor passaria por essa estrada. Lembro-me da ordem que Joshua nos pronunciou quando nos pediu, pela primeira vez, que fôssemos pregar sem ele: "Ide, não vos acanheis. Ide conquistar o mundo para o meu Pai." Não tínhamos como fugir. Ou até tínhamos, mas não queríamos. Enquanto não conquistávamos o mundo, a vida continuava: contínua e nua. O tempo não passa, nós é que somos passados para trás. A arte de tratar o tempo não estava sob o nosso domínio.

Por um lado, tudo o que transmitiríamos seria bizarro demais para se acreditar; por outro, seria bizarro a todos que nos ouviam que nada daquilo tivesse ocorrido. São tantos a falar o mesmo, deve ser verdade – ou loucura coletiva. Não gosto de cogitar a ideia de enganação.

Não há fatalidade. Há incúria. Ao menos, essa era a posição dos mais pragmáticos do grupo. Não há destino. Há ausências. Há a dor de perdermos nossos companheiros para que Deus ganhe a atenção dos outros filhos. A incomensurável dor será o alavanque das divinais palavras, até ali mal-ouvidas por quem deveria se salvar. O luto abatido sobre todos nós. Como se reerguer em meio ao horror? Tudo estava dado, mas o que dará tamanha sina? Será sério isentar-nos de culpa? Isentá-Lo? Existirá outra forma de tristeza, a divina, por exemplo? Não poderíamos nem deveríamos ter feito nada? Ou o grito de desespero teria de ecoar por séculos para dar razão ao Criador de tudo?

O manto de silêncio nos cobria naquele momento; porém, haveria de ser diferente. Sentia-me como quem levou uma surra da vida, cada drama, cada trama, cada testemunho teve e terá seu preço: o preço da vida de meus companheiros. Havia um problema de raiz: o futuro das palavras obterá preponderância sobre o dos homens que a disseram. A brutalidade das matanças saltará aos olhos. Era preciso tantas para tanto? A resposta seria perturbadora, melhor nem perguntar. E não se questionar, apenas seguir – ou escrever. A palavra estaria na dependência da minha caminhada. Joshua cansou de me alertar: "Vai, mulher. És a senhora a carregar o peso da sentença do meu Pai. És a concepção e a multiplicação." Não havia saída, não havia. Diziam, por aquelas terras, que sempre haveria uma saída: a entrada por qual entraste. Convém admitir que a entrada não foi das melhores. Não nos foi permitida escolha, força do destino. Destino de sangue, cruz e forca.

Só não era passiva quando queria registrar algo. Gostava de escrever no calor do momento e do tormento. O evangelho se constrói desse modo, sem modas ou divinas ilações em nossos ouvidos. Devemos controlar a voracidade e nos atermos à veracidade dos fatos. Tudo bem, segui alguma base deixada por Joshua e fiz as minhas próprias sustentações. Ele teria orgulho de mim! Porém, reclamaria de não acreditar em nome do Pai. Faria alguma parábola a mostrar-me a dificuldade de se navegar em obscuro mar. Prefiro assim, uma nau frágil a lutar contra as tormentas. Náusea.

O momento de maior provação que Joshua e eu passamos foi em nossa gravidez. Desde o início da concepção, sucederam-se várias dificuldades. Havia a inexperiência de um novato casal, recém-unido nas andanças da vida. Não sabíamos como agir. Louvamos quando a simples desconfiança de uma gestação se confirmou com o crescimento do meu ventre. O que era alegria se transformou, passado um tempo, em martírio. As palavras parecem duras, mas são realistas. "Por que, meu pai, não me preparastes para isso?", esbravejou certa vez Joshua, sem precisar se estava a falar de José ou de Yahweh.

Mais ou menos no meio da gravidez, tivemos de suspender a pregação de vila em vila, exigência minha. E nem pensar em nos estabelecermos em Cafarnaum, ponto de encontro da comitiva do Filho de Deus, ou em Séforis, local de seus estudos. Exigi que tivéssemos nosso filho em Magdala, com meus pais a nos apoiarem, inclusive com as posses que tinham. Nesse instante, a segurança era inevitável, as poucas moedas e alimentos angariados por Joshua e seus seguidores nas comunidades poderiam não ser suficientes caso necessitássemos de maior estrutura. Apesar desse cuidado, o parto não chegou ao seu final. As dores se aprofundaram a partir da metade da gestação, e não havia erva que as sanasse. Pensei que teria uma vida fácil por estar a gestar o neto de Deus, mas a realidade mostrou-se contrária. Meu companheiro chegou a proferir que preferia que eu não estivesse grávida a me ver sofrer daquele jeito, com risco de ambas as mortes. Do feto, e da mãe. E do pai. Num momento de maior desespero, Joshua procurou uma curandeira para me salvar do penar. A sentença daquela mulher foi certeira: "Caro homem, tens de tomar rapidamente a decisão. Deixamos a mãe morrer junto com a criança ou salvamos a sua companheira e daremos um fim ao prosseguir do sofrimento? O que ela carrega dentro de si não ganhará vida, nem que haja um milagre." Joshua tinha previsto que eu não morreria naquele momento; todavia, na dúvida, optou por me dar a chance de continuidade. As raízes receituadas expeliram a criatura que estava em meu ventre, de uma maneira quase natural. Aquela mulher decidira pela minha sobrevivência, mais rápido e com mais competência do que o próprio Filho de Deus.

O feto acabou saindo sem a formação completa. Obra do diabo, talvez. Obra do acaso, possivelmente. Deus não falou nada durante o período do meu sofrimento. Cheguei a perguntar isso a Joshua. A criança não resistiria mesmo, era quase certo. Quase. Mas o que é o quase para a onipotência divina? Por que me colocar a toda essa prova? Desnecessário. Ao pegar aquela criança ainda em formação que saiu de dentro de mim, a parteira passou-lhe a Joshua: "Toma, essa é também a tua cria." Ele ficou imóvel, seus olhos paralisavam-se naquele quase ser, na quase vida, no quase nada. Só após um ano desse fato, desse feto, desse quase neto de Deus é que consegui continuar a pregar. Nunca mais cheguei perto da procriação. Nem do afeto.

E de tanta que pecou
Da maior à mais pequena
Aquela que mais amou
Foi Maria Madalena.
(trecho do fado Maria Madalena)
LUCÍLIA DO CARMO
[GABRIEL DE OLIVEIRA, AUGOSTO
GIL E FERNANDO FREITAS]

Quase um mês de rolo com o Marcelinho. Existia a possibilidade de engatar um namoro e era provável que meus pais apoiassem a relação. As amigas e amigos, de modo geral, também receberam bem o nosso lance. A única que ficou perturbada foi a Ivana, uma loirinha gaúcha que faz História com o Marcelinho, mas, dessa aí dou cabo rapidinho. Em qualquer oportunidade que tiver virá com tudo pra cima dele, eu sei disso. E o pior é que tô ligada que ele também é caidinho por ela. Mas se ela vacilar, eu arrumo uma confusão pra tirar essa vacilona do caminho. O que é meu é meu, porra!

O deu ruim da Cleide na Inglaterra, se não era inesperado, surpreendeu a todos. Não, não foi uma contradição o que acabei de falar. Em nenhum momento ela passou alguma mensagem falando que havia se fodido, que pretendia retornar ao Brasil. Pensando bem, ela é orgulhosa. Combinamos de almoçar juntas no bandejão. Estávamos no meio do semestre letivo, ela não tinha como cursar disciplina. Pediu para falar apenas comigo, respeitei seu desejo.

Quando cheguei ao bandex, demos um perdido no restante do grupo e fomos sentar numa mesa afastada. “Madá, se eu não estivesse mesmo precisando, tá ligada que não iria te pedir isso..." Procurei acolhê-la, sabia que ela não estava de sacanagem. "Não tenho cara pra voltar a morar com a minha mãe, perdi minha vaga no Bloco B e estou sem grana pra pagar aluguel..." Ela nem terminou a explicação, e eu já me prontifiquei a auxiliá-la: "Claro, você pode morar comigo, no meu quarto que está de certa maneira vago. Preciso apenas pedir autorização aos meninos." Seria um pouco constrangedor, a realidade era outra agora. O Marcelinho e eu estávamos namorando, a minha cama coube apertadinha no quarto dele, enquanto o meu dormitório ficou como uma espécie de minicozinha do apê que, pelo visto, seria desativada. "Nem se preocupa, durmo na sala mesmo. Mas saiba que serei hóspede irregular, por enquanto. Nem tenho certeza se poderei concorrer novamente à moradia." Os meninos, provavelmente, não colocariam obstáculos, mesmo o Rasta, que ficou arrasado e chateado com a aventura dela em Londres.

"Lembra que te dei um toque sobre o fato de haver um carinha coladinho à sua parede..." Hoje eu estava rápida: "Sim, era o Marcelinho, agora eu sei." Sorrimos. E ela ainda recordou outro fato: "Então, e olha que naquele dia eu estava louca pra te pegar, e peguei. Porém, eu sempre soube que o loirinho seria o homem da sua vida", e gargalhou. "E a mulher da minha vida, por acaso é você?", tirei uma. "Quem sabe, se o Marcelinho deixar..." Abusada essa Cleide. Resolvi mudar de assunto: "E como vai fazer para se virar? Tem como voltar pro antigo trampo?" Ela disse que seria complicado, a empresa havia contratado outra funcionária para o seu lugar, fora que pegou mal a história do seu envolvimento com um companheiro de serviço. "Estou no maior perrengue e pensando seriamente, enquanto não arrumo um trampo fixo, em fazer um corre como o que você e o Marcelinho fizeram no início da faculdade." Essa menina! "Não me vai dizer que está pensando em produzir *pizza* ou montar uma conveniência no 502? Os meninos me matam se eu falar isso depois pra eles." Seus planos eram menos impactantes: "Nada disso, miga. Vou apenas fazer uns pães recheados, iguais aos que você fazia. Mas pra isso terá que me passar a receita e me ensinar. E fique tranquila, não venderei no apartamento de vocês, não. Vou de porta em porta oferecer e fazer até uns menores para vender na História." Garota forte essa, se vira com o que não tem, pensei.

Preferi falar com os meninos em conjunto, para evitar que o Rasta ficasse com dúvidas. Perderíamos a tal minicozinha adaptada ou a Cleide dormiria no sofá da sala. O bom senso falou mais alto: ela ficaria no meu quarto. Só com as roupas numa pequena mala, não teve dificuldades para se mudar. Combinamos até de comer *pizza* para comemorar a chegada da nova moradora. Como o Rasta está pegando a Ida, ou a Ida está pegando ele, não houve qualquer tipo de constrangimento.

"Até agora não acredito que o golpe realmente aconteceu. Lá na Inglaterra, os intelectuais ficaram possessos com isso. E aguentar esse tal de Temer é de lascar." Não era só a Cleide que não acreditava, nós também não. Em 1964, as fardas ditaram a moda. Em 2016, as togas bateram o martelo. Semelhantes assim, dois golpes, duas platitudes, a mesma mediocridade. Não se deve, não se pode reformar as bases da desigualdade que tanto orgulho traz aos poucos detentores do poder. Nessa terra, a escravidão, a violência, a repressão e a exploração são símbolos nacionais a serem defendidos com unhas torturadas e dentes quebrados dos trabalhadores. Armaram as leis, justiciaram a democracia ao bel prazer, ao léu, aos leões dos castelos, casernas e casas-grandes. Leões-de-chácara e capitães-do-mato sempre fizeram o serviço sujo. É a tônica nacional, para o mal ou para o pior. O bem tratado com desdém. Os senhores-de-engenho, os senhores-de-bem não autorizam nem o réquiem. Haverá saída?

"E a repressão aos movimentos sociais só aumentando. Foi aberta formalmente a temporada de caça aos indígenas e quilombolas. Qualquer policial da esquina ou jagunço, o que dá quase na mesma, está com licença governamental para matar. Como se dizia na época do Rasta, nos idos do século passado, tá tudo dominado, Executivo, Legislativo, Judiciário e o braço armado do Estado", exemplificou o Marcelinho. "Idos do século passado do seu cu, antes que eu me esqueça", objetou o Rasta que, logo em seguida, decidiu mudar de assunto, talvez com a sede de vingança dos vitoriosos: "Mas conta aí, Cleide, qual foi o caô com o gringo?" Era tudo o que a Cleide não queria falar, mas não teve jeito: "O amor acabou nas duas margens do Tâmisa. As águas caudalosas nos fariam afogar se tentássemos novamente adentrar aquela corrente que rumava ao nada." O Rasta se saiu com uma do tipo: "Pelo visto voltou poetisa da Inglaterra. Agora vai, joga a real." Ela abriu o jogo: "Porra, encenei pra caralho pra falar de maneira pomposa a merda que deu e nem consegui disfarçar. Olha, não ocorreu nada demais, apenas vi que não era nada daquilo...", no que foi cortada pelo Marcelinho: "É que esses ingleses gostam mais de cavalos do que de mulheres." "... Nada, eu nem sei do que eles gostam. Mas os caras lá são muito frios. E pra ficar abandonada, desrespeitada, tratada como um ser de segunda categoria, quase uma escrava sexual, preferi dar um pé naquele babaca. Até porque o custo de vida em Londres é caro demais. Eu pagaria uns 600 *pounds* pra alugar um quarto vagabundo e em Greenwich, na perifa londrina. Como não continuaria trampando e trepando com ele, o que me sobrava eram uns trampos nos *fast foods* da vida, que pagam mal pra caramba. Tô fora! Melhor voltar pro meu país e terminar a facul."

Tentei contemporizar: "Mas deve ser bacana uma experiência no exterior, eu mesma nunca saí dessa bosta. Conte aí as coisas legais que curtiu ou viu." A minha amiga pensou um pouco, talvez refletindo sobre os pontos positivos deixados de lado até esse momento na sua avaliação: "Deu pra treinar bem um pouco do inglês, sobretudo a parte da conversação. Os cursos aqui do Brasil focam muito na gramática, lá pude praticar o inglês do dia a dia.

E deu pra planejar um mestrado na SOAS, a *School of Oriental and African Studies*, da Universidade de Londres. Aquilo é um mundo. Os caras têm uma pá de licenciaturas em Estudos Africanos ou Asiáticos. E a seleção é bem tranquila, pelo que me disseram."

Como pretendo pesquisar na área da Literatura Africana e Afro-Diaspórica, pedi a ela que explicasse melhor sobre a SOAS. Antes disso, entretanto, o Rasta comentou: "Vocês viram que abriu uma Licenciatura em Estudos Africanos e Afro-Brasileiros na Universidade Federal do Maranhão, terra da Maria Aragão? É na área de Ciências Humanas, com uma abordagem interdisciplinar. Fiquei sabendo pelo Rubens Baldini, que acabou de se formar em História na FFLCH. Ele acabou de prestar o Enem para tentar entrar nesse curso, inédito no Brasil. Porra, quem teve a ideia de criar um curso desse deve ser muito foda." O Marcelinho fez uma leve cara de concordância. A Cleide continuou: "Legal, não sabia dessa iniciativa. Na Europa há vários cursos como esse, na graduação e na pós. Quando eu terminar a minha graduação aqui na USP, tentarei prestar na SOAS. Mas, para tanto, vou precisar conseguir uma bolsa. Com esse governo golpista, será complicado." Quem sabe eu não siga o mesmo caminho... Gostei da ideia, só não vou comentar por enquanto; apenas tirar uma dúvida: "E tem algo na área da Literatura Africana?" Ela respondeu que sim, deu a entender que são várias alternativas de entrada no curso superior em Estudos Africanos. "Há inclusive escritoras famosas de países africanos ou afro-americanos, afro-ingleses que desenvolvem suas obras literárias estudando nessa faculdade." Já pensou, a Madazinha desenvolvendo seu primeiro romance nas terras da rainha? Não custa sonhar, né?! Na realidade, custa: 600 *pounds* só o quartinho! Mas quem sabe não haja moradia estudantil na Universidade de Londres... E terra da rainha o escambau! Terra do *Sex Pistols*, *Stones*, *Smiths e Deep Purple*.

Para evitar constrangimentos, a Cleide procurou deixar os meninos à vontade: "Valeu mesmo por vocês me deixarem morar aqui." O Marcelinho tranquilizou-a: "Relaxa, a Madá não precisava mais do quarto, já estava dormindo comigo." A nova moradora resolveu brincar: "E vocês podem ficar à vontade, andar de cueca, calcinha, vocês sabem que não ligo pra isso, ao contrário, adoooro." Rimos. "Falando nisso, nas últimas duas semanas, fiquei hospedada em um hostel, em *Elephant and Castle*. Os europeus não tão nem aí, ficam de cueca e calcinha nos quartos e mesmo nos corredores para irem ao banheiro. E ninguém se incomodava, eu mesma passei a ficar apenas com meus fios dentais no quarto", complementou a Cleide. O Rasta se animou: "Aqui você pode fazer o mesmo, não vamos ligar, não é Marcelinho?" "Não, o caralho!", falei em tom de brincadeira. Mas, com todo o respeito, serei sincera, também me animei em ver a Cleide como veio ao mundo, mataria saudades daquele corpinho. O foda seria o meu ciúme do Marcelinho. Ainda fui cair na besteira de contar da minha noite com a Cleide... Aí é que o homem ficou louco! Vive agora sugerindo, por entre as linhas, que poderíamos chamar uma garota para trepar com a gente. Quem sabe a própria Cleide...

Eu só ficaria emputecida se visse o Marcelinho ou a Cleide trocando olhares, fazendo um joguinho de sedução na minha frente ou pelas minhas costas. Se em alguma ocasião fôssemos trepar os três, isso teria de partir de mim.

Terminada a *pizza*, os meninos ficaram assistindo futebol na sala enquanto nós duas fomos pro meu antigo quarto, agora dela. Eu queria ver as fotos que ela tirou em Londres e saber mais informações sobre morar fora do país. Ela abriu o *notebook* e começamos a ver as imagens. Ao olhar as fotos, recordei do exílio do Caetano, na época da ditadura, da *London, London*. "E do jeito que o cenário político está recrudescendo, é bem capaz de termos de sair do país igual à geração das décadas de 1960 e 1970", comentei. "Agora, dá muita dó mesmo dos refugiados que chegam aos milhares todos os dias pelo litoral da Itália ou atravessando a Turquia. Porra, os EUA e a França, para citar apenas duas nações envolvidas, tocaram o foda-se no continente africano, incentivaram ou devastaram países como a Síria, a Líbia e o Iraque, e agora a União Europeia e os EUA lavam a mão em relação a esses refugiados, exilados pela fome e pela guerra", criticou minha amiga.

O sonho americano é o pesadelo das crianças sírias, iraquianas e líbias.

Nisso, o Marcelinho nos chamou pra sala: "Tenho uma solução para o Brasil. Deveríamos mudar seu nome para Arara." Ficamos sem entender nada. O Marcelinho continuou: "Praticamente exterminaram o pau-brasil, não há mais razão pra continuarmos com esse nome. Por outro lado, o pau-de-arara continua presente nas delegacias brasileiras, a torturar pobres. República Federativa da Arara." Dessa vez, o Marcelinho foi longe. A Cleide deu corda: "Os gringos já acham mesmo que existe arara, onça e macaco em tudo que é esquina do Rio de Janeiro. Não estranhariam a mudança do nome." Completei: "E o lema da bandeira poderia também ser substituído para 'Ordem ao Regresso.'" E seguimos com algumas outras maluquices, que não vem ao caso citar aqui. A Cleide e eu voltamos ao quarto e conversamos sobre outras coisas, até chegar ao assunto: sexo.

Outros virão para superar este momento cinzento e amargo em que a traição parece levar a melhor. Tenham presente que mais cedo ou mais tarde voltarão a abrir-se as grandes alamedas por onde hão-de passar os homens livres para continuarem uma sociedade melhor.

SALVADOR ALLENDE

Eu nunca chegaria ao ponto de defender o Professor, mesmo quando ainda não tinha consciência do que ocorria para valer dentro e fora dos muros da *Dignidad*. Fui iludida a acreditar que teria de fazer o que fosse necessário para proteger a instituição em caso de uma guerra, de uma invasão, mas daí a acudir o chefe das maldades desse local já era demais.

O fato de nós, servos, não estarmos submetidos às normas da Assembleia não queria dizer muita coisa. Era regra todos nós pagarmos pelo erro de um da nossa raça. Há cerca de um ano, um servo criado aqui se atreveu a fugir, após ser açoitado por um vigilante por não se prostrar ao Professor. Foi pego escalando os Andes, na parte sul da Colônia. O castigo, dado a todos: fomos levados ao campo minado, na parte oeste, e obrigados a andar até que estourasse o primeiro artefato. Não demorou muito até acontecer a esperada explosão. A vítima foi um velho servo, preso há cerca de uns dez anos por "teimar" em pescar no rio pertencente à Colônia. Fiquei com uma leve impressão de que ele sabia onde estavam escondidas as minas, foi convicto em direção à cerca. Talvez tenha feito isso para salvar outros inocentes. Ou quem sabe tenha cometido um suicídio induzido por outrem, o que também se pode considerar um assassinato, sei lá. O servo que havia tentado fugir ficou com tanto peso na consciência que se suicidou poucos dias depois.

Na realidade, são duas as coisas faltantes nesse lugar: consciência e existência. Percebi isso apenas hoje pela manhã, ao conseguir trocar uns dez minutos de conversa com a Glória, antes de ela ir descansar e eu iniciar o meu turno na enfermaria. "Todos que estamos na Colônia somos seres humanos não oficiais." Eu rebati, como pode falar isso? E os oficiais alemães que mandam e desmandam? Ela me explicou que não era esse o sentido do "não oficiais", nada a ver com patente ou posição hierárquica: "No fundo, somos todos parecidos, não importa se servos, dirigentes, passageiros ou colonos alemães: não existimos para o mundo exterior." Como eu praticamente não sabia o que era o tal mundo exterior, pedi que me explicasse melhor. "O mundo não sabe que existimos, simples assim. Nós, passageiros, fomos presos por motivos políticos e estamos desaparecidos para nossos pais ou amigos; acham que estamos mortos, e é provável que estejam certos. Você mesma, o mundo não sabe da sua existência. Talvez nem você mesma saiba. Desculpe a sinceridade. Muita gente aqui, como você, foi trancafiada e criada aqui, e desconhecem o que acontece no resto do mundo, mesmo no Chile. São seres sem registro, em muitos casos, até sem alma, nem Deus olha por vocês." Não gostei do tom da fala dela. "O meu Deus nos enxerga, não importa onde estejamos." Ela riu, esqueci que a religião não fazia parte de seu horizonte. A única ateia que conheci na vida. Glória não fez questão de se desculpar – falava daquele modo para ver se eu tomava consciência da situação em que vivia e lutasse contra aquilo. Ela prosseguiu: "As crianças e os jovens colonos acreditam que são de uma raça superior, o que é uma grande bobagem. São confinadas desde sempre, creem num mundo no qual os alemães são eternos vitoriosos, habitam um planeta que é só deles. Enquanto isso, o mundo também os desconhece. Mesmo em Parral, ninguém nunca viu esses fantasmas brancos fantasiados com roupas da década de 1930."

Mas e os dirigentes? A explicação veio com todo sentido: "Maria, minha amiga, os nazis também são seres não oficiais, entraram no Chile com nomes falsos para escaparem das consequências do Tribunal de Nuremberg, após a II Guerra Mundial. O governo alemão assumiu-os como mortos na guerra, mas esses fantasmas genocidas vieram para cá. Mantiveram-se escondidos aqui até o golpe de Estado. Com o Pinochet é que começaram a colocar as garras de fora. Mesmo assim, esses abutres costumam ir para Parral somente à noite, isso quando não mandam seus capachos mais jovens. Parecem ter muito poder nos dias atuais, mas vivem no limbo da História. São seres humanos não oficiais – se posso chamar esses homens de seres humanos –, cancelados para o restante da humanidade."

Ela decidiu me colocar contra a parede: "Não esperarei mais. Ou você e a Sra. Immacolata vêm comigo, ou agirei sozinha." Na realidade, quem estava segurando o plano da Glória era a velha enfermeira. Senti que a intenção era adiar ao máximo a tomada de decisão em relação ao envenenamento do Professor. Eu também tinha dúvidas quanto ao método; sabia que nós três seríamos assassinadas pelos demais dirigentes se matássemos o chefe-mor. Argumentei que estava reticente, não queria vê-las correr riscos: "Entendo seus motivos, como os tenho também em grande quantidade; mas poderíamos pensar em outro modo de matar o Professor, sem assinarmos nossa sentença de morte. Sinceramente, não ligaria muito se me pegassem, se me matassem, no entanto, a minha consideração por vocês duas me faz suspender a intenção da ação, por enquanto." Glória fez cara de poucos amigos, estava irredutível.

Pedi a ela que aguardasse um pouco mais, esperasse a resposta da Sra. Immacolata. Sem a ajuda da italiana, não teríamos como garantir a ação. "Não estou gostando dessa história. Não sei se você reparou, Maria, mas os medicamentos passaram a ser quase todos guardados naquele armário mais seguro, cuja chave fica apenas em mãos da sua protetora." Eu havia reparado, só não comentei com Glória. Sinal óbvio de que a Sra. Immacolata não concordara com o plano, e tentaria demover a garota do intuito.

Outro sinal era o fato de assumir o posto na enfermaria apenas após a saída da passageira do plantão e sair cerca de quinze minutos antes de sua chegada. "Não segurarei mais, e quero a sua resposta o quanto antes. Pense em tudo o que esse monstro lhe fez nesses anos. Repito o que lhe disse: assumirei sozinha a culpa e, se assim você o quiser, posso me suicidar e deixar uma carta assumindo o assassinato do nazi antes que me peguem. Com isso, não irão atrás de você e da responsável pelos medicamentos." Fiquei horrorizada com a fala: "'Se assim você o quiser', o que é isso, Glória?! Eu não quero que você tire a própria vida. Sofri o que sofri aqui dentro e não cometi suicídio. Por que haveria de querer isso a você?" Minha amiga continuou a me pressionar: "Então me ajude a implementar o plano!" Talvez, por força do calor do momento, da pressão sofrida, fui decidida: "Está bem, mas só se a Sra. Immacolata der o aval e nos auxiliar."

Tive convicção na hora em que dei a minha palavra, mas isso passou assim que Glória saiu da enfermaria. Antes de sua partida, porém, quis tirar uma dúvida com essa conhecedora do mundo pós-muros: "Nos outros países há tanta violência e iniquidades como verificamos dentre os 'nossos' alemães e os soldados chilenos que nos visitam, sobretudo na madrugada?" Ela procurou mostrar uma visão crítica sobre a formação das nações e um pessimismo em relação à própria humanidade. E completou: "A violência não escolhe geografias, seus praticantes desenham-nas ao bel prazer. Os traços das fronteiras tornam-se marcações feitas a lápis, para serem apagadas por borrachas de interesses dos poderosos. As fronteiras são desenhadas em guardanapos durante rega-bofes, em geral, com configurações triangulares para cada um ficar com suas moedas." Eu estranhava aquela análise: "A geografia que aprendi na escola da Colônia passou ao largo desse tipo de explicação", disse a ela.

"Por isso que eu te falo, Maria, não devemos acreditar nem dialogar com fascistas. Temos que combatê-los com a mesma violência com que nos atingem. Caso contrário, o mundo corre o risco de virar uma grande Colônia *Dignidad*."

Como o trabalho estava tranquilo, falei à Sra. Immacolata sobre a concordância em participar do envenenamento de Paul Schäfer, desde que ela também aceitasse participar. Ela ficou possessa. "Ficou louca, *figlia mia*! Não a deixarei, em hipótese nenhuma, compactuar desse ato impensado. Em hipótese nenhuma, *caspita*! Onde já se viu?, matar o maior dirigente da Colônia! Que decepção. Você quer virar uma assassina?" Nunca a vi naquele estado de raiva. Ela entrou rapidamente na sala do Dr. Hopp e foi, em seguida, para fora da enfermaria. Voltou apenas próximo ao horário em que saio para ir almoçar. E não se dirigiu a mim quando retornou. Saí pra comer sem também fazer qualquer outro comentário.

Estou almoçando com a Rebeca, quando viro o rosto para a janela e avisto Glória, do lado de fora, sendo arrastada por três vigilantes. Saí correndo ao encontro dela, empurrando o vigilante que estava prostrado na porta do barracão onde eram servidas as refeições. Assim que me viu, ela começou a gritar: "Sua maldita, você me entregou aos nazis! Sua maldita! Sua traidora! Por que fui confiar em você?!" O vigilante que eu havia empurrado veio por trás de mim e me puxou pelo pescoço, com um movimento de braço. Levaram-na ao Galpão dos Gritos.

"Maldita Maria Madalena! Sua Traidora!"

Poucos segundos após entrarem no Galpão, escuto uma rajada de metralhadora.

O milagre não é dar vida ao corpo extinto,
ou luz ao cego, ou eloquência ao mudo...
Nem mudar água pura em vinho tinto.
Milagre é acreditarem nisso tudo.
MÁRIO QUINTANA

Pedro iniciaria a ceia, como sempre, com seus pétreos sarcasmos: "Caros irmãos, vamos abrir as hostilidades." O fundo de verdade presente em suas brincadeiras provocava-nos risos. É provável que fosse o único momento em que nos acertávamos. Em geral, começávamos a comer com parcimônia apenas as palavras, não os alimentos. As viagens que fizéramos com fome haviam nos deixado com as marcas da falta. Quanto maior a falta, pior.

Um pensamento veio à minha cabeça, e quis dividi-lo com o grupo: "Logo Ele, que ajudou o pai de criação, mas não de procriação, a construir tantas cruzes, foi morrer em uma delas. Será que José e Joshua nunca tiveram crises de consciência no momento em que fabricavam as cruzes? Sou sincera, comecei a refletir sobre essa questão apenas após a morte do nosso Redentor." Mateus mostrou-se surpreso: "Sabia que o Filho de Deus e o seu pai terreno eram carpinteiros, sobreviveram desse ofício em Nazaré e em Belém, mas essa informação de que também construíam cruzes é nova para mim." Outros se mostravam pasmados, Pedro tratou de tirar o peso das costas do pai terreno e do seu filho de criação: "Não façamos qualquer julgamento por esse ato, eles eram apenas trabalhadores lutando pelo pão de cada dia. Cruzes fizeram, mas as sentenças de morte não foram assinadas por eles. E isso nada tem a ver com lavar as mãos." O grupo serenou-se. Talvez tenham ficado com a sensação de que eu estivesse a querer envenenar o Salvador com lembranças sem qualquer sentido naquele momento. Mas pra mim, sentido havia, afinal, Joshua sabia o destino das cruzes.

Nesse momento, lembrei-me de um escriba grego, que dizia: "As pessoas não podem salvar o mundo com mentiras." Mas até que ponto ocultar uma informação distancia-se da mentira? Era inequívoco que os produtos fabricados por José e Joshua não seriam lembrados por seus discípulos. Talvez, nem fizessem sentido tais recordações. Quiçá apenas gerassem interpretações distorcidas. Seja como for, o assunto da fabricação das cruzes morreu ali. Ufa!

Outras tantas razões ou desrazões atravessaram o caminho do Filho de Deus. Ao fazer o bem a alguém, corre-se o risco de fazer o mal a outros ou, como nesse caso, gerar revoltas pelo bem não ser estendido à totalidade dos filhos de Yahweh. O caso, em si, adquire maior relevância ao saber que foi o maior feito de Joshua: a nova chance de vida concedida a Lázaro. No meio da comoção, minutos após o homem ganhar vida de novo, um morador da mesma vila veio ao encalço do meu companheiro: "Peço-te de coração: restaura a vida do meu pai." O Redentor tentou convencê-lo de que não tinha poderes de trazer do vale dos mortos todos que passaram pela terra de Deus. A explicação não agradou o morador: "Por que escolheste Lázaro e não o meu pai para ressuscitar? Se é para ressuscitar, que sejam todos. Por que escolher a vida de alguns e não a de outros?" O caos foi geral, vários moradores, sobretudo os que tinham perdido há pouco os familiares, começaram a implorar por multiplicar a ressuscitação, tal qual havíamos anunciado a de peixes, semanas atrás, na mesma vila. "Não podes privilegiar apenas os que estão perto de ti. Isso não é justo." Lázaro ouvia tudo, atordoado, meio sem saber que lugar era aquele ou, melhor dizendo, que estranha manifestação era aquela. Devia estar com a cabeça em outro mundo ainda.

Os ânimos se acalmaram, ao menos em parte, quando Joshua utilizou a sua força de orador: "Bem aventurados os que têm fome e sede de justiça. Mas, dizei-me, de qual justiça vos falo? Dos homens? De Deus? Ou da minha própria justiça? Ou da justiça que quereis ouvir, falar e não praticar?" Pedro, Tomé e Judas também ousaram seguir com as alegações, em especial ao perceberem que o milagre tivera sua cota esgotada naquele dia.

Retornando à ceia, o foco continuou em Joshua. Mateus colocou uma questão ao grupo: "Certa vez, nosso Mestre confidenciou-me que, desde garoto, era seguido por passos e sombras, ouvia vozes com frequência. Maria e José ficavam muito assustados com esses relatos. Os pais desconfiavam que o filho tivesse alguma doença; o guri imaginava serem demônios a segui-lo. Por algum acaso, Ele chegou a conversar com algum de vocês sobre isso?" Fiquei quieta. Esses sentimentos continuaram a incomodar o meu companheiro também na fase adulta. Volta e meia, eu tinha de acalmá-lo durante a caminhada, explicar que não era nada, no máximo algum demônio a atentá-lo – falava isso a ele mais para dar vazão à sua espiritualidade, às tentações a que era disposto. E de demônios, diziam que eu entendia; chegaram a colocar sete em meu corpo. Mito comum para tributar as mulheres que se destacavam em suas localidades, discurso dos homens para nos desqualificar. Joshua tinha alguma cisma ou mesmo algum tipo de doença desconhecida à época.

O jovem João disse testemunhar algo parecido ao levantado por Mateus: "Sim, irmão, foram muitas as ocasiões em que o Redentor me chamou para lhe fazer companhia. Pude ver que Ele não gostava de ficar sozinho. Quando a sua companheira não estava perto, Ele recorria a mim. Certa vez, pediu-me para afastar as sombras que teimavam, segundo Ele, em atordoá-lo. Porém, eu mesmo nunca vi nada. Só optava por não contrariá-lo." Refletindo bem, demônios não poderiam ser, uma vez que eles fugiam dos corpos dos possuídos ao presenciarem o Filho de Deus.

Com o tempo, fui aprendendo a separar as visões das versões um tanto esquisitas dos comunicados do meu companheiro. Procurei até uma ajuda junto a um mercador de ervas, em Magdala, para ver se conseguia dar um basta nesse mal que assolava o Filho de Deus. A sugerida pelo comerciante foi uma erva que devia ser enrolada numa folha, acesa como um incenso e fumada dentro da barraca antes de dormir. Aquele cheiro me causava mal-estar e certa tontura, por isso, na maioria das vezes eu o deixava só na barraca, nesta hora. A sua sensação de relaxamento era constatada poucos minutos após o uso. Ah, sim!

O diálogo continuou sobre a possibilidade de o Filho de Deus ser perseguido a todo instante por demônios. Pedro, porém, tratou de colocar um basta naquilo tudo: "Esses queriam era distância do Redentor. O que o nosso Mestre sentia era dificuldade em separar o mundo terreno dos terrenos do Céu. Dava-se nesse limite a confusão." O argumento não era tão sólido, mas foi o suficiente para aqueles homens voltarem seus esforços para a comida à mesa.

Tínhamos o costume de, ao final da refeição, tecer considerações sobre a importância da ininterrupção da nossa fé. No fundo, contávamos histórias a nós próprios para continuarmos a viver. Acho que todo ser humano assim o faz para seguir suas andanças. Nessa noite, o escolhido era Mateus: "Nosso Mestre nos dizia que deveríamos ser qual uma tempestade que se libertou, um grito de amor. Mas nem tudo são flores. A tempestade passa, o amor acaba, e a maré baixa chega. Nesse momento é que temos de utilizar nossas forças para que as pessoas reconheçam a presença do Senhor. Quando a colheita é farta, fácil se torna o agradecer. E quando falta? Quando a praga ataca a lavoura é que a prova na adoração a Deus entra em questão. E como ex-coletor de impostos, afirmo-lhes: eles serão cobrados de qualquer maneira. Seja pelos homens, seja por Deus." De costume respeitoso, Tomé discordou de parte da argumentação do orador: "Desculpa-me citar um ponto falho na análise. Quando o ser humano está mais fragilizado, deixa de lado seus escudos e segue quem lhe promete a salvação, o que não foi o teu caso, muito pelo contrário, irmão Mateus." Os dois pontos de vista faziam sentido.

Nos primeiros meses após a crucificação, ficávamos costumeiramente a refletir sobre a seguinte questão: o mundo ficara melhor ou pior desde a passagem do Salvador por essas terras? É certo que sentíamos nostalgia dos tempos em que tínhamos a sua companhia. Mas teríamos de compreender que éramos seres humanos deste mundo novo, não éramos nem tão novos para descompreendê-lo, exceção feita a João, nem demasiados velhos para tantas novidades. Na medida. Na medida da nossa responsabilidade. Incrédulos com as boas-novas trazidas? Talvez. Não presenciaríamos o novo Reino dos Céus na terra, ao menos no otimismo pregado pelo Filho de Deus. À morte? Aí é outra história.

A religião não pode errar ao prever o futuro e estar certa ao analisar o passado. Ou consegue realizar as duas ou nada feito. São as profecias que a movem. Não podemos ficar a dar palpites sem qualquer base de certeza, isso se chama engodo. O *ceteris paribus* se aplica apenas aos romanos e seus paganismos. As variáveis do futuro são mutáveis. Por outro lado, não devemos olhar para o que aconteceu e afirmar categoricamente que foi assim ou assado.

É tão difícil rever o passado quanto prever o futuro. É tão difícil prever o passado quanto rever o futuro. Meu companheiro era um profeta do porvir. Nós, ao falarmos sobre suas andanças e sentenças, corremos o risco de nos tornarmos profetas do passado. Fico a pensar sobre o que teria acontecido caso o Filho de Deus não fosse perseguido e crucificado. Se, por obra do acaso e a contragosto de Yahweh, Pôncio Pilatos não fosse seduzido para optar por autorizar o assassinato de quem era acusado de sedição, provavelmente o meu amor teria vivido comigo, teríamos filhos. Sem o trágico martírio, não ficaria tão conhecido, teria uma vida desprovida de grandes inimigos. Suas palavras, sem a desgraça, perderiam fôlego. Os seguidores do Nazareno talvez seríamos poucos. Não é deselegante comentar que Joshua teria morrido como um carpinteiro, como um filho de carpinteiro e não como o Filho de Deus.

Sim, a desgraça o fez. Essa é a graça da História.

E serei sincera: considero que os romanos tomaram uma posição equivocada. Em vez de lavar as mãos quanto à sua crucificação, deveriam tê-lo catapultado a uma liderança mais forte. Não sei como nunca pensaram nisso, tão básico. Afinal, o viés pacifista de Joshua, incomum por muitos séculos naquelas terras, poderia ser um contraponto às revoltas judaicas ocorridas na época. Os romanos só foram entender isso anos depois, quando eclodiu a Grande Revolta Judaica, comandada pelos zelotes – em nosso grupo tínhamos um zelote, é bom recordar, o Simão. O imaginário popular judaico aguardava um Messias guerreiro, que expulsaria os dominadores da Judeia e adjacências. A estratégia romana foi certeira, apesar de atrasada em algumas décadas: recuperar e fortalecer a figura de um Messias pacificador, um tipo que oferecesse a outra face. Impiedade aos revoltosos, mais espaços abertos aos seguidores do Messias bonzinho e pacato que se contrapôs inclusive aos comandantes do Templo.

Certa vez, Joana me perguntou se eu sentia algum arrependimento na vida. "Por que estás a fazer essa questão?", devolvi. "Por nada, não, é que os homens nos passam a mensagem de que nós, mulheres, somos as eternas culpadas de tudo. Isso me incomoda", explicou. Disse a ela que nunca tive motivos para me arrepender de nada, mesmo que os homens nos inculpem a todo momento. "Nem quando os demônios se apossaram do seu corpo?" Surpreendi-me com a inquirição, ainda mais vinda da minha amiga. Talvez fosse apenas curiosidade. Ou uma forma de desabafar sobre as taxativas que nós mulheres sofremos. "Lembro-me de que, ainda em Cafarnaum, quando um demônio ou algo parecido começou a dar sinais de sua presença, Joshua disse-me: 'Não tenhas medo, tampouco culpa. És vítima de um ataque. Se as pessoas falarem o contrário, não dês ouvidos'. Mais ainda, Ele me deu segurança ao mostrar forças para afastar a criatura que queria tomar o meu corpo e ao demonstrar que demônios me procurariam porque sabiam do poder que eu teria, da força da palavra de Deus que eu carregava. Mas deu-me garantias de que aquelas criaturas não se apossariam de mim."

Essa história dos demônios a se apossarem de meu corpo não passou de uma breve tentativa, mal sucedida. O problema foi Joshua e suas costumeiras hipérboles. Toda vez que eu me irritava por algum motivo, ele brincava: "Isso é fruto dos sete demônios que tomaram o teu corpo em Cafarnaum, mulher." Tamanha blasfêmia! A troça do meu próprio companheiro, pelo visto, transformara-se em mais uma marca. Tenho certeza que alguns desavisados a registrarão ao pé da letra e vão acreditar nisso e espalhar por aí essa história como verdadeira.

Tantos homens na caravana-comitiva do Filho de Deus e apenas três mulheres: Joana, Suzana e eu. Quais eram os motivos para tão pouca presença? Respondo com perguntas: O que é caminhar sem saber o que irá encontrar no próximo vilarejo? O que é dormir em tenda, quando tenda há? Talvez outras mulheres não teriam ido. Ou iriam obrigadas. Eu fui. De livre e espontânea vontade. Estou arrependida? Não. Voltaria a fazer a mesmíssima coisa? Voltaria. Quando não quero, salto. Não saltei. O que haveria do outro lado? Ainda busco saber, mas não saltei. De onde vinha a força para continuar? Não sei mesmo. Pergunto-me a toda hora. Gostaria que alguém me explicasse. Tenho pra mim que vinha do amor. Do nosso amor. Uma apetência de viver ao lado do meu companheiro, uma lucidez sem ter a certeza se a luz divina chegaria ao final. O que aconteceu dentro de mim para eu ser aquilo? O normal era ter saltado fora antes de qualquer caminhada, como tantas assim o fizeram, abandonar aqueles homens que nos abandonavam por estarem a adorar um novo Messias. Não sei explicar o porquê. Há qualquer coisa que me ultrapassa. Afinal, continuei-o a fazê-lo após a ultrapassagem do Redentor ao outro Reino. Vai ver, era um pouco de teimosia da minha parte, um sonho de verão juvenil. Ou um carma. Ou um desejo individualista de salvar a todos. Inevitavelmente, me tornaria santa ou demônia.

A contradição ou a dificuldade de encarar o mundo novo não deixaram de atacar o Filho de Deus e seus apóstolos e discípulos. Ele incentivava seus seguidores a contraírem relacionamento com as mulheres, apesar de aversões sobre o assunto vindas de Pedro. Mas, contra a minha vontade, Joshua atribuía às mulheres alguns dogmas que nos marcaram até o fim daqueles tempos. Exemplo disso foi uma de suas falas, registrada por Lucas, soltada aos quatro ventos por Paulo (*a posteriori*) e evangelizada por Filipe: "Não temais a carne, nem a ameis. Se a temeis, ela ganhará domínio sobre vós. Se a amardes, ela vos irá engolir e paralisar." Paulo repetia esse preceito por onde pregava; incoerência da parte dele, é lógico, uma vez que ele era a pessoa que mais temia a carne, que conheci. Se prestares atenção, a carne referida pode ser sinônimo de demônio. Tenta trocar um termo pelo outro e verás que o sentido continua o mesmo. Lembro-me, até hoje, porém, de um preceito contraditório citado por Joshua, em forma de brincadeira, durante uma das diversas ceias. A iguaria servida era uma ovelha cozida: "Eu nunca rejeitaria os prazeres da carne, não há necessidade de termos ascetas em nosso grupo. Mas ficaria muito feliz se algum dos nossos irmãos negasse a carne nessa noite e a repassasse a mim. Faço-me merecedor, e não apenas porque sou o Filho de Deus...", e arrematou, "... A carne é fraca, e a tentação é forte."

Um dia, questionei meu companheiro: "Não tens motivos para temer a minha carne, mas também não o tens para não amá-la." Esperto que era, jogou uma a me corar: "Trata-se apenas de uma tola parábola. Adoro ser engolido por tua carne e meu espírito fica paralisado quando tal fato acontece." Para sair do incômodo comentário, chamei-lhe a atenção: "Pregas o respeito às mulheres, mas vives a reproduzir marcas a elas. Marcas de culpa. De traição. De deslealdade. Reflete sobre isso." Sem querer dar continuidade ao assunto, saiu-se com o corriqueiro: "Podes deixar, vou tomar mais cuidado." Em seguida, contudo, veio com um argumento repetido de que os homens dessa época não estavam preparados para abrir espaços às mulheres: "Se fosse uma de vós a andar sobre as águas, diriam que o fizestes de teimosia, ou porque ficastes com preguiça de nadar ou porque o diabo as guiou. Dai tempo ao tempo." Após a crucificação, e sua falta a nos apavorar, não cheguei a dar-lhe razão, porém compreendi sua explanação, mesmo discordando do conteúdo.

Homens como Pedro e Paulo tratavam-me sempre com desdém, como a carne fraca, a que, em qualquer momento, os demônios haveriam de possuir. Só que, no fundo, sabiam que o que estava em jogo era o espaço de poder após a morte do Redentor. Nem pensar em deixar uma mulher no controle. Desde que Ulisses mandou Penélope se calar (ou desde antes), às mulheres é reservado o lugar do silêncio. E ai de quem não aceitar esse código de conduta.

É preciso estar atento e forte.
Não temos tempo de temer a morte.
CAETANO VELOSO

"No princípio, era o verme." Com essas palavras, iniciava-se a peça encenada pelo João-Grandão. E a fala era dele. Uma releitura do que poderia ser o início do mundo, em suas versões criacionistas e evolucionistas. Deus *versus* Darwin. Religião *versus* ciência. Gênesis *versus* genoma. Por outras palavras, o debate mais em voga no mundo desde o final do século XIX. Serei sincera: não gostei da encenação, caíram no clichê de algumas peças já encenadas na ECA – atores e atrizes pelados, circulando no meio do público, e umas tiradas religiosas batidas, cópias chinfrins de narrativas rodrigueanas.

Ficamos até o final apenas por respeito ao João-Grandão. Um homem daquele tamanho com um pênis tamanho M (ô maldade!)! Vazamos do teatro em direção ao Crusp assim que o espetáculo sem espetáculo terminou. Havíamos combinado de passar no apê daquele João e da sua namorada, Rute, para comemorarmos com eles a estreia de suas carreiras artísticas. Como eles demorariam um pouco mais do que nós, pedi ao Marcelinho para passarmos no 502. Eu precisava substituir meu absorvente, o sangue dessa vez veio com tudo.

"Tive uma primeira impressão de que a peça seria de alto nível, mas achei que o grupo não conseguiu trabalhar com a temática. Certamente, por ainda serem estudantes, amadores, faltou-lhes uma qualidade técnica maior", criticou o Marcelinho. Pelo visto, a minha avaliação foi parecida com a de outros. Falei algumas bobagens, e depois tratei de dar as boas-novas: "Olha, Marcelinho, não sei se vai rolar para valer, essas coisas são complicadas, mas a Cleide sinalizou topar fazer o *ménage* com a gente." Caraca, nunca vi ninguém com a cara tão feliz! Como esses homens perdem a razão quando se aventa a possibilidade de uma transa com duas mulheres ao mesmo tempo. "Sério?! Mas lembre-se que você é a minha princesa e sempre será. Não irei trocá-la por outra, somaremos, mas apenas se você se sentir confortável." Até esse momento, não havíamos sugerido ter a Cleide de maneira fixa. Procurei não me posicionar sobre esse assunto, tinha dúvidas se a ideia era boa ou má, disse apenas que ainda precisava preparar um pouco o terreno, amadurecer o plano, deixar todo mundo mais seguro. E além do mais, eu estava no final de uma menstruação, o plano teria de esperar. Ele concordou, não era bobo.

Fomos ao encontro do pessoal para festejarmos a encenação. Da porta do elevador, já dava para ouvir a música do apartamento do casal debutante. O Rasta estava no comando do som – teríamos uma noite de rock clássico e dos bons. Não ficaríamos tanto tempo assim, tomaríamos umas três brejas cada um e iríamos dormir. Meu namo teria aula na Faculdade de Educação na manhã seguinte, enquanto eu teria uma reunião no Núcleo de Consciência Negra.

A Ida não saiu do colo do Rasta, aproveitou que o Pedrão não havia colado na festa. O João-Grandão e a Rute bebiam e dançavam sem parar. O Marcelinho foi ao banheiro; nisso, o casal que estava dançando se aproximou de mim. "Queria ser desencanada como vocês atores. Nem me imagino ficar pelada na frente de um público." Eles riram. O João resolveu irritar a namorada: "Meu pênis me dá a segurança para atuar nos palcos brasileiros. Se ele fosse pequeno, teria feito História, igual àqueles dois ali", e apontou para o Lorde e o Rasta. Fiz cara de quem não havia concordado com a assertiva; a Rute, por outro lado, ficou puta com a gracinha machista e disse que ia pegar no quarto uma garrafa de cachaça mineira que sobrara da noite anterior, até o Danton chegar com as brejas... Nisso, o João me chacoalha: "E aí, gostou do que viu?" Começo a comentar que a peça foi bacana, paraliparalá, não desestimularia os meus amigos, no que fui interrompida: "Não estou falando da peça, mas do meu pau." Olhei bem pra cara dele e ia falar um monte, quando o Marcelinho se aproximou: "Gostei daquela frase inicial", ele disse ao João. Aproveitei a deixa: "Você fica bem no papel de verme, deveria explorar mais isso." O avaliado sorriu para mim, acho que entendeu que deveria continuar a dar em cima de mim, quando, na realidade, eu quis dizer outra coisa. Ou ele entendeu direitinho e está representando. Talvez, não seja tão mal ator quanto eu ajuizara. Meu namo apenas deu risada, achou que fosse uma tiradinha sem outro sentido.

Tomamos apenas duas cervejas e fomos dormir. Devido ao adiantado das horas e da menstruação, nem trepamos. Há pouco, aventávamos a possibilidade de ele transar com duas; no entanto, esta noite, ele vai dormir sem pegar qualquer uma delas. Dormimos. Lá pelas tantas da madrugada, sou acordada pelo Marcelinho, com cara de quem havia visto fantasmas: "Madá, tive um pesadelo muito estranho. Havia um casal de velhos a falar em uníssono para mim: 'Filho, o João está certo, no princípio foram os vermes'. E apareciam imagens aceleradas do que seria a criação do universo, parecia um filme. Era muito real. Ao fim, uma sentença: 'Por isso, o seu retorno'." Tentei acalmá-lo, comentei que também estava a presenciar visões ou aparições do nada. Ele foi se tranquilizando, sobretudo após a água com açúcar que lhe dei.

A reunião no Núcleo de Consciência Negra acabou tarde; nem daria tempo de eu almoçar com o Marcelinho e a Cleide, conforme tínhamos planejado por *zap* durante a manhã. Dali alguns minutos eu tinha uma aula importante de Linguística. Só espero que os dois não aproveitem a minha ausência na refeição para adiantarem as tratativas do *ménage*. Tenho de estar à frente das negociações, disso não abro mão.

Só encontro o Marcelinho pouco antes de começarmos as aulas que daríamos no Núcleo. Tempo suficiente para apenas comermos um pão com *nuggets* que ele havia preparado. Pegamos o ônibus e fomos terminar nossa jornada do dia lecionando na Favela da São Remo. Na volta, ainda na espera do ônibus, o Marcelinho começou a me questionar sobre as tais aparições ou visões que ando a ter. Para ele, até então, eram somente duas, a que tive com Maria Aragão, e ele viu, e a anterior, que eu havia contado. Mas eu assumira, durante a madrugada, a ocorrência de outras. Dúvidas vieram à minha cabeça: conto ou não os pormenores de todas elas? Optei por generalizar. Não tenho jeito pra lidar com essas coisas espirituais. Meu ateísmo teria dificuldade em suportar isso. Nessa noite, o ônibus não demorou a passar.

A Cleide estava na sala quando chegamos. O Rasta ainda devia estar em aula. "Comeram alguma coisa? Fiz um macarrão com salsicha, estava com vontade. Tá ali na mesa do meu quarto, dá pros dois." Gostei da ideia de dar pros dois, sem trocadilhos, mas a fome era maior que a vontade de trepar. Não perdemos tempo, avançamos na panela.

Assim que acabamos de jantar, dei um toque pro Marcelinho ir ao quarto para eu poder falar com a Cleide a sós. Ele entendeu o recado, o papo era de mina pra mina. Elogiei o seu cabelo. Ela me contou que está testando um hidratante importado. "Se der certo, te passo metade do pote." Agradeci.

Peguei em seus cachos, realmente estavam bem volumosos e macios. Pele branquinha e um cabelo preto cacheado. "Já ia esquecendo de dar o recado: o Rasta falou que vai dormir com a Ida no 403. Essa noite é dele", caçoou ela. Aproveitei o pouco movimento no apê para jogar um verde em relação ao *ménage*: "Oba, quer dizer que estamos só nós três hoje. Eu e o Marcelinho vamos te atacar de madrugada." Ela foi também insinuante: "De madrugada? Não pode ser agora?" Perguntou sorrindo, vindo em direção à minha boca pra trocar um selinho. Não satisfeita, avancei pra dar um beijo de língua, ela compartilhou, mas logo em seguida, ao ver o Marcelinho se posicionar perto de nós, ela travou: "Gente, desculpa aí, mas acho que temos de tomar umas antes de fazer isso. Sem uma na mente, fica difícil pra descontrair, né?."

O Marcelinho não gostou muito do recuo e voltou ao quarto. Eu disse a ela que poderíamos sim esperar o tempo que fosse necessário, também estava encanada, apesar de desejosa pela trepada a três. Ela garantiu também estar a fim, porém achava mais interessante fazermos isso após alguma festinha ou balada, com muita cachaça e pouco juízo na cabeça. Quem te viu, quem te vê, Dona Cleide arregando do arregaço. No final, achei foi bom postergarmos. Ainda estava saindo um pouco de sangue da menstruação, não me sentiria à vontade.

Antes de irmos à festa, nos reunimos no 403A para fazer o tradicional esquenta. O Marcelinho e eu descemos um andar e nos juntamos ao grupo. Cervejas compradas pelo Batista, na Panamericana, e uma diamba para abrir os poros, como diz a Ida. Fico mais na bebida, dou apenas uns dois pegas sem tragar. O pessoal bebia desde as 19h30, só eu e meu namorado estávamos caretas. O Danton e o Demonião disputavam uma partida de xadrez, a Cleide e o Batista dançavam um *reggae* bem juntinhos. A Ida ficou nos apressando, mas eu pedi a ela para acabarmos primeiramente com as bebidas. Na maioria das vezes, os *shows* na História atrasam. "Vou mandar um *zap* pro Rasta perguntando se já começou", disse o Danton. Partimos com as derradeiras latinhas nas mãos.

Consegui, durante toda a noite, dançar apenas uns três forrós com meu namo, acho até que saí no lucro. Estava muito cansada da correria do dia. Bebemos um monte, uma merda, porque o

Marcelinho fica morrendo de sono quando passa das medidas. Perto das duas e meia, ele pede pra descermos ao Crusp; tive de concordar, caso contrário, o cara dormiria nas escadas ao lado do prédio da História. Nos despedimos do pessoal, mas, nisso, a Cleide e a Ida também falaram que estavam bodeadas e iriam embora conosco. A Ida ainda parou no 502 para pegar um bombom que eu havia prometido, "sabe como é, larica de chocolate." Mas ela nem entrou, pegou o bombom e foi pro seu apê se deliciando com o meu presente, o Marcelinho chegou e caiu na cama. Cleide e eu ainda ficamos jogadas no sofá. "Que tal acordarmos aquele loirinho e descermos o sarrafo nele?". Ainda um pouco bodeada entre o álcool e o sono, ela sorriu e despertou pulando do sofá. Entramos no quarto e fomos logo atacando o pobre indefeso. Éramos três virgens em *ménage*, a partir desta noite, não somos mais.

No início, os amigos ficaram meio desconfiados, "será que está rolando o que estou pensando", mas depois foram se acostumando com a ideia. "Homem de sorte, hein...", era isso que os amigos passaram a falar pra ele. Eu e a Cleide vínhamos nos conhecendo, intimamente, aos poucos, o ponto G era logo ali. G ao quadrado, aliás. O ciúme, pelo menos por enquanto, não deu as caras. O combinado não era caro: só treparíamos quando os três estivessem presentes, nada de furar o olho na ausência de qualquer de nós.

A vida amorosa seguia bem. Mas as visões e o sonhos só aumentavam a frequência. Por estes tempos, o Pedrão começou a falar de uma mina do Bloco F que estava terminando o doutorado em Psicologia. Falou que eu iria gostar de conhecê-la. Ela estava se especializando em estudar os traumas que o racismo deixa nas pessoas que são vítimas dessa atrocidade. Interessei-me por conversar com a tal garota. O nome ainda me deixou mais curiosa: Joana d'Arc. Nunca tinha visto nenhuma garota com esse nome, a não ser a original do século XV.

Quando eu estava no ensino fundamental, sofri muito racismo na escola, que não me apoiava, ao contrário, culpava-me. Também não contava com a ajuda dos meus pais, que sempre fugiram do assunto. E olha que meu pai sempre foi professor nas escolas em que estudei. Quando eu reagia contra aquilo, eu é que parava na diretoria. Meu pai ainda chamava a minha atenção no caminho para casa. Minha mãe, então, coitada, sofria racismo do próprio filho. O Miguel nunca foi fácil. Quando estávamos com os amiguinhos da rua, ele tinha prazer em me humilhar por causa da minha cor, só porque ele tinha a pele mais clarinha. Era meu irmão, ao invés de me defender, na maioria das vezes, começava a tirar sarro na frente dos outros. Lembro-me de ele ter dez, onze anos e já falar esses absurdos inclusive à minha mãe, chamando-a de "Mãe preta", de forma pejorativa. Por isso, não me surpreendi quando ele, já adulto, começou a adotar posturas fascistas, sobretudo depois de começar a trabalhar em uma instituição financeira.

Decidi entrar em contato com a Joana D'Arc. Com a agenda cheia, devido a um congresso e a outras atividades, marcamos uma sessão para a próxima semana.

Eu parecia ter vinte séculos em uma vida. Tempo nenhum me era estranho. A história da humanidade em um lapso de segundo escorria-me pelas mãos. A Joana D'Arc não me dissera que a digressão chegaria a esse ponto. Eu presenciava tudo, sentia todas as dores do tempo, sorria em todos os sonhos de rebeldia que estavam agora à minha frente. Eu não era apenas uma Madalena, era múltipla, éramos múltiplas, em todas as formas que a multiplicidade tenha ou não sentido. Não era mais a Filha, era a Mãe a criar tudo quanto era impossível. Era um espírito, uma alma sem limites para qualquer coisa. Eu criava, e o mundo se dava, se doava. O mundo se abria e se fechava num piscar de olhos, no meu piscar de olhos, num pisar em ovos. Pesar e pecar não mais se misturavam. Posar de santa, nunca mais. A eternidade duraria o quanto eu quisesse. O espelho do mundo era eu mesma. Era ré e inocente, culpada e condescendente. Comecei a entender o livre-arbítrio a partir desse instante. E não que isso me fosse necessário. O destino havia sido entregue sem o destinatário. Remeter à história fazia todo e nenhum sentido. O que era, era. O que não era, também era. Erra quem queira julgar. O juízo final não existia, estava claro e escuro à minha frente. Luzes e trevas eram velhas amigas. As culpabilidades foram jogadas na lata de lixo do tempo. Não tínhamos tempo para mais nada. João – ou Paulo, não me recordo mais – estava certo, o fim do começo chegou. Fui tantas, em nenhuma consegui entender. O Pai sumiu do mapa, o que restou fui eu. Não necessito ver mais nada. A digressão acabou.

Acordo atordoada. A psicanalista, orientadora da Joana D'Arc, faz a pergunta clichê: "Madá, está tudo bem?" Respondo que sim e não ao mesmo tempo. A digressão me fez entender tudo, mas, ao sair dela, tudo queria me fazer esquecer. "É assim mesmo...", comenta a doutora, "... já passei por isso." Num rompante, ela levanta: "Por hoje, é tudo, nosso tempo acabou", e apontou para o relógio na parede. Saí da sala ainda zonza. Enchi um copo de água no bebedouro e fui em direção à saída do prédio. O mundo estava novamente vindo ao meu encontro. Sentei no banco do jardim e fiquei contemplando a brincadeira de dois passarinhos nos arbustos de uma azaleia. Eles pareciam sorrir e se apresentar para mim. Lógico que eu estava vendo coisas, a digressão afetara meus sentimentos.

Fiquei um tempo sem contatar a Joana D'Arc e a sua orientadora. Elas já haviam me avisado que eu poderia dar o tempo que necessitasse para refletir sobre a primeira sessão. Como marquei de bandejar com a Ida, resolvi colocar essa questão da Terapia das Vidas Passadas (TVP) em debate. "Olha, Madá, acho que a Joana D'Arc e a doutora Marlene são super sérias, acreditam realmente nessa abordagem de hipnoterapia, conseguem resultados muito bacanas com as pacientes. Só que é o seguinte: meus pressupostos são outros. Não que eu não acredite em almas, em espíritos que seguem vidas subsequentes, mas meu foco, como praticante de meditação, sempre foi mais na sequência do corpo do que da alma." Fiz cara de quem não havia entendido patavinas, ela explicou: "Acho que a ancestralidade, a ligação com a memória do passado acontece mais pelo corpo do que pela alma. Não sei se você sabe, mas cerca de 98% da memória das células está ligada às gerações passadas, à ancestralidade. Chamo isso de memória do próprio corpo, outros chamam de memória genética. Até o advento do período das trevas católicas, os médicos faziam o mapa astral quase como uma anamnese, justamente para poderem entender os compostos físico-químicos do corpo humano. Do espírito, não se tem certeza. Do corpo, ao contrário, sobram memórias de ligação com a ancestralidade."

Após essa explicação, aconselhou-me a continuar a TVP até para matar a minha curiosidade, mas também me orientou a conhecer mais sobre a minha matéria, sobre as pistas que o meu corpo poderia indicar acerca do meu passado. E concluiu: "Nunca se esqueça de que a hóstia é o corpo de Cristo. O Filho de Deus salientou a importância do corpo, e não só da alma. E olha que quem te fala isso é uma agnóstica – eufemismo para não dizer ateia."

Nisso, o Marcelinho veio se sentar à nossa mesa. "E aí, sobre o que as minhas amoras estão falando? Não vão me dizer que é sobre essa desgraça chamada homem?" A Ida tinha a resposta na ponta da língua e da vagina: "Vocês são muito presunçosos mesmo, até parece que perdemos mais do que 90% do nosso tempo falando de vocês." Demos risadas. Expliquei a ele o tema de nossa discussão, que sublinhou o antropofagismo presente na encíclica cristã e recitou: "O problema dos seres humanos, segundo Oswald de Andrade, foi ter parado de devorar o corpo do outro e começado a explorar esse corpo. Antes, tirávamos as substâncias, a energia que desejávamos do corpo do nosso inimigo. Após certo período, o ser humano passou a escravizar o outro, ou seja, começou a retirar a energia em sua forma mais banal. Perdeu-se o carnal, as partes do outro que passavam a fazer parte do seu corpo, para apenas dominar exogenamente o seu inimigo ou dominado." Perguntei de imediato: "E onde fica o corpo de Cristo nisso?" A Ida respondeu: "Jesus mostrava justamente isso que o Marcelinho explanou: seus seguidores tinham de devorar a memória ancestral e dogmática do seu corpo. E tinham ainda que beber do seu sangue, em um ato de que até Baco duvidaria. A alma, de certa forma, não foi o foco final dos postulados da Última Ceia. Mas, até hoje, os cristãos não aprenderam essa lição. Vai ver, durante séculos, estiveram mais preocupados em perseguir as mulheres do que interpretar as metáforas do Messias."

Talvez por ter tido a formação em uma igreja neopentecostal, quando criança e adolescente, sempre achei estranho esse negócio do corpo e do sangue de Cristo. Quando cresci, fui achando ainda mais estranho os negócios que eram feitos por católicos e evangélicos em nome do redentor. Essa conversa fez o Marcelinho recordar um micropoema que ele fez dias atrás: "da porra ao pó / a vida é uma só?"

Comecei a divagar: Como será que Deus observa o que fizeram e fazem em seu nome? Se Deus existir, é claro. Deve se achar um incompetente de força e forma maior; afinal, que lixo foi esse que criou?! E se um Deus tivesse que prestar contas no juízo final? Provavelmente, seria sincero – sinceridade é o mínimo que se espera de um Deus – e diria "Foi mal, deu merda." Assim mesmo, sem exclamação, Deus nunca exclamaria. E se nós pudéssemos julgá-lo? Acho que a merda seria ainda maior. Por isso, sem julgamentos, juramentos ou jumentos à manjedoura.

A greve na USP estava em curso. A Adusp, o Sintusp e o DCE caminhavam para construir um movimento unificado. A primeira paralisação aconteceria na próxima sexta-feira, com uma passeata marcada para o Palácio dos Bandeirantes. O cenário estava complicado após o golpe que retirou a Dilma do poder. Os movimentos sociais sendo desqualificados, atacados, incriminados.

Os professores da rede estadual da Educação Básica já estavam em greve há quase vinte dias. Há duas semanas, cenas horripilantes foram mostradas nos vídeos que circularam nas redes sociais. A Tropa de Choque da PM cercou um grupo de docentes, na esquina da Paulista com a Consolação, e começou a atirar com balas de borracha a cerca de vinte metros de distância, fora as bombas de efeito moral e gás lacrimogênio. Não gosto nem de lembrar as fortes imagens: uma repórter que estava cobrindo o ato acabou ficando na linha de tiro, e uma bala pegou no meio da sua testa, enquanto uma professora perdeu a mão direita com o estouro de uma bomba arremessada pelos policiais. No outro dia, o jornal no qual a jornalista ferida trabalhava soltou uma espécie de moção de repúdio, mas, logo na semana seguinte, estava apoiando a administração estadual e demonizando o movimento sindical e as entidades dos secundaristas.

O ato de hoje ganhava contornos de comoção e de medo. Combinamos não nos dispersarmos durante a passeata. "Chegamos juntos, permaneceremos dessa maneira", ordenou o Capitão Marcelinho – tô zoando, é só preocupação dele com a gente. O ônibus alugado pelo movimento nos deixou quase em frente ao Estádio do Morumbi. Teríamos que subir por uma das ruas laterais ao estádio. "Olhem lá, os alckmistas estão chegando" – advertiu o Pedrão, ao avistar os furgões abarrotados de policiais. O nosso lado também não ficava para trás, era estudante pra caralho!

Sempre acontece isso: após uma repressão muito violenta, a quantidade de manifestantes aumenta, em apoio a quem foi vítima da violência policial, da violência do Estado. Comentei com o pessoal que, apesar do medo que pairava sobre todos nós, dificilmente a Tropa de Choque faria o mesmo que fez no último ato de docentes da educação básica. De toda forma, a atenção estava redobrada.

Apesar de alguns incidentes envolvendo uns *blocs*, que tentaram derrubar as grades do palácio, e a polícia, que respondeu com gás lacrimogênio, tudo correu bem. O ato já estava praticamente terminado quando aconteceu esse episódio. Tivemos que andar pra caramba; nosso ônibus, devido ao bloqueio feito pela companhia de tráfego, estava estacionado quase chegando à Av. Francisco Morato.

O governo começou a engrossar o tom, ameaçou cortar os salários dos funcionários grevistas, mas abrir as negociações que é bom, nada. A próxima manifestação foi marcada para quinta-feira, com concentração no Vão Livre do Masp. A participação da estudantada nas assembleias do DCE vinha crescendo. Se o governo apostou que o movimento esfriaria com o passar dos dias, enganou-se: a Praça do Relógio estava abarrotada. Após três horas de debates e deliberações, o movimento saiu em passeata pela avenida ao lado, na altura da Faculdade de Letras.

Com o bandex fechado, o negócio era nós mesmos cozinharmos, o que, no meu caso, não era um sacrifício: estaria livre daquela comida plastificada, que me deixava sempre inchada. Para preparar o rango, no entanto, tínhamos que ter alimentos em casa. A geladeira e o armário estavam quase vazios. Como estávamos sem aula, exortei a Cleide e o Marcelinho para irmos ao nosso mercado favorito de Pinheiros. Juntamos a grana que tínhamos e partimos.

Saímos por volta das onze horas do Cruspão velho, pegamos o busão que nos deixaria na primeira parada da Teodoro Sampaio. O Marcelinho sugeriu que dividíssemos um virado à paulista, era segunda-feira. Ele indicou um boteco que servia um virado maravilhoso na Lacerda Franco, perto da Delegacia de Polícia. Entramos, pedimos dois pratos do dia para dividir entre nós três, e uma caipirinha de cortesia para abrir o apetite, até porque ninguém é de ferro, não é? Levantamos os três copos para brindarmos. No exato momento que batemos um ao outro, de levinho, o copo escapou da minha mão e foi parar nos pés de três homens que entravam no boteco, sobretudo em direção aos sapatos de um senhor de cabelo e barba brancos, o único que não estava fardado a exibir armas na cintura. Mesmo isenta de culpa pelo copo espatifado, pedi desculpas aos três, que nada responderam, só ficaram nos medindo.

De repente, ouço uma voz bem coladinha ao meu ouvido esquerdo: *Magdalena, é ele, mate-o.* Outras cinco vozes se juntaram à primeira. Uma delas tinha um sotaque estrangeiro, a última foi em espanhol: *Es él, mate.*" Assustei-me, mas percebi que meus amores não ouviram as vozes, estavam agachados pegando os cacos de vidro. Olhei para trás da mesa em que estávamos sentados e avistei seis pessoas ou fantasmas, não sei o que eram, estavam ali pra mim, mas não para os outros, como campos de energia que deram as ordens, uma delas ostentava uma barriga de gravidez. Os três homens mal encarados que adentraram o bar assim que o copo quebrou sentaram-se nos bancos do balcão.

O senhor de cabelos grisalhos estava meio de lado no banco, de maneira que conseguíamos nos encarar. "Por que?", perguntei aos quatro rapazes e às duas moças que sopraram a missão em meus ouvidos. "¡*Por todo*!", enfatizou a grávida, e o tempo estancou enquanto ela me explicava. "*Soy Soledad Barrett.* Esse senhor que está *a mirar para usted era mi compañero* e me entregou à morte, mesmo *embarazada de quatro meses.*" A explicação continuou: os seis foram assassinados no período militar devido a esse tal Cabo Anselmo que estava à minha frente. "Eu não posso matá-lo", respondi. A Soledad não deixou passar batido: "*Cómo no puede, Magdalena? Usted puede hacer lo que quiera, recuerde a Juan. Usted debe y puede.*" Antes de a Cleide e o Marcelinho se sentarem, levantei-me e fui ao encontro do homem que teve a história relatada por Soledad e pelos outros jovens. "A Soledad pediu para eu transmitir uma mensagem a você, Cabo Anselmo", disse a ele, para surpresa de todos os que estavam à minha volta, vivos ou não. "O que você disse? Que mensagem?" O policial mais novo resolveu se intrometer: "Vocês se conhecem?" Respondi prontamente: "*Si, de Parral, Colonia Dignidad.*" O velho barbudo soltou então um grito: "Deus me anistiaria! Deus me anistiaria!" Com uma voz estranha, o Marcelinho entrou na conversa: "Meu pai nunca te anistiaria. Deus nunca te anistiaria. Tu sabias muito bem o que estavas a fazer..." "Que porra é essa, garotos?", gritou um dos policiais que foi sacando a arma. Com a voz já normalizada, o Marcelinho interferiu: "Calma, aí, irmão, não tá pegando nada aqui. Foi apenas um copo quebrado, desculpa aí." O Cabo Anselmo puxou o homem que estava com a arma em punho: "Vamos embora daqui, Carlos! Vamos embora!" E os três saíram. Olhei para trás e não vi mais os seis que me ordenaram a morte do homem. Os funcionários do bar olhavam sem entender nada. Pedi desculpas, disse para ficarem calmos, nada de mais grave havia acontecido. Eu e meus amores optamos por permanecer ali, almoçamos e depois observamos se os três brucutus realmente haviam sumido do nosso rastro.

"Nossa, Madá, se você não falasse que aquele velho era o Cabo Anselmo, eu nunca o teria reconhecido. Esses torturadores ou assassinos passam despercebidos como velhinhos frágeis e inocentes aos olhos da sociedade.", disse o Marcelinho. "*Ok*, mas quem é ou foi o tal Cabo Anselmo?", perguntou a Cleide. Na lata, ele respondeu: "Foi o maior X-9 da época da ditadura. Esses dias mesmo, eu estava assistindo com o Pedrão, no *YouTube*, uma reportagem sobre os maiores torturadores e os agentes infiltrados na época. Esse tal Cabo Anselmo era um agente da CIA infiltrado mesmo antes de iniciar o regime militar." "Nossa, vocês pareciam fantasmas ou assombrações daquele cara. Pareciam, não. Eram! São, sei lá!", disse a Cleide, ainda parecendo assustada. Nada respondi, mas raciocinei que, no fundo, todos somos fantasmas nesse mundo. Aparecemos durante certo período, no máximo, uma centena e pouquíssimos anos, a maioria nem isso, e depois desaparecemos. Do nada para o nada. A maior parte nem deixará rastros, tudo será frustração. Como o Marcelinho também não respondeu nada, ela quis melhores explicações: "Que história é essa de que Deus não perdoaria aquele cara?" Percebi que ele ficou sem saber o que falar. Parecia não se lembrar bem do que acabara de acontecer. Disparei uma frase solta para completar: "Aqueles caras realmente eram sinistros."

Os virados chegaram à mesa, começamos a nos servir. Sem deixar por menos, o garçom ainda brincou: "Em nome de Jesus, vou pedir pro balconista fazer uma caipirinha bem mais fraca da próxima vez que vocês vierem almoçar aqui." Depois do almoço, seguimos para o mercado, fizemos nossas compras e voltamos para o Crusp.

As consequências do golpe começaram a ser discutidas, preocupação de alguns em relação a um ser: "Esse tal de Bolsonazi nunca cairá no gosto das pessoas", trucou o Marcelinho, no que foi interpelado pela Ida: "Você é que pensa." No apoio ao amigo veio o Pedrão, que retrucou a namorada: "Ele não!, calma lá, não sejamos exagerados. Um cara que elogia a ditadura, defende a tortura, que quer armar a população e se inspira no psicopata patético do Donald Trump em nenhuma hipótese cativará o eleitorado em nosso país." Entrei na discussão para dar um xeque-mate: "Vocês subestimam a nossa capacidade de fazer besteira. O cristofascismo já está entre nós."

"Cristofascismo?", indagou o Pedrão. Expliquei: "Esse capitão boçal do Exército vai reunir as duas maiores tentações de alguns setores da sociedade brasileira: o medo da violência, tão propalado nos programas sensacionalistas da tevê, e a crescente onda de cristianismo reacionário e neopentecostal, capitaneada por pastores picaretas e bilionários." A Ida complementou: "É por aí, campo aberto para o surgimento de um messias farsante, de uma contaminação generalizada de vírus oportunista no país. E com o submundo das redes sociais à disposição para destilar seus ódios e *fake news*. Jogarão tantas mentiras que ficará difícil encontrar a verdade por detrás delas."

Tentei exemplificar: "Vocês viram a última pesquisa para presidente que mostra o Lula em primeiro lugar e o Bolsolini em segundo? Então, farão de tudo para tirar o ex-presidente do páreo. A Lava Jato foi desenvolvida pra isso. O intuito inicial até podia ser correto, o de combater a corrupção, sobretudo na Petrobrás, porém, está na cara que essa força-tarefa transformou-se em jogatina política para favorecer interesses escusos dos Estados Unidos e de grupos nacionais de direita, que querem o poder a qualquer preço, após perderem a eleição passada. Primeiro tiram a Dilma, depois, perseguem Lula e o impedem de disputar a eleição presidencial em 2018".

Eu tinha certeza de que todo esse ódio propagado no golpe enfiaria o Brasil numa puta crise civilizacional. Não vou dizer que seria uma crise sem precedente, porque o que nos precedeu foi uma ditadura. Entretanto, a solução alardeada era a volta das recorrentes demagogias de combate à corrupção, mas só culpabilizando, a qualquer custo, até sem provas, um lado da história.

Só é possível sonhar um destino comum com democracia. E ela estava em perigo nesse momento.

Haveria uma nova manifestação no início da noite. Pelo *zap*, ainda de manhã, chegou-nos a notícia de que duas diretoras do DCE foram buscadas em casa pela polícia, levadas para a delegacia e constrangidas a prestar depoimento de um ato que ainda nem havia ocorrido. A tal lógica do prevenir antes que aconteça, no jargão policial, ou culpabilizar antes que exista um crime cometido, em nossa versão. Amedrontar era o verbo correto. Já tínhamos visto esse filme nas manifestações que tentamos organizar durante a Copa do Mundo. Vários companheiros aqui do Crusp foram intimados, na época, a comparecer à delegacia no exato momento em que se realizariam os atos. E pensar que a tal lei antiterrorismo (na realidade, antimanifestações de rua) foi sancionada pela Dilma... A polícia agora tem as prerrogativas para tocar o foda-se em quem resolva buscar seus direitos.

Os advogados da entidade conseguiram acompanhar tais líderes do Diretório. Sabíamos que o governo tucano faria de tudo para tentar jogar a sociedade contra a gente, a polícia desceria a lenha do nada. E a manifestação não seria pequena. Uma hora antes da saída dos busões alugados pela organização do ato para levar a galera, observamos que não dariam nem pro cheiro. O nosso grupo mesmo desencanou e preferiu pegar um busão de linha até o Metrô Butantã e, de lá, seguir de vagão.

Nas descidas das escadas rolantes do Metrô Butantã, já deu pra sentir que a massa havia crescido. A galera começou a entoar os cantos: *Pisa ligeiro, pisa ligeiro / Quem não pode com a formiga Não atiça o formigueiro / Não acabou, tem que acabar / Eu quero o fim da Polícia Militar / Golpistas, fascistas, não passarão!*

Toda a estação começou a bater palmas e a cantar junto, uma puta energia. O mesmo ocorreu no subterrâneo, entre as estações Paulista e Consolação. Na Avenida Paulista os gritos eram de: "Fora Temer!" Quem estava em cima do trio elétrico passou o recado de que muitos busões que traziam manifestantes estavam sendo bloqueados pela PM em lugares distantes da Paulista. Os que saíram da USP, por exemplo, foram impedidos de seguir viagem ainda no início da Rebouças; os que vieram da Unicamp, no final da Rodovia dos Bandeirantes. Ficamos sabendo, posteriormente, que quem estava dentro dos busões teve até os intestinos revistados, foram obrigados a descer no meio do nada e tiveram de se virar pra vir. Essa tática de irritar manifestantes e de fazer um furdunço pra atrasar o ato já era conhecida. Clima de guerra no ar poluído de SP.

A Tropa de Choque estava em número gigantesco, fazendo um cordão para impedir que passássemos à pista em direção oposta, sentido Paraíso. Esses caras estão malucos! O ato de hoje não caberá apenas em uma das vias. Malucos, não. Eles sabem disso, mas pode ser um primeiro pretexto pra sentar a borracha. Já dei até um toque pro pessoal não ficar perto da divisória. Por causa do frio, eu e a Cleide ficamos abraçadinhas, ela atrás de mim, duas friorentas. Aquela ilha de calor chamada Marcelinho estava mais preocupado em observar o ambiente. Apesar do breve atraso, friaca e garoa, o pessoal foi chegando. Em cima do trio elétrico, Suplicy, Erundina, Ivan Valente, Giannazi dividiam os microfones com os representantes das três entidades (docentes, funcionários e estudantes) de cada universidade. Num primeiro incidente nos cordões, o pessoal da organização pediu calma a todos e orientou os manifestantes: "Vamos nos acomodar, por enquanto, desse lado da avenida." Os ânimos, momentaneamente, se tranquilizaram.

Por volta das vinte horas, quem estava em cima do carro de som anunciou que a Paulista estava lotada da altura do prédio da golpista Fiesp até a Consolação. Comemoração geral!

A ideia era seguir em caminhada até o centro antigo. A manifestação seguia num ritmo lento. Sentimos que o bagulho estava embolado, muitas pessoas para pouco espaço, uma vez que a pista de subida da Consolação não havia sido fechada aos carros. Devagarzinho, seguimos, palavras de ordem e cantos de protesto eram repetidos à exaustão. A uma quadra da Maria Antônia, observei que havia um cordão da Tropa de Choque próximo à Praça Roosevelt. Dei um toque pro Marcelinho, que se surpreendeu: "Estranho, não sei se você reparou, mas, logo após passarmos pelo cemitério, houve uma troca da guarda. Os policiais 'normais' foram substituídos por esses robocops da Choque. E agora essa multiplicação lá embaixo." Atenção total. O restante do nosso grupo estava um pouco disperso, desatento, mais curtindo os tambores do maracatu do que preocupados com uma possível repressão policial. O ato estava planejado para descer toda a Consolação e entrar à esquerda na Avenida Ipiranga. Dali até o final do trajeto, seria um instante. Visualizamos que os policiais da cavalaria colocados em frente à Paróquia de Nossa Senhora da Consolação começaram a se movimentar para o centro da rua, outros tantos não deixavam os manifestantes adentrarem a praça. "O que esses caras tão querendo fazer?", gritou o Marcelinho, apontando para o lugar. Quem estava perto de nós conseguiu escutar; os que estavam mais distantes, próximo ao grupo de maracatu, mais abaixo, só ouviam os tambores. O que era estranho transformou-se rapidamente em um ataque feroz.

Era uma armadilha: os policiais cercaram as laterais, e a cavalaria fechou, a partir daquele momento, a rua. Bombas de efeito moral, verdadeiros artefatos bélicos utilizados em conflitos de grande magnitude, começaram a explodir aos pés dos manifestantes que deram de cara com os policiais; dava pra escutar as balas de borracha sendo atiradas; era tanto gás lacrimogênico que não conseguimos mais enxergar a galera que estava mais abaixo. "Cadê a Cleide, cadê a Cleide?!", comecei a berrar. Mas quem estava ao meu redor só pensava em como se proteger, como fugir daquela violência policial que vinha subindo em nossa direção. O Marcelinho pegou no meu braço e me puxou para descermos numa rampa que vai dar nos túneis que levam, posteriormente, à Radial Leste. Gritou pro Rasta e pro José virem conosco; por sorte, eles se ligaram no chamado e vieram pela rota de fuga. Na parte de baixo da rampa, havia um trânsito quase parado de carros. Apesar do medo, parei no meio da rampa, correndo o risco de ser atropelada pelos outros manifestantes que desciam a milhão.

"Cê tá doida, Madá, a gente tem de descer", tentou me puxar o Marcelinho. "A Cleide!, o Charles!, a Ida!, o Pedrão, o Danton! Tá todo mundo lá!" Eu estava desesperada, porque sabia que estavam no meio do lugar onde a Choque deu o bote. O Marcelinho falou pra eu acompanhar os outros meninos que estavam fugindo pra se proteger, que ele iria ver o que aconteceu com os outros amigos. O Rasta veio ao nosso encontro, e o Marcelinho deu um toque pra ele me acompanhar até um local seguro. E subiu, na contramão do público, para ver onde estavam nossos amigos. Antes de finalizarmos a descida, vi uma imagem sendo projetada na lateral do túnel: NÃÃÃO! Era da Cleide encostada na lateral de um prédio recebendo um tiro que explodiu em seu olho direito. O Marcelinho corria em sua direção, mas já era tarde. Consegui, num lapso, ver o sorriso de satisfação do policial que atirou. Fiz o movimento de voltar, o Rasta não quis deixar: "É a Cleide, Rasta, acertaram ela, olha lá" e apontei a lateral do túnel. Mas apenas eu via a imagem. Me desvencilhei do braço do Rasta e subi no meio da multidão.

"É bem possível que ela não recupere o olho atingido, mas só saberemos depois da cirurgia", foi o máximo que o médico das Clínicas conseguiu nos dizer. E seguiu para a sala em que aconteceria a intervenção. Só o Marcelinho e eu tivemos a autorização para subir, o hospital não deixava mais do que duas pessoas acompanhar a paciente. Somente agora há pouco, o José conseguiu contato com a mãe da Cleide. Ele não teve coragem de contar tudo o que aconteceu com a filha e ficou na dúvida se a mãe vira o noticiário na mídia. No saguão, ficaram os amigos, alguns representantes do movimento estudantil, dos sindicatos dos trabalhadores e docentes da USP. Também vieram dar uma força alguns políticos dos partidos que acompanhavam a manifestação, além de repórteres de vários órgãos de imprensa em busca de maiores informações sobre o caso.

A previsão era de que a cirurgia durasse três horas, mas eu tinha quase a certeza de que o estrago feito foi feio, esperava o pior. Ela não cansava de repetir dentro da ambulância frases do tipo: "Ele me viu, sabia o que estava fazendo", "Ele fez de propósito", "Ainda gritei para ele não atirar, mas de nada adiantou." Eu também fiquei com essa sensação, na hora em que tive a visão. A que ponto chega a maldade humana! O Charles estava em estado de choque: "Ela estava ao meu lado", "Pulava de alegria dançando maracatu", "Foi tudo muito rápido, não imaginávamos que aquilo pudesse acontecer." A narrativa da PM que estava saindo nos sites de notícias era um pouco diferente: "A Tropa de Choque foi obrigada a utilizar os meios de que dispunha para se defender no confronto. Não houve excesso da nossa parte, apenas o uso do protocolo técnico que o momento necessitava. Lamentamos a fatalidade."

As mensagens no *zap* dos amigos que ficaram no *hall* do hospital não paravam de pipocar, muita tensão e ansiedade por boas notícias. No meio tempo da cirurgia, somente uma enfermeira saiu da sala, mas não soube precisar a nós como estava o andamento da operação. Era a primeira vez que eu via o Marcelinho chorar, culpando-se, "por que eu não fui socorrê-la antes?" Eu tentava acalmá-lo, apesar de também estar com os nervos à flor da pele e dos ossos.

Falei ao Marcelinho que iria ao banheiro. Quando entrei no feminino, observei que havia uma enfermeira com uma roupa diferente das outras. Ela estava lavando as mãos em uma das pias. "*Me cansé de lavarme las manos. Ho deciso di agire. Figlia mia, usted puede curarla si quiere.*" Engraçado, aquela figura misturava o castelhano com o italiano, mas eu entendia tudo. "Como?" perguntei. "*Maria, solo tu puoi sapere, ma che puoi, puoi.*" "*¿Pero cómo?*". "*Tu puoi fare tutto ciò che vuoi*" E saiu do banheiro. Fiquei sem muita reação. Eu tinha certeza de que guardava o rosto daquela mulher em algum lugar do passado.

"Marcelinho, aconteceu uma coisa estranha no banheiro. Você viu aquela enfermeira estranha que saiu um pouco antes de mim?" "Madá, não saiu ninguém do banheiro antes de você." Como ele havia ficado na porta, do lado de fora, não haveria como não ter percebido a saída daquela velha senhora. Ele me olhava com espanto, imaginando que eu estivesse com alucinações devido ao drama que vivenciávamos. Ou está, como eu, imaginando que ocorrera outra daquelas minhas visões ou aparições.

O médico deixa a sala de cirurgia e vem falar conosco. "E aí, doutor, deu tudo certo na operação?", indaguei. Ele levantou as sobrancelhas e deu uma pausa antes de falar: "Fizemos tudo que podíamos, agora vai da recuperação do olho dela." "Mas ela perdeu a visão?", perguntou o Marcelinho. "É provável. Houve um deslocamento da retina. O nervo óptico foi preservado em sua essência. Ainda não temos como saber com toda certeza. Também não quero enchê-los agora com esses termos técnicos. O importante é vocês saberem que a cirurgia foi bem sucedida e que a condição geral é melhor do que prevíamos. Mesmo assim, é pouco para garantirmos qualquer chance de que ela volte a enxergar daquele olho um dia." Explicou-nos ainda que ela foi sedada no início da intervenção, só acordaria na manhã seguinte. Nisso, chega a mãe da Cleide. "Dona Dina, este aqui é o médico que operou sua filha. Ele acabou de dizer para nós que deu tudo certo na cirurgia, mas, ainda assim, não se sabe como ficará a condição do olho atingido pelo disparo." A mãe é que parecia anestesiada com a situação. "Posso ver a minha filha?", perguntou ao médico. "Se vocês quiserem entrar, tudo bem. Mas, como disse, ela está dormindo por conta da anestesia geral. Peço apenas uns dez minutos para que possamos organizar a sala de operação."

Havia uma bandagem enorme em seu olho. Ficamos apenas a observá-la, não queríamos atrapalhar seu repouso. Aproveitamos para chorar. No outro dia, quando acordasse, teríamos de estar fortes para dar segurança a ela. A enfermeira que nos acompanhava soltou apenas um "agora é ter fé em Deus". Ficamos uns quinze minutos no quarto e descemos para dar as notícias mais detalhadas de maneira presencial aos que aguardavam no térreo do edifício. Até esse instante, eu só havia passado um *zap* generalizante.

Um novo exame seria feito no dia seguinte, apenas quando se completassem doze horas após a operação. Os amigos mais próximos se dispuseram a ficar conosco, mas o Marcelinho conseguiu convencê-los a voltar ao Crusp ou às suas casas e, se fosse o caso, a retornarem ao final da manhã seguinte. Depois de muita resistência, o Charles e a Ida concordaram em voltar para a moradia estudantil e se comprometeram a retornar por volta das onze horas, para que o Marcelinho e eu pudéssemos ir ao apê tomar banho e descansar um pouco. O José se ofereceu para levar a mãe da Cleide em casa, mas, como teria direito a dormir no quarto com a filha, a Dona Dina preferiu ficar no hospital. Eu e o Marcelinho teríamos que passar a noite no sofá do *hall* ao lado do quarto, mas poderíamos entrar para observar a nossa namorada no momento que desejássemos.

Nos despedimos do grupo e subimos com a mãe da Cleide até o 6º andar. Ela parecia não entender muito bem essa história de o Marcelinho e eu estarmos tão próximos e interessados na filha dela, que não contara à mãe sobre o nosso relacionamento. Nós também não fizemos questão de entrar em detalhes. O meu namo ficou sentado no sofá, e eu deitei com a cabeça sobre suas pernas. Naquela posição, ele ficaria acordado o tempo todo, enquanto eu cochilaria um pouquinho. "*Figlia mia, hay una habitación libre alla fine del pasillo, vicino alla scala. Hé dejado abierto para ustedes*", a mesma voz que ouvi no banheiro estava falando em meu sonho.

O que faz andar a estrada?
É o sonho.
Enquanto a gente sonhar
a estrada permanecerá viva.
É para isso que servem os caminhos,
para nos fazerem parentes do futuro.

MIA COUTO

Fui levada ao gabinete do Professor pelos vigilantes. Meu chefe e a Sra. Immacolata me esperavam lá dentro. Por que a minha protetora resolveu entregar a Glória? Por que não tentou me dissuadir, convencer a Glória do contrário, antes de tomar tal decisão? Eu estava confusa, surgiam muitas possibilidades na minha cabeça. Algumas, inclusive, nem quero cogitar, como: será que a Sra. Immacolata, entre defender a passageira e os nazistas, optou por eles? Por medo? Por gosto? Por tudo o que viveu aqui? Por amor? Por nada?

"Ela fez isso para te proteger", disse o Conselheiro. Eu não me aguentava em pé. Ajoelhei-me e tapei os olhos. Senti a Sra. Immacolata se aproximando, arrastei-me para o lado contrário: "Vocês são dois monstros! Fizeram isso para salvar aquele que se intitula o novo Cristo, mas que viola crianças na calada da noite. Tenho nojo de todos vocês." O Conselheiro ficou nervoso e veio em minha direção; a Sra. Immacolata o segurou. "Não foi isso que você está a pensar que ela quis dizer. Quer dizer, até foi, mas a *ragazza* tem seus motivos para raciocinar dessa maneira", implorou a ele, que recuou, não sem antes soltar uma ofensa em alemão. Comecei a xingá-los, amaldiçoá-los. O velho germânico me mandou calar a boca. A partir daquele instante, estava disposta a utilizar o manual da Glória: "Não importam os quês e os porquês, não há diálogo com nazistas e fascistas, há combate!" Mesmo que me matassem.

A Sra. Immacolata autorizou-me a sair do escritório – conversaríamos em outro momento, com mais calma e mais tempo, para afastar a tragédia, segundo ela. Rebeca me esperava na entrada da enfermaria. Apresentava um hematoma no olho esquerdo, resultado da agressão sofrida ao também tentar sair do refeitório. "Vamos sair dessa, *weñui*! Nos transformaremos nas guerreiras da *Araucanía*." Não tive forças para concordar, discordar ou mesmo entender o que me era dito. Ela, então, continuou: "Utilizaremos a nossa inteligência para fugirmos desse lugar e buscarmos *ayün*." Mas como?, pensei comigo. "Deveríamos, segundo ela, nos fingirmos de subordinadas, amedrontadas, mas agirmos às escondidas." A saída não era a ideal, talvez fosse a menos imperfeita possível. Ou impossível. Mas era a nossa única saída.

Não comi naquele dia: a raiva tirou a fome de viver. Demorei a pegar no sono, não conseguia esquecer o barulho da rajada a atingir a Glória. Evitei fazer barulho para não perturbar os outros servos que dormiam, dessa feita, sem a visita das sombras. Porém, quando consegui adormecer, algo de muito estranho me ocorreu. Estava a brincar com um garoto, loiro, olhos bem azuis. "Qual é o seu nome?" Ele abriu um sorriso de orelha a orelha: "Sou o Hartmut, tenho nove anos de idade. E a senhora, como se chama? Quantos anos tem?" Fiquei um tanto sem graça: "Me chamam de Maria Magdalena, mas acho que meus pais me deram outro nome quando nasci, não tenho certeza. E também não sei ao certo qual é a minha idade." Ele achou engraçado: "Vou correr para contar para a minha *Mutter*. Uma adulta que não sabe o nome nem a idade. *Usted* é uma *niña* em corpo de uma mulher." Acho que a sua casa ficava às minhas costas – afinal, ele veio correndo em minha direção. Já próximo de passar pela minha lateral, ouço um estrondo seco, sua face se desfigura, o garoto cai de frente, com o rosto no chão. Vejo homens armados vindo ao local em que estávamos. "Himmel, Arsch! É o filho dos Murch. O senhor errou a perdiz e matou o garoto!", disse um rapaz, com roupas simples, ao que parecia ser o chefe do quarteto. Conhecia o atirador da Colônia, cansei de vê-lo no *bunker* com o Professor. Viraram o infantil corpo: "General Contreras, o tiro foi na nuca e explodiu a parte da frente do rosto."

Nisso, ao meu lado esquerdo, uma voz recém-conhecida me dirige a palavra: "Você ainda está aí? Vamos brincar!", era o garoto. Como não me mexi, ele tornou a me chamar: "Venha, vamos. Deixe esses homens maus aí. Podemos brincar até a hora que quisermos." O general começou a chorar como uma criança. "Não se engane, Maria. Vou mostrar-lhe quem é esse homem", era o garoto a pegar na minha mão. Entramos em uma espécie de túnel. "Não tenha medo, venha. Você verá coisas terríveis, mas eles não podem fazer nada com a gente." Ao fim da passagem, chegamos a um gramado de estádio de futebol. "Depois a gente joga bola, vamos aos vestiários primeiro." A cena era arrepiante: várias pessoas sendo espancadas, torturadas e assassinadas. Não sei se estava certa do que vi, mas pareceu-me concretarem um dos corpos assassinados na própria parede do estádio. "Olha ele ali", era o garoto a apontar o general, um pouco mais novo, a comandar tudo. "Agora, vamos voltar ao gramado." Ele chutava uma bola em direção às traves. Passados alguns minutos da brincadeira de chutes ao gol, o garoto gritou: "Agora vou chutar a bola lá no céu", olhei para cima com o objetivo de observar a trajetória da bola no alto, mas uma forte luz me tirou a visão. Fomos jogados novamente à cena do crime, no bosque. O general, de maneira contraditória, continuava com lágrimas nos olhos. "Esse monstro nunca parou para pensar nas mães, pais, esposas e maridos que choram até hoje pelas barbaridades cometidas contra seus queridos", falei. O garoto entristeceu: "Fala para a minha *mamá* que estarei jogando bola no céu." Meu rosto observava o corpo infantil ao chão: continuei nessa posição, até porque sabia que a alma do garoto não estava mais por perto. Fechei os olhos e enxerguei a lápide:

En compañía de Dios Todopoderoso
HARTMUT MURCH
29/08/78 - 02/05/87

Una nueva chica veio cobrir o posto da Glória na enfermaria: era uma serva criada comigo, fisionomia típica de uma chilena mestiça. Nunca fomos de conversar muito, talvez porque o único assunto que teríamos seriam as sombras que nos visitavam na madrugada. Se silêncio é fortaleza, nossa relação seguiu as regras da *Dignidad*. Ela será minha companheira no turno da manhã – apesar da falta de experiência na função – e cobrirá também o turno da tarde, junto com a Rebeca – a Sra. Immacolata voltou a assumir o período noturno. Durante o *desayuno*, finalizei um esboço de plano: arrumaria um jeito de ligar ao jornalista que me passou o contato no dia da visita da comitiva de Pinochet. Como trabalho no escritório do Conselheiro, teria que conseguir uma maneira de utilizar o telefone quando estiver sozinha. É muito provável que a linha esteja grampeada. Terei de arrumar uma forma de conversar com aquele rapaz sem que levantem suspeitas do assunto. Quem sabe, ele não poderia vir me tirar desse inferno?

A velha enfermeira italiana chegou por volta das dez e meia e já me chamou para conversar. Dessa feita, segundo ela, poderíamos dialogar ali mesmo, no meio do entra e sai da enfermaria. "Sei que tem todas as razões para odiar o que fiz, assim como tenho todos os motivos do mundo para saber que fiz o que deveria ser feito. Não poderia permitir que assassinassem você. E tenho mais um segredo para lhe contar, que ninguém nessa Colônia sabe: fui trabalhar com os nazistas a pedido do Papa Pio XI; a *Croce Rosa* era apenas um disfarce. A Santidade me incumbiu de espionar os passos de Hitler e do Conselheiro. Mussolini e o

Papa, unidos desde o Tratado de Latrão, não confiavam nem um pouco nos oficiais alemães." Não falei nada, apenas balançava a cabeça como se estivesse entendendo as alegações e informações declaradas. Segui o conselho da *mapuche*: vou me fingir de morta até que possa ganhar vida do lado de fora desses muros.

Cumpri meu trabalho na enfermaria, como exigiam de mim. À tarde, na chegada ao escritório do Conselheiro, cumprimentei-o. Ele apenas assentiu. Trazia o número do telefone do jornalista gravado em minha memória – para que algo não desse errado, queimei o cartão que me foi repassado. Nunca esqueceria aquele número: era, talvez, a senha da minha sobrevivência. Demoraria alguns dias para utilizar o telefone para os fins planejados: sabia que o meu chefe estaria de olho em mim por um bom tempo.

"Magdalena, agora sei que não foi você, acorde", era a voz da Glória. Ela estava toda iluminada, em pé, na frente da minha cama. "Venha comigo, ninguém vai nos ver." Levantei, mas meu corpo continuou na cama. Fomos em direção aos subterrâneos da Colônia. Eu nunca havia pisado lá embaixo. "Guarde tudo em sua memória. Nós aqui sofremos e precisamos que você não esqueça o que verá." Havia alguns jovens sendo espancados, tomando choques elétricos. "Esse é o submarino", indicou a Glória, que continuou: "São estudantes como fui um dia, professores como também pretendia ser, trabalhadores que lutavam por uma vida melhor." Peter Schmidt era quem mais os fazia sofrer. "Guardou a fisionomia desses jovens? Não esqueça. Agora, vamos; temos de ver muita coisa antes que amanheça." Nem consegui responder à sua pergunta e já estávamos, na escuridão da noite, passando por vários pontos da Colônia, pontos distantes, que os servos não eram autorizados a adentrar.

Chegamos, enfim, a um lugar ermo, o curso do rio deveria estar a uns cem metros à direita. Alguns homens remexiam a terra.

Mas a essa hora da madrugada? Glória pareceu ouvir a minha dúvida: "A única coisa que plantam nessa terra é cadáver." Observei dois corpos caídos mais ao fundo. Em pouco menos de dez minutos, já estavam enterrados. "Marque esse lugar. A posição da neve na Cordilheira, a vegetação em volta. Olha, essa à sua direita é uma *cahuén*, ela praticamente não crescerá até que você retorne para mostrar o que viu aos outros." A árvore apontada tinha uns cinquenta metros de altura. "Eu estou ali. Meus pais só saberão se você contar. Caso contrário, eles não descansarão em paz até que possam confirmar o local onde meu corpo jaz." A terra ainda estava um pouco solta do solo. "E tem centenas de corpos nesse macabro lugar. E não apenas de pessoas que foram mortas na *Dignidad*." O alvorecer estava se aproximando, tínhamos que nos apressar, ainda faltava algo que ela queria me mostrar. "Esse é um incinerador. Antes de tudo acabar, eles pegarão alguns corpos e os jogarão aqui para que não fiquem resquícios dos crimes que cometeram."

Os primeiros raios de sol despontavam entre as montanhas, tímidos, é verdade, mas era o indício de que a atividade chegava ao seu final. "Você volta sozinha, eterna amiga. Para que não se esqueça o caminho. Procure meus pais, por favor." Prometi a ela que seria a primeira coisa que faria assim que fosse possível, se eu realmente tivesse alguma oportunidade. Ela se despediu, mas antes fez questão de me confidenciar algo: "Nem sempre você foi sozinha nesse mundo. Ao contrário, já viveu cercada de pessoas que a admiravam. Seus companheiros preferiram não segui-la nessa vida. Basta o que sofreram; agora, você é que teria de enfrentar seus demônios. Cuidado para não cair em tentações." Sua imagem foi sumindo no horizonte...

"*Señor* Juan Vicente?" "*Si*." "Aqui é da Colônia *Dignidad*. Quem fala é Maria, secretária do Conselheiro. Estamos a ligar para agradecer a visita realizada, o contato foi de suma importância para termos conhecimento sobre o que ocorre fora de nossos dignificantes muros. Vosso cartão de visita foi uma possibilidade muito importante para nós." Quem estava a me ouvir mostrou cautela: "A taça quebrada no dia não gerou problemas, não é mesmo?" Tive a impressão de que ele havia compreendido o teor da conversa. "De forma alguma, não nos fez prejuízo. Foi uma honra recebê-lo", continuei a puxar conversa. "Diga-me como posso ajudá-los em algo que necessitam. Gostaria de contribuir com o que esteja ao meu alcance e conhecer mais acerca do nobre trabalho que ocorre dentro da Colônia", prosseguiu o jornalista. "Nesse momento, precisamos de um apoio no tocante às rotas de reportagens, de fugas ao cotidiano planejadas a partir da breve estadia durante a sua visita. Nossos dirigentes, preocupados com o bem comum, têm interesse nessa estratégia." A resposta veio em forma de esperança: "Verei o que poderei fazer para ajudá-los. Ligue-me em breve. Despeço-me parabenizando as ações realizadas dentro da Colônia." "Correto, assim que for possível, entraremos em contato novamente com o senhor. Até breve." "Até."

Assim que cheguei ao refeitório para jantar, vi Rebeca sozinha em uma mesa. Contei sobre a ligação. O tom do nosso diálogo era baixo: não poderíamos correr riscos de que alguém nos escutasse, mesmo que fosse servo ou passageiro. Concluímos que não poderíamos apenas apostar nesse contato: teríamos de pensar em um jeito de fugirmos dali com nossas próprias pernas. "Mas você sabe que 'com as nossas pernas' é modo de falar. Todas as saídas da Colônia estão muito bem vigiadas. Sem contar as minas enterradas, os cães raivosos soltos à noite nos limites da *Dignidad*, os homens do Schmidt com seus rifles de longo alcance, a Cordilheira com toda a sua intempérie", disse à *mapuche*. É, não seria fácil montar o plano. Outros já tentaram entrar ou sair dessa Colônia e foram presos ou assassinados sem piedade.

Não sei o que era maior: a sede de vingança, a vontade de sair dali ou a ansiedade por falar de novo ao telefone com aquele homem que se prontificou a ajudar. "Mas, antes da fuga, temos de matar esses demônios", frisou a Rebeca, unindo ao menos dois dos desejos. O grau de dificuldade apenas aumentava ao inserir essa meta. Quando eu saía sozinha do refeitório, o Roberto veio ter comigo: "Ouvi um vigilante falando ao outro que o comandante está sedento para botar as mãos em você. Quer matar você o mais rápido possível. Mas, devido à sua proximidade com o Conselheiro e a velha enfermeira, vão tentar agir de maneira que não provoque reações. Tome cuidado." Se já havia a intenção de colocar um plano em prática, agora passou para o nível da urgência. Agradeci ao Roberto e voltei ao refeitório para falar com a Rebeca. Com duas horas ainda a cumprir na enfermaria, ela não poderia demorar muito comigo. "Tem de ser para já", arrematamos.

Os sonhos que tive em noites passadas não foram os únicos responsáveis por eu não ter pregado o olho durante a madrugada. Duas outras inquietações me consumiram: a possibilidade de ser assassinada a qualquer momento – e esse momento poderia bem ser com a visita das sombras da madrugada – e a estratégia de fuga a construir. Pensei, pensei e nada de mais seguro me veio à cabeça: ao menos, não recebi nenhuma visita indesejada. Sabia que a confiança na velha enfermeira italiana foi colocada abaixo, após o assassinato da Glória: nem pensar em pôr fé na mulher que um dia chamei de mãe. O interlocutor postado fora dos muros seria acionado ainda hoje por mim. Difícil imaginar que ele já tenha pensado em uma forma de me tirar daqui de dentro em um tempo tão curto.

"Teve alguma ideia?", perguntou-me a Rebeca, ainda no quarto coletivo em que dormíamos. A minha resposta não foi das melhores. Mesmo solícita, ela também não conseguiu imaginar nada de mais sólido. Estaria a salvação reservada àquele número de telefone que recebi no dia em que Pinochet veio com seus capachos à Colônia? Tomara.

Recebemos, pela manhã, quatro soldados chilenos, todos vítimas de inalação de algum tipo de fumaça ou gás. Não sei se o termo "vítimas" pode ser utilizado nesse caso. Se bem que são quatro garotos, carinhas de anjos... Como podem se transformar em demônios nas missões a que são mandados! Agem apenas por receber ordens ou acreditam naquilo? Ou os fizeram acreditar naquilo? Sempre via esses garotos na Colônia, será que inalaram aqui a substância? Melhor parar de gastar o raciocínio com perguntas e soluções para elas e pensar no que tenho urgência: a fuga. Os garotos chegaram desmaiados, e ao menos dois, segundo o que me passou a Sra. Immacolata, chamada às pressas para nos ajudar, com sério risco de morte.

Devido a esse acontecimento, fui almoçar próximo do horário em que o refeitório fechava. Inclusive eu me atrasaria para assumir o posto no escritório do Conselheiro. Não necessitaria dar-lhe satisfações: ele mesmo foi verificar a peculiaridade do trabalho que tínhamos na enfermaria. Pouco dirigimos a palavra um ao outro depois do assassinato da minha amiga. As parcas confianças, se um dia existiram, encerraram-se naquele episódio. Eu continuava a fazer o que ele me pedia, e ele prosseguia com a forma de tratamento que não lhe colocasse em maus lençóis diante da sua cortejada.

"Quem gostaria de falar com o *Señor* Vicente", falou uma voz diferente do outro lado da linha. "Maria". "Maria de onde". "Da Colônia *Dignidad*, secretária do Conselheiro." "Conselheiro? Mas que Conselheiro? Aqui é o telefone geral da redação do *Mercúrio. O Senõr* Juan Vicente está em campo, buscando notícias. A senhora quer deixar recado?" "Por favor, diga a ele que ligo outro dia para dialogarmos sobre as informações que ele coletou quando esteve conosco." Desliguei o telefone com a sensação de que a minha vida acabava ali. Tentaria contactá-lo outras vezes, mas podia ser tarde para mim. Além do mais, os vigilantes podiam desconfiar sobre as razões de tantas ligações ao periódico.

"Os dois rapazes estão mesmo entre a vida e a morte, mais próximos da morte, eu diria", falou-me a Rebeca à noite. Era possível que não passassem dessa madrugada, tamanho o grau de substâncias tóxicas inaladas. Minha companheira de enfermaria e de tática de fuga teve apenas uma breve autorização para tomar um banho: teria de voltar logo em seguida ao trabalho. Apesar da apuração no serviço, não fui obrigada a auxiliar no turno da noite.

Antes das seis da manhã, porém, fui acordada por um vigilante. Exigiam-me a presença na enfermaria. Menos mal; imaginei que pudesse ser dessa vez que o comandante dos vigilantes colocaria um fim à minha vida. Os dois soldados não resistiram e foram a óbito. Eu e Rebeca fomos imbuídas de limpá-los e colocarmos uma vestimenta nova do Exército naqueles corpos. Os caixões que os guardariam estavam a caminho, precisaríamos acelerar o processo. Quando ainda os limpávamos, o Professor e Peter Schmidt apareceram para vê-los. Começaram a conversar em alemão: "O que vamos falar ao General Contreras?", indagou o Professor. "Que foi um acidente", respondeu o comandante dos vigilantes. "Não quero que ninguém tenha acesso aos corpos até que um legista de confiança, em Santiago, possa fazer o laudo da morte conforme nossas orientações. Dê as ordens aos vigilantes para que transportem o corpo sem abrir os caixões para quem quer que seja", comandou o Professor.

Assim que saíram, disse à minha companheira o que os dirigentes haviam dialogado. "Não sabia que você falava a língua deles", questionou Rebeca. "É que fui criada aqui, convivo com eles desde criança", disfarcei. "Pois pode ser a nossa chance de fuga", sugeriu. Como estávamos sem ninguém a nos vigiar, começamos a montar a estratégia. Quando acabamos de colocar a vestimenta nos corpos, os caixões chegaram. Falamos aos vigilantes que ainda não havíamos terminado o serviço: eles teriam de aguardar mais uns quinze minutos e, então, poderiam levar os caixões. Um dos vigilantes ainda resmungou alguma coisa antes de nos deixarem a sós para finalizarmos nosso serviço.

"Podemos utilizar, na fuga, as fardas que tiramos de seus corpos. Talvez os dois caibam naqueles armários. Vestimos as roupas deles, entramos nos caixões e nos levam como mortos.", arquitetou Rebeca." "E quem vai chamar os guardas para levarem os caixões?" Perguntei. "É mesmo. Apenas uma de nós deve sair num dos caixões. Até para que não desconfiem tanto." "Então é melhor você, que já conhece o mundo lá fora" eu disse. "Não, eu sou a responsável por este turno. Vão procurar logo por mim. Você é que foi chamada às pressas. Poderia ter voltado para o dormitório. Eu tenho que ficar aqui até de manhã. Se rapidamente derem por minha falta, o plano pode ir por água abaixo. Além disso, você tem o contato do homem lá fora. O telefone, lembra? Vamos menina, me ajude a carregar um dos rapazes para o armário e entra logo nesse caixão. Tem que ser você." Fiz o que ela mandou sem muita certeza. "Vamos fazer um furo com esse objeto pontiagudo, próximo de onde ficará sua cabeça. Vou apenas encostar a tampa do caixão onde você estará. A pressão vai mantê-lo fechado. Vou colocar só uma das travas. Você terá que saber a hora certa de abrir e fugir. Boa sorte, minha amiga."

O que é o céu se não um suborno,
e o que é o inferno se não uma ameaça.
JORGE LUÍS BORGES

Seguíamos em caravana pelos povoados. Naquele tempo, três tipos de agrupamentos chegavam nessas localidades: os comerciantes, os exércitos e os cordões religiosos. Nas rotas em direção a Jerusalém, o terceiro grupo se destacava, sobretudo nos períodos de festividades judaicas. Quem cruzasse conosco pelos caminhos não repararia na liderança do Filho de Deus. A depender do ponto de encontro, certamente pensaria: "Deve ser apenas mais um grupo de essênios ou fariseus a incomodar os saduceus." Tínhamos muito do essenismo, a ideia de Messias era cara aos essênios, entretanto, Joshua divergia de algumas das interpretações tradicionais desse povo. No início, quase todos os seguidores de Cristo convergiam para as formulações essênicas, mas nem todos os essênios quiseram seguir as formulações do nosso Mestre. "O que nos garante ser esse o Messias? Nem jeito para isso este tem", ouvíamos circular à boca pequena.

Joshua mexeu com as estruturas do Templo religioso e dos templos comerciais quando começou a pregar que todas as pessoas seriam iguais perante Deus. Não preciso nem dizer que ele bebeu na mesma fonte em que foi batizado por João Batista. Mas meu amor passou a incomodar quando se deu a andar de povoado em povoado afirmando com todas as letras essas palavras de seu Pai. De um lado, os mais pobres dessas localidades gostavam da afirmação, mas ficavam com medo do que os mais ricos pensariam sobre estes levantes depois dessas pregações de Deus-Pai, o Todo-Poderoso; os mais ricos, por outro lado, não gostavam nem um pouco dessa afirmação, divina ou não, e ficavam temerosos do que os pobres começariam a pensar a partir desse momento. Se algum mérito teve, apesar dessa palavra não ser nova naqueles romanos apostólicos confins, foi despertar em algumas centenas de marginalizados o desejo de esperança em um futuro de salvação.

A cristã teologia iniciada por Joshua e expandida por nós, ao criar uma história única, pretensamente inexorável, com começo, meio e fim, representou uma mudança radical na cosmologia fragmentada e circular do mundo judaico, grego e romano. Os senhores do templo achavam, até então, serem os detentores do futuro, mas, pelo visto, estavam enganados e estagnados no tempo. Mais do que isso, a esperança estava na terra, o futuro poderia ser viável agora mesmo. Poucos tiveram o juízo, no entanto, naqueles tempos, de buscar para valer esse futuro no presente. Contudo, mesmo Cristo foi esperto – ou covarde, como Judas e Pedro insinuaram tantas vezes – e preferiu não bater ao extremo e de frente com os dois monstros que, para Ele, afligiam a humanidade: o Templo de Jerusalém e os romanos. O primeiro, restrito ao cenário local – tudo bem, Joshua o enfrentou com o que tinha às mãos. Agora, atacar os romanos seria demais: só Judas e Pedro, talvez por força da ingenuidade, defendiam tal premissa, digamos, insurgente para a época. Joshua cansava de repetir: "Se assim o fizermos, não chegaremos nem à próxima vila. A via se fechará para nós tal qual se fecharam as águas aos perseguidores de Moisés. Não teríamos êxito, tampouco conseguiríamos tempo para um segundo êxodo. Os romanos seriam implacáveis." Joshua nunca quis ser um novo Moisés, sabia que nunca poderia se colocar em pé de igualdade com um profeta que tinha aberto o Mar Vermelho. Brincava ele: "No máximo consigo andar sozinho sobre as águas."

Meu companheiro teve muito cuidado para não misturar revelação com rebelião – ou com revolução, como dirão mais tarde. Lembro-me de dizer a todos: "Se queres uma revelação, segue-me.

Se queres a guerra, fica." Os devaneios e os desejos são os artífices de duas grandes marcas dos seres humanos na Terra: o amor e a guerra. Nem sempre o amor é justo. Nem sempre a guerra é por motivo justo. De uma coisa tenho certeza: revelação e rebelião nunca sairão das mentes humanas – são intentos que as movem. Por justiças ou injustiças.

Dei a entender que Joshua não compactuava com a rebelião. É verdade – mas não é de toda a verdade. O momento é que não possibilitaria o enfrentamento. E nada poderia atrapalhar os planos de revelação do qual foi incumbido. Não à toa, confidenciou-me uma vez, com um pedido de sigilo: "A minha rebelião é imperceptível, a revelação é a face mais iluminada. Vamos implodir o Império Romano por dentro, em uma guerra invisível, sem nenhuma flecha arremessada, sem nenhuma espada a cortar pescoços." Assumo que não dei fé quando da oratória. Acho, inclusive, que não viverei para ver a profecia cumprida, apesar de presenciar, em Éfeso, certo domínio dos nossos seguidores. Mas estamos na ponta das longas barbas do Império. Em Roma, todos os caminhos ainda levam os cristãos à morte. Paulo, João e eu acertamos ao transformarmos o Filho de Deus em um Deus propriamente dito.

Em Jerusalém, era diferente. Ser Filho de Deus, tudo bem, porém, dizer-se um Moisés seria um estopim para que todos o recriminassem. Os judeus tinham o homem que liderou os hebreus, ao longo de quarenta anos, no deserto, como um ser insuperável na História. E há quem defenda que seus feitos serão valorados por qualquer religião de Deus único a ser fundada. Joshua, de fato, poderia ser admirado dentre os seus fiéis, Moisés seria adorado por todos. Moisés fugiu dos egípcios, Joshua deveria fugir do campo de visão dos romanos. Perto do cerco final, já em Jerusalém, houve quem dissesse: "Já que é para nos contrapormos a tudo e a todos para mostrar que o Filho de Deus está entre nós, melhor lutarmos com as armas que tivermos." Lembro-me de Joshua comentar: "Desde que, entre tudo e todos, não estejam os romanos. Desses, apenas eu tratarei. E asseguro que não terei sucesso, melhor nem tentarem resistir. Sou um servo do meu Pai para salvar almas e não para salivar ódio com armas."

E sobre qual Deus dever-se-ia falar? Esse era outro ponto de debate em alguns povoados. Elohim tinha mais defensores naquelas épocas; Yahweh e Adonai eram ideias aceitas, mas não do modo colocado por Joshua. Pensando bem, é melhor nem tocar nesse assunto: quem sou eu para nominar o deus vencedor. E todos sabem como terminou a história.

Seria apenas mais um lindo dia de sol, se assim somente fosse, mas não era, nem poderia sê-lo. Pensando bem, o dia não era de sol, era de despedida. Pedro decidira e ponto final. Nunca mais alguns dos seus companheiros o veriam, talvez apenas eu tivesse esse privilégio ou sofrimento. Eu já sabia no que aquilo daria: de Roma, não escaparia. A palavra seria levada; a sua vida, idem. Ele se despedia de todos e me olhava como quem vê o fim dos tempos, tal qual Joshua avisara, profetizara. Por mais incrível que possa parecer, a nossa vida continuava para além de Joshua.

Marcos e João também íam em companhia de Pedro. Talvez, tivessem melhor sorte. Não sei exatamente a razão de me referir nesses termos, mas sei de antemão da boa ou má jornada de cada um na capital do império. Desde que Tiago fora assassinado, sentíamo-nos indefesos. Entramos em um labirinto de derrotas, presos dentro dele tal qual um minotauro. O Sinédrio poderia ser convocado a qualquer momento para nos prender.

Estávamos com uma tremenda ânsia de chegar rapidamente a qualquer lugar. As noites eram dolorosas como num grito de desespero. Sabíamos o que tínhamos a fazer e, se o fizéssemos, sofreríamos; se não o fizéssemos, Deus nunca nos perdoaria. O que estava em jogo era a palavra desse Deus, Todo-Poderoso de agora em diante. Depois do Filho, a Glória. Seria aclamado como o único Deus.

Mas, nada é o que aparenta ser. Acrescentemos: tudo é sempre um pouco mais complexo do que aquilo que parece. À primeira vista, a compreensão do possível fica latente e por vezes latejante, mas, se refletirmos bem, a impossibilidade de conhecer as razões da vida se destaca. Desenganos, finitudes e rescaldos de não termos a mínima ideia do pra onde estamos a caminhar nos atormentam de tal forma que apenas seus medos são considerados. Se não fosse isso, por qual motivo as pessoas considerariam a existência de Deus, da vida eterna, do pós-morte? O medo é a matéria-prima das religiões e não a salvação em si, que é apenas sua decorrência. Tem-se que crer em algo para não se enlouquecer ou mandar tudo ao precipício. Óbvio que isso abre espaços para comportamentos de manada – fazer o que? Sempre partimos para o fim. Sei que a sensação é estranha, porém, se assim não entendermos, nunca conseguiremos levar as palavras proferidas por Joshua aos quatro cantos do mundo. O conhecimento sobre o enorme desconhecido talvez jamais seja alcançado, e essa é a graça da vida, é o ponto-grave a trabalharmos entre os humanos.

A equação deixada por Joshua aos seus seguidores era de fácil interpretação: troca o "eu desejo" pelo "tu tens de fazer isso ou aquilo que Deus manda." Desse modo, simples. Todos entendiam com rapidez a nova sentença de vida. Na verdade, nem tão nova assim, os homens do Templo já a adotavam em suas oratórias, mas não em suas práticas. João Evangelista e Joshua decifraram bem os *signos* – melhor utilizar *sinais*, termo menos pagão – do faça como eu faço, não como eu falo, que virou popular provérbio tempos depois.

A interrogação "Por que tenho de pedir a salvação?" e a óbvia afirmativa "Porque só assim estarás a salvo" são antigas, mas ressignificadas pelo Filho de Deus. Se bem que a resposta poderia se dar da seguinte forma: “Porque tens medo, como quase todos os seres dessa terra.”

Não sou nem do Pai nem do Filho. Sou o que quero ou o que gostaria de ser. Sim, sigo vossas palavras, interpreto-as e ressignifico-as, mas são novas as palavras que escrevo, porque ninguém mais as escreveria dessa maneira, à minha maneira. No futuro, dirão serem palavras subsumidas; por enquanto, trato de mostrar a importância de nossa subserviência ao Pai e ao Filho, sentenças sumidas, escondidas para que mais pessoas não morram por causa delas. Mas agora, as palavras são minhas, afinal, sou eu quem as escreve.

“O que estamos a narrar remete à realidade ou à verdade?”, manifesto. Pedro se passa por desentendido: “Não entendo a que ponto queres chegar.” Explico: “Quando um homem se acha detentor da verdade, divina ou dele próprio, pouco importa a ele a realidade sobre a qual está falando. A intenção religiosa não pode ficar à frente da verdade objetiva dos fatos. Interessa-nos apenas a história mítica da salvação ou também a história do mundo?” Como de costume, os que me ouviam ficaram paralisados. Tomé optou pelo embaraço: “Irmã, por favor, traduz para nós o que quiseste dizer. Nem todos dominam esse vosso idioma.” Outro resolveu exarar sarcasmos, era André: “Isso está parecendo a comprovação da profecia de Isaías: ‘Ouvindo, ouvireis, mas não compreendereis, e, vendo, vereis, mas não percebereis’. Eu mesmo não compreendi nem percebi nada do que a irmã disse, e não somente pelo fato de ser eu um pescador, e não conhecer as letras. Com todo respeito: só o Filho de Deus para entender-te.”

Em muitas ocasiões da vida, a crítica – ou a desqualificação, como penso ser esse caso – ajuda-nos a refletir acerca de aspectos que não percebíamos. O uso de parábolas, de problemáticas ou metáforas enriquece a narrativa, mas, sem muitos cuidados, pode dificultar o entendimento. O bom escritor deve e pode utilizar-se desses recursos, mas o bom orador tem que ter maior parcimônia. Até porque a velocidade da interpretação no ato de ler e no ato de escutar é diferente. Tiago tinha o costume de dizer que a escrita é mais inteligente do que o pensamento. O tempo da escrita possibilita condições de fazer associações, relações de nexo que o tempo da fala nem sempre nos permite – a não ser em casos de quem não é deste mundo, convenhamos, como o de Joshua, exímio orador.

"Não devemos construir histórias falsas dos feitos do Filho de Deus ou dos nossos próprios. A mentira é um falso brilhante, ludibria aqueles que não têm conhecimento para detectar uma joia falsa que, quando exposta à luz do Sol, se esfarela como areia jogada ao ar. A verdade precisa ter a garantia de um forte no qual guardamos todas as nossas certezas. Pois, além do mais, vigiam-no com total afinco. E mentir, por mais que possa nos parecer um lugar seguro, é a nossa fraqueza, o nosso castelo de areia.", fiz essa fala precedida de que não estava a acusar ninguém. A sentença seria válida, sobretudo para mim: "Todas as vezes que escrevo ou construo uma fala, pergunto se estou a afiançar algo que realmente tenha veracidade, validade", complementei. Mateus ponderou: "Mas os inimigos mudarão nossas palavras. Ao final, não ficará nem a nossa história, tampouco a história que eles passarão de nós." Não havia como discordar: "Sim, tu estás certo, a verdade sempre estará no meio do caminho", no que fui interpelada de maneira certeira por Tomé: "Nesse caso, a mentira também." Soltei apenas um "É provável." Felipe relembrou uma fala até hoje enigmática: "Mas Joshua nos disse uma vez que Deus usa dúvidas para nos ensinar." Argumentei que era essa a razão do excesso de excertos de discurso não muito diretos proferidos pelo Filho de Deus. Todavia, não externei uma impressão que agora vou mencionar: as dúvidas eram utilizadas por Deus ou apenas eram marcas na oratória de Seu Filho?

Lucas entrou na conversa com uma citação em moda lá pelos lados da Macedônia que, filosoficamente falando, entra em colisão com o ensinamento deixado por Joshua: "Não crio nada, constato. Não creio em nada, observo." Pareceu-me mais uma alegação fortuita dos césares, quando autorizam o assassinato de inocentes no Coliseu. Mas de uma coisa gostei na passagem narrada por Lucas: a precisão, no que diz respeito aos termos selecionados. Um culto curto é mais proveitoso do que cem minutos de louvação vazia, ensinou-nos Joshua. Aquecer o clima em poucas palavras para que elas não sejam esquecidas. Mais poesia do que prosa.

Teu dever é lutar pelo direito,
mas se um dia encontrares o direito
em conflito com a justiça, lute pela justiça.
EDUARDO JEAN COUTURE

A Cleide não passou nem quarenta e oito horas internada. O pessoal preparou uma festa de recepção para ela, no retorno. Todo o Crusp parou para recepcioná-la. Com a namorada de um lado e o namo do outro, envoltos em seus braços, ela observava com o olho que não estava ferido. Não sorriu, mas agradeceu o apoio de todos da moradia. Na entrada do Bloco A, estavam o Rasta e o José com dois buquês de rosas vermelhas, as preferidas da minha mina. A Ida organizou um nhoque coletivo, na cozinha do 6º andar, para comemorar a volta de mais uma das vítimas das forças de repressão paulista. A Cleide reclamava de dores de cabeça e do incômodo no olho ferido. Eu disse a ela que poderíamos descer ao nosso apartamento para descansar. Mas ela preferiu fazer uma média com o grupo, comeu um bocadinho e deu um toque para que a acompanhássemos ao 502.

O Marcelinho e eu deitamos com ela. Até aquele momento, ela não tinha comentado nada sobre as chances de recuperar a visão. Mas agora, talvez por estar no conforto e na intimidade do seu quarto, com as pessoas que a amavam, decidiu saber o que acontecera para valer com seu olho: "Não mintam, é melhor que eu saiba por vocês se um dia voltarei a enxergar ou não." Travei para responder. Então, o Marcelinho explicou toda a situação. A chance de perder a visão para sempre era grande, mas, pelo menos, não houvera a destruição do nervo óptico, de acordo com o médico, o que deixava uma esperança. Do nada, soltei uma sem lógica: "Fique tranquila que faremos de tudo para que você volte a enxergar com esse olho atingido. Nem que para isso tenhamos de fazer um milagre." Foi o único momento em que sorriu – o que eu acabara de dizer expressava muito amor, mas nenhum cabimento. Essas duas palavras, amor e cabimento, em geral, não combinam.

Conforme o previsto, a mídia repercutiu o caso até o dia seguinte ao ataque, apenas. Na saída do hospital, eram apenas dois repórteres a nos acompanhar: um, da *Mídia Ninja*, e outro, do *Nexo*.

Nós três dormimos até por volta das nove horas da noite. As luzes do apartamento tinham que ficar apagadas à noite, no máximo deixávamos a lâmpada de um dos banheiros acesa. O médico recomendou evitar qualquer exposição à luz nos primeiros dias.

Precisávamos trocar o curativo no hospital a cada dois dias, a bateria de exames seria semanal. Ela continuava sentindo dores, próximo ao olho atingido. Marcelinho se mostrava um tanto introspectivo – talvez, por tristeza pela situação, talvez, matutando algo com seu espírito.

Os dias foram passando, a greve continuando. O Marcelinho e eu optamos por não ir mais às manifestações, não queríamos preocupar a nossa mina. Sua recuperação estava dentro do previsto, contudo, não havia nenhuma certeza sobre o restabelecimento da visão. Devido à tensão dos últimos tempos, demos uma parada no sexo. Aumento da tensão, diminuição do tesão. Talvez não fosse esse o caso. É provável que estivéssemos com receio de propor e soarmos insensíveis à circunstância. Outro fator a atrapalhar as nossas brincadeiras eram as constantes visitas de colegas ao 502. Óbvio que não poderíamos reclamar dos apoios, mesmo que nos limitassem a intimidade. As idas e vindas do tratamento também complicavam. Amanhã, por exemplo, os dois irão ao Hospital das Clínicas, exames um pouco mais complexos a fazer. Eu me reunirei com a coordenação do NCN logo pela manhã, o que me impossibilitará acompanhá-los.

Assim que a reunião acabou, por volta das 12h, passei um *zap* aos meus amores: "E aí, tudo *ok*?" A resposta veio do Marcelinho: "Teremos que aguardar os resultados dos exames", "#confiança!". Continuei o diálogo explicando que comeria um lanche e, depois, subiria para participar, pela primeira vez, de um grupo de estudos sobre literatura africana coordenado por um professor do próprio NCN, atividade que tomaria todo o período da tarde. Eles avisaram que comeriam por lá mesmo, antes de voltarem ao Crusp.

A atividade do grupo de estudos foi bem rápida. O pessoal não avançou na leitura da obra *Teoria Geral do Esquecimento*, do angolano José Eduardo Agualusa. Fizeram apenas algumas considerações sobre os períodos históricos tratados no livro, e assumimos o compromisso de nos encontrarmos dali a quinze dias. Verei, na Biblioteca da FFLCH, se há algum exemplar disponível; caso contrário, comprarei um usado em algum *site* de entrega rápida.

Teria tempo de passar no 502 antes de subir pra São Remo: queria dar um beijo na Cleide antes de ir lecionar. Abri o *zap* e vi uma mensagem falando que haviam chegado ao Crusp. Beleza, vou correndo pra lá. Encontrei o Pedrão no térreo do Bloco A, mas dei logo um perdido, com jeito. O Juninho me viu abrindo a porta do elevador e miou, dando um toque para eu esperá-lo. Estranhei o fato de ele não estar com os meus amores no apê. Peguei-o no colo e fiz um carinho na parte de baixo do seu pescocinho, ele adora isso. Entrei em silêncio, eles poderiam estar descansando após saírem cedo. Quando abro a porta do nosso quarto, a surpresa. A Cleide estava deitada e o Marcelinho estava chupando a sua boceta. "Que porra é essa?", gritei. O chupador deu um pulo e falou: "Você não tinha atividade a tarde toda?" Respondi bruscamente: "E vocês aproveitaram para trepar sem mim. Pelo jeito, nem é a primeira vez que agem pelas minhas costas." A Cleide tentou amenizar a situação: "Meu amor, fique calma. Cheguei chateada das Clínicas, ele me fez um carinho, e as coisas foram rolando. Se a intenção inicial fosse mesmo trepar, e soubéssemos que você vinha pra cá agora, teríamos te esperado." Essa justificativa não iria me acalmar, tínhamos um combinado que só treparíamos juntas, sacanagem o que fizeram comigo. E olha que estou sem dar uma desde o fatídico dia em que ela sofreu o atentado. "A única coisa que exigi quando resolvemos ter uma relação séria era isso. Quebraram a minha confiança." Disse com raiva, e saí do quarto.

O Marcelinho veio ao meu encalço, pegou no meu braço. "Me solta, seu merda. Você se aproveitou do momento delicado dela pra me deixar na lona. E solta o meu braço, se não vou começar a gritar e falar que você está me agredindo. E não venha atrás de mim." O elevador ainda estava parado no quinto andar. Passei uma mensagem ao Marcola e perguntei se ele poderia dar aula no meu lugar. Não demorou nem um minuto para vir a resposta: "Sim, aconteceu algo?" Respondi apenas com um "Obrigada."

Fui pra Praça do Relógio jorrar minhas lágrimas, num lugar bem escondido. Fiquei por ali até quase o anoitecer, lidando com meus anjos e demônios. Depois resolvi subir até a História. Encontro a Ida e a Ivana: "O que aconteceu? Você não tinha de dar aula?", perguntou a Ida. Joguei uma justificativa esfarrapada logo de cara pra elas desencanarem – ou ao menos, não me encherem.

A outra esperada pergunta veio sobre meus namoradxs, e respondi que os dois ficaram na cama do 502. Peguei uma latinha de cerveja e falei que precisava comer. Elas fizeram questão de me acompanhar à lanchonete, sabiam que havia algo de errado. Não falei das razões daquele meu rosto desconfigurado. "Deu sorte, vamos pra Filosofoda-se daqui a pouco", informou a Ivana. Era tudo que eu necessitava, uma festa daquelas. "Você ficará bem", tentou aliviar a Ida, mesmo sem saber o que estava pegando. Em minha mente, só vinha o Marcelinho atacando uma de suas namoradas sem a outra saber. Nunca fui de tomar toco. Eu estava atravessada pela fraqueza do desejo sexual e pela franqueza de uma relação estável.

Bebemos várias antes de irmos ao prédio da Filosofia. O Batista e o Danton foram conosco, todos com a cara de: "Cadê o Marcelinho? A Cleide está bem?" Talvez, até tenham perguntado – dessa parte em diante, não me lembro bem. Com exceção do último ato.

Como justificar que não dormi no 502 naquela noite? Nem no 403, 110... Fui de manhã para a casa dos meus pais; talvez assim tivesse tempo de elaborar algo. As mensagens no *zap* e no *Messenger* eram às dezenas. Só fui vê-las na hora do almoço, após deixar o celular carregando.

A visita surpresa chamava a atenção. A Dona Dalva é danada: a cada dez minutos, dava um jeitinho de me agradar com alguma coisa e perguntar sem muita intromissão o que ocorrera. Fiquei na minha. Matei as saudades do cuscuz com ovo mexido acrescido de um picadinho que só ela sabe fazer. Foi uma cuscuzeira só pra mim. Agora sim, a minha mãe ficou extremamente preocupada, ainda mais se eu desse bandeira e fosse ao banheiro após a refeição. O problema era antigo. Lembro-me de ir com ela, quando eu ainda tinha quinze anos, a um psiquiatra do Servidor Municipal. A doença ganhava corpo (no caso, o meu corpo), e eu definhava. Tudo que comia deitava fora. Após explicar o motivo da consulta, minha mãe tentou mostrar ao doutor a adolescente espevitada que lia cinco livros por semana: "Sim, doutor, ela come os livros." Para quê?! O cara misturou alhos com bugalhos – ele devia estar doidão de Lexotan –, fez cara de chocado e soltou, sem nenhum grau de ironia, "Sério? Ela come até os livros?" Ali acabou a consulta – eu não conseguia parar de gargalhar! Até a Dona Dalva não se aguentou: pediu desculpas, e saímos do consultório dando risada.

Dei um tempo com meu papis na sala, a teve estava ligada. Não resisti a fazer um comentário sobre o cenário brasileiro: "O golpe no Brasil foi na forma de fissura. Claro que a Dilma colaborou ao escolher Kátia Abreu, Joaquim Levy e outros tantos. Mas o cerne do golpe foram as contínuas estocadas que a mídia deu ao longo dos últimos anos. Devagar, abriram fissuras, rachaduras no próprio conceito de democracia." Ambos votaram no Lula e na Dilma, apesar da pressão tucana realizada pelo Miguel. No processo do golpe, entretanto, deixaram-se levar pela conversinha das Elianes Cantanhedes da vida. Só agora, com o ápice da crise e o governo do *Fora Temer!* em frangalhos, com acusações de corrupção envolvendo quase todos os ministros e mesmo o usurpador do Planalto, é que eles se ligaram na tramoia que envolveu a mídia, o Judiciário, o Parlamento, entre outros que cuspiram na democracia brasileira. "Só assim para o senhor se ligar", disse ao meu velho, muito mais em tom de piedade do que de acusação. O Seu Gentil entendeu e balançou a cabeça em sinal afirmativo. "E como andam os estudos? O Marcelinho está bem? Por que ele não veio contigo?" Nossa, logo três perguntas de uma vez: ele queria porque queria mudar o assunto. Estava ainda a tentar responder a segunda e ele veio com sua questão existencial: "Você e o Miguel precisam se entender, são irmãos. Não quero passar o próximo aniversário com vocês ainda brigados. Cada um abre mão um pouquinho e tudo se resolverá...", e completou com a conhecida chantagem, "Ou vocês vão esperar para se reencontrarem apenas no dia do meu enterro ou no da sua mãe?" Teria de despistar, como em tantas ocasiões o fiz. Sabia que, dia ou outro, acabaríamos nos encontrando em um almoço de aniversário de um dos velhos, num Natal, essas coisas. Só não queria voltar a ter uma relação com ele, sobretudo depois da briga que envolveu, inclusive, o Marcelinho. E justamente porque o Miguel quis defender os interesses dos banqueiros para os quais ele trabalha. Daí ao ponto de chamar o Marcelinho pra briga só por causa de discordâncias políticas era demais... Naquele dia, tive vontade de jogar meu irmão na cova dos leões. Jamais o aturei; ao menos, agora, tenho desculpas para evitar qualquer contato. Meus pais sofrem, em especial meu velho, porém o sangue não é o elemento a unir os irmãos. Na maior parte dos casos, podemos confiar segredos e esperar atitudes positivas mais de amigos do que dos próprios familiares. O laço de sangue não é o laço da sequência da vida, disso não tenho dúvidas. Meus camaradas do Crusp têm muito mais a ver comigo do que meus irmãos, primos, tios. A única exceção, talvez, sejam meus pais, mas, sinceramente, me preocupo mais por eles buscarem essa aproximação a todo custo. Se forem esperar por mim, Deus os acuda!

Estranhei que as mensagens da Cleide e do Marcelinho tinham parado por volta das quinze horas. Claro que deviam estar também putos por eu não dar retorno, muitas vezes desencanaram. Mas mesmo o pessoal da moradia estudantil, todos os amigos, deram um tempo, ninguém apareceu para puxar papo ou perguntar nada. Será que o rolo com o João tamanho quase G... ? Torcia para que o babado não tivesse se espalhado. Imagine ter de dar satisfação pelo ato aos amigos... Pior, aos meus dois amores... No estado em que eu me encontrava ontem, com certeza dei na vista com aquele garoto.

Subi pro meu antigo quarto e fui pesquisar na *net* um livro seminovo do Agualusa pra comprar. Nada de encontrar. Dei um toque no meu pai, que se prontificou a comprar a obra na manhã seguinte, na livraria do Aricanduva. "Lendo e escrevendo muito, minha filha?", perguntou o Seu Gentil. Falei que mais ou menos. "Como ex-professor de Língua Portuguesa, a única coisa que posso lhe garantir é que ler nos faz uma pessoa melhor, abre novos horizontes." Não gosto dessa visão ufanista da leitura. Provoquei--o: "Pai, leio para ser uma pessoa melhor e escrevo para ser uma pessoa pior", ele saiu do quarto rindo, achando que fosse uma simples brincadeira. Aproveitei para passar um *zap* pra Ida, queria ver se rolava algo de estranho. "Q merda hein miga", o prenúncio da desgraça em sua resposta. Fodeu! "Qual delas?", fingi não saber. "Vc sabe #tamujunto." Ela não queria entrar em maiores detalhes. Enviei um emoji de carinha neutra à Cleide. "Me erra", respondeu, sinônimo de que a bagaça estourou. Fico na minha. Mas recebo outra mensagem dela: "Pq fez isso?!!!!". O feitiço virou contra a feiticeira, saí toda cheia de razão do 502 ontem à tarde e agora sou a vagaba da história. Melhor deixar quieto, desliguei o celular e não abri mais meu *face* no computador dos coroas.

Voltei ao Crusp dois dias depois. Acompanhei algumas discussões nos grupos de *zap*, porém não postei nada. Nem mais um diálogo com a Cleide, tampouco mensagens do Marcelinho. Ainda estava com dúvidas sobre se a raiva dos meus amores era por causa do estresse que tive com eles ou por algo mais. Ao chegar no 502, as duas possibilidades se confirmaram. "Você sai daqui emputecida ao visualizar um ato de amor entre sua namorada e seu namorado, que nada teve a ver com traição, vai pra balada e dá praquele moleque do João", até que o Marcelinho foi condescendente, se fosse comigo o bicho seria mais feroz. A princípio, consegui esconder o desconforto. Teria ao menos algum tempo para refletir e dar uma resposta à altura do que esperavam, do que eu mesma esperava de mim. Tentei me defender: "Nós tínhamos um combinado e vocês se atracaram sem ao menos me darem um toque, tipo 'olha, Madá, passei esse *zap* pra dizer que a Cleide tá chateada e vou dar uma lambida na boceta dela pra ver se passa'. Nem isso tiveram coragem de fazer. Vocês traíram minha confiança primeiro."

Aprendi, há muito tempo, que temos de atacar antes, para posteriormente nos defendermos; isso propiciava alguma proteção. Serviria, no mínimo, para ganhar fôlego no embate, sentir o terreno, até onde se estenderia a coragem do inimigo. Se bem que estes que aqui estão não são meus inimigos, ao contrário, são os amores da minha vida. Ambos nem quiseram insistir nesse ponto, apenas colocaram a minha falta de sensibilidade pra entender a situação difícil da Cleide. E vieram pra cima ressaltando a minha traição na rua. Tentei argumentar que não ocorreu nada, mas foi em vão, ao que parece, uma puta galera viu a bagaceira. Não imaginei que uma esporádica trepada com o João fosse virar esse apocalipse. O único jeito de contornar seria questionar do que me acusavam: "Mas o que é a traição? Se houve nesse caso que estão citando e que não consigo confirmar, também ocorreu no de vocês. Só que vejo uma complexidade maior nessa definição do desejo de traição. A tradição a define de uma maneira muito simplória, e vocês estão a repeti-la. Prefiro somar a lealdade a essa acepção."

A Cleide se mostrava irredutível, exigia que o Marcelinho terminasse comigo; ele parecia meio tonto com a situação, e eu me aproveitei: "Às vezes, os pensamentos malditos não podem ser controlados. E não há prova de que realmente fiz algo com o João, apenas dançamos e brincamos na festa." Fui desmentida na cara-dura: "Pare de negar, já vimos uma foto em que vocês dois estavam atracados na saída do prédio da Sociais. E quem a tirou garantiu que vocês desceram ao Crusp depois", disse a Cleide. Quem teria sido o canalha que bateu a foto e ainda teve o culhão de enviar a eles? Nessas horas, confirmamos que não faltam pessoas a nos apedrejarem. Além de traidora, transformei-me em mentirosa. "Logo nesse momento você faz um ato tão egoísta. Você não tem dimensão da sua irresponsabilidade, não é mesmo?", mensurou o Marcelinho, no que a Cleide complementou: "Você mente deslavadamente! E mente quantas vezes forem necessárias. Não merece nenhuma mulher ou homem decente que passem pela sua vida. Estou chocada!"

Desatei a chorar na frente deles, só então tive a noção da cagada. Além de perder meus amores, como ficaria a questão da moradia? Sim, sou residente e a Cleide é hóspede irregular; no entanto, nessa condição, como poderia discutir a validade da minha vaga no 502? E a cara que ficaria com os amigos? Disse compreender a revolta deles, quem sabe com as cabeças frias não entendessem o meu lado. Ressaltei ter sido o único pedido que fiz, no instante em que resolvemos montar o trisal, "Compreendam isso, abri mão de ser sua única mulher e só exigi que transássemos sempre juntos. Vocês sabem que nunca trepei com vocês em separado depois da nossa união, e olha que você era meu namorado. Duvido que alguma mulher fosse tão transigente com essa situação, inclusive você, Cleide. Você jamais teria aceitado dividir um namorado com outra mina, como eu fiz. E agora fica dando uma de senhora da razão. Sei o que está passando, estou do seu lado e lutarei até o fim para restabelecermos a totalidade de sua visão. Então, por favor, não compre apenas essa versão de traição. Eu também estava triste. Errei, eu sei. Mas eu amo vocês." Pedi que avaliassem com mais tranquilidade e desci pro 403 – a Ida e o Batista não me deixariam na mão, apesar de já terem o Danton e o Demonião como moradores.

Haveria uma reunião do DCE no final da tarde para debater a continuidade da greve. O governo estadual estava irredutível, e os sindicatos, com dificuldades na negociação. Há anos, o *Conselho de Reitores das Universidades Estaduais Paulistas* não negociava nada, apenas enrolava e impunha. A coisa só mudava de figura quando trabalhadores e estudantes estavam de fato organizados e em ação. Em outras palavras, o cenário era idêntico ao de outros anos, a paralisação avançaria ainda por algumas semanas. O caso da Cleide, com o passar dos dias, ressoava apenas dentro da USP. O resultado da última e mais detalhada bateria de exames sairia em dez dias. Tínhamos a recomendação de que a análise fosse realizada em conjunto com uma consulta da junta médica. Tudo indicava ser o parecer final sobre a possibilidade de retorno ou não da visão. Esperava que, até lá, as coisas estivessem melhores entre nós, queria muito acompanhá-la.

"Fez merda, né, Madalena!", era a Ida me esculachando. Reparem, ela não disse Madá... amiga também é pra essas coisas. Nem precisei falar nada, minha cara dizia tudo. "Posso dormir por aqui até a poeira baixar?" Ela concordou, o Batista tinha adiantado essa possibilidade na noite anterior. "Só precisamos arrumar um colchão pra você dormir aqui no quarto comigo." Falamos algo mais trivial, e depois, ela voltou ao assunto: "Encontrei o João ontem, e ele perguntou de você." "Quero é que ele se foda", respondi. "Quer mesmo? Ou quer que ele te foda novamente?" "Ah, para, por favor, só faltava essa." Dei a desculpa da bebida, ela não engoliu. Aconselhou-me a decidir o que queria pra minha vida, e não ficar mexendo com os sentimentos dos outros. Naquele momento, ela tinha toda razão, e eu não tinha qualquer dúvida.

A área em frente à Reitoria estava abarrotada, o movimento estudantil não arredava o pé da luta. Óbvio que estou falando do campo mais progressista, da galera de esquerda; a direita estudantil, presente em muitos centros acadêmicos de cursos tidos como tradicionais, nem pisava na reunião do seu Diretório Central. Fiquei feliz ao ler os vários cartazes e faixas "SOMOS TODAS CLEIDES". A Ida e eu colamos com o Pedrão, o Lorde, o Marcola e o Glauber. O Pedrão me chamou de lado pra dar uma força: "A Ida me falou do que aconteceu. Vou trocar uma ideia com o Marcelinho pra ver se o convenço a deixar quieto, mas não será fácil."

"Enviei umas fotos das faixas pra Cleide. O Marcelinho passou um *zap* depois, falando que ela se emocionou pra cacete", disse a Ida. Que massa!, pensei. "E alguma notícia dela?" A Ida me respondeu que o clima ficou super pesado esses dias no 502; os dois nem quiseram muito papo – além da chateação, talvez estivessem com vergonha, especialmente o Marcelinho. "Mas, mudando de assunto, Madá, bem que a gente poderia fazer uma parceria do

Núcleo de Consciência Negra e do portal digital que o José e eu estamos inaugurando e trazer aquela vereadora negra que acabou de se eleger no Rio de Janeiro", sugeria a Ida. Não consegui identificar sobre quem a minha amiga falava. Ela explicou: "Marielle Franco, do PSOL, foi a quinta mais votada na cidade. Mulher negra, da Favela da Maré, bissexual, companheira de luta do Freixo." Quando cheguei no 403, joguei no Google para saber mais informações. A ideia era ótima. Mandei uma mensagem para a Ida: "Vou ver com a coordenação do Núcleo se eles topam trazer a vereadora do Rio com os parcos recursos que temos." O Juninho dormiu comigo no 403, tadinho, nem dei atenção a ele nos últimos dias.

Acordei atrasada para a reunião do grupo de estudos. Esqueci de colocar a merda do celular pra carregar, como ele iria despertar? Caraca, o pior é que não tem nem pão velho para tomar no café. Minha pressão vai baixar se for pra reunião sem comer porra nenhuma. No 403, é mais fácil acontecer a multiplicação da diamba do que de pães. O negócio será passar na conveniência do Crusp, pegar um queijo quente e comer no caminho. Deixei o celular pegar um pouco de carga enquanto tomava um banho.

Corto o trajeto no final do Bloco F. Antes de chegar à conveniência, um garoto me chama: "Você é a Madalena, não é?" Aceno positivamente. Pergunto quem ele é, o que está fazendo ali, no meio da moradia estudantil, e como sabe o meu nome. "Sou o Marco Antônio Baptista, de Goiânia. Nunca ouviu falar de mim? Talvez tenha visto alguma coisa do meu irmão, o Mirinho. Viveu durante muitos anos assombrado pelo espelho dos seus sentimentos, pelo recorrente pesadelo de não conseguir me salvar. Ele cansou de encher o saco do Collor." Continuei com a cara de quem não estava entendendo nada. Ele prosseguiu: "Ou, quem sabe, a senhora se recorde da minha mãe. Aliás, é por causa da Dona Santa que venho procurar você. Enquanto ela não achar meus ossos, não sossegará e não virá ao meu encontro. Ajude-a, por favor!" Faço mais algumas perguntas. Conta que foi o adolescente mais jovem a ser assassinado pela ditadura, quinze anos de idade – ainda hoje, é computado como um desaparecido político. "Nossa, você era uma criança!", falei. "Tecnicamente, um adolescente. Eu até já dava aula de inglês." Sua mãe morreu em um acidente rodoviário, após audiência, em 2006, com o então vice-presidente, o também falecido José de Alencar. Ela ficou trinta e seis anos à procura do corpo do filho, que era um militante secundarista na época da ditadura. Digo que não sei como proceder. Ele insiste: "As santas reconhecem as outras. Se um dia encontrá-la, avise-a que nossos ossos não têm qualquer importância a partir de agora. *Bye*." Sem maiores despedidas, saiu correndo pela trilha. Pelo que contou, seu corpo infantil não aguentou as bordoadas levadas após a prisão.

Quando saí da conveniência, encontrei o Marcelinho. Ele me perguntou se estava tudo bem. Tentei manter a conversa e perguntei onde ele ia. Respondeu meio seco que pra casa. Fui acompanhando seus passos, falando sobre amenidades, sobre o meu atraso e, ao passarmos em frente ao Bloco D, demos de cara com o João Quase G saindo. "Queria mesmo falar com você", foi logo dizendo ao Marcelinho. "Não temos nada que conversar, e é melhor você sair andando se não o bicho vai ficar feio pro seu lado. Tô pouco me lixando pro seu tamanho." Fiquei com aquela sensação de que deveria ser apedrejada em praça pública, olha só a merda que fiz! O Pedrão, que estava com o João, bancou o deixa-disso: "Deixa quieto, João. Vocês não têm nada pra conversar." "Você era meu amigo há mó cara e dá uma dessas, seu vacilão do caralho", gritou o Marcelinho. Em seguida, olhou pra mim, não falou nada; nem precisava, as palavras ressoaram na mudez: "Tá vendo, agora tenho de passar por corno pra todo o Crusp." Nem fiz menção de subir ao 502, preferi deixá-lo pegar o elevador com a desculpa de que iria ligar pra minha mãe, ali no térreo.

Àquela altura, desisti da reunião com o grupo de estudos. Precisava, de fato, ligar pra minha mamis, tinha mensagem dela no celular desde a noite anterior. Deve ser o tal almoço em família. "Oi, mãe." "Oi, filha. Tudo bem por aí?" "Tá." "O Marcelinho ligou pro seu pai e contou uma história bem estranha." Puta-que-o-pariu, pensei. "O que foi?" "Ele só disse que vocês estavam se separando por sua culpa e não deu mais detalhes." Melhor, avaliei. "Não se preocupe, tivemos uma briga, mas as coisas vão se resolver." Eu estava sentada no banco, ao lado do escaninho, e o Juninho veio se deitar no meu colo. Esse felino tem uma sensibilidade daquelas – sabe que estou mal e vem me dar um cheiro. Ao término da ligação, levei-o pra dar um rolê na Praça do Relógio, ele adora brincar nas plantas.

Após muita intermediação do pessoal e insistência de minha parte, consegui acompanhar a Cleide e o Marcelinho na consulta, tão esperada por nós. Não que tivéssemos reatado a relação, eu continuava dormindo com a Ida e o Juninho no 403. Apesar de a retidão não ter volta e a certeza do outro não ter vez, tentamos aparar as arestas, mesmo que a parcial vitória ou a definitiva derrota ficasse no íntimo de cada um. Pelo menos, voltamos a dialogar e eu pude novamente dar atenção à Cleide. Estávamos ansiosos, era o "Dia D" da avaliação médica. Por enquanto, o olho não dava sinais de recuperação. Toda vez que havia a troca do curativo, ela fazia um esforço para ver algo, mas o mesmo borrão permanecia. A junta médica adiantara que a recuperação demoraria muito tempo, oxalá seja isso.

Chegamos adiantados, daria tempo de tomarmos um café na lanchonete. Aos poucos, fui me achegando neles. Antes de passar aos resultados dos exames, a junta médica faria uma análise detalhada do olho atingido, utilizando equipamentos de última geração. O laudo só seria fornecido se realmente tivessem certeza da irreversibilidade do ferimento ou da pronta recuperação da vista. Ela se mostrava mais carente do que de costume, dava vontade de pegá-la no colo. A Dona Diva chegou, mas nem deu tempo de conversar muito com a filha: a Cleide foi chamada ao consultório, eu e o Marcelinho tivemos de aguardar do lado de fora, só permitiram a entrada da mãe, tudo bem.

Meia hora depois, as duas saíram do consultório. Falaram que a equipe médica se reuniria agora mesmo para cruzar os exames realizados com a análise feita. A angústia crescia, o Marcelinho comentou que o diagnóstico deveria sair hoje, caso contrário não teriam pedido para esperarmos. Perguntei à Cleide se eles haviam mencionado algo durante a consulta. Segundo ela, os médicos foram bem evasivos, só fizeram o movimento de mostrar a todos algo que haviam diagnosticado, mas sem emitir opinião na nossa frente. Mau sinal, pensei. Se tivessem verificado algum sinal de melhora teriam comentado com elas no mesmo momento. Preparei-me para o pior.

Fomos os quatro chamados no consultório. Lá dentro, havia duas profissionais que não estavam num primeiro instante. "Essa daqui é a psicóloga Dandara e aquela ali é a Clau, uma das assistentes sociais do Complexo das Clínicas. Nós as chamamos para que possam dar todo auxílio a vocês." O chefe da equipe médica não precisou dizer mais nada – ela havia perdido a visão do olho atingido. Eu e a mãe dela ficamos desesperadas. "Como assim? Tentem realizar mais exames. Podemos voltar aqui quando quiserem", argumentei. O rosto dos profissionais continuou fechado. "Lamentamos, mas não podemos fazer mais nada, tentamos de tudo", falou outro médico. "Mas vocês mesmo falaram que a recuperação seria vagarosa. E agora fazem esta avaliação?", o Marcelinho se mostrava indignado. "Não temos mais meios. Desculpem-nos." A assistente social aproximou-se da Cleide, que estava imóvel com o olhar perdido, longe. "Se ainda quiserem fazer alguma pergunta, estamos à disposição", disse o chefe.

Perguntamos se não havia algum tipo de tratamento alternativo, se o olho não poderia dar uma resposta posteriormente, possibilidade de transplante... nada era possível, disseram. Peguei na mão do Marcelinho, levantei a Cleide e pedi para a Dona Dina nos acompanhar.

Ao sair do consultório, avistei no fundo do corredor aquela velha enfermeira de outrora. Ela balançava a cabeça pra cima e pra baixo, olhando pra mim. Pedi ao Marcelinho que beijasse a Cleide de um lado da face e com todo carinho, como se ele pudesse modificar o curso da história. Posicionei-me do outro lado da face dela e fiz o mesmo. A Cleide nos abraçou e desatou a chorar, sua mãe veio se juntar a nós: "Quer dizer que nunca mais vou recuperar a visão?", perguntou ela, desesperada. "Se não há verdade absoluta para a História, por que haveria de ter para a Medicina?", afirmei.

Após tomarmos um banho e comermos algo, a Cleide disse que estava cansada e foi dormir. O Marcelinho e eu continuamos na sala, nossa tristeza nos impedia de também nos retirarmos para o descanso. Após uns vinte minutos que a nossa namorada entrou no quarto, o Marcelinho deu um toque que queria falar comigo. Sugeri que fôssemos à cozinha do 6º andar. "Você nunca mais teve aquelas visões?" Respondi que não, a última coisa intrigante foi avistar a enfermeira fantasma nas Clínicas. "E hoje mesmo a revi no momento em que saíamos do consultório." O Marcelinho falou que não a viu, e continuou: "Tive um sonho estranho na noite passada, foi muito real. Alguém falava comigo: 'Filho, devido ao sofrimento que te causei em vidas anteriores, atendi ao teu pedido e te permiti ter duas mulheres. Mas tiro-te ambas se não cumprires as minhas ordens'. E não era o meu falecido pai." Opinei: "Deve ser o peso de estar num relacionamento fora do padrão, e isso pode gerar dúvidas ou culpas sem razão na sua cabeça."

Talvez para tirar o peso do momento, o Marcelinho me perguntou se eu não havia retomado a terapia de regressão. Expliquei-lhe que não: "Esses tempos foram agitados, greve, o ataque à Cleide. Acho inclusive que estou precisando dessa terapia ou alguma outra mais tradicional." Ele brincou: "Façamos o seguinte, criemos uma não-tradicional: terapia de trisal. A de casal não dá conta de nós." Brincadeiras à parte, disse a ele que de fato seria bom procurar o auxílio de uma profissional da área da Psicologia.

Os dias foram passando, e a Cleide volta e meia comentava sentir um reflexo diferente na visão. Às vezes parecia conseguir enxergar alguns vultos. "Mas como?...", perguntava pra mim, "... se os médicos disseram que não haveria qualquer tipo de sensação no local atingido?" Na aparência, visível agora que ela parou de realizar os curativos, não observamos sinais de melhora nem de piora. Conforme o diagnóstico realizado pelos médicos, as veias que alimentam de sangue o glóbulo foram as mais danificadas. É provável que ela passe por uma intervenção plástica com o objetivo de melhorar a estética, uma vez que o osso da face em volta do olho foi afundado em alguns milímetros.

Nós três estávamos nos acertando aos poucos. O sabor agridoce da vida repousava justamente nesse lugar-comum: a estabilidade de um verdadeiro amor. Tive de baixar a bola em alguns momentos, reconhecer meu erro, pedir desculpas muitas vezes, ouvi-los me jogar na cara. "Eu amo vocês, nunca se esqueçam disso", mas também fui pra cima em outros momentos: "Olha aqui, Marcelinho, você é um felizardo, quantos homens têm logo duas mulheres pra trepar todo dia? E fui eu quem lhe proporcionou isso." "Cleide, sei do cenário de dor que está passando, mas pedir pro Marcelinho, que era inicialmente apenas meu namorado, terminar comigo é um tanto de exagero, não acha? Afinal, quem te trouxe pra morar nesse apartamento e dividiu o *boy* contigo fui eu." Prometi a ambos que jamais chegaria perto do João novamente.

E eles exigiram mais uma coisa: que eu não fosse mais ao banheiro após as refeições. Pensei ser um segredo guardado só para mim: a Cleide é que deve ter detectado a doença que tenho. *No problems*, o Marcelinho é o homem da minha vida, e a Cleide, a mulher. Farei tudo que for preciso para enfrentar esse demônio da gula.

O interfone toca uma vez, ainda bem cedo; deixamos rolar... aquela preguiça de levantar. Após uma pequena pausa, mais uma chamada. O Rasta é quem saiu do seu quarto para atender. Consegui ouvir baixinho: "Sério, Jurandir, que merda! Você tem certeza de que é ele?... Porra, vou chamá-los." Antes mesmo de o Rasta bater na porta, eu já estava abrindo-a. O choro já estava em seu rosto: "É o Juninho, ele morreu." "Como assim?" perguntei. "Parece que comeu veneno pra rato. Está lá embaixo com o Jurandir." Desci de pijama mesmo. O gatinho estirado no chão em frente ao Bloco A; o Seu Antônio, o Pedrão e o Jurandir estavam incrédulos em sua volta. "Não!!!" Peguei meu bichinho no colo, no que chegam o Marcelinho e a Cleide, desesperados. "Chumbinho", disse o porteiro. O Bloco A ficou de luto naquela manhã, todos que passaram pela portaria e viam o felino imóvel paravam para olhar e se entristeciam.

Ele era querido por todos. "Se você quiser, posso pedir uma enxada ao pessoal da obra do térreo e o enterramos", era o Jurandir se disponibilizando nessa circunstância tão difícil. "Claro", respondi, a palavra quase não saiu da minha boca. "Embaixo de uma árvore florida", consegui orientar o Jurandir.

Não tive coragem de deitar o meu gatinho na cova aberta pelo Jurandir, passei-o ao Marcelinho e desabei no chão de emoção. O enterro, porém, prosseguiu. Localizada entre o Crusp e o Cepeusp, a primavera lilás foi o local escolhido por mim.

Nós que acreditamos na liberdade
não podemos descansar
até que ela venha.
ELLA BAKER

Os dois caixões foram colocados na parte de trás de um furgão. Não conseguia ver nada através do pequeno buraco na madeira que fizemos. Entrava apenas um arzinho para respirar com dificuldade. Percebi que eram apenas dois homens a conversar nos bancos da frente. Era certo que não havia vigilante ou soldado no espaço reservado aos ataúdes. Após um tempo de viagem, um deles sugeriu uma rápida parada: "Precisamos tomar um café para nos aquecer e despertar. A viagem ainda é longa." O furgão parou e os homens saíram conversando. Escutei-os trancar a porta. Esperei alguns segundos por precaução e empurrei com força a tampa do caixão. Olhei o lado de fora pelo vidro do furgão. Os homens não estavam por perto. Provavelmente dentro do estabelecimento, de portas fechadas por conta do frio. Ninguém do lado de fora. Havia apenas dois outros carros estacionados. Fechei o caixão novamente, com todas as travas, e abri a porta traseira do furgão. Saí com cuidado. Tranquei a porta e corri o máximo que pude na beira da estrada. Me escondi no mato por um tempo. Depois segui por uma estrada lateral, em direção a algumas casas.

O caminho até elas era muito mais distante do que imaginava. Era um amontoado de casas. Uma delas tinha a porta maior que as outras e estava aberta. Lá dentro, homens riam e bebiam alguma coisa. Observei por um tempo. O mundo, do lado de fora da Colônia, estava para ser descoberto. Vi que não havia ninguém conhecido, nem parecidos com os homens da Colônia. Aos poucos os homens foram saindo. Dois deles sobraram. Aproximei-me e eles se assustaram um pouco. Talvez por ver uma mulher vestida com farda. Sem explicar nada, eu disse: "Por favor, necessito de um telefone para fazer uma ligação." Os homens olharam um para o outro, com dúvidas. "Pode usar a minha linha de casa. É aqui nos fundos do bar."

Disquei o número que tinha na memória: "Alô, *Señor* Juan Vicente?", meu possível salvador queria saber onde eu estava. Contei que fora da Colônia, mas que não sabia exatamente onde. Chamei pelo dono da casa, que passou as coordenadas. Quando voltou o telefone pra mim, ouvi meu salvador dizer: "Em uma hora e meia estou aí. Não sai. Me espere".

No carro de Juan Vicente, contei em detalhes como havia fugido e respondi todas as perguntas que ele fazia sobre a Colônia. Quando chegamos na sua casa, estranhei a altura do prédio. Muitas residências em um único lugar.

Ele me mostrou um quarto que me pareceu bem aconchegante. Tinha algumas estantes com livros e uma cama. Disse que eu poderia dormir ali. Me mostrou a cozinha e o banheiro, onde estavam as toalhas. Pediu que eu esperasse um momento e voltou com algumas roupas. "Acho que servem. São da minha ex-mulher. Roupas que ela não quis levar. De qualquer forma, será melhor que continuar vestindo esta farda." Depois ofereceu-me algo para comer e desejou boa noite. Demorei para pegar no sono.

Pela manhã, Juan Vicente bateu na porta, sem entrar, chamando-me para tomar café da manhã. Na mesa uma variedade de coisas que eu nunca tinha visto.

Antes de sair para o trabalho no periódico, Juan Vicente procurou me acalmar e explicar as razões que o levavam a querer informações sobre a *Dignidad*: "O jornal em que trabalho apoia o governo Pinochet. Ou seja, lá eu não poderia publicar nada. A pesquisa que faço é para o futuro, para que, um dia, os chilenos saibam para valer sobre a ligação entre os nazistas alemães e os facínoras da ditadura chilena". Ironia da história: agora, era o futuro que dependia do que eu narrasse. Juan me mostrou a geladeira, os mantimentos nos armários. "Só volto à noite. Pode fazer o que quiser. Ligar a televisão, preparar algo para comer. Estarei de volta lá pelas vinte e uma horas. Não abra a porta pra ninguém, tampouco atenda ao telefone. Deixe tudo fechado. Como se não tivesse ninguém em casa", advertiu.

Então, é essa a forma de morada na cidade grande? – eis a pergunta que ficava martelando em minha mente. Existe privacidade no mundo. Proporcionada pela vista da janela de uma sala, Santiago se despia para mim. Parecia ser outro planeta – e talvez realmente o fosse. Decidi ligar o aparelho de televisão. Diversos canais com programações muito diferente dos filmes que passavam pra nós na Colônia. Naquele primeiro dia fora dos muros, descobri que a maior parte das pessoas vivia em áreas urbanas, num vai-e-vem inimaginável.

"Não sei nem como vou me portar na rua, se um dia for até lá", disse a Juan assim que ele entrou. "Pois vamos descer para caminhar agora...Você ficou trancada aí o dia todo", disse-me o homem que me acolhia, "... claro que teremos cuidado em nossos passos, mas você não colocou sua vida em risco para fugir daquele lugar e ficar aqui assistindo o mundo pela televisão ou pela sacada de um edifício, não é mesmo?" Dentro de mim, um misto de pavor, curiosidade e ansiedade. Será que ninguém da Colônia andava pelas ruas à minha procura? "O *señor* tem certeza de que é seguro?", era a necessária pergunta a fazer. Ele respondeu: "Há ainda muito movimento, apesar de já ser noite. Fique tranquila, as pessoas se escondem em meio às outras nessa cidade."

Parecia mesmo que ninguém se olhava pela rua. Todos juntos e, ao mesmo tempo, cada um por si. Não caminhamos muito, apenas alguns poucos quarteirões. Acho que o Juan Vicente percebeu minha estranheza e desconfiança em relação à exposição: teria que ir acostumando aos poucos.

Com o passar dos dias, fui ganhando confiança para abrir as janelas. Juan trazia tudo o que eu precisava, e durante a noite jantávamos juntos no apartamento. Combinamos um horário específico em que ele me ligava para saber se estava tudo bem. Alguns dias ele me levava para conhecer coisas e lugares. E até me levou para jantar em restaurantes duas ou três vezes. Mas nada de falar sobre o meu futuro. Dizia apenas que precisávamos aguardar.

Certa noite, Juan Vicente recebeu, ao que tudo indica, uma visita inesperada. Era sua ex-mulher. Depois de conversarem a sós, ele me chamou para apresentar-nos. "Por favor, Gabriela, ninguém pode saber que ela está aqui." Não sei se explicou com mais detalhes quem eu era, mas ali, à minha frente, encerrou o assunto dizendo que eu era perseguida política de Pinochet. Estava em seus olhos: ela não ficara satisfeita ao me ver naquele apartamento, apesar do sorriso com que tentava disfarçar o descontentamento.

Com o tempo, fui aumentando meu raio de ação naquela metrópole. E pensar que a minha vida foi desperdiçada ao longo de tantos anos na *Dignidad*... Nos fins de semana, Juan Vicente me levava de carro para conhecer os pontos mais distantes da cidade. Durante uma visita ao *Cerro San Cristobal*, criei coragem em perguntar: "Mas por que o *señor* está a fazer tudo isso por mim?" Ele, primeiro, corrigiu-me: "Já lhe disse, nada de senhor. Senhor está no céu, e olha que estamos muito próximo dele aqui no alto do *Cerro*. Chama-me apenas de Juan." Ficava corada a cada vez que ele me revisava: "Tudo bem, prometo chamar-lhe apenas pelo seu nome a partir de agora." "Faço por você e pela memória dos amigos, sobretudo os que conviveram comigo na universidade, que perdi com o golpe de Estado. Alguns trabalhavam no *Clarín* e foram assassinados horas ou dias após o ataque ao *La Moneda*. Outros eram professores na universidade ou profissionais independentes que estão desaparecidos ou foram mesmo mortos pelos militares." Contou-me que quer me apresentar a dois amigos seus também periodistas: Carola e Gustavo. Ambos têm muito interesse em investigar, com todo cuidado, o que acontece na *Dignidad*.

Descemos do *Cerro* e fomos conhecer outras paragens da cidade. Uma, em específico, Juan não precisou me apresentar: "Este é o Estádio Nacional do Chile, não é mesmo?" Ele ficou surpreso. "Exato. Como sabe, já esteve aqui?". Respondi apenas que imaginei pelo que já tinha ouvido falar, mas continuei: "E muitas pessoas foram torturadas, mortas e seus corpos concretados em suas paredes internas. Estou certa?" Juan confirmou os dois primeiros itens, mas não soube precisar quanto à questão dos corpos concretados. Disse a ele que gostaria de visitar alguma igreja, afinal, desde que consegui fugir da Colônia, ainda não havia agradecido a Deus em um local apropriado. "Não quero cometer uma descortesia, mas, se quiser realmente ir a uma igreja, terá que ir só. Prometi a mim mesmo que nunca mais pisaria em uma.", surpreendeu-me Juan. Tentei demovê-lo da decisão, queria ter a sua companhia. Após a minha insistência, ele contou a péssima experiência que vivenciou dentro da igreja: "Fui abusado sexualmente durante a minha infância pelas lideranças religiosas aqui de Santiago. E esses criminosos de batina ainda estão soltos, apoiando Pinochet e abusando de tantas outras crianças." Após o choque, comentei, com a voz embargada, que os nazistas da Colônia também cometiam esses estupros. E desisti da ideia de conhecer um templo cristão.

Antes de voltarmos ao apartamento, passamos em um supermercado. Juan comprou vinho e alguns ingredientes para, segundo ele, fazermos uma pasta: "Vou convidar os dois amigos que mencionei para jantarem conosco esta noite."

Quando chegamos, Juan deixou as compras sobre a mesa. "Estava esperando um momento apropriado para lhe falar isso: te acho uma *chica* muito bonita", disse o Juan pegando na minha mão. No reflexo, fiz o movimento de retirá-la. Ficamos encabulados, levantei-me do sofá e fui guardar os mantimentos nos armários da cozinha.

Jantar pronto, convidados bem humorados, e o vinho não era nada mal – pelo menos foi isso que disse o dono do apartamento ao prová-lo. "Queremos fazer uma investigação mais contundente dos alemães da *Dignidad*. Aproveitaremos as entrevistas que o Juan realizou com você. E o Gustavo irá até Parral, assim que possível, para coletar mais informações", disse-nos a Carola. Ambos deram a entender que, neste momento, fica difícil desenvolver qualquer tipo de ação dentro do Chile, mas que poderiam denunciar, no exterior, os abusos e absurdos ocorridos na Colônia e a parceria macabra com os militares chilenos. E deixariam tudo pronto caso a ditadura entrasse em declínio – eram otimistas, acreditavam de fato que Pinochet largaria o osso. Ou a sociedade chilena contrária a ele conseguiria ter forças para derrubá-lo.

Gustavo afirmou que achava uma aberração aqueles alemães terem um Estado dentro de outro Estado, com um grau de autonomia que lhes permitia fazer o que bem entendessem. Concordei com a análise, e salientei que eles obedeciam apenas às próprias leis ou aos códigos de conduta criados pelos seus dirigentes. "Só que temos que ter muito cuidado, qualquer vacilo compromete a todos", destacou Juan. Outro aspecto realçado por Carola foi em relação ao dinheiro sujo dos alemães: "Eles colocam capital em várias empresas, recursos muitas vezes roubados ainda na Segunda Guerra. Mesmo em períodos democráticos, esses homens conseguiram entrar com o capital no Chile, e quase sem prestar contas disso." Nessa noite, contei muitos detalhes que, até esse instante, ainda guardava. Talvez a falta de hábito com o vinho, e o fato de termos uma mulher na conversa tenha me deixado mais à vontade.

As visitas da ex-mulher de Juan também passaram a ser mais frequentes. Muitas vezes presenciei os dois discutindo pessoalmente ou ao telefone. "Onde já se viu, um homem hospedar uma mulher desconhecida em sua própria casa!". Apesar disso, ele me tratava com respeito, ainda que vez ou outra trouxesse um agradozinho: chocolates, flores, roupas novas. Também continuava a me levar para passeios, sobretudo aos fins de semana.

Seu trabalho no periódico continuava sendo cumprir tarefas e pautas que não lhe apeteciam, mas o momento não permitia qualquer tipo de resistência: o sonho de publicar sobre o campo de concentração de Parral – definição dele – teria que esperar. Carola e Gustavo buscaram algumas fontes no exterior para denunciar a violação aos direitos humanos daqueles seres tratados como não humanos pelos alemães e militares chilenos.

Certa ocasião, quando saíamos de um restaurante localizado a uma quadra da Universidade Católica, demos de cara com a ex-esposa de Juan. O constrangimento foi geral, mas apenas ela falou alguma coisa: "Eu já sabia que daria nisso. Se já fazia essas coisas quando estávamos casados, imagine agora." Só ao chegarmos no apartamento é que Juan comentou sobre o ocorrido: "Não liga não. Ela nunca vai suportar a ideia de eu ter pedido a separação. E adora inventar histórias para camuflar o fato do nosso amor ter acabado. Estamos separados há quase um ano. Não temos mais nada. Ela precisa entender isso. E se eu me apaixonar por outra pessoa, isso não tem mais nada a ver com ela."

Naquela noite, Juan me beijou pela primeira vez. Eu consenti. Dormimos juntos. E pela primeira vez eu pude experimentar o que era ter um homem na cama, de forma carinhosa, sem violência.

Qualquer amor quer ser eterno,
e esse é seu eterno tormento.
ERICH MARIA REMARQUE

Joshua entregou a João a missão de tomar conta de sua mãe, Maria. A história mostraria que o apóstolo tomaria conta de outras marias, próximas ou distantes. Logo ele, o apóstolo mais introspectivo, o que pouco falava. Talvez fosse o único no qual meu ex-companheiro confiasse sem pestanejar. João era o mais jovem de todos! Quiçá por isso, as mulheres ficavam de olho nele, mais até do que em Joshua, quando chegávamos às aldeias. Cá entre nós, serei sincera: era o único dos rapazes de quem eu tinha ciúmes quando dos diálogos com meu marido. A relação dos dois era muito afetuosa, e isso chamava a atenção de todos. Eu costumava falar que João era mais irmão do Redentor do que os irmãos de sangue, e talvez, mais querido até do que eu mesma.

João cuidou de todos nós nos dias seguintes à morte do meu companheiro. Nos anos em que permanecemos na Judeia, ele foi um dos principais responsáveis por nos dar forças para a continuação dos trabalhos de Cristo. Após a perseguição de Herodes Agripa I é que tivemos de nos dispersar. Uma pequena parte do grupo seguiu para Éfeso. João só nos ajudou na adaptação à nova localidade e se dirigiu à capital do Império. Com isso, fiquei muito tempo sem vê-lo. Não que assim o quisesse, pois sentia mais saudades dele do que dos outros.

Em uma manhã, porém, ainda quando estava dormindo, recebi o chamado: "Magdala, ajuda-me! Sei que ainda me amas." Fui transportada a um campo de batalha ou algo perto disso. Havia pessoas em pé, gritando como loucas. No centro daquele cenário, alguns homens eram açoitados. Pela amplidão do local, só poderia se tratar do *Circus Maximus*. A voz que me chamara era de João, mas onde ele estaria? Eram muitos. De repente, meu olhar foi arremessado às bordas de um tanque com óleo quente. O mais querido por Joshua estava lá. Mais velho, com mais barba, mais cabelo, mais angústia. Ele sentiu a minha presença: "Já basta o que aconteceu ao meu irmão. Salva-me!" Eu teria de interferir na história. Logo João, o que mexera em meus sentimentos quando o conheci. Só não fui mais à frente com ele porque colocaria o projeto do Todo-Poderoso a perder. Lembro-me de, em uma ocasião, ser advertida pelo meu companheiro: "Perdeste algo com aquele rapaz?", apontando para João. Quase perdi a cabeça, pensei, mas não falei. Mas eu não precisava falar para ele ouvir ou saber o que eu diria. E João, mesmo na penúria, à beira da morte, continuava belo. João, o Belo, como as mulheres diziam por onde passávamos. Agora homem feito, mais corpulento. Logo João, o preferido do Filho de Deus e a minha tentação. Foi apenas um beijo, atrás de uma tenda, o suficiente para uma fenda partir meu coração. O suficiente para não ser aprovada no quesito provação. Mas provação de que?

Transtornada fiquei ao vê-lo sendo levado à morte, jogado ao óleo quente, tal qual fritam os peixes em Magdala ou em qualquer outro lugar do Império Romano. Se Joshua mencionara uma chance ao livre-arbítrio a que eu teria direito, ela seria utilizada agora. Por destino de Deus ou de quem quer que fosse. João presenciou-me, em carne e osso, o pecado da carne, o roer do osso, o amor em sua simbologia. "Fica tranquilo, nada acontecerá a ti." A multidão não entendeu o calmo rosto de João às vésperas de seu corpo ser inserido no tacho de óleo a ferver. E assustou-se quando o corpo foi tirado ileso daquela banheira da morte. O óleo pareceu apenas ungi-lo, talvez benzê-lo de todas as atrocidades presentes no mundo. Correram em sua direção, mesmo os algozes que controlavam as correntes que desatavam e escorriam pelo corpo, agora santo. Todos ajoelhados aos seus pés, mas ele nem os olhava. Sua vista estava voltada para mim, sua boca me beijava, mesmo sem me tocar, seus braços me abraçavam, a metafísica nunca nos entenderia, Aristóteles nos odiaria.

Foi carregado nos ombros dos gentios agora convertidos e dos poucos loucos que já tinham acreditado em suas palavras quase sem sentido. O mérito do salvamento foi imputado a Deus. Lázaro agora teria companhia. Nem ao Filho de Deus foi dada a prerrogativa do não sofrimento; no máximo, a ressurreição. Roma não seria a mesma a partir desse dia – o cristianismo, ao contrário do que trazem as escrituras do porvir, nascera naquele instante. Nem ao Filho de Deus foi oferecida a prerrogativa da inauguração do cristianismo – Ele que morresse judeu.

Mas João não ficaria muito tempo em Roma, seria perigoso para todos à sua volta. Chamei-o novamente a Éfeso, precisava de sua companhia. O mito ficaria dentro da capital do *Imperium*, o homem seria remetido às suas bordas, para me ajudar a liderar legiões de cristãos dos confins, muitos deles convertidos anos atrás por Paulo. E João viveria mais do que qualquer outro. A *Pax Romana* também agradeceria.

Só em se tratando de uma questão eu não colocaria a minha mão no fogo, no óleo fervente, por João: a monogamia. Naqueles tempos, a poligamia masculina ainda era um apocalipse para nós, mulheres. E fui logo me meter com o confeccionador dessa história! Odiava quando ele insinuava que nosso relacionamento era fruto do seu agradecimento por livrá-lo da morte. A mensagem embutida deve ter sido captada por você: se não fosse por isso, mulher mais velha, não estaria contigo. O dia não se esparramava mais pelo tempo. Nossa maturidade e experiências vividas vão mudando, o tempo transforma o nosso olhar, nossa percepção sobre as coisas, o próprio ânimo com que encaramos os desafios da vida. Todos eles.

Talvez eu nunca tenha presenciado nada – se olhei, não hesitei em desolhar. O que os olhos não veem, o coração se ausenta, ora pois, dirá um poeta de futuro. O Deuteronômio era nítido: não se devem usar dois pesos e duas medidas. Mas, cá entre nós, isso não valia para as relações entre homens e mulheres, não é? Eles tinham direito a quantas "medidas" quisessem conquistar; a nós, mulheres, apenas ao peso de aguentarmos, quietinhas, no mínimo, para evitar que nos jogassem pedras.

No início, eu me preocupava com o que Joshua deveria achar sobre a vida que eu levei com João. A única certeza era o seu perdão, mas isso seria o suficiente? Nem sempre quem perdoa tira ou releva a mágoa do coração. Faz mais para não continuar com um desentendimento que afeta outras áreas da vida. No caso do Filho de Deus, outras áreas da morte, do perdão, da ressurreição. Que éramos os dois favoritos, não deixou dúvida, vide a sentença brandida na presença de muitos, para desespero de Pedro: "Maria Madalena e João serão superiores a todos os meus discípulos. Eles estarão na minha mão direita e na esquerda, eu sou eles e eles são eu." Logo uma mulher, mais um motivo para Pedro ser desafeto de nosso *genos*. Quantas e quantas vezes Pedro soltou: "Fala muito, fala muito essa mulher! Meu Senhor, que as mulheres parem de perguntar, que aprendam em silêncio e que jamais queiram ensinar..." Talvez Deus tenha brindado *a posteriori* as portas do Céu a ele, como um consolo por ter me aturado, porque calada não fiquei. Pelo menos, enquanto estive perto de Pedro.

Logo com João, o mais jovem dentre eles, tudo que à tradição judaica constrangia. Tal constatação, às vezes, me faz conjecturar se Joshua não estaria presente em nosso relacionamento o tempo todo. Se ele era nós e nós éramos ele, a relação parecia ser feita de uma tríade. Três em um. Dois para uma. Bem posso afirmar que João parecia dois, em alguns momentos, tamanha volúpia. Servi-lo dava trabalho. Mas, repito, João não era homem afeito a só uma mulher, e também por isso, tinha muita volúpia não apenas na arte de amar, mas também no que diz respeito à capacidade de arrumar confusão. Volta e meia, eu tinha de segurar o ímpeto ao conflito de Joshua; mas com João, era diferente. E todos os que discordavam dele seriam castigados. Esses homens e suas manias de controle. Em Éfeso, "O Belo" foi, com o tempo, transformado em o "O Mão de Ferro".

Os gregos diziam que há muitas formas de amar. Com base em suas nomenclaturas para a palavra amor, constatei que, para mim, João era *Eros*, enquanto Joshua ficava no limite entre *Philia* e Ágape. O amor por João era carnal, era fome e sede de conquista, perfumes e sabores eróticos e exóticos, águas torrenciais, corredeiras em que nos afogávamos sem termos medo de entrarmos no rio agitado, corpo mais do que alma, um por dentro do outro, um amor que escorria entre os dedos. Por Joshua, essa mistura de amizade com o amor divino e fraterno em sua profundidade, em seu estado puro, amor sem escravidão, a sabedoria em oferecer a vida ao outro, a felicidade em seu sentido mais simples, e por isso pleno, a tranquilidade, um coração batendo no ritmo certo, um amor embalado em águas apaziguadas, serenas, de um lago, alma que antecede o corpo, um panteão repleto de desejos escondidos no canto sagrado, um amor ao alcance das mãos.

Sempre me chateou o debate sobre a ressurreição. Eu queria mostrar a importância da presença do Filho de Deus entre nós, seus ensinamentos; porém, toda vez que íamos discutir algo com quem não comungava da nossa crença, tínhamos de ficar horas tentando comprovar a ressurreição de Joshua. Favor não confundir esta com a reencarnação, tese aceita até pelos frequentadores assíduos do Templo. Na realidade, naquele tempo, não apenas a reencarnação era acolhida. A defesa platônica da ida da alma para o Æon, a transmigração da alma de um corpo para o outro, de acordo com as ideias de Pitágoras e do próprio Platão, e a morte como um fim em si mesma eram algumas das doutrinas em voga na Judeia, Galileia, nas terras gregas e até em Roma. Porém, a ressurreição era motivo de chacota ou de revolta por parte das lideranças sacerdotais judaicas.

Para piorar, se o testemunho de uma mulher não era válido em qualquer que fosse a situação, imagine então o meu, que atestava a ressurreição de quem chamávamos de Filho de Deus. Pedro presenciara, de certo modo, tal fato, mas era pouco. Um homem e uma mulher não eram suficientes, ainda mais porque Pedro era impaciente com as palavras, exaltava-se rapidamente quando alguém colocava em dúvida o que ele narrava. Isso contribuía para afastar a crença por parte da população. E Pedro tinha consciência de ter forçado um pouco a sua própria visão. Foram inúmeras as ocasiões em que tivemos de sair quase que corridos, ao comunicarmos o nosso depoimento em praças públicas.

Os judeus acreditavam que, até o terceiro dia, a pessoa dada como morta poderia voltar à vida. A novidade seria, portanto, a ressurreição após tal período. Em minhas contas, jogadas em minhas costas, Joshua ganhou vida eterna depois de transcorrido o tempo pré-determinado pelos seus conterrâneos. Mas havia quem afirmasse que o prazo não teria terminado, o que, em tese, demonstraria apenas que o Filho de Deus voltou de uma pausa causada pelos maus tratos que sofrera, e não necessariamente por causa de uma justificada morte.

Chegamos a cogitar, ainda no início das nossas andanças ao redor de Jerusalém, após a morte de Joshua, abandonarmos a tese da ressurreição. Teríamos menos inimigos, caso assim o fizéssemos. Mateus e eu fomos os que de maneira mais veemente defendemos continuar com essa doutrina, apesar dos pesares. Pedro não era tão convicto, no início, de prosseguir com essa teoria; afinal ele era o mais ridicularizado, em especial quando procurava falar aos judeus. Os gentios, veja só como é a história, tinham menos resistência, eram mais amenos em aceitar novas enunciações. E olha que muitos de nossos irmãos não se sentiam à vontade para pregar a esses.

Mateus era homem acostumado a ser detestado por seus atos, consequência do fato de ter sido coletor de impostos, em Cafarnaum. Nos pesos e medidas terrenos, os coletores de impostos ficavam em um patamar ainda inferior ao dos pecadores. Ou melhor, eram vistos como os pecadores ao extremo, do Céu e da Terra. Seguir defendendo a ressurreição, convenhamos, não era tarefa mais difícil do que coletar impostos para os romanos. Ele foi outro que garante ter visto a ressurreição e até a ascensão do Nazareno-Mor – não sei como, pois comigo ele não estava quando da primeira aparição. Se bem que, pensando bem, fico muito retida a esse dia no cemitério e esqueço-me de me lembrar da ceia, em que Joshua apareceu para nós. Sim, eles estão corretos: todos viram a ressurreição.

Mateus era um dos que melhor justificavam a existência de Joshua e todas as doutrinas decorrentes. Por incrível que possa parecer, tinha o respeito, em Jerusalém, até por parte de alguns membros do Templo. O fato de dominar a escrita, falar fluentemente aramaico e ser seguro em suas convicções o favoreceram na empreitada. Tinha um vasto conhecimento da tradição oral *Torah Shebal Peh*, o que lhe abria as portas junto às lideranças templárias. Recebeu até o apelido de o primeiro rabino cristão de Jerusalém. Escriba nato, era um árduo apologista de passar aos papiros os ensinamentos dos grandes mestres do judaísmo e de Joshua.

Certo dia, ao observar meu calvário na defesa da ressurreição, Mateus foi me consolar: "Querida irmã, o que viste ficará registrado para a história, não te preocupes. Teu companheiro também passou por isso, até crucificado foi, mas continuou com a convicção de sempre. Não levas em consideração o que ouviste aos pés da cruz: 'Pai, por que fizestes isso comigo?'. Naquela situação, qualquer um assim o faria, não importa se fosse ou não o escolhido. Tu tens de ter força para ratificar tuas visões, as aparições que teimam em querer mostrar-se a ti. És uma mulher sagrada, tal qual uma Sara ou a mãe que concebeu o teu companheiro. Lembra-te que Deus ordenou a Abraão que desse atenção a tudo que Sara dissesse, isso está em Gênesis. E Salomão foi bem nítido ao afirmar que a sabedoria das mulheres edifica os lares. A sabedoria das mulheres sagradas, como és tu, edifica o mundo de Deus. Não te esquece disso." E passou o braço em meu ombro, em sinal de carinho.

Aproveitei que Tomé estava sozinho a orar aos pés das amendoeiras: "Posso interromper-te?", perguntei só por perguntar, uma vez que percebi seu gesto de levantar seus joelhos do chão. "Já acabei minhas orações. Mesmo que ainda estivesse no meio da prece, pararia meu diálogo com Deus para receber as palavras de uma de Suas filhas prediletas." Fiquei envergonhada com o teor e o jeito com que foram proferidas aquelas palavras, não era a primeira vez que ele me deixava encabulada. "Vim agradecer-te...", no que ele me interrompeu: "Não há nada para agradecer, estamos no mesmo barco, carregamos a mesma cruz, comungamos da mesma fé. Como vosso companheiro dizia, somos um só corpo." A última frase foi dita de maneira um tanto espinhosa.

Procurei mudar o rumo da prosa: "Parece que permanece um tabu entre nós ao não falarmos de Judas. Naquele fatídico dia, nos dedicamos a chorar a morte do Filho de Deus, mas demos pouca atenção ao que o salvou em pelo menos três ocasiões." Tomé deixou o rosto enviesado e entrou no novo tema: "Essa mania humana de colocar a culpa sempre em uma pessoa já nos havia sido alertada pelo Redentor." "Relevamos as negações de Pedro, mas não entendemos as razões de Judas, sobretudo porque cometera suicídio", argumentei. O suicídio era tema caro aos judeus; dificilmente, alguém que cometera esse ato era respeitado no pós-morte. Expus a Tomé que eu tinha a sensação de que tratamos o Iscariotes daquela forma mais por tirar a própria vida do que pela convicção de Mateus de que as moedas foram realmente entregues a Judas, um dos companheiros de caminhada no qual Joshua mais confiava. "A afirmação de Mateus foi feita no calor do momento, na emoção de ver o nosso líder nas mãos dos nossos inimigos. Não havia provas de que fora Judas quem entregara o paradeiro do Filho de Deus. Muito pelo contrário, recordo muito bem das vezes em que Joshua se livrou de cair em posse das autoridades romanas e dos líderes do Templo por causa das rotas de fuga sempre planejadas por Judas", falei.

E continuei: "Em certa ocasião, lembra, em Betânia, Judas foi quem acabou detido por engano, após os soldados chegarem perto do encalço de Joshua." Tomé, porém, recordou-me que não apenas Mateus ficara com cismas em relação a Judas, mas também Pedro: "E tudo, irmã, por causa daquela fatídica frase 'A César o que é de César'. O grupo quase rachou ao meio. Até hoje, não entendi porque o Filho de Deus não fugiu desse embate. O fato de não querer bater de frente com os romanos, como muitos achavam que ele deveria fazer, pegou muito mal. Os essênios, os zelotes e mesmo Judas queriam isso. Não devemos esquecer que, em nosso grupo, havia zelotes zelosos por dar fim à dominação romana. Pedro parou de falar sobre isso, mas tenho para mim que ele continua convicto de que Judas entregara Joshua para a crucificação porque achava que, por isso, o povo se levantaria contra os romanos, o que acabou não acontecendo. Considero fora de propósito tal tese, sabemos que o irmão Pedro tem o costume de exagerar ou errar o foco em suas análises. Entretanto, o que gostaria de te dizer é que as tais moedas seriam apenas os fios descartados de um tapete *pazyryk*: na tessitura é que verificamos a qualidade do produto."

É triste pensar que o homem que salvou meu companheiro algumas vezes ficará para as pessoas como um traidor e como um amaldiçoado suicida. Na cultura judaica, o estigma de um suicida é colocado praticamente no mesmo patamar de um assassino. Vigora a crença de que as vidas não são nossas e, portanto, não temos o direito de tirá-las. Quem as tira é considerado transgressor, e seu corpo não pode ser enterrado ao lado de outros judeus. Mas ninguém leva em consideração, no caso do irmão Iscariotes, a dor que ele estava sentindo ao ver seu Mestre preso e sendo torturado, conjugada com a hipótese levantada de que teria sido um colaborador desse assassinato. Após tais colocações, arrematei: "Ou seja, não creio que Judas poderia ser responsabilizado por tal ação." Tomé concordou comigo, entretanto, salientou que essa asserção não seria aceita pelos moradores de Yir David: "Se já somos perseguidos por defender um crucificado, imagina então se quiséssemos resguardar um suicida. Entre o Filho de Deus e um pretenso traidor, com certeza o povo ficaria com o primeiro, quando muito." Disse-me, ainda, que se sentia covarde por não limpar o nome de Judas, sentimento esse que eu também nutria.

Foi a primeira ocasião em que me coloquei a refletir sobre as diversas formas de amor e de compaixão que tínhamos por Joshua. "Tomé, pode ser exagero da minha parte, mas essa nossa conversa me deixou ensimesmada: dentre nós, talvez Judas foi o que mais amou Joshua. Não à toa, cometeu o desespero do suicídio. Ele não aguentaria viver com o peso de não ter impedido a morte do seu líder. Para piorar, ainda desfaleceu ao ouvir as acusações, quiçá disparates, de Mateus. Sou bem sincera, em nenhum momento cogitei me suicidar por causa do meu ex-marido, fico até envergonhada de falar isso. E, por favor, esses meus aforismos não são para julgar o amor que tu, caro Tomé, sentias pelo meu ex-companheiro." Ele balançou a cabeça, num gesto de ter entendido o que eu afirmara. Convidou-me para sentar num banco de pedra aos pés da maior amendoeira do bosque. "Os amores e as amendoeiras dão frutos estranhos, mas ao mesmo tempo deliciosos", poetizou, segurando em uma das minhas mãos, e continuou, após breve intervalo: "Em ambos, as flores que antecedem os frutos são mais vistosas, dão gosto de ver. Mas, para se chegar até ao fruto, temos de retirar uma dura casca. Se não tivermos o jeito ou o instrumento adequado, não chegaremos aos seus néctares."

Senti que nosso diálogo ganhava contornos diferentes daquele planejado inicialmente. Procurei mudar o teor da prosa: "Recordo-me de um dia especial que tive com Joshua. Estávamos sozinhos, caminhando nos arredores de Magdala, tristes ao observarmos uma floresta de oliveiras toda queimada pelo fogo que se alastrara dois dias antes. No meio daquele cenário desolador, avistamos uma senhora de vestimentas rústicas, com um lenço branco na cabeça e uma cabaça nas mãos jogando algumas gotas de água ao chão onde estavam fincadas aquelas árvores abrasadas. Joshua fez questão de ir ter com aquela mulher, de nome sugestivo, Maria do Céu: 'O que fazes, irmã?' A regadora tinha os olhos tão acinzentados quanto a terra coberta pelos resíduos incendiados. Ela sorriu, como se fosse possível fazê-lo diante do que encontrávamos: 'Nunca podemos deixar de regar. Talvez a raiz tenha força. Parar é morrer'. As chamas sugaram tudo em volta, menos a vida que teimava em se hospedar em seus olhos, em sua alma. O Filho de Deus ajoelhou-se ao lado de uma das oliveiras recém regadas e chorou. A mulher foi consolá-lo: 'Não chore, meu filho. Nosso Pai tratará de colocar tudo em seu lugar, com o tempo e o intento'. Após gastar as últimas gotas de uma água buscada sabe-se lá onde, Maria do Céu foi embora. Comentei com Joshua que nunca havia cruzado com aquela senhora, e olha que fui criada naquela cidade, e minha família tinha comércio no porto principal do lago."

Tomé se mostrava surpreso com o que eu acabara de narrar, mas menos do que fiquei ao ouvi-lo: "A Maria do Céu, pelo que falaste, só poderia ser a minha mãe." Ficamos perplexos com tal possibilidade, afinal a família de Tomé vivia em um povoado muito distante daquelas terras e sua mãe falecera quando ele ainda era criança. Naquele instante, constatei que a fama de ser o único do grupo que só acreditava no que visse, brincadeira feita certa vez por Joshua, não se confirmara, sobretudo após ouvir suas palavras: "Judas não teve a paciência de esperar o fogo parar de arder, as brasas apagarem, as gotas da próxima chuva caírem sobre a terra arrasada, novas brisas refrescarem a localidade, a humanidade. Com isso, foi pego para Cristo mais do que o próprio. Na realidade, ele mesmo se colocou para Cristo, nem precisou da ajuda dos soldados romanos. E sua história ficará marcada para sempre. Ou melhor, a sua não-história. Lembro-me de minha mãe comparando as dificuldades da vida em face dos incêndios que nos atingiram durante a nossa estadia no mundo. Ela sempre repetia a mim e aos meus outros três irmãos: 'Nunca deixai de regar. A esperança é o nosso alimento'. Não entendia muito bem sua sentença, até contares a passagem das oliveiras queimadas." Dessa feita, fui eu a pegar em suas mãos, como uma mãe que, vinda ou não do Céu, pegaria na mão do seu filho. Ele sentiu o carinho e o calor desprendido do meu corpo, e sorriu: "És realmente uma mulher sagrada, desculpa--me se me comportei mal em muitas cenas e ceias contigo."

Consultei-o sobre a possibilidade de tirarmos o nome de Judas do limbo, do inferno. Tomé, com voz embargada, não se mostrou otimista: "Irmã, suicídio é o maior dos crimes que alguém pode cometer na Judeia. Podemos até tentar, porém sofreremos o repúdio dos nossos mais próximos irmãos. Pensa no que falarão Mateus e Pedro. Melhor deixarmos para fazer isso em outro momento, se isso for possível. Por enquanto, continuemos a salvar a imagem de Joshua, que é a nossa missão principal. E não te esquece de que chegaram a cogitar, mesmo em nosso grupo, que, de certa forma, Joshua também cometera uma espécie de suicídio, entregando-se à morte que já conhecia." Sugeri, então, que começássemos a fazer orações para Judas, era o mínimo que poderíamos realizar. Sugestão aceita, iniciamos a súplica. E não falamos mais nada durante o dia, em respeito à memória do mártir protetor do crucificado. Quem sabe, dia a mais ou a menos, a raiz não ganhe vida.

Eu-mulher
violento os tímpanos do mundo.
Antevejo.
Antecipo.
Antes-vivo
Antes – agora – o que há de vir.
CONCEIÇÃO EVARISTO

As aulas na USP foram retomadas esta semana, após quase dois meses de greve. Não foram grandes os ganhos do movimento paredista, mas, ao menos, brecaram alguns projetos ainda mais nocivos de privatização e conseguiram a liberação de vagas para a contratação de novos docentes por meio de concursos públicos, o que considero um ganho. Quanto à pauta estritamente estudantil, o avanço foi mais auspicioso. A reitoria lançou um plano de maior acesso de estudantes de escolas públicas à universidade e começou a admitir negociar cotas raciais e outras formas de ações afirmativas. Contudo, o preço que pagamos foi muito alto: a perda da vista da Cleide.

Andava com a minha vida corrida depois do fim da greve: atividades da coordenação do NCN, grupo de estudo, aulas pra assistir, lecionar, atenção à Cleide. Faz parte. Hoje mesmo, acordei às sete horas e cheguei no apê perto das dez da noite. Só foi tempo de esquentar algo para comer, dar um beijo neles, dormir. E conter a ansiedade para receber a vereadora do Rio de janeiro, no dia seguinte. Mas demorei a pegar o sono, saudades do Juninho.

A grande sala do Núcleo de Consciência Negra estava cheia para assistir à Marielle Franco. Haveria um pequeno atraso, porque a Ida e o José ainda estavam entrevistando a palestrante.

Eu faria a mediação do debate com a Marielle. O frio na barriga talvez fosse o mais intenso que já tive, necessitava de uma breve meditação – muita responsa a minha. Àquela altura já tinha pesquisado tudo sobre ela e o seu trabalho no Rio. Os estudantes do cursinho do Núcleo estavam com os olhos brilhando: como é bom ver negros representados em cargos na estrutura de poder.

Palestra emocionante, aquela famosa roda de perguntas na continuação. Mas, antes, o professor Kabengele Munanga mostrou a importância da Marielle para nós: "Tê-la aqui conosco, prezada companheira, é uma amostra de que a luta pela igualdade racial deve ser o nosso objetivo, mesmo com as imensas dificuldades que nos cercam. É um orgulho para essa universidade ouvir as suas sábias palavras."

Como mediadora, fui a primeira a fazer uma pergunta. Procurei abordar a questão de gênero e perguntei o que ela achava do ato de entregar rosas para mulheres em datas especiais, como no Dia Internacional da Mulher. "As rosas da resistência nascem no asfalto. A gente recebe rosas, mas vamos estar com o punho cerrado falando de nossa existência contra os mandos e desmandos que afetam nossas vidas", respondeu, para êxtase de quem foi escutá-la. Quem fez a segunda foi o Arnaldo, antigo coordenador do Núcleo: "Vou tocar num tema espinhoso: você e o Freixo não têm medo de mexer com os milicianos, sobretudo com aqueles que possuem ligações muito fortes com poderosos políticos do Rio de Janeiro?" Notamos a respiração profunda que a Marielle fez antes de responder: "Medo todos temos. O Freixo é ameaçado a todo momento, tem necessidade de andar com escolta policial. No meu caso, ainda não se chegou a esse estágio. Óbvio que fico preocupada quando denunciamos milicianos e políticos corruptos. Mas não podemos deixar de fazer esse tipo de exposição. Caso contrário, não teria decidido me candidatar a vereadora. Por isso, sigo. Sigo pensando nos negros pobres, principais vítimas da violência brasileira. Me pergunto todos os dias: quantos mais vão precisar morrer para que essa guerra acabe?"

A conversa e as perguntas seguiram, extrapolando o tempo previsto, e ela não arredava o pé de responder o que o público levantava. Ao fim, ainda fez um último desabafo: "O corpo negro é elemento central na reprodução de desigualdades. Está nos cárceres repletos, nas favelas e periferias designadas como moradias. Continuemos lutando, meus amigos e minhas amigas, para que essa realidade seja revertida no futuro."

Uma pena ela ter de pegar o último voo de volta pro Rio, ainda esta noite; gostaria muito de trocar uma ideia de forma mais tranquila com essa guerreira. Daqui a pouco, partirá, mas, depois do que ouvimos, a Marielle estará sempre presente conosco.

A Cleide acordou essa manhã com um pedido: "Por favor, marquem novamente uma consulta com a junta médica." Eu e o Marcelinho perguntamos mais de uma vez os motivos dessa solicitação. Ela não respondeu, apenas reiterava que gostaria de conversar mais uma vez com os especialistas, agora mais conformada e calma. Liguei para a assistente social que acompanhava o nosso caso e coloquei a demanda; ela me pediu para aguardar, necessitava conversar com a psicóloga e com o chefe da equipe responsável. "Aconteceu algo?", perguntou-me. Respondi não saber, "Pelo menos a Cleide não me passou nada, somente pediu que eu entrasse em contato com vocês para marcar uma reunião." A psicóloga me ligou após mais ou menos uma hora: "Ela deve estar numa fase muito comum em pacientes com diagnósticos definitivos, como foi o caso, em que pedem uma nova avaliação com a esperança de haver uma mudança no quadro. Mas, devido ao trauma, os médicos toparam se reunir outra vez com vocês." A sensação que eu tinha era a mesma, e imaginava inclusive que a Cleide fosse pedir para marcarmos uma consulta com oftalmologistas ou neuro-oftalmologistas diferentes. Era um processo que o Marcelinho e eu, no fundo, também desejávamos. Após dois dias, a assistente me liga: "Pode ser amanhã, às dez horas." Era provável que seria apenas uma consulta para perguntarmos sobre a possibilidade de existir algum tipo de intervenção alternativa.

Chegamos no horário agendado. Logo após os cumprimentos, antes que os médicos fizessem qualquer menção, a nossa mina questionou: "No meu caso, os senhores disseram que não era esperada nenhuma identificação de luminosidade, estou certa?" Os profissionais balançaram a cabeça em afirmação, mas, antes que detalhassem as razões para tanto, ela prosseguiu: "Não conseguiria mais decodificar vultos ou movimentos que passassem à frente desse meu olho, não é verdade?", desta feita o chefe tomou à frente da resposta: "Sim, minha filha, com muita tristeza realizamos tal diagnóstico, não nos parecia correto omitir informações sobre algo que levará para o restante da sua vida." Aquelas palavras foram um banho de água fria na parca esperança que eu possuía, o Marcelinho olhou para mim também com um ar de amargura.

Um segundo doutor cortou o chefe da equipe e interpelou a Cleide: "Mas há algum motivo para você ter nos procurado novamente? Ou foi apenas com o objetivo de confirmar o que dissemos naquele dia tão difícil para todos nós?" A Cleide mostrou-se em dúvida, demorou alguns segundos para responder ao questionamento, mas o fez: "Pois acho que há algo de estranho acontecendo. Venho percebendo certa luminosidade, e consigo notar vagamente movimentos que acontecem próximo a mim", todos se surpreenderam. O chefe interferiu: "Você tem certeza do que está dizendo? Obviamente, faremos uma nova averiguação de sua vista, mas pode ser apenas uma falsa sensação de evolução que nosso cérebro manda nesses casos ou algo que tenha se passado, por exemplo, em um sonho." Ela não soube precisar, porém o Marcelinho e eu solicitamos que tentassem outra vez. "Dizem por aí que milagres acontecem", falou, sem qualquer confiança, nosso namorado.

Os médicos resolveram realizar uma nova avaliação naquele mesmo instante; alguns dos profissionais até desmarcaram consultas de rotina daquela manhã. Começamos a ficar ansiosos, para não dizer esperançosos, com a demora no diagnóstico. Já se passavam mais de três horas que aguardávamos. "Será?", perguntava a quase todo minuto ao Marcelinho. "Tudo é possível", respondeu nas três primeiras vezes que questionei; depois, passou a utilizar uma só palavra: "Tomara."

A fome já se misturava à esperança, quando a porta do consultório foi aberta. Não parecia haver muito ânimo: o resultado do diagnóstico se repetira. Dessa feita, entretanto, a Cleide não o aceitava. "Não quero desmerecer o trabalho da equipe, sempre muito solícita, o que agradeço de coração. Mas há incompatibilidade entre o que sinto e o que aferem." Os médicos reafirmaram que não havia divergência em relação à primeira análise, tirante o fato relatado pela paciente, que não deveria ser desprezado. Mas os recursos de que dispunham, de última geração, segundo eles, não permitiam outro diagnóstico. Todavia, deixaram-nos à vontade para que fôssemos procurar outros profissionais, "É direito da paciente", disse, cordialmente, o chefe da junta médica.

No ônibus, a Cleide manteve a asseveração: "Sinto que algo está acontecendo. Aos poucos, é verdade, mas está." O Marcelinho sugeriu que fôssemos buscar outros profissionais da área no Hospital Universitário. Ela indicou que esperássemos, "Mas vai ver é aquilo que o chefe da equipe falou, mais desejo que realidade. Coisa do meu cérebro." Fiquei desconfiada de uma coisa: esperava que ela saísse arrasada da consulta em caso negativo, porém seu comportamento era altivo, confiante.

Na chegada ao Crusp, a Cleide disse que ficaria em casa descansando enquanto eu e o Marcelinho saíamos para nossos compromissos do dia. Quando voltamos, ela, que não tem o costume de cozinhar, preparara um jantar daqueles para nós. "Mina, você foi ao mercado da Vital Brazil comprar os ingredientes? Valeu!", era o Marcelinho a elogiar a iniciativa. "Queria apenas mostrar a minha gratidão por vocês cuidarem tão bem de mim", respondeu. O Rasta, a Ida e o Pedrão também foram convidados a participar do banquete. Se juntássemos os dois trisais teríamos uma suruba daquelas – kkkkkk. Curtimos o jantar, mas fomos dormir cedo, estávamos exaustos, desde cedo na ativa.

Fui ao apartamento da Joana para dar alguma satisfação e tirar dúvidas sobre a terapia. Fui recebida com a naturalidade que lhe é peculiar. Dialogamos um pouco sobre trivialidades da pós dela e da minha graduação. Mudamos de assunto: "Nem conversamos após a sua sessão inicial. Você saiu meio zonza, e eu e a minha orientadora achamos por bem deixá-la à vontade para trabalhar melhor o que você vivenciou na regressão." Explicou-me que a técnica utilizada não era hipnose, mas sim uma indutiva, que tem a vantagem de deixar a paciente consciente ao longo de todo o processo. O principal elemento da regressão seria o relaxamento e as sugestões criativas. Essa explicação me surpreendeu. Disse a ela que eu tinha a certeza de ter entrado num estado de hipnose, tamanho foi o grau de inconsciência – ou sei lá o quê – que senti. Ela ficou surpresa com a minha descrição. "Muito embora a hipnose clínica consista numa técnica muito usada em sessões de regressão e ser muito eficiente no que diz respeito ao tratamento de fobias, outros tantos hipnoterapeutas valem-se do relaxamento profundo para acessarem o passado do paciente." Explicou-me ainda que essa terapia não tem relação com convicções religiosas ou doutrinárias, mas sim com a capacidade de utilizar o subconsciente para embrenhar-se no passado, para libertar o inconsciente de lembranças passadas: a terapeuta seria somente uma facilitadora a conduzir a paciente. A crença ou a falta dela não interferem no tratamento, e o profissional sequer pode cogitar de fazer qualquer tipo de julgamento sobre isso. *Ok*, a maior parte desses pontos já me fora mostrada durante a anamnese.

Confiante, decidi marcar uma segunda sessão para o dia seguinte. Cheguei esperançosa de ter um encontro mais tranquilo com o passado – se é que posso afirmar dessa maneira. A Dra. Marlene me recepcionou com um sorriso: "Bom tê-la de novo aqui". A minha reação foi a sobrancelha levantada, cara de desconfiada. "Não vou perguntar quanto ao que você viu ou sentiu na primeira sessão. Você tem a segurança de nos falar quando e se quiser." Aquelas palavras me deixaram mais tranquila; de fato, não queria ainda desabafar sobre o que vivenciei.

A Joana chegou um pouco depois – fora levar uns documentos da orientadora na secretaria da faculdade. "E aí, Madá, pronta pra outra?" "Vamos ver." O encontro, dessa feita, iniciou-se com um diálogo entre nós três, uma espécie de meditação com exercícios de respiração e relaxamento. Aos poucos, fui me sentindo mais leve, ganhando confiança. De repente, tudo mudou. Fui transportada a uma espécie de fazenda, melhor dizendo, de um quartel rural, eram muitos os soldados em volta. Uma enorme montanha coberta de neve escondia-se ao fundo, talvez envergonhada pelo que era obrigada a presenciar. Aos prantos, duas crianças eram retiradas por soldados dos braços de seus desesperados pais. Um guarda acerta uma coronhada na cabeça da mãe com a base de um fuzil ou alguma arma do tipo; o pai avança nos soldados e é metralhado por outros guardas que davam o suporte na operação. A cena se desenrola, as crianças são levadas para dentro de um escritório. Lá, os guardas entregam-nas a um oficial. Falam alemão. Consigo ver esse oficial repassando as crianças, de mais ou menos três a cinco anos de idade, a um casal, ambos loiros e altos, que também se expressavam na língua de Schopenhauer. Agora, a imagem se acelera, e observo o casal com os garotos entrando em um ônibus, todos com roupas de inverno. Acompanho-os na viagem, parece longa. Chegam a um sítio, vejo as crianças crescendo, falam português na escola. Uma menina e um menino, brancos de cabelo preto. Desenvolvem-se rapidamente, já devem estar adolescentes, convivem com os pais. Ou com quem eles pensam que são os pais. Passo a presenciá-los agora jovens, mas sempre os vejo de costas para mim, como se eu fosse uma câmara a segui-los na vida. Avisto uma placa: Universidade Federal de Santa Catarina. A garota tem o corpo de uma jovem, mas continua de costas para mim. Estou agora sentada na carteira de uma sala de aula. A porta se abre. É ela, vindo de frente. É a Dra. Marlene Schmidt, ou melhor, a estudante Schmidt. Sou levada novamente ao sítio em que as crianças foram criadas. Há uma festa da famíia e de outros colonos alemães. Comemora-se a formatura de quem agora me consulta. O garoto já é um homem, com um filho no colo, uma mulher ao lado, deve ser sua esposa. Sou transportada para um local conhecido, o *campus* da USP. Uma folha com nomes de estudantes e notas colada na parede. Sinto alguém se aproximando ao meu lado. "Não acredito! Passei no Mestrado! Vou ligar agora pros meus pais." Tento parabenizá-la, ela não me observa. De maneira mais rápida ainda, observo sua formação no mestrado, as noites em claro estudando, a entrada no doutorado, o concurso na USP, e chegamos ao momento em que entro no consultório. Ela me recebe com um sorriso: "Bom tê-la de novo aqui." Mas, subitamente, sou levada ao escritório em que acabara de estar. Estou frente a frente com o comandante daquele quartel. "Eu avisei que você voltava para cá, *schlampe!*". A regressão chega ao seu fim.

Desperto. As duas seguram as minhas mãos. "Tudo bem?", pergunta-me a Dra. Marlene Schmidt. Nada respondo. Ela continua: "É de sua vontade comentar algo? Você ficou mais ou menos dez minutos imersa na regressão." Não sei se teria coragem de contar o que teria visto. A Joana se levanta e pega um copo com água para mim. Elas pedem que repitamos as técnicas de relaxamento para finalizarmos a consulta.

Joana se prontifica a me acompanhar ao Crusp. Levantamos, cumprimento a sua orientadora, e vamos em direção à porta. Mas, antes de partir, desato a chorar, viro-me para a doutora e menciono "Dessa vez a regressão me fez ver toda a sua vida, Dra. Marlene." Ela se surpreende, não era para menos. "A senhora foi criada em um sítio, no interior de Santa Catarina, fez graduação na UFSC e mestrado e doutorado aqui na USP." A Joana intervém: "Você abriu o Currículo Lattes dela?". Continuo: "E a senhora nasceu na Colônia *Dignidad* ou Baviera, aos pés da Cordilheira dos Andes." Ela estranhou a citação: "Você acertou em parte, fui criada no interior de Santa Catarina. E nasci também lá. Deve haver algum engano." Sinto-me constrangida, mas decidida: "A senhora já reparou que não se parece em nada com seus pais? E que seu irmão também não tem qualquer característica deles?" Ela, que se encontrava de pé para se despedir de mim, volta e se senta na cadeira ao lado do divã. "Por favor, diga-me mais sobre isso, Maria Madalena." A Joana não sabia como se portar. Ficava na dúvida se dava atenção a mim ou à sua orientadora. Narrei toda a história, as lembranças estavam frescas, recordava-me até dos detalhes. A Dra. Marlene abriu a agenda e tirou de dentro uma foto. Identifiquei de cara os seus pais, no meio de várias outras pessoas que apareciam na imagem: "Essa foi a festa em comemoração à sua formatura", falei. Ela ficou me observando por um tempo, depois pediu para ficar sozinha, queria processar o que eu acabara de descrever e a minha experiência de regressão. Eu e a Joana saímos, não sem antes perguntar se estava tudo bem e darmos um abraço nela.

A Dra. Marlene apresentou, dias depois, um pedido de afastamento por tempo determinado. Segundo o que a Joana me confidenciou, havia lógica no que eu narrara após minha regressão e isso tinha a ver com o seu afastamento.

Quando a Dra. Marlene retornou, me chamaram ao consultório. Percebia muita curiosidade por parte delas, e certo constrangimento por não conseguirem dar significados ao que eu apresentava. Mas ainda assim, com a confiança, estávamos as três cada vez mais interessadas naquelas experiências. A sensação que passei a ter era de uma escritora que explicitava sua narrativa e não de uma paciente que expunha o seu passado. Claro, não falava tudo a elas. Ninguém em sã consciência acreditaria no meu subconsciente e/ou inconsciente. Tudo muito estranho, mas, no fundo, talvez apenas eu pudesse entender o que estava rolando. Mas também me negava a querer entender, seria demais para a minha cabeça.

Dessa vez, foi realmente em um sonho. Observava uma garota morta, cuja cabeça estava toda machucada. Seu corpo estava estendido num desses pisos gelados das delegacias brasileiras. Mas, ao mesmo tempo, vejo-a ao meu lado, talvez a sua alma: "Foi a coroa de Cristo." Ela observa que não entendi o que falou. "Eu também não sabia o que era isso até ser presa e torturada." Abaixei-me e beijei o seu rosto. "Obrigada, não senti o toque, mas sei que foi com muito carinho. E carinho era tudo que eu necessitava depois de tanto espinho." Continuei agachada, olhando o corpo no chão. "Que horas são?", perguntou. Eu disse que não tinha ideia, talvez estivesse amanhecendo, dormi tarde esta noite. "Deve ser aurora, a hora certa da minha morte. Por isso, a razão do meu nome." Acho que compreendi a mensagem: "Você se chama Aurora, não é mesmo?" Eu estava certa, continuei: "Cristo não tem nada a ver com isso." A resposta foi um vago: "Provavelmente, não. Se bem que tem padre a apoiar essa barbárie desde 1964." Lembrei as exceções, que a cada dia se tornavam mais a regra, muitos que acordaram a tempo: "Dom Paulo Evaristo Arns, Dom Hélder Câmara, Dom Pedro Casaldáliga, Frei Betto e os outros dominicanos. Fique tranquila que o Padre Peyton, das estrelas de Hollywood, e o clérigo de Diamantina não ditam mais as regras, sobretudo depois do assassinato do Padre Antônio Henrique." Ela me olhou com incredulidade: "A senhora ainda me pede para ficar tranquila depois de tudo que me aconteceu?" Emudeci, as palavras seriam apenas dela: "Aqui, nesse lugar, há três anos, o Frei Fernando e o Frei Ivo também foram torturados, ainda sinto o cheiro do sangue deles. Estamos na Invernada de Olaria, conhecida nos meios militares como a matriz do Esquadrão da Morte." Fiz cara de espanto, ela prosseguiu com as palavras: "Fora o Frei Tito, que nem sei se um dia conseguirá se recuperar. Apesar de tudo isso, não podemos jamais esquecer dos apoios dos religiosos às ditaduras, às matanças, às escravidões que são feitas há tempos em nome de Deus. E olha que o Seu Filho morreu também em uma sessão pública de tortura."

Levanto-me e vou em direção àquele objeto de metal macabro. "Quer que eu lhe explique como funciona essa tal coroa de Cristo?" Fiz rosto de quem não necessitava de elucidações, mesmo assim elas vieram: "Esse é o pior de todos os instrumentos de tortura. E me fizeram de cobaia dele. Olhe essa tira de aço, com parafusos à mostra..." As explicações sobre o instrumento continuaram... "Se ainda tiver alguma dúvida, pergunte ao Tapajós. Amanhã, o meu corpo não estará mais aqui, tampouco desse jeito. Vão levar pra algum lugar ermo e furá-lo com muitos tiros para forjarem uma morte em confronto. Ah, já ia me esquecendo de dizer: também sou aluna da USP, curso de Psicologia." Disse a ela que eu sabia dessa informação. Achei que acordaria naquele instante, mas ainda houve tempo para ela fazer uma cobrança: "E até quando vão aguentar pacificamente o retorno da ditadura? Até virar 1968? Oi, estou falando com você...".

Mussolini não é nenhum Napoleão, mas só ele compreendeu o que era preciso para livrar o país da anarquia a que fora reduzido. Que ele reviva a Itália! São esses homens predestinados à grandeza que conseguem trazer a paz hoje ausente.

PAPA PIO 11

Logo de manhã, assim que o Juan saiu para o trabalho, desci para comprar pão. Na porta do mercado, a surpresa: "É aquela ali", ouço a voz da ex-esposa de Juan, em inequívoco tom de vingança. Três soldados me agarraram e me levaram à força ao carro do exército.

"Falei para todos nessa Colônia que voltaria a colocar as minhas mãos em você. Esse dia chegou", disse o Professor, diante do olhar atento do Conselheiro. Os poucos momentos de felicidade não seriam páreo ao martírio que passaria dali para frente. Seria massacrada perante toda a Colônia: o exemplo, segundo os dirigentes, teria que ser dado.

E nem havia mais a Sra. Immacolata a me olhar, a orar por mim: informaram-me que ela faleceu assim que escapei. Rebeca também estava morta. Mas não de morte natural, foi só o que me disseram, com sorrisos irônicos. "Eu teria matado você, se te pegasse durante a fuga. Mas seria rápido, talvez um tiro. A diferença é que agora o farei de maneira mais lenta e dolorosa", fulminou Peter Schmidt, como se eu fosse responsável por alguma vergonha naquele campo de concentração.

Se não morri no dia em que retornei, novamente sequestrada, foi talvez pela consciência (pesada?) do Conselheiro, que, após uns cinco minutos de espancamento público, ordenou: "Já chega!" Não que ele tenha empenhado algum esforço para se aproximar de mim, com certeza a sua lupa me via como um lixo a ser exterminado: a lembrança da velha enfermeira italiana foi o que me salvou de maiores penitências. Fui trancafiada durante uma semana em uma cela individual. As lágrimas da Sra. Immacolata e os produtos de limpeza que utilizei quando mais jovem para me livrar das impurezas não estavam mais à disposição.

A barriga foi crescendo aos poucos. No início pensei serem sequelas da violência que sofri. Mas não, em meu ventre crescia a semente de um amor momentâneo que passou rápido em minha vida. Juan devia estar desesperado atrás de mim, mal sabe ele que sua ex-esposa me denunciou. Antes de me entregarem aos homens de Schäfer, os militares chilenos tentaram obter informações sobre esse período vivido em Santiago. Percebi que eles nada sabiam da acolhida oferecida por Juan. Assim, acostumada à compreensão de que o silêncio é fortaleza, também não forneci qualquer pista sobre o assunto, mesmo sob tortura.

A relação com o ser que se desenvolvia dentro de mim era de doloroso estranhamento: pela certeza de que iriam nos separar assim que nascesse, procurei não criar vínculos geradores de maiores danos a nós dois. Acho que o bebê entendia o recado, tanto que pouco reclamou, praticamente não se mexeu nos oito meses de gestação. Tinha momentos em que eu ficava em dúvidas se permanecia vivo em meu ventre, tamanha a tranquilidade. Às vezes, me parecia ter seu corpo a crescer sem a presença de espírito. Ou já desconfiava do que a aguardava.

Nasceu uma menina, com a cara do Juan.

Como previsto, impediram o direito de vivermos juntas. Acabada a fase de amamentação que julgavam necessária – um mês apenas –, ela foi tirada de mim e levada para fora da Colônia, provavelmente doada ou vendida a algum casal com vínculos com a *Dignidad*. Nosso pouco tempo de convivência foi intenso. A distância com que nos tratamos, melhor dizendo, com que a tratei durante a gravidez foi substituída por um fugaz companheirismo depois do nascimento. Ela sentia todas as pedras atiradas em mim, todas as dores que absorvi do mundo. Por incrível que possa parecer, não fiquei triste quando a retiraram de mim. Era o melhor para ela. Mesmo não sabendo o caminho que percorreria, dificilmente teria uma trajetória igual àquela na Colônia, e pior, nada poderia ser.

No mais, eu sonhava com o dia em que o Juan e eu localizaríamos a nossa filha. Como jornalista investigativo, e com o apoio de seus colegas, a esperança desse reencontro em família me encantava, me acalentava.

Voltei a trabalhar na enfermaria, mas em turnos maiores dos que tinha antes, até porque precisava cobrir a lacuna deixada pela falta da Sra. Immacolata. Uma nova interna estava no lugar de Rebeca. E nada falava comigo. Nem olhava pra mim. Talvez por medo. Pela experiência adquirida, os dirigentes precisavam de alguém que entendesse do assunto – pelo menos, foi essa a justificativa apresentada pelo Dr. Hopp para que eu continuasse atuando com ele. O Conselheiro não voltou a me convocar para trabalhar em seu escritório, no período em que ainda esteve vivo. Menos de um ano após a morte de sua amada, ele faleceu e foi enterrado com pompas de chefe de Estado. Não apenas autoridades chilenas estiveram presentes; também alemãs, estadunidenses, argentinas e brasileiras enviaram seus representantes: em geral, diplomatas das embaixadas ou os próprios embaixadores.

A Colônia entrou em decadência no período final da ditadura chilena. Em decadência entre aspas, porque o capital dos alemães foi salvaguardado em empresas abertas durante o auge. Schmidt e o Professor deixaram a Colônia antes desse período: previram a mudança de rumo que o país tomava e decidiram buscar segurança em outras paragens: o que não faltavam eram contatos dentro do Chile ou mesmo em países vizinhos para que pudessem se refugiar. Era de conhecimento de todos a ligação com outras colônias alemãs localizadas na América Latina.

Quando, enfim, a ditadura foi derrotada, não houve mais como segurar a pressão social sobre a *Dignidad*. Um batalhão de jornalistas chilenos e de outros países rumou a Parral em busca de maiores informações sobre o que ocorreu lá dentro, nos últimos anos. As denúncias brotavam a todo instante. Carola e Gustavo estavam presentes na primeira leva de jornalistas que entrou na Colônia. Eu já os esperava, mas a outra pessoa que eu também aguardava, e com ansiedade, não estava na cobertura jornalística: Juan Vicente, o meu amor. "Depois conversamos sobre isso. Agora é hora de tirarmos você daqui", recomendou Carola. Nem olhei para trás.

Carola me acolheu em seu apartamento e tudo fez para que eu me tornasse de fato um ser humano na sociedade, com direito a reconhecimento, documentação e encaminhamento para tratamento psiquiátrico e psicológico. Em menos de dois meses, arrumei um serviço de auxiliar de enfermagem em um hospital, o suficiente para conseguir me sustentar em Santiago. Não que isso fosse fácil: a falta de Juan era enorme. Andar naquela cidade sem a sua presença era como se eu continuasse um fantasma, agora em terras urbanas.

Alguns meses depois, quando eu já estabilizava minha vida, com todo o cuidado, Carola e Gustavo me contaram que meu companheiro me procurou feito louco em todos os locais possíveis, em cada delegacia e em cada quartel. De tanto pesquisar meu paradeiro, acabou preso para averiguação e foi, em seguida, despedido pelo periódico, que não admitia quem incomodasse seus parceiros militares. Contudo, o ímpeto de Juan em me achar, custou muito caro: foi novamente preso e até hoje continua desaparecido.

Outro fato desconhecido para mim era o paradeiro da nossa filha. Restava encontrá-la. O empenho para que isto acontecese foi gigantesco. Passei a atuar inclusive em uma associação de pessoas que tiveram seus parentes assassinados ou desaparecidos durante a ditadura. Casos iguais ao meu, infelizmente, não foram poucos. Apesar dos esforços na busca, nem uma simples pista surgiu durante as investigações.

Passaram-se ainda alguns anos para que a sociedade chilena e sul-americana descobrisse o esconderijo do Professor. E os responsáveis por tal empreitada foram meus amigos:

> *La captura de Schäfer*
>
> Gracias al trabajo de un equipo de canal 13, Paul Schäfer fue capturado en Argentina. Sus protagonistas directos, los periodistas Carola Fuentes e Gustavo Villarubia e el abogado Hernán Fernandés, desarrolaran esfuerzos que han permitido dar con el paradero del prófugo más buscado de Chile.

Anos mais tarde, sonhei com minha *hija*. Um campo de girassol como cenário. Seu momento era de felicidade. Sorríamos, como se nunca tivéssemos nos separado. Juan também estava presente no sonho, todo sorridente a nos abraçar o tempo todo.

Eu torcia para que, toda noite, esse sonho se repetisse, mas isso não aconteceu mais.

Hoje, eu cumpro minha última obrigação na vida. O casal de velhinhos me esperava na sala de exibição de vídeos do *Museo de La Memoria y los Derechos Humanos de Santiago*. Na tela, um documentário sobre os nossos mortos e desaparecidos políticos. Finalizado o filme, os dois, abraçados, choravam copiosamente. Não aguentei, fui também às lágrimas. Eles me viram.

"Vocês são os pais da Glória? Quer dizer, da Valentina?

Prazer, sou a Maria Magdalena".

Renascer da própria força,
própria luz e fé
entender que tudo é nosso,
sempre esteve em nós
somos a semente, ato,
mente e voz.
GONZAGUINHA

Eu mergulho em mim mesma. Fundo. Quase me afogo, quase me afundo. Passo dias e dias com a mente em outra realidade, penso que é sonho, quiçá sejam somente frutos de uma cabeça que ultrapassa o tempo presente e se transforma no que quiser. Posso ser criança, adulta, velha, posso ser tudo, mas sempre mulher, a que cria, a quem o mundo se dispõe a mostrar o que a outros não é permitido. Vão me chamar de santa, a santa mais cheia de pecados da história, mas ainda assim uma santa. Inventarão coisas, me jogarão pedras, me submeterão a prostíbulos. Ansiedade com o futuro, angústia com o passado.

Se um dia Deus conversar comigo, ficarei quieta, como quem, na aparência, não fez nada de errado. Ele sabe disso. Mas Ele não falaria comigo, não se atreveria a tanto. Pode até enviar mensagens para mim, em forma de visões, aparições ou desvarios, porém, não conversa com ninguém, pelo menos depois da partida de João Batista e de Seu próprio Filho. Deus não presta contas. E olha que, lendo os textos sagrados, haveria muito a se explicar. Yahweh vem tentando ser respeitado como o único Deus desde os tempos de Moisés, o Deuteronômio confirma isso: atesta também alguns mandos complicados – digamos assim – atribuídos a Ele. Tem uma passagem, repetida algumas vezes pelo Filho de

Deus quando chegava a algumas aldeias, que me deixava com o estômago revirado, revoltado. Imputam-na a Oseias:

Samaria virá a ser deserta, porque se rebelou contra o seu Deus; cairão à espada, seus filhos serão despedaçados, e as suas grávidas serão fendidas pelo meio.

Sei que tal prescrição foi escrita pelos antigos habitantes do reino de Judá, rivais da Samaria, mas isso não impede minha incredulidade sobre uma maldição tão pesada e responsabilizada a Yahweh. Cansei de chamar a atenção de Joshua para evitar a utilização de expressões tão fortes como essas. Ele alegava que o medo seria o primeiro sentimento para a crença em algo, depois disso é que viria o amor. Seu Pai realmente não o inseriu corretamente na arte do amor. Explicava ao meu companheiro que poderíamos encontrar, nas aldeias, samaritanos que se sentiriam constrangidos; afinal, nos últimos tempos, os homens vinham circulando de um território ao outro em busca de uma vida melhor, de um trabalho mais digno. Apenas quando chegávamos a terras dessa região ou próximo a ela, Joshua eliminava tais afirmações de suas pregações. Ele poderia estar equivocado, mas não era bobo.

Essa preocupação, contudo, não impediu que Joshua passasse ao menos um momento de tensão. As relações entre os moradores da Judeia e os samaritanos não estavam bem havia tempos. Os primeiros acusavam os segundos de pagãos, de culto ao bezerro de ouro. Os judeus que desciam da Galileia em direção a Jerusalém tinham que passar pela Samaria e, muitas vezes, eram ridicularizados ou mesmo atacados pelos moradores locais. O clima era tenso, e não precisava surgir nenhum novo messias para complicar ainda mais a situação.

Mesmo com os cuidados que tomava nas prédicas em território samaritano, certa vez Joshua foi surpreendido por um morador de uma aldeia próximo a Betel que o vira recitar, em terras da Judeia, a tal sentença amaldiçoada de Samaria. "Tu dizes ser o Filho de Deus. Se isso não bastasse, testemunhei-te declamar em voz alta a praga contra os samaritanos que muitos em Jerusalém teimam em querer dizer ser do teu Deus, do teu Pai. Tu vieste até aqui rezar, nos salvar ou despedaçar nossos filhos e fender nossas mulheres grávidas?" Eu sabia que, um dia, essa absurda sentença daria confusão. Pedro usou seu avantajado porte físico para brecar alguns mais exaltados que quiseram vir em nossa direção. A sorte é que havia poucos homens no povoado, mesmo assim meu companheiro foi salvo por causa do plano de fuga que Judas realizara. Quando as pedras começaram a voar, Judas tratou de erguer os escudos sobre Cristo e o fez sair sob a guarda dos outros homens que acompanhavam as andanças do Filho de Deus. Nada me demovia da ideia de que Judas era um anjo enviado pelo Todo-Poderoso para proteger Seu Filho. Na saída da aldeia, demos de frente com duas mulheres grávidas e meia dúzia de crianças ao redor. Joshua ficou paralisado ao vê-las, João teve de puxá-lo para que se livrasse dos samaritanos que vinham ao seu encalce.

Depois dessa, decidiu-se suspender as atividades na Samaria, mesmo a contragosto do Filho de Deus, que não sossegava: "Não podemos abandonar os gentios, ouçam bem, não podemos abandoná-los." Ninguém se contrapôs às palavras do Redentor, mas todos preferiram seguir em direção à Judeia. Na noite seguinte aos acontecimentos na aldeia samaritana, Joshua me acordou, aos prantos, durante a madrugada: "Sonhei, ou tive uma visão, sei lá, que eu estava com uma espada na mão assassinando aquelas crianças e grávidas com que cruzamos quase ao final de confusão. Havia uma voz soprando aos meus ouvidos: 'Isso, meu Filho, despedaça-as, fende-as.'" Procurei acalmá-lo. Argumentei que as palavras sagradas são escritas pelos homens e não necessariamente por Deus – como se isso fosse alguma novidade para qualquer ser humano – e talvez por isso mesmo, o seu Pai o tenha enviado: para corrigir os equívocos na interpretação de Seus intentos. Falei isso mais para destensioná-lo. Joshua mesmo vivia propagando tamanhos despautérios por aí e aqui. "Tu nem imaginas o quanto de horror há numa espada cortando ao meio uma mulher grávida ou ceifando a cabeça de um pobre rebento." Dessa feita, resolvi ser enérgica: "Óbvio que sempre imaginava isso quando tu teimavas em vocalizar tal absurdo na Judeia para agradar os habitantes locais. Muito provavelmente, por eu ser mulher e sentir as dores delas. E já chamei a tua atenção algumas vezes acerca disso."

Outra citação que me deixa descrente é a que atribuem a Samuel e/ou a Deus:

> *Vai, pois, fere Amalec e vota ao interdito tudo o que lhe pertence, sem nada poupar: matarás homens e mulheres, crianças e meninos de peito, bois e ovelhas, camelos e jumentos.*

Havia no grupo alguns que repetiam tal citação em nossas reuniões do início da noite. Nunca presenciei Joshua a dizê-la; entretanto, também nunca o vi recriminá-la. Fico pensando nas razões, ou na falta delas, que levariam um Deus a imprimir tamanho ódio aos amalequitas, a ponto de mandar matar crianças, bebês de peito.

A situação dos discípulos, após a crucificação do líder, era uma espécie de transição do pensamento religioso, de uma crítica a alguns dogmas e tradições do judaísmo para sabe-se-lá-o-quê. Isso, quando muito. Pedro, João, Mateus, Tomé e eu convergíamos para a enunciação de que um novo reino chegara, e era o de um Deus com pensamentos diferentes dos de outrora. A quebra da ordem religiosa fazia-se necessária. Mas para todos os outros homens do grupo, a coisa não era bem assim: a continuidade dentro do templo judaico de Yir David era o que esperavam. Romper inteiramente com os donos da religião judaica estava fora de cogitação. A renovação não seria oferecida numa ceia por quem mandava nessas terras, ainda mais para um grupo de doze gatos--pingados que ficaram, para piorar, sem o seu líder, presa fácil dos dominadores. Havia inimigos muito mais poderosos a se enfrentar, Joshua era moeda pequena.

Eram muitas as discussões sobre as doutrinas e as tradições judaicas, ou seja, Joshua não foi o primeiro nem seria o último a pregar reformas ou cisões com os sacerdotes do Templo. Eram muitos os coletivos que vinham disputando o domínio político--religioso desde a unificação das dez tribos do Norte, ocorrida havia cerca de mil anos. Nos últimos tempos, saduceus, fariseus, essênios e zelotas se digladiavam para obter o comando sobre as divinas palavras sustentadas, no passado, por homens como Davi e Salomão.

A aposta entre os apóstolos era a de que Joshua voltaria mais uma vez – a terceira – para fazer o julgamento final. Após conhecerem Paulo, todos do nosso grupo passaram a imaginar que não apenas Joshua retornaria: ficaram a postos com a certeza de que eles próprios voltariam do vale dos mortos no juízo final. Sem exagero. A ressurreição do Mestre gerou uma comunidade de eleitos. Isso sempre me espantou. A autocomiseração passou a conviver com a soberba da vida eterna.

Mas a soberba é combatida com a realidade. A ilusão dissipou-se. Depois do que fizeram com Tiago, as coisas só pioraram. Nesse período, tive a certeza de que as andanças em outras terras facilitariam a nossa pregação. Outros sítios, em que as informações sobre os assassinatos de nossos irmãos não estivessem tão presentes. Sem correr riscos, aumentavam-se as chances de ganharmos novos seguidores. Paulo e Lucas nos mostraram as vantagens de pregarmos nas bordas do Império, em locais sem qualquer contato com as lideranças templárias. Em Jerusalém, mesmo os solidários à nossa causa, passaram a evitar contatos conosco. Até para comprarmos produtos em algumas bancas, tínhamos dificuldades: "Se algum soldado me observar vendendo algo a vocês, posso ser também perseguido. E nem por Deus me imagino fincado numa cruz", disse-nos certa vez um vendedor de cereais, da rua em frente ao Templo.

Poucos meses antes de Pedro, Tiago e João buscarem refúgio na capital do Império, João levou-nos a Éfeso. A comitiva era formada por Maria, mãe do Cristo, eu e dois senhores mais velhos que entraram em nosso grupo por influência de Paulo. João foi sagrado e consagrado. Recebido quase como um deus que convivera com o Filho de Deus na Terra Santa. Surpreendeu-me, também, a forma como fui recepcionada: subordinada, provisoriamente, ao agora grande João de Éfeso, o mandatário das igrejas da Ásia. Os papéis que ocupávamos em Jerusalém foram invertidos, e não por nossa força ou vontade: foram os seguidores deixados por Paulo que tomaram tamanha iniciativa. João aceitou as honras da casa, ao mesmo tempo em que se mostrava constrangido comigo e com a mãe de Joshua. Mas não compreendi quando ele teimou em ir para Roma, vai ver queria também se tornar imperador...

Por sermos mulheres, éramos vistas como as deusas que deveriam ser veneradas. Porém, não ao ponto de liderarmos aqueles homens. Paulo já havia determinado, anos antes, a hierarquia de sua igreja: e nela, nada de mulheres no comando. Mesmo durante a ausência de João, foi-nos reservado o altar principal na ainda humilde igreja do local. Éramos adoradas por todos que adentravam o pequeno templo, mas tínhamos o direito de apenas ficarmos caladas. Vejam, desde alhures e antanho, a mulher tem sido subalternizada.

Terá a Torá versado sobre as posições ocupadas pelos homens e mulheres dentro da religião? Terá a tese de comando do homem algo lógico? Terá o testemunho de mulheres questionando, ao longo das gerações, se não em praça pública, talvez apenas dentro delas: por que diabos tem de ser assim? Mas tem mesmo que ser assim? Não, a consciência precisa se angustiar, diriam os filósofos. Imagine então o que diriam as filósofas... madalenas e marilenas da vida!

Depois de salvar João do tacho de óleo fervente, trouxe-o a Éfeso. Em Roma, queriam-no morto. Aqui, queriam-no rei. Não foi fácil, porém, trazê-lo. Quem o presenciou saindo do óleo fervente com a pele intacta, começou a venerá-lo tal qual nós o fazíamos com Joshua. Finais felizes não tiveram Paulo, Pedro e Tiago. A fuga de Jerusalém a Roma não foi a melhor das estratégias. E não foi por falta de aviso. Escapulir do coração do Templo e migrar para o coração do Império tinha seus riscos. Não à toa, antes de buscar refúgio em Éfeso, sugeri ao grupo que o melhor era fazer como Maria e eu: ir pregar em uma cidade nas bordas do Império, em terras que os dominadores tivessem menores influências.

Eram muitas as possibilidades: Tessalônica, Mileto, Tarso, Antióquia etc. Locais onde a dominação dos patriarcas do latim perdia um pouco da consistência em face da influência da cultura grega. Tinha consciência, porém, que esses homens queriam repetir a trajetória de Joshua: ir ao centro de tudo. Meu companheiro sabia que se expor em Jerusalém era uma temeridade, muito mais fácil era ficar na Galileia. Mas quem seria Joshua se restringisse sua oratória a povoados isolados, sem tanta importância política e religiosa? O raciocínio era o mesmo para os que foram a Roma. Não me adiantava jurar contra o juízo, a decisão – ou teimosia, como prefira – já estava tomada. As palavras de Deus ecoariam com força maior na capital romana. Os perigos, idem. "Quem tem boca, vaia Roma", era provérbio popular nas colônias, da Luzitânia à Pérsia. No centro do Império, o corolário mudava de tom: "Quem tem boca, vai a Roma." Até porque quem decidisse vaiar era levado aos leões. Pedi encarecidamente a João que convencesse nossos irmãos a viver conosco, em Éfeso: "Tal qual você, aqui também seriam reis." Desta feita, errei a mão. Quem é feito rei um dia, não quer perder a majestade. Ou melhor, não quer dividi-la. E logo ele foi ter a minha proteção. Logo ele, objeto de minha paixão. Quando dele cobrei, em seu retorno a Éfeso, o máximo que justificou foi: "O adeus já estava instituído." Mas isto era alegação e não justificativa. E a solidariedade? – só mesmo no verbo...

Óbvio que não esperavam o incêndio ocorrido à época de Nero e a consequente culpabilização jogada nas costas dos cristãos. Muito se falou sobre isso. Até àquele momento, sobretudo na capital do Império, os romanos praticamente não distinguiam os judeus dos cristãos. Por que, então, perseguiriam uns e não outros? Interpretações conspiratórias apontam para alguns caminhos. João defendia a tese de que os judeus fizeram uma pressão junto a Nero para culpabilizar os cristãos e persegui-los, justamente para evitar uma concorrência que estava a crescer. Como algumas mulheres do seleto grupo em volta do imperador tinham relações com o judaísmo, envenenaram-no para que fosse para cima dos seguidores de Joshua.

Por sua vez, os judeus afirmavam existir indícios de que os culpados foram realmente os cristãos: queriam colocar fogo no mundo apenas para provar suas convicções, o dia do juízo final a chegar. Razão havia para isso: Paulo, por exemplo, pregava que o mundo acabaria dentro de instantes, e só os de seu grupo estariam salvos. Uma terceira hipótese: o próprio imperador mandara alguns de seus homens incendiarem a *urbi* para ter a desculpa que necessitava para perseguir seus opositores e reforçar seu poder.

Passados dois meses do falecimento de Maria, João e eu decidimos revelar a todos a nossa união. Sem constrangimentos, até porque ninguém ali nos viu em companhia de Joshua. Os olhos ausentes tiram o peso da cena, canso de falar. Os guardiões da verdade divina juntos, carne e osso. O Mão de Ferro e a eterna viúva. Se bem que a condição de ex-mulher do Filho de Deus foi revista por muitos. De qualquer forma, para evitar conflitos com João, transformaram-me na mulher do Grande João, o Rei de Éfeso.

Mais ou menos nesse tempo, João veio contar-me sobre a possibilidade de resgate de um dos mitos essênios, citado por João Batista: o apocalipse. "Tu achas que é uma boa ideia?", perguntou-me. "Sim. Não. Não sei. Desculpa se estou sendo laconicamente evasiva, mas é o máximo que consigo opinar nesse momento." Impressionaram-me os escombros que se mantinham em minha mente. Não só João Batista, mas também Paulo divagava sobre o fim do mundo com ares proféticos e raios a cuspirem bolas de fogo na terra.

Vejo a herança do Filho de Deus quase como uma sequência dos ensinamentos essênios – o que alguns começaram a denominar de *dogmas*, em Éfeso. O batismo, o celibato, a santificação da comida e o apocalipse têm origem no povo do qual João Batista fazia parte. Se Joshua foi batizado por ele, todo sentido fazia. João apenas soube incorporar mais um elemento, antes esquecido ou nem tão enfatizado outrora. Em essência, a tradição essênica acabou sendo a base do cristianismo.

Mas a questão não parava aí: "*Dodi*, mas tu sabes que não tenho imaginação e escrita suficientes para desenvolver essa irradiação. Preciso do teu auxílio." Sobraria para mim, como sempre. "Se é para escrever sobre esse assunto e sobre outros a que venho me dedicando, que o crédito seja dado a mim", designei-me, resignei-me. Sem contraponto, um único "Claro" a finalizar a conversa do dia – por sinal, a contragosto de sua parte. Virei a escriba do cristianismo, pelo menos no que se refere ao cristianismo em Éfeso. A palavra dilui a angústia.

Como contrapartida à utilização dos meus escritos, pedi autorização a João para inserir algumas mulheres na hierarquia da igreja. Mesmo a contragosto, ele foi obrigado a aceitar. Não que tenha sido aberto espaço para colocá-las em cargos estratégicos, de maior reconhecimento, mas ao menos conseguiram angariar posições inimagináveis aos olhos e posturas dos sacerdotes de Jerusalém.

Assim foi correndo a vida. Em relação ao apocalipse, acabei cedendo: deixei a João o mérito da construção, nada tão injusto, a ideia de restabelecê-la dos essênios fora dele. Mas a premiação não foi ganha de mão beijada: ele teve de sentar comigo, em muitas ocasiões, para me ajudar a descrever o cenário de fim dos tempos. A escrita, por motivos óbvios, foi minha.

Nesse mesmo ínterim, construía uma série de textos impregnados de pensamentos filosóficos. Procurava mostrar os passos de Joshua, e de maneira diferente dos narrados por Marcos, Mateus e Lucas. Razão existia: tive um contato muito mais próximo e de longo alcance com o Salvador, muito maior e mais íntimo do que os três juntos. Lucas, coitado, nem chegou a conhecer Joshua, tudo que escrevia era com base em informações de terceiros. A essa minha série dei o nome de Boas-Novas, tentei seguir a tradição iniciada por esses discípulos ou seguidores citados. *Boas-novas* ou *Décimo Segundo*, como preferia nomeá-la.

Mas ficava sempre na dúvida se alguém conseguiria ler aqueles alfarrábios, ou melhor, ler e entender, pois não eram habilidades comuns antanho. E longe de mim menosprezar a capacidade intelectual de quem quer que seja. Carreguei um pouco mais na crítica aos senhores do Templo, afinal, nunca digeri o fato de terem entregado o meu amor à crucificação. Para os que perderam quem amavam, o passado não para. Outros pormenores diferiam a minha narrativa das dos meus irmãos. Onde já se viu?, até parece que Joshua só conheceu Jerusalém dias antes da morte! Foram muitos os *pessachs* que passamos na sede do Templo. O pão e o vinho eram elementos, pelo que me lembro, utilizados pelo menos desde o seu batismo. Toda refeição era motivo de celebração: pudera, tanta fome que passamos nas caminhadas, nada mais lógico esse festejo. O lava-pés, tudo bem, não me recordo de vê-lo praticando antes das vésperas de sua captura. E o que não faltaram foram pessoas ao pé da cruz no momento do martírio: se não estivemos todo o tempo ali embaixo, foi porque os soldados romanos nos detiveram, só autorizando-nos com o fato quase consumado. Mesmo assim, conseguimos dar-lhe água e propiciar o conforto possível em hora tão difícil e central na história da humanidade.

Crucificante. Crucificando. Crucificado.

Quem não gostava muito do que eu vinha escrevendo eram as autoridades de outras igrejas espalhadas na região, todas elas sob ordenamento de João. Acreditavam que o nosso poder de escrita era desproporcional ao deles, afinal, éramos os únicos a termos convivido com o Filho de Deus: "Eles dirão tudo, não nos sobrará nada para narrar", era o que diziam nas redondezas. Por isso, a resistência em seguir os parâmetros que enviávamos semana após semana.

Eu escrevia para me agarrar à realidade e ao abstrato: o futuro, à imaginação pertence. Fazia-o como uma espécie de reencontro com Joshua e para que as pessoas tivessem inspiração para suas vidas. Até o Filho de Deus partiu, só as palavras ficam. Redigia a contrapelo dos sacerdotes, dos guardiões da Torá. Tudo era novo, das andanças e ensinamentos de Joshua à influência das bases filosóficas helênicas, da história do Novo Reino despresente nos tradicionais textos religiosos à crítica aos ditames da certeza da compreensão. Da incerteza da interpretação.

Talvez por influência dos gregos, críticos ao uso de crucificações, não aderi ao seu simbolismo. Lucas defendia que todos deveríamos carregar a cruz de cada dia: só assim estaríamos a seguir os mandamentos de Joshua. Afirmava também que Deus teria escolhido a cruz, na morte de Seu Filho, justamente para salvar a humanidade e manifestar o amor divino pelos homens. Que forma mais esquisita a escolhida pelo Todo-Poderoso para manifestar o amor por nós! Só falta alguém achar que a cruz e o crucificado são amuletos da sorte a serem expostos em lugares públicos ou privados de razoabilidades. Foi socializada por Paulo, ainda na fundação de nossa igreja em Éfeso, a abordagem do sacrifício em nome de Deus. Tratei, assim que aportei nessas terras, de romper com essa simbologia e exaltar o amor ao invés da tortura.

A contradição da vida obrigava-nos a confiar no que Joshua nos deixou. Precisamos de Deus: aquele que nos dá a vida e depois nos mata. Ama-nos e castiga-nos. Os gregos diziam que deuses são criações humanas feitos de suas faces e de suas contradições. Não acredito. O que o homem faz com Deus ou o que Deus faz com os homens? A contradição é fruto do excesso, e o excesso é o alimento das religiões. A vontade é só um detalhe; e a verdade, quase sempre, é o contrário daquilo em que queremos acreditar. Deus seria a regra contra o horror à consciência da inconsistência do desejo. E o desejo, consequentemente, deve ser enquadrado como demônio. Falo tudo isso aqui: nas *Boas-Novas*, restrinjo-me à versão dos atos e dos fatos de Joshua. Estou velha para entrar em celeumas perdidas.

A cada dia, um conjunto de regras era planeado. Regra pra lá, regra pra acolá. Começavam a construir escadas, cujos degraus mais altos seriam sinônimos de maior poder – talvez, por estarem mais próximo do Céu. Joshua não gostaria de saber disso. No topo, João. Mais a título de honraria e de medo. Ensinamentos a mais, outros tinham. Mais convivência com o Filho de Deus, eu a tinha. Todos à espera da sua retirada, mal sabiam que João se despediria depois deles e de muitos que viriam. Para essa estratégia sair a contento, deveriam ter colocado a Maria Mãe de Deus – ao menos do Filho – ou mesmo esta narradora.

Eu não estava mais na flor da idade. Essa pequena flor revestida de mortalidade chegaria ao fim. Tal qual Joshua me dissera. Uma vida a ser anunciada e renunciada. Quis afagar os incêndios, apagar os desejos. Não sei se fui feliz. O vento acenou a hora de partir. Não estranhava mais nada. Se eu pudesse resumir minha trajetória, diria: as feras do instinto sempre me acompanharam.

As nuances do destino ondularam-se por vários cantos e contos. De João, ficará a lembrança: a voz rouca a arranhar as minhas vontades de a ele me contrapor. Não que não o pudesse, não que não o quisesse, apenas não conseguia, tamanho o grau de desejo. O que ele fará com minha obra pouco importa, pois, por ele, deixo-o assinar sem meu nome, em meu nome.

Afinal, qual é o nome que temos?

Eu tenho um. Como ele será lembrado, só o tempo dirá.

Sou Maria Magdala.

Nenhuma salvação é suficiente,
qualquer condenação é definitiva.
JOSÉ SARAMAGO

Descemos do ônibus em frente à Casa de Cultura Japonesa, mais uma noite de trabalho terminava. Bateu aquela saudade do Juninho. Por isso, pedi ao Marcelinho para irmos à Praça do Relógio, queria rever os arbustos e os gramados em que o danadinho costumava brincar. O cansaço das aulas assistidas e lecionadas se faziam presentes, mesmo assim, meu namorado concordou: "Rapidinho, hein! A Cleide vai ficar preocupada se nos atrasarmos muito."

Deitamos na grama poluída e ficamos olhando o céu quase sempre sem estrelas de SP. Como de costume, nesse horário não havia viva alma, além de nós, na praça. "A Cleide comentou alguma coisa contigo sobre a melhora da vista nos últimos dias?", perguntei. Meu companheiro disse que não. Também falei que nunca mais ela tocara no assunto comigo. Já havia se passado quase três meses da última ida ao Hospital das Clínicas. "Pelo visto, não houve qualquer melhora desde que fomos conversar novamente com a junta médica. Como o chefe da equipe disse, talvez tenha ocorrido apenas uma falsa sensação de evolução antes da consulta", avaliou Marcelinho. "Talvez seja um processo de não aceitação da perda definitiva da vista", acrescentei.

A conversa mudou de rumo. "Princesa, as palavras da Marielle ainda não saíram da minha cabeça. Que força a dessa mulher! E, por favor, não fique com ciúmes. Eu também te admiro pra caramba", disse meu companheiro. Respondi com uma reflexão que formulei depois da palestra: "Ela representa tudo o que a casa-

-grande não tolera e não respeita. Mulher, negra, criada em uma favela, bissexual, casada com uma mulher, de esquerda, militante dos direitos humanos e contrária aos interesses da milícia e dos políticos picaretas. Todas as formas de colonialismo sempre torceram para que uma mulher dessa nunca existisse. Não só sempre torceram como também organizaram a sociedade para que ela jamais surgisse.

Sinceramente, para mim, não surpreende ver uma flor nascer na rua, romper o asfalto, que me perdoe o poeta. A surpresa é quando ela nasce no morro e rompe a lógica do asfalto. A existência da Marielle por si só é um desacato, uma afronta às hipocrisias e à violência da própria formação da sociedade brasileira. E isso não é qualquer coisa. Você acha que vou ter ciúmes dela? Nada, tenho é orgulho por saber que os seus objetivos são muito parecidos com os meus, que muitas lutas que ela faz eu também faço... muitas de nós fazemos, resistimos, mesmo que em graus distintos".

O Marcelinho me perguntou como estavam indo as sessões com a Dra. Marlene. Preferi não dar muitos detalhes. Fico constrangida de falar sobre esse assunto com ele, com todos eles. "Mas, e aí, já conseguiu entender quem é a Maria Madalena?", questionou-me. Procurei ser lacônica: "Às vezes sim, às vezes não".

Não é fácil saber quem somos, ainda mais depois de começar uma terapia de regressão. Passei a divagar, em silêncio, para mim mesma, quem eu de fato era:

Ser mulher... ser santa ou ser puta!

Não podemos ser.

Ser mulher e negra então... nem se fala, quantos estereótipos a enfrentar!

Ser mulher e ter liberdade sexual? Prostituta! Vagabunda!

Culpada por desvirtuar "o homem" de seus caminhos (risos).

Ser mulher e gostar de se relacionar com outra mulher?

Que perversão, isso é anormal...

E ao mesmo tempo, com os dois sexos?

Interna essa moça!

O inferno é aqui.

Quem disse que eu não sou uma mulher?

Aceitar o seu ser...

Não cabia – não cabe até hoje... – no desenho dos binarismos sociais.

Sempre tendo que esconder nossos ardentes desejos, nossa essência.

Ser uma filha dócil, uma esposa submissa, ser mãe,

uma serva de Deus, uma aparência...

É isso que esperam!

Que se danem nossas esperanças, nossos sonhos, nossas vontades.

Eu escolhi amar.

Quem não ama ainda não nasceu.

Eu escolhi a liberdade.

E lutar pela minha identidade!

Não vou reduzir as possibilidades de vida por causa de um capricho patriarcal.

Ser ou não ser, não é essa a questão.

Ao menos do ponto de vista masculino (mesmo que talvez não convenha generalizar...).

Para nós mulheres, reservaram-nos o não ser.

É estranho ser mulher, é uma experiência de não ser o tempo todo.

Mas para mim é uma prova de lutar para ser. Ser humana.

Completa, com minhas complexidades humanas.

Humana como tantas outras Madalenas.

Que são muitas. Que serão muitas mais.

Nosso direito de fala, nosso direito à vida.

Nosso direito ao controle dos próprios corpos.

Nosso direito aos direitos negados no decorrer da humanidade.

Negados em nome de Deus, negados em favor dos homens.

Foi-se o tempo do forjado silêncio, pleno de resignação.

Memórias femininas, resistências de gênero.

A esperança da transformação que nos move nesse mundo.

Uma forma de incentivar a força latente de outras.

Por mais que escondam a verdadeira história.

Não cabemos em caixinhas.

Sejam elas religiosas, sociais, políticas, econômicas ou de gênero.

De gênio forte ou fraco, isso realmente não importa.

Escreveremos nossas histórias da forma que nós quisermos.

Que aceitem ou não.

Vamos escrevê-las!

Meus pensamentos foram suspensos pela voz do Marcelinho: "Você sabe quem você é. E faz tempo. Só não quer se dar conta disso. Você é a própria...", no que o cortei de maneira abrupta, levantei-me e tentei dar um fim nessa história que já estava me chateando:

"Que saco! Sim, sou eu, a Maria Madalena. Madá, para os íntimos. Completa e complexa, defendendo minha essência...

Agora vamos embora daqui".

Grazie Mille

tany, o amor, o apoio, o afeto, o afago, o companheirismo,
o conhecimento, o reconhecimento,
o pé no chão das nuvens,
a administradora da alegria

césar minto, o tradutor de imaginações, o pai de criação,
o horizonte pretendido, o comprometimento,
a amabilidade, a afabilidade,
a presteza, a minúcia

marilia washington, o mundo aberto ao capricho,
o aperto nos parafusos literários,
o acerto

marcelo nocelli, a bússola, a utopia,
a oportunidade, a admiração,
um reformatório de sonhos

Esta obra foi composta em Minion e
impressa em papel pólen 80 g/m² para a
Editora Reformatório, em agosto de 2021.